第十七章　黄金嗓

333 AR　冬

安吉尔斯信使的马车看起来和洼地格格不入，罗杰一眼就能认出来。他曾和师父艾利克在林白克还信任他们时搭乘过无数次。

只不过如今轮到杰辛·黄金嗓享用。

马车在一打骑乘安吉尔斯骏马的林木士兵守护下抵达地心魔物坟场时，罗杰停下演奏的琴弓。其他在音贝棚中听他指挥演奏的吟游诗人和学徒也戛然而止，顺着他的目光望去。

坎黛尔来到他面前。"一切还好吗？你的脸色像云一样惨白。"

罗杰脑子天旋地转，几乎没注意她在跟自己说话。回想着那个血腥夜晚，自己的惨叫和施掠者的嘲笑。他满脸惊讶地看着男仆放下阶梯，打开车门。

哈利·滚球者一手搭上他的肩膀。"走吧，孩子。现在就走，别让他看见。我会帮你向他致歉。"

这些话，加上老吟游诗人轻轻一推，把罗杰从出神状态唤回。哈利架起小提琴，站上台前带领乐团演奏，吸引团员的注意，让罗杰溜走。

罗杰从舞台右边下台，离开众人视线范围后立刻加快脚步，一次跨三级台阶，然后走出音贝棚门口，像野兔一样迅速绕到

后方。他靠在音贝棚的墙上,藏身阴影之中,看着黄金嗓走出马车。

尽管已经过去很久,看到那天晚上谋杀杰卡伯大师、把罗杰留在安吉尔斯街上等死的男人,还是会让罗杰咬牙切齿。在阴影的遮挡下,罗杰嘴唇上扬,真想抖动手掌,亮出藏在手臂上的飞刀。最好正中目标……

然后呢?他问自己。会不会因为谋杀公爵的信使而被吊死?

但是罗杰的肌肉一直绷紧着。他木在原地,呼吸急促。

杰辛叫了声哈利,老吟游诗人走下舞台过去招呼他。两人互相拥抱拍背,飞刀如约自动落入罗杰掌心。

罗杰没看到他的学徒艾伯伦和莎莉。艾伯伦曾打断了罗杰的小提琴,把他压在地上。莎莉则在笑声中打死了杰卡伯大师。

但是学徒只是工具,下令杀人的是杰辛——杰辛必须为这付出代价。

"罗杰,你到底想干什么?"身后突然传来坎黛尔的声音,让罗杰吓了一跳。她怎么溜到他身后的?

"管好你自己的事情,坎黛尔。"罗杰说,"不关你的事。"

"不关我的事才怪。"坎黛你说,"我是你未婚妻了。"

罗杰看向她,而他的目光令她倒抽一口凉气。"此时此刻,"他轻声说道,"你唯一需要知道的事情就是如果有恶魔要吃杰辛·黄金嗓,而我只要弹奏几个音节就能救他,我也宁愿先把我的小提琴摔成碎片。"

"杰辛·黄金嗓是谁?"罗杰一进房间,阿曼娃立刻问道。她身穿彩色丝绸衣服,即使在盛怒之下看来依旧美丽。

他知道她会问,但没想到这么快。坎黛尔和他妻子在近来

几周间变得亲密无比。

"杰辛·黄金嗓他妈的是我的问题,和其他人没有关系。"他大声吼道。

"恶魔屎。"阿曼娃朝地板吐口水,这让罗杰吃了一惊。"我们是你的吉娃。你的敌人就是我们的敌人。"

罗杰双臂抱胸。"如果这么想知道,何不询问你的骨骰?"

阿曼娃冷冷一笑。"啊,丈夫,你知道我已经问过了。我是想给你机会坦诚。"

罗杰面无表情地看着她,考虑着这件事情。她肯定已掷骰询问这个问题,但阿拉盖霍拉对她说了什么又是另一回事。她或许得知了所有的真相——甚至比他自己还清楚——又或许只得到一些足供她刺探此事的暧昧暗示。

"如果你问过骨骰,你就已经知道艾弗伦要你知道的事情。"他回嘴道,心知这样回答可能会有危险。

出乎意料的是,阿曼娃的笑容扩大。"你学得很快,丈夫。"

罗杰微微鞠躬。"我有很棒的老师。"

"你必须学会信任你的吉娃,丈夫。"阿曼娃说着伸手抚摸他的手臂,拉近距离。罗杰知道这是计划好的动作,就像她刚刚假装发脾气一样,但他无法否认这些动作很有效。

"我只是……"罗杰吞咽喉咙中的硬块。"我还不想谈论此事。"

"霍拉说你们之间存有血债。"阿曼娃说,"只能用血洗净的血债。"

"你不懂……"罗杰开口。

阿曼娃以笑声打断他。"我是阿曼恩·贾迪尔的女儿!你以为我不懂血债世仇?不懂的人是你,丈夫。你必须杀了这个

人,现在就必须动手,不让他有机会再度威胁你或你的家人。"

"他不敢。"罗杰说,"不敢在此时此地动手。"

"血债可以延续数代,丈夫。"阿曼娃说,"如果不杀了他,他的子孙就可能杀死你的孙子。"

"而杀了他就能断绝血债?"罗杰问,"还是会让他的孩子直接把我视为敌人?"

"如果他有孩子,最好的做法是赶尽杀绝。"阿曼娃说。

"造物主呀,你是认真的吗?"罗杰十分震惊。

"我会派克里弗动手。"阿曼娃说,"他是克雷瓦克观察兵,也是解放者长矛队的成员。不会有人发现他,对所有目击者而言,你的敌人只是摔马摔死,或者是被豆子噎死。"

"不!"罗杰大叫。"不要派观察兵。不要用达玛丁的毒药。不要干涉此事——你们全部一样。要不要找杰辛·黄金嗓报仇是我的事情,如果你们连这点尊重都不给我,那这段婚姻就结束了。"

现场陷入一片死寂。死寂到罗杰都能听见自己的心跳声。他有点想要收回这句话,只为了打破沉默,但他不能这么做。

因为那是他的真心话。

阿曼娃瞪了他很长一段时间,他用自己的面具对她的面具,看谁先偏开目光。

最后她让步了,垂下目光,深深鞠躬。她语气恶毒。"如你所愿,丈夫。他的命只有你能取。"

她抬头看他。"但是要知道。让他多活一天,他的所作所为都会成为你在独孤之道接受审判时的负担。"

罗杰哼了一声。"我愿意。"

阿曼娃怒哼一声,转身走回她的个人卧室,紧闭房门。

罗杰很想去追她,安慰她,绝不会想要结束这段婚姻。但

370

是勇气离开他的体内,现实又从四面八方回来。

杰辛·黄金嗓来到了洼地,罗杰不可能隐形。

他第二天早上收到邀请,伯爵召集核心议员开午后特别会议,正式欢迎公爵的传令使者。

罗杰把邀请函揉成一团,不过没有把它留在会被人发现的地方。阿曼娃依然把自己关在卧室里,门口一片死寂。

"我想去找男爵。"罗杰对希克娃说。她立刻帮他挑选服饰。

就连罗杰的衣橱也被阿曼娃染指。在发现罗杰带去艾弗伦恩惠的那套衣服就是他唯一的衣服时,阿曼娃非常惊讶。不到一个小时,莎玛娃的裁缝就已经把他剥光开始量尺寸了。

幸好他们在建造豪宅。从罗杰衣橱膨胀的程度来看,他们得腾出一整条侧翼的空间放他的衣服。

他倒不是抱怨。如今罗杰不管出席任何场合都有适合的七彩服可穿,根据不同场合而有不同材质和色彩的鲜艳度。黑夜啊,他整整一个月都不会穿重复的衣服,这让他想起艾利克得意时的奢侈生活,身为公爵传令信使,住在宫殿里的那些日子。即使现在,当年的谎言已经揭穿,那还是他印象中最快乐的日子。

一开始,罗杰还想自己挑衣服,但他两个妻子很快就让他打消了这个念头。事实上,她们在这方面审美比他强。

希克娃专为男爵非正式聚会挑选的外套和长裤上绣有配色暗淡的复杂图案,像是上好的克拉西亚小地毯。宽松的上衣是洁白无瑕的白丝。感觉好像裹着云朵在身上一样。

罗杰沉重的金牌挂在飘逸的上衣之下。用粗链条扣着的安

吉尔斯皇家勇气勋章,金牌上有两把交叉的长矛位于一面盾牌后面,盾牌上绘有林白克公爵的章纹:一顶叶形皇冠飘在铺满藤蔓的王座上。盾牌下方写着:艾利克·甜蜜歌。

但是罗杰把金牌反过来戴,勋章平滑的背面刻着五个名字:卡莉、杰桑、杰若、杰卡伯、艾利克。

他们都是为了保护自己而死的——五个名字,五条人命,为他而死——他可悲的存在究竟有多大价值?

他假装拨弄系带,趁机暗暗握紧金牌。一股欣慰透过手指窜入体内,冲散了沉重的焦虑。不管他脑子的想法,他的内心坚信,只要握紧金牌,世界上就没有任何东西伤得了他。

这是个很蠢的想法,不过吟游诗人的工作之一就是逗人,所以没关系。

希克娃拉开他的手,像帮小孩子穿衣服的母亲般帮他绑系绳。焦虑度再度浮现,他本能地伸手回去。希克娃向他手背甩了一掌。手背刺痛片刻,不过很快就不痛了,在她拉平上衣时完全变麻。

罗杰惊讶地跳了起来。"希克娃!"

希克娃瞪大双眼,顺势跪下,双掌贴地。"很抱歉我打了你,荣誉的丈夫。如果你想要鞭打我,那是你的权利……"

罗杰目瞪口呆。"不,我……"

希克娃抬头。"当然。我会邀请达玛丁执行惩罚……"

"没有人会鞭打任何人!"罗杰大声道,"你们到底有什么毛病?别管这个了,再去帮我挑件上衣。有扣子的上衣。"

她一转身,罗杰立刻伸手去摸金牌,仿佛生死符般紧紧握住。

他的护身符是少数几个还没有和妻子分享的隐私了。她们知道金牌上的名字,他的母亲和父亲、他们家族的信使朋友,

还有两个指导过他的吟游诗人,全部壮烈牺牲。

但是关于他们死亡的故事,谋杀、背叛、愚行等等,他都没告诉她们。

希克娃带着新的上衣回来,大蕾丝领带的宽松衬衫。这件衣服适合更加隆重的场合,不过胸口的领带让他可以在不引人注目的情况下触摸他的金牌。

她是特意挑选这件的吗?当希克娃留着上面数下来第三个纽扣没扣时,罗杰就知道了她了解了,而他觉得有点心痛。

所有他这辈子爱过的人全都死了,让他孤零零地留在世上,万一这霉运还没完呢?下一个为他而死的人会是希克娃吗?阿曼娃?坎黛尔?他无法承受这一切。

他发现自己握金牌握到手都痛了。他多久没这么做了?几个月?月亏之役过后,世界上已经没有多少事情能让他害怕了。

但他现在又担心了。自从拒绝出任洼地郡的伯爵传令使者以来,汤姆士就一直对他爱理不理,不会为了街头艺人的狗命而去跟兄弟的传令使者过不去。

更糟糕的情况是,杰辛带着对罗杰和他妻子的逮捕令而来。克拉西亚领导人的女儿和外甥女可以成为很有分量的人质,特别是在克拉西亚人入侵雷克顿的此刻。

在这种情况下指控杰辛很可能对罗杰没有任何好处,只会惹火皇家传令使者,而罗杰很清楚杰辛·黄金嗓会怎么对付威胁他的人——他会暗下杀手。

罗杰突然被噎了一下,一阵猛咳。

"丈夫,你还好吗?"希克娃问,"我去请达玛丁……"

"我没事!"罗杰放开手,拉直他的领带。金牌正对他招手,但他不会理会自己的需求,伸手去拿他的小提琴和斗篷。"我只想喝点酒。"

"最好是喝水。"希克娃走去帮他倒水。他的吉娃已不再试图阻止他喝酒,但也不会鼓励他喝。

"我要喝酒。"罗杰又一次强调。希克娃鞠躬,走去拿酒袋。他没接她递过来的酒杯,直接拿起酒袋,走向门口。

"丈夫,你什么时候回来?"希克娃问。

"至少要到下午。"罗杰走出门外,关上房门。

克里弗站在门外的阴影中。观察兵对罗杰点头致敬,没有说话。

"在餐馆外加派沙鲁姆。"罗杰说,"我们有些白昼的敌人。"

"所有男人白昼都有敌人。"克里弗说,"我们只有在夜晚才会成为兄弟。"

"加派人手就对了。"罗杰大声道。

克里弗微微鞠躬。"已经加派了,杰桑之子。神圣之女昨天就已经下达命令。"

罗杰叹气。"她当然下令了。"

克里弗侧头。"这个男人,黄金嗓。他欠了你血债吗?"

罗杰面无表情。"对。但是我不想你或我的吉娃牵涉进来。"

克里弗又鞠躬,这次弯得更深,而且比之前长了两次心跳的时间。"原谅我低估了你,杰桑之子。你们绿地人确实了解沙鲁姆之道。派遣杀手讨还血债并非荣耀之道。"

罗杰眨了眨眼。暗杀大师竟然会说这种话?"那就不要动手。就算阿曼娃下令也一样。"

克里弗最后一次鞠躬,轻点简短。"暗杀无荣誉,主人,但有时候却有其必要。如果神圣之女命令我动手,我会从命。"

罗杰吞咽口水。想到克里弗用长矛刺穿杰辛及其学徒心脏

的画面就让他一阵快慰,但是事情不会就此结束。杰辛隶属势力庞大的家族,与藤蔓王座关系颇深。他的家人还会来找他报仇。

他一步跨下三级台阶,几乎等于是跳下平台,穿过后门抵达莎玛娃的马厩。身穿褐服的克拉西亚儿童在照料这些动物,一看到他便全部跳了起来,连忙冲过去帮忙。

最快赶到的是小莎莉娃,卡维尔训练官的孙女。训练官也是为罗杰而死。阿曼娃的贴身保镖安其度也是——两个需要刻上金牌的名字。如今已经七条人命为了救他一条命而死。

"主人需要七菜马车吗?"女孩问,说话很快,口音很重。

罗杰立刻换上愉快的吟游诗人面具。她没看到他从色彩鲜艳的新惊奇袋里拿出那朵小花。对她而言,那朵花等于是凭空变出来的,她在他把花送她时低声惊呼。

"七彩,莎莉娃,不是七菜。七彩是'多彩多姿'的意思。七菜就有'污点'的意思。你懂吗?"

女孩点头,罗杰又拿出一颗糖果。"说说看。七彩。"

女孩面露微笑,跳起来要拿糖果。罗杰身高不高,不过还是有办法让小孩拿不到糖。"七彩!"她大声道,"七彩!七彩!七彩!"

罗杰把糖果抛给她。她开心的叫声引来其他小孩的目光,所有人都满脸期待地看着他。

他没有令人失望。他手里已经暗藏了更多糖果。他在转身时发出舞台上的笑声,掩饰沉重的心情,手脚灵活地在所有小孩手里都丢了一颗糖果。

他们的家人为他流血,而他用糖果报答他们。

新任男爵在他的大金木桌后不自在地改变坐姿。他的大拳头让羽毛笔看起来像蜂鸟的羽毛，在艾默特侍从官的那叠仿佛无止无尽的文件上涂鸦似的签名。艾默特是汤姆士派给男爵担任秘书的安吉尔斯小地主。

"罗杰！"加尔德大叫道，在他走进办公室时立刻起身。

"男爵大人。"秘书开口道。

"罗杰有很重要的事情找我，艾默特。你得晚点再回来。"加尔德耸立在秘书面前，艾默特很识相地拿起文件，退出办公室。

加尔德关上沉重的房门，背靠门口，长吁一口气，好像刚刚逃过一群恶魔的魔爪。"感谢造物主。要是再让我多签一份文件，我就把那张桌子丢出窗外。"

罗杰目光望向那张沉重的桌子和数英尺外的窗户。如果世界上有任何活人办得到这种事，肯定就是加尔德了。

罗杰微笑。他在加尔德身边向来都觉得很安全。"随时乐意成为远离文件的借口。"

加尔德微笑。"你每天早上十一点都找点紧急事件来救我一把吧，我会非常感激你的。喝酒？"

"黑夜啊，好。"罗杰已经把那袋酒喝光了，不过红酒的酒性发作得慢。加尔德最近爱上了安吉尔斯白兰地，办公室里随时都有一瓶。罗杰主动服务，帮两人各倒了一杯。他动作很快，加尔德都没有发现他端酒过来前已经干了一杯。

两人碰杯喝酒。加尔德小啜一口，但罗杰却一饮而尽，然后又去倒第三杯。"今天，我还真有急事找你。"

"喔？"加尔德问。"太阳还在天上，没有地方失火，所以

不可能糟到哪里去。我们就趁去和公爵的传令使者见面前先抽根烟来聊聊。你觉得他的声音真的和黄金一样美丽吗？"

罗杰又干了一杯，倒满第四杯，这才走到办公室前的椅子上坐下。加尔德又喝一口，开始在烟斗里装烟。加尔德·卡特不是喜欢在他和任何人中间卡张办公桌的人。

罗杰接过他递来的烟草，开始装自己的烟斗。"你记得我和黎莎第一次在诊所见面的事情吗？"

"老少皆知的故事啊，"加尔德说，"你遇上解放者的传奇故事。"

罗杰没有力气与他争辩。"记得你问过是谁把我送进诊所的？"加尔德点头。

罗杰喝光杯里的酒。"就是有黄金嗓的公爵传令使者。"

加尔德脸色一沉，像是发现女儿被人打肿眼睛的父亲。"让我教训过他后，如果全洼地的药草师还有办法把他缝起来的话，就算他老小子命大。"

"别做蠢事，"罗杰说，"你现在是伐木洼地的男爵，不是史密特的保镖了。"

"我不能坐视这种事。"加尔德说。

罗杰看着他。"杰辛·黄金嗓是公爵的传令使者，藤蔓王座在洼地的代表。你教训他就等于是挑衅林白克公爵一样。"

他用能让凶神恶煞的伐木工裹足不前的眼神看他。"你知道如果你打死公爵天杀的传令使者，他会怎么对付你——对付洼地吗？"

加尔德皱起眉头。"所以我们要找别人对付他？"

罗杰闭上双眼，数到十。"让我来处理。"

加尔德眼神怀疑地看着并不擅长冲杀的罗杰。"如果要亲自处理的话，你干吗告诉我？"

"我不要你对杰辛出手,"罗杰说,"但我不认为他会这么宽宏大量。"

加尔德眨眼。"宽宏什么?"

"这么大方。"罗杰解释,"他或许会担心我会对付他,于是抢先对我和我的家人出手。如果你可以派几个伐木工去注意他的手下,我晚上会睡得比较安稳。"

加尔德点头。"小菜一碟,但是罗杰……"

"我知道,我知道,"罗杰说,"不能一直放任这个伤口不管。"

"伤口已经开始发臭了。"加尔德说,"真希望解放者在这里。他就算把那个混蛋的脑袋扭下来,也不会有人放一个屁。"

罗杰点头。自从遇上亚伦·贝尔斯后,他就一直如此打算。但是魔印人再也不会回来了。

罗杰在椅子上坐立难安。等候汤姆士和杰辛的过程中,伯爵会议厅弥漫着一股紧张的气氛。亚瑟领主和盖蒙队长比平时更加严肃,不过看不出来是因为安吉尔斯传来什么消息,还是纯粹因为有公爵的使者来访。海斯裁判官脸上一副啃了烂苹果的酸样。

就连黎莎也出席了会议。自从两周前在她家的庭院中昏倒后,她就一直没离开过小屋。照料她的药草师就连罗杰也不放进去打扰了。即使是现在,妲西也像艾文·卡特的狼犬一样守在她身边。

原因并不难猜。黎莎气色不佳、脸庞浮肿、双眼布满血丝,用多少化妆品都无法掩饰,她脸上搽了厚厚一层粉,但脖子上暴露的青筋像绳索般明显。

她生病了吗？黎莎或许是提沙境内最权威的药草师，但要操心的事儿比罗杰还多，而她一直在挑战自己的极限。她朝罗杰无力地笑了笑，他则用愉快——却完全虚假——的笑容回应。

他身边的加尔德一副按捺不住的样子。他决不会让罗杰受到任何伤害，但强壮的伐木工经常会帮倒忙。

男爵身旁的厄尼·佩伯和史密特正耳语交谈。他们不太可能知道会议表面下暗潮汹涌的事情，不过可以从紧绷的气氛中看出公爵的传令使者此行有极其重要的公事。

哈利·滚球者一手轻轻搭上罗杰的手臂。老吟游诗人比在场其他人更加清楚罗杰和杰辛之间的恩怨，不过他戴上了他的面具，就连罗杰也看不出他真正的想法。

"只要你不冲动，谅他也不敢招惹麻烦。"哈利以只有他们两个人能够听见的训练有素的腹语说道。

"你以为他泄愤之后，会变成个大善人？"罗杰问。

"当然不是。"哈利说，"次等歌绝对不会忘记任何恩怨。"

次等歌。艾利克·甜蜜歌担任传令使者时，其他吟游诗人就是这么称呼杰辛·黄金嗓。据说他的观众都是透过他的叔叔的人情拉上门的，其实他的歌嗓和黄金没有任何关系。

至少，他们私底下如此叫他。除非想要找打，不然不会有人当面叫他"次等歌"。杰辛的舅舅可不是只会记账而已，杰卡伯大师并不是第一个——也不是最后一个——死在杰辛手上又让他逃过法律制裁的人。

哈利似乎看穿了他的想法。"你已经不是当年的街头艺人了，罗杰。如果你出了什么事，洼地里所有人都会帮你讨回公道。"

"讨回公道当然好，"罗杰说，"但是我死得多冤啊。"

就在这个时候，亚瑟和盖蒙站起身来，其他议员也迅速站

起来，注视着汤姆士伯爵和杰辛·黄金嗓进入会议厅。

黄金嗓还是罗杰印象中那副狂妄自大的模样，而且比上次胖多了，显然很享受为公爵服务的生活。

罗杰挂着吟游诗人的面具，瞪大双眼，面露微笑，不过内心深处，他觉得自己恨得快吐了。他感觉到了手臂刀套中飞刀的重量。门口有林木士兵守卫，但他们或会议桌上的军官都不可能比罗杰更快出刀。

但是然后呢？

白痴，采纳你自己的建议，罗杰暗骂自己。或许你活该只能浅尝复仇的快感，然后立刻被林木士兵刺死，但是如果这样，阿曼娃和希克娃会遭到怎样的处罚？

林白克八成认为用黄金嗓的命换取抓住克拉西亚公主作人质是很高明的下策。

于是他坐着不动，即使心魔张牙舞爪，威胁着要把他撕成碎片。

杰辛在亚瑟宣告他出席时转动双眼，和议会中所有成员目光接触。他多看了罗杰片刻，接着礼貌性地朝他点头微笑。

罗杰很想把笑容从自己脸上割下来。不过他还是以笑容回应对方。

介绍完毕后，杰辛神态做作地拿出一个装饰华丽的卷轴，拔开捆绑文件的公爵印记封蜡。他展开卷轴，提高音量让会议厅中所有人听到他说话。

"造物主纪年大回归后三三三年，藤蔓王座致以洼地郡的问候。"他开口道。

"公爵阁下，林白克三世公爵，森林堡垒守护者、木冠持有人、安吉尔斯全境领主，恭喜他弟弟和所有领袖及洼地郡的居民确保加尔德将军和药草师黎莎安全自克拉西亚领土返回，

并且在数世纪最强大的恶魔攻击事件中成功守护洼地。"

"然而最近有太多改变，加上雷克顿的消息，我们还有很多事情要做。公爵阁下要求并命令汤姆士伯爵、加尔德男爵、黎莎女士、罗杰‧半掌及克拉西亚公主阿曼娃立刻启程前往安吉尔斯觐见。"

听到最后一句时，罗杰体内挣扎的心魔彻底窒息了。杰辛‧黄金嗓已经变成这场大戏中微不足道的小插曲。罗杰也一样。他们全部都要前往安吉尔斯——他们怎么能够拒绝？但是阿曼娃不可能回得来。她，还有罗杰，八成会遭受终身囚禁，或克拉西亚人击垮城墙为止。

杰辛再度笑嘻嘻地直视他的双眼，但这一次罗杰没有力气回应。

罗杰腹部翻腾，看着杰辛卷起那个卷轴，又抹掉蜡封，展开另一个卷轴。

"公爵夫人殿下，阿瑞安老公爵夫人，公爵阁下之母，林白克三世公爵，森林堡垒守护者，木冠持有人，安吉尔斯全境领主，恭喜加尔德‧卡特晋升男爵。为了向所有贵族正式引介加尔德男爵，以及远道来访的阿曼娃公主，老公爵夫人将会在男爵抵达安吉尔斯时举办单身汉舞会。"

"啊，什么？"加尔德惊呼，四周传来笑声，直到他握紧两颗大拳头为止。

"请见谅，男爵。"汤姆士说，不过声音仍带着笑意。"意思是我母亲利用你的名义举办宴会。"

加尔德松了口气。"听起来还不算太糟糕。"

"她会邀请安吉尔斯所有与公爵家族沾亲的未婚女子参加这场宴会，然后想尽办法帮你说合一门亲事。"

加尔德乐得下巴都快掉了下来。

"会有很多美食,当然。"汤姆士在看到男爵没有回话后说。这是过去两周以来他第一次露出愉快的表情,他也很享受这份祝福。

"还有音乐。"杰辛补充道,"我会亲自演出。"他眨眨眼。"还会暗示你哪位女士最值得追求。"

加尔德吞咽口水。"如果我一个都不想要呢?"

"那她就会一直不停地举办宴会,直到你找到对象为止。"汤姆士说,"我向你保证,她要是没有达到目的,绝对不会放过你的。"

"这么美的事儿,为什么不呢?"海斯裁判官看着加尔德问。"你的男爵领地需要继承人,而你的妻子可以在你去见造物主后主持家计,抚养子嗣,直到他能够治理领地为止。"他凭空绘印。"我是指在你活完漫长的一生,养育很多子孙之后获得造物主宠召。"

"他说得对,加尔德。"黎莎说道,这是她当天在议会上第一次开口说话,所有人全都转向她。

黎莎看着加尔德的表情看来有点责备,他则显得有些畏缩。"你已经孤独太久了。孤独的人会做蠢事,该是成家立业的时候了。"

加尔德脸色微微发白,点了点头。罗杰很惊讶,他知道这两个人有段过去,但这……

汤姆士清清喉咙。"那就这么说定了。我不在期间,就由亚瑟领主代理伯爵事务。他的决定需要经过会议认可。男爵和佩伯女士都要各自安排好代理人。"

"妲西·卡特。"黎莎说。

妲西看着她,神色恳求。"吉赛儿女士不是比较……"

"妲西·卡特。"黎莎又说一次,听起来没得商量。

"是，女士。"妲西点头，不过有点无可奈何。

"道格和梅伦·布区。"加尔德说。

"这样是两个人——"盖蒙队长开口。

"他们是对夫妇，"加尔德打断他。"我还是将军，又是男爵，所以我应该要有两个代理人。"

汤姆士环顾会议厅，不需要辩论就能看穿其他人的心意。亚瑟和盖蒙在洼地不得民心。"男爵说得对。"

亚瑟皱眉。"哪个代理将军，哪个代理男爵？"

加尔德耸肩。"自己选。"

伯爵宣布散会后，罗杰立刻离开椅子，就连多一秒也不想多和杰辛共处一室。他正要往门口移动，黎莎叫住了他。

"我们共进午餐吧，罗杰？"

罗杰停步，深吸一口气，带着愉快的笑容转过身去，以最正式的礼仪鞠了一躬。"我的荣幸，女士。"他扬起手臂，她轻轻勾住，不过不管怎么拉扯，她都拒绝加快尊贵的步伐。

他们爬上黎莎的马车，汪妲坐在车夫旁边，让他们在车厢中独处。外面气温很低，冬意越来越浓，但黎莎的马车内很温暖。尽管如此，他还是为刚才的诏书而浑身发抖。

她知道了，罗杰心想在她看他时。黎莎向来不管对任何事的了解程度都超过她理应了解的范围，在查探他人试图隐藏的秘密时，她猜测得几乎和阿曼娃的骨骰一样精准。她一直都想知道当初罗杰是如何沦落到她诊所里去的，还让他骨头一愈合立刻就想逃离安吉尔斯。她很可能是看出他眼中的恨意，终于想通了前因后果。再过一会儿，她就会发问，或许该到对她全盘托出的时刻了。如果任何人有资格得知真相，肯定就是黎

莎·佩伯，毕竟当初救活他的人可是她。

虽然后来他有好几度希望当初她让他死了干脆。

黎莎深吸口气。要来了，罗杰心想。

"我怀孕了。"

罗杰眨眼。他很容易就会忘记自己不是唯一生活上有难题的人。"我还在想你什么时候才要告诉我。我只希望是小孩出生之前。"

这下轮到黎莎眨眼了。"阿曼娃告诉你的？"

"我又不笨，黎莎。"罗杰说，"吟游诗人会听说洼地所有谣言。你以为我会没听说这事儿？我一听说此事，眼中立刻满满都是你怀孕的迹象。你脸色苍白，早上根本不看食物。老是在摸肚子。每次仆人端没有全熟的肉给你就会皱眉。还有情绪起伏。黑夜呀，我以为本来的你就已经够情绪化了。"

黎莎嘴巴抿成一条线。"你为什么都不吭声？"

"等你什么时候信任我，"罗杰说，"不过我想你不信任我。"

"我现在就信任你了。"黎莎说。

罗杰挂上无奈的表情。"你现在信任我是因为镇上有一半的人都已经知道了，而你觉得没办法继续隐瞒太久了。黑夜啊，就连阿曼娃都知道了！她告诉我的时候，我还得假装震惊呢。"

"你为我欺骗你的妻子？"黎莎问。

罗杰双臂抱胸。"当然。你以为我和谁站在同一阵线？我爱阿曼娃和希克娃，但我又不是天杀的洼地叛徒。你一直等到最后一刻才告诉我，也不想想我早点知道的话能帮忙出点主意。我本来可以让你成为怀下克拉西亚王室继承人的英雄的。结果你却让所有人以为你怀的是藤蔓王座的子嗣。我知道林白克家族发现被你耍了之后会怎么对付你吗？会怎么对付孩子？"

"我们很快就会知道了。"黎莎说,"我已经跟汤姆士坦诚了。"

"黑夜呀,"罗杰说。"这倒解释了他最近的行为。我本来希望只是因为皇室不喜欢新娘怀孕的婚礼。"

"我伤害了他,罗杰,"黎莎说,"他是个好人,我让他心碎。"

罗杰差点噎到。"你现在还担心他?恶魔都快来了,而你还在担心汤姆士的感觉?"

黎莎拿起隔壁座位上的布鲁娜披肩,像是隐形披风般紧裹在身上。"我在担心一切,罗杰。我自己、我的小孩、洼地。太多的事情要担心了,我已经不知道该怎么应付了,只知道不能继续欺骗下去。很抱歉之前不信任你。我应该早点告诉你的,但羞于启齿。"

罗杰叹气。"别把对我的罪恶感加到你要担心的那堆事情里。我也有重要的事情没告诉你。"

黎莎抬头看他,语气转为严肃,像是听见隔壁房间摔烂东西的母亲。"什么事?"

"我们第一次见面那天晚上,"罗杰说,"杰卡伯和我被带到诊所的那天。"

黎莎脸色立刻缓和下来。当晚她和吉赛儿花了好几个小时修补包扎他的伤口。他很幸运地活下来了。

"是杰辛·黄金嗓干的。"罗杰说,"当时他还不是公爵传令使者,只是个被我打断鼻梁的大混蛋。后来他和他的学徒开始跟踪我与杰卡伯,看我们表演,然后,有一天晚上,他们抓到我们落单。把杰卡伯打死,逼我眼睁睁地看着,然后又想打死我。幸好巡逻人员刚好路过。"

黎莎脸色一沉。"我们不能放任此事不管,罗杰。"

385

罗杰笑。"加尔德也这么说。"

"你竟然先去告诉了加尔德?"黎莎几乎是用吼的。

罗杰瞪着她,直到她双眼低垂。"我会去找汤姆士。"她终于说。"我是事发当时的证人。他会听我说。"

罗杰摇头。"你不能去找他。我怀疑汤姆士此刻会有心情提供你我任何一点点帮助,而你要找他帮忙的事情堪称世间麻烦之母。"

"为什么?"黎莎问,"把杀人犯关进牢里为什么会是大麻烦?"

"因为杰辛·黄金嗓是詹森总管的侄子。"罗杰说,"城内所有官员的薪资都要经过他签核,少了他,公爵家族成员就连袜子也找不到。指控他就和指控林白克一样。再说你有什么证据?唯一的人证就是我。只要轻弹手指,杰辛就能找到一千个人证实他当天晚上身处何处。"

"所以你打算让他逍遥法外?"黎莎问,"这可不像你,罗杰。"

"我不打算让任何人逍遥法外,"罗杰说,"只是说汤姆士在这件事情上不站在我们一边。"

他轻笑。"我以前常幻想让亚伦去将他踢下悬崖。人们以为他是解放者时,自然不会计较这种事情。"

"杀人向来不是答案。"

罗杰两眼一翻。"不管怎么样,最好暂时保密。只要我们没有行动,黄金嗓就得担心我们会干什么。只要我们采取行动,他就可以进行反制。"

"如果我们根本动不了他,他还有什么好担心的?"黎莎问。

"他不担心刑责,"罗杰说,"但就连他也不想与吟游诗人

工会和乔尔斯工会长为敌。乔尔斯亲眼看到我殴打杰辛,也听到他威胁我。他是唯一证词有力的证人。"

黎莎叹气。"这趟旅程会很有趣。"

"这么说太含蓄了。"罗杰拿出他的空酒袋,摇一摇。"你家里有比茶更烈的东西吗?"

第十八章　暗夜低语

333 AR　冬

信封乃是上好的纸张，以蜡密封，盖有阿瑞安的纹章，不过里面的信却出奇地不正式，由老公爵夫人亲手书写。黎莎看信时几乎可以听见老女人的声音：

黎——

你上回来访时的问题依然存在。雷克顿的战事让问题更显急迫，所有皇室药草师都已经放弃。这里需要你的技术。

平民百姓现在不只是叫你魔印女巫了。你知道吗？黎莎·佩伯，洼地新伯爵夫人。你的名声家喻户晓。这又是另一件我们必须讨论的事情。

家喻户晓。这个词像块石头压在黎莎心头，她不自觉地捏皱了信纸。阿瑞安知道孩子的事情？但她到底知道些什么？汤姆士和她说了什么？

无论如何，这封信的意思很明白。汤姆士和其他人或许只是回安吉尔斯复命，但黎莎短期内不会回到洼地。毕竟她得在克拉西亚人想出办法攻击雷克顿本城前弄出一个皇家子嗣。

一旦克拉西亚人征服湖中城市，那便什么都不能阻止他们把注意力转向北方。但是密尔恩的欧克安安稳稳地躲在山中，

只要他还认为自己可以利用克拉西亚人的威胁取得安吉尔斯的继承权，就不会轻易与安吉尔斯联手抗敌。

黎莎一言不发地把信交给吉赛儿，她皱眉读信。

她摇了摇头。"你不能去。他们会把你扣押在宫殿里，直到小孩出生为止。"

"我看不出还有其他选择。"黎莎说。

"说你身体不适，无法远行。"

"我两周前才因为压力和疲倦的关系当众昏倒，"黎莎说，"我现在并没有卧病在床。"

吉赛儿耸肩。"我是你的药草师，我有不同的意见。让我代替你去。我也是布鲁娜训练出来的药草师。你能为公爵提供的服务，我也都办得到。"

黎莎摇头。"此事不只是与医疗技巧有关。问题在于如何取得林白克的信任。林白克根本无视问题出在他身上的现实。阿瑞安需要出入宫廷更随意的自家人。如果必须动手术，那么家人更能取得公爵信任，让他可以接受。"她没说吉赛儿曾经多次向她咨询与生育相关的问题。

吉赛儿扬起一边眉毛。"现在伯爵还让你继续担任皇家药草师就已经算你走运，更别说要和你订婚了。"

黎莎点头，轻咬下唇，以免这句话所掀起的情绪淹没她的理智。"对，但阿瑞安或许还不知道孩子不是他们家的血脉。无论如何，精明如她肯定会在我失去利用价值前假装不知。"

我希望。

"很抱歉，"黎莎说，"公爵亲自下令要我前往安吉尔斯。"

"但是女士，黑柄墨汁只能维持短短几天而已。"女孩流露

出惊慌失措的神色。

"等我回来就会继续试验,我保证。"黎莎说。

"但是等你走后,其他人却能继续使用魔印武器。"史黛拉抗议。"她们可以继续战斗。我们这些人却得回到过去的生活。"

"你们不会的,史黛拉。"黎莎说,但是女孩根本没有在听。史黛拉不停改变站姿,抓着皮肤上的黑柄魔印。她站在远离窗口的阴影中,尽量多保留魔力一点时间,但是房间内的环境光就足以吸走她体内的魔力。

其他由黎莎在皮肤上绘印的人反应都差不多。他们开始穿着长袍,像她第一次见到亚伦时那样,宽松的衣袖和拉低的兜帽,保护魔印,遮蔽阳光。很多人白天会待在阴暗的地窖和谷仓,宁愿少睡几个小时也不要变回凡人。汪妲会尽量把他们赶到阳光下,但她不可能顾到每个人。

黑柄魔印之子还有其他问题。越来越暴躁。史黛夫妮提到生性温和的史黛拉在一次争吵中捶打桌面,把结实的桌子打成两半。艾拉·卡特在发现男朋友和其他女孩说话时动手打裂了他的下巴。贾斯·费雪或许可以用保护受虐母亲的理由为自己的行为开脱,不过他差点打死了父亲。黎莎被迫使用宝贵的霍拉拯救他的性命,至少到当时还没把握看到他恢复走路的希望。

或许最好让他们冷静几个礼拜,以免有人犯下难以挽回的大错。

"我能和你去吗?"史黛拉满怀期待地问。"担任你北行时的护卫?"

黎莎摇头。"谢谢你,孩子,不过我已经有伐木工和林木士兵和汪妲保护了。"

"你可以刺青……"史黛拉开口。

"不行。"黎莎语气坚决。"我们不知道那样做会对你造成什么影响。"

"当然知道!"史黛拉大声道,"我会像瑞娜·贝尔斯一样,在解放者倒地时阻挡恶魔。"

"绝对不行。"黎莎说。史黛拉紧握拳头,黎莎手掌远离茶杯,伸入放置盲目药粉的围裙口袋。

汪妲动作更快,在黎莎察觉前已经挡在两人中间。她扬起自己的拳头,比史黛拉大一倍。"你给我摊开手掌,女孩,然后向黎莎女士道歉。"

两人对瞪,黎莎有点担心两人会爆发冲突。魔法会强化战争的冲动,即使胜算不大的情况下也一样,而史黛拉体内还残留一些可能惹祸的魔法。

但是女孩记得自己的身份,后退一步,摊开双手,深深鞠躬。"对不起,女士。我只是……"

"我了解。"黎莎说,"魔法会让愤怒的火星变成熊熊大火,让大火成为恶魔火。这又是另一个你和其他人应该暂停一段时间的理由。"

"但万一你不在的时候,心灵恶魔又在新月回归怎么办?"史黛拉继续问。"洼地会需要所有能够战斗的人手。"

"我应该能在那之前回来。"黎莎安慰她道,"上次攻击行动导致心灵恶魔四处逃散。它们会回来,但应该不会这么快,我想。"

"可以请你至少帮我重画一次吗?"史黛拉哀求,举起手臂,上面的黑柄墨水已经淡化成浅棕色。"这些只能再撑几个晚上。"

黎莎摇头。"我很抱歉,史黛拉。我没时间。你只能想办法度过两周没有黑柄墨水的日子。"

女孩一副必须在缺乏手臂的情况下度过两周的模样,不过还是神色悲哀地点头,在汪姐的陪同下走了出去。

"史黛拉是好孩子。"汪姐回来后说道,虽然她们两个一样大。"我了解她的感觉。你难道不能……"

"不能,汪姐,"黎莎说,"我已经开始怀疑这场试验是不是个错误了,我决不打算在远行期间还让实验继续下去。"

有人敲门,汪姐过去应门。黎莎轻揉左脑侧,试图减轻些头痛。有些药茶可以麻痹痛楚,但会让她昏昏沉沉,难以思考。更糟糕的是她担心药茶会影响孩子。

她现在无法取得永远能够治疗头痛的解药。汤姆士已经好几个礼拜没亲近她。她必须想办法习惯头痛。

但接着,她妈走了进来,情况越来越糟了。

"老公爵夫人帮加尔德举办招亲舞会是怎么回事?"伊罗娜问。"把所有安吉尔斯里绽开一半的花都集合起来给他摘?"

"我也很高兴见到你,母亲。"黎莎示意汪姐。"麻烦你去确保史黛拉和其他魔印之子站在太阳下。"

"是,女士。"就像所有人一样,汪姐十分乐意在伊罗娜·佩伯出现时躲远点。

黎莎帮她母亲倒茶。"说得好像阿瑞安老公爵夫人要把他关进妓院一样。"

"在我看来就是一回事。"伊罗娜接过茶杯说道。

"打从我有记忆以来,你就一直想把加尔德推到我的怀里。"黎莎说,"如今他在十几年后终于有机会娶妻时,你又想让他一辈子当个光棍汉?"

"他和你在一起的话,我就能盯着他。"伊罗娜眨眼道。

"如果你没照顾好他,我就要成为帮他清理精囊的下一位。"

黎莎眼中一阵剧痛剧,以为自己就要爆发了。"你真的太开放了,母亲。"

伊罗娜嗤之以鼻。"别和我装清纯,女孩。你也没有好到哪里去。"

"我没有才怪。"黎莎说。

"恶魔屎。"伊罗娜说,"看着我的眼睛,告诉我你背着英内薇拉去睡沙漠恶魔的时候没有感到无比刺激。"

黎莎眨眼。"那不一样。"

伊罗娜呵呵大笑。"继续这样告诉自己吧,女孩。说再多也只是自我安慰的。"

听到这,她觉得仿佛有只恶魔正在她的眼睛里挖洞一样。"你到底想些什么,母亲?"

"我要去安吉尔斯。"伊罗娜说。

黎莎摇头。"绝对不行。"

"你需要我。"伊罗娜说。

这下轮到黎莎呵呵笑了。可怕的是她的笑声听起来很像妈妈。"为什么?你现在是外交使者了吗?"

"老公爵夫人想把你留在宫廷之中,"伊罗娜说,"你需要有人帮忙安排婚事。"

"他们不是克拉西亚人。"黎莎说,"我自己代表自己。你只是想要抓住最后的机会,在路上和加尔德鬼混,然后对和她跳舞的女士像猫一样嘶嘶叫。"

伊罗娜一副要吐口水的样子。"反正那些高贵的宫廷女孩也应付不了他。"

"其实我必须提醒你,我肚子里的孩子可能是加尔德的。"伊罗娜问,"尽管怀孕的征兆还没你那么明显,但是我感觉腰

带越来越紧了。"

"所以你更该放手让他走,"黎莎说,"你还有什么选择?和爸离婚,嫁给加尔德?你以为裁判官会祝福你们的结合?伯爵?老公爵夫人?"

伊罗娜没有这个问题的答案,黎莎继续攻击。"如果你让加尔德当不成男爵,你以为他还会继续迷恋你吗?黑夜呀,你认为他现在在乎你吗?他会碰你的唯一理由就是你长得像我。"

"才不——"伊罗娜开口道。

"本来就是。"黎莎打断她。"他亲口告诉我的。你只是他想到我时的替代品。"

伊罗娜双眼圆睁瞪着她,黎莎知道自己说得太过分了。她母亲总是有办法诱发出她人性中最丑陋的一面。

两人沉默片刻,接着伊罗娜站起身来,抚平裙摆。"你说我太开放了,女孩,但是你的话也可以和恶魔一样伤人。"

黎莎神色哀伤地看着洼地的景色飘过马车窗外。她觉得这或许是自己最后一次看到洼地,这当然是很虚幻的想法。

黎莎小时候,伐木洼地只是个几百人的小镇,刚好大到有资格标示在地图上。镇上的道路和建筑熟悉到几乎成为自己的一部分,所有镇民的名字和职业大家都很熟悉。

如今洼地已经找不出多少她童年故乡的影子,除了圣堂和几间小屋与树木。就连这些都多了火焰焚烧和恶魔攻击的痕迹。

但是废墟中诞生了洼地郡,一个人口数很快就能与自由城邦相提并论——甚至超越它们的地方。不到两年间就已经有好几万人被克拉西亚人驱赶而来,或是从北方响应亚伦对抗恶魔的号召而来。

394

洼地郡的街道都是刚刚才用混凝土铺成的，不过黎莎对它们熟悉到就与从前的老路没什么两样。她和亚伦一起规划大魔印的架构，进而以伐木洼地为魔印世界的中心向外扩张。

或许加尔德说得对——或许亚伦真的是解放者。

而你让他给跑了。即使已经离开洼地几英里，但她母亲声音时刻萦绕在耳际。

"起码要一个礼拜才会抵达安吉尔斯。"吉赛儿说，"你们两个打算一直盯着窗外的风景看吗？"

黎莎微微吃惊，将注意力转回一起坐马车的人身上，吉赛儿和薇卡。吉赛儿必须赶回她在安吉尔斯堡的诊所，薇卡则要去看她丈夫——黎莎的童年玩伴约拿牧师——被造物主的牧师囚禁审问。公爵老夫人对黎莎承诺不会伤害他，不过却没承诺什么时候释放他回洼地。

另有一件要和公爵老妇人讨论的事情。

薇卡和黎莎一样满腹心事，几小时都望着窗外发呆，撕扯指甲根部的脱皮，直到无皮可撕为止。

"抱歉，"黎莎说，"我走神了。"

"对。"薇卡也说。

"好了。"吉赛儿说，"我们三个有多久没有安安静静地相聚片刻了，更别说能相处整整一个礼拜？我们应该好好珍惜这段时间。"

"要讨论药草技术吗？"黎莎容光焕发。工作可以让她暂时忘却那些烦恼，把心思放在无可避免的事情上。

"会讨论到工作的。"吉赛儿说，"但我也不打算一整个礼拜都切磋工作。我想或许我们可以玩个游戏。"

"什么游戏？"薇卡问。

吉赛儿微笑。"就叫'老巫婆布鲁娜的棍子'好了。"

黎莎本能地抚摸自己的手背。每次想到那根棍子，这里还是会隐隐作痛。棍子够粗，可以支撑她的整个身体，不过又很轻，让她老师可以像阿曼恩挥动卡吉之矛般轻易挥舞。它是一根木棒，用来赶跑站在她和病患之间的笨蛋，同时也是宛如雷击般甩痛女孩手背的辫子。它向来不留痕迹，但却能让人疼痛很长一段时间。

布鲁娜不常打黎莎，也不会毫无由来乱打一通，但每次打她都是一场教训——生死攸关的教训——就像某种记忆把戏般，那根棍子确保她不会重复愚蠢的错误，提醒她药草师围裙所代表的权利与职责。她把所有教训写在笔记里，不过每件事情都深深印在脑海中。

"怎么玩？"黎莎问。

"你起头。"吉赛儿说，"布鲁娜第一次打你是为什么？你又学到什么？"

"我拿灰根混合欧瓦拉种子，以为可以治好梅伦·布区的头痛。"她微笑拍手，提高音调，模仿布鲁娜的尖叫声。"笨女孩！你以为瞎掉一个礼拜会比头痛好吗？"

三人全都哈哈大笑，黎莎许久不曾如此开心了。一时之间，末日的感觉荡然无存。

"换我！"薇卡叫道。

车队缓慢前进的旅程中，罗杰始终提不起劲儿与坎黛尔及两位妻子练习。就连更欢悦的行为都引不起他的兴趣。有条绞刑索已经套在他脖子上好几年，但是如今变得越套越紧。他坐着调音，想要找出不可能找到的完美音调。

你永远找不到的，艾利克说，但那并不表示你该停止寻找。

女人们见他心情不好,也不去烦他,一边下着克拉西亚棋,一边念《伊弗佳》给坎黛尔听。她们会笑,而罗杰很高兴能听到她们的笑声,只是没办法感同身受。他们不知道有什么在安吉尔斯等待他们。就连坎黛尔也因为能够魅惑地心魔物而有可能吸引公爵的兴趣。如果他要求她留下,那他们就又多了一条永远无法离开的理由。

洼地的领土已经扩张到车队走了整整一天才刚好抵达边境。不过至少第一天晚上还有旅店可以住宿。

接下来几个晚上都要睡在帐篷里,罗杰向来不喜欢睡帐篷。阿曼娃的帐篷比较类似主帐,有半打仆役打理他们的生活需要,但是说起睡觉,罗杰还是宁愿睡在有实心墙壁可以隔断恶魔声音的工具房。

旅店为了接待皇室军队而清空了其他客人,但伯爵还是在房里用餐。他没有要求黎莎共进晚餐,这会成为安吉尔斯茶会政治中的话题。

杰辛也没有和大家一起用餐,不过这并没有什么好奇怪的。他似乎与罗杰一样,想要避开对方。

阿曼娃也想独自用餐,不过罗杰不允许她这么做,大声邀请黎莎加尔德和汪妲在餐厅一起共进晚餐。他是利用克拉西亚习俗来争取优势,因为他的吉娃不会拒绝已经发出的邀请。希克娃接管了半间厨房,恐吓厨房人员,让阿曼娃的戴尔丁仆役负责服侍他们那一桌。造物主绝不允许某个不懂鞠躬礼仪的女侍冒犯公主殿下。

吉赛儿和薇卡与几个学徒共坐一桌,他们全都很乐意让洼地人招呼他们。克里弗站在墙边,监视着一切,僵硬得像旅店招牌一样。罗杰从来没见过他吃东西。

"和我们说说这个林白克公爵,丈夫。"阿曼娃趁两道餐点

间的空当说道。"你认识他，是不是？"

"对，算是。"罗杰说，"艾利克大师还担任公爵传令使者的时候。我是在图书馆里学会的写字。"

"一定是很棒的经历。"黎莎有点羡慕地叹道。

罗杰耸肩。"我就猜你会这么想。对我而言，我只想要回去拉小提琴和翻翻筋斗。但是洁莎女士坚持要我学会写字，就连艾利克也同意。"

"洁莎女士是公爵的药草师？"黎莎问。

"算不上。"罗杰说。

黎莎眯起双眼。"杂草师。"罗杰点头。

"什么是杂草师？"阿曼娃问。

"你会和她们处得来。"黎莎刻意在语调中添加怨毒的意味。她真的天生就很擅长毒舌。"杂草师就是专业下毒师。"

阿曼娃点头表示理解。"对于受到皇室信任的仆人而言算是很高的荣誉。"

"下毒没有荣誉可言。"黎莎说。

"事情没有那么简单。"罗杰大声道。他直视黎莎的双眼。"而我也不会放任你那样数落洁莎女士。我母亲死后，她就相当于我母亲的角色。造物主为证，我可一直忍着没去批评伊罗娜。"

黎莎哼了一声。"你说得很对。"

"所以我不时会见到公爵。"罗杰说，"通常都是在他进出个人的后宫的时候。他和他弟弟有通往妓院的秘密通道可走，不会被人发现。"

"他们当然有。"黎莎补充道。

"这在阿拉西亚也很常见，"阿曼娃说，"有权势的男人通常有很多后代。"

398

"造物主呀，没那回事。"罗杰说，"洁莎手下的女人全都在喝庞姆茶。他们决不允许怀上私生子在城里乱跑。"黎莎瞪他一眼，罗杰不自然地咳嗽一声。

"他们……"阿曼娃暂停片刻，在脑中找寻正确的提沙语词语。"这些吉娃森喝药茶预防怀孕？"

"太邪恶了。"希克娃说，"什么女人会让自己变成卡丁？"

"她们不是吉娃森，"黎莎告诉阿曼娃。"他们是希莎。"

阿曼娃和希克娃交头接耳，以克拉西亚语迅速交谈。罗杰没听过这个克拉西亚词，不过猜得出那是什么意思。这段交谈越来越让他心烦意乱了。

阿曼娃坐直了身子，摆出高贵尊严的模样。"以艾弗伦之名，我们用餐时不可交谈这种事情。"

罗杰立刻鞠躬。"你说得对，吉娃卡。"

"多说点关于林白克家族的事情，"阿曼娃说，"他们和卡吉的血缘关系是？"

"没有半卡拉的关系。"罗杰说。

"那和提沙从前的国王呢？"阿曼娃不耐烦地追问道，"我们的学者推测国王的血脉必定可以追溯到解放者的北地子嗣身上，不然不可能取得足够的正当性。"

"或许，"罗杰说，"不过我不会在宫廷中提起这种事情。林白克跟国王血脉没关系。"

"喔？"黎莎问。

"喔，阿瑞安是皇族，没错。"罗杰说，"她嫁给林白克公爵一世的儿子，让他的政变师出有名。但是林白克一世只是总督，和皇族没有任何关系。他发明压印卡拉的机器，而据说他将五台机器中的一台据为己有。当老公爵在没有子嗣的情况下死亡时，他就是安吉尔斯最有钱的人，所有想要争夺王位的家

族都欠他钱。"

阿曼娃微笑。"你的族人和我的族人不同，丈夫，不过也没有那么大不同。"

"那就是林白克三世的问题，"罗杰说，"如果他死时没有子嗣，很多家族都和他弟弟一样有资格争夺王位。他们或许有办法继续掌权，不过必须付出代价，而且北方势力将更有机会接管安吉尔斯。卡拉很好，但欧克有办法在他们敌人的保险箱里塞满黄金。"

"他能塞的不光是黄金。"黎莎说，不过并没有进一步说明。

他们第二天离开洼地的地域，不过通往安吉尔斯的道路都有良好的魔印守护，每隔一段距离就架设军队营地。他们在日落后继续赶路，抵达汤姆士驻守区域边境的要塞。

车队已停止前进，罗杰立刻跳下马车，开始用暖身动作舒展僵硬的肢体。

"闷得慌？"加尔德边问边从他的巨型安吉尔斯马斯谭马"坍方"背上跳下来，像汤姆士的骑兵队长一样轻松。

"需要伸展伸展。"罗杰说。

"是啊，"加尔德说，"我想你的小身板一定是累惨了，整天都和三个女人裹在毛毯里。"

罗杰微笑。"如果你这么想的话，老公爵夫人真的得尽快帮你找个新娘了。"

加尔德哈哈大笑，罗杰则顺着伐木壮汉习惯性地拍他的肩膀的力道灵巧地翻了一圈。

"坍方"转向他们，加尔德手里已经多了一个大苹果。巨

马张开可以轻易咬掉人脑袋的大嘴叼走苹果，然后趁加尔德拿刷子刷它脖子时安安静静地咀嚼。

罗杰摇头。"一年前的加尔德·卡特根本分不清楚马头和马尾。"

"几个月之前都还是那样。"加尔德同意。"我可以从这里骑马到那里，但我从来没喜欢过这种天杀的动物。"他回头看马，它一副高高在上的模样，仿佛是恩准他帮它刷毛一样。"但是这个老'坍方'可没心情理会陌生人。"

"这是我见过最好的一匹马。"汤姆士伯爵说，"原谅我，男爵，但我每天都希望是我先看到他。"罗杰转身发现杰辛像狗一样跟在伯爵身后。小心翼翼地站在他出手攻击的距离外。

"还是一样，伯爵大人。"加尔德笑嘻嘻地交出缰绳。"你只要能在马鞍上撑够一分钟，它就是你的了。"

"坍方"哼了一声，汤姆士哈哈大笑。"我一眼就能看出你的鬼点子，男爵。我只有继续以你在我的指挥下骑马来安慰自己了。"

"是啊，"加尔德说，迟疑了一下子。亚伦走了之后，他越来越依赖伯爵。如果魔印人不再回来，他要不了多久就会彻底成为伯爵的跟班。

"前方的道路没有魔印守护，"汤姆士说，"驻军指挥官说频繁的交通会引来大批恶魔。这样会走得比较久，不过我认为接下来几天还是不要在夜里赶路。"

"没这回事。"黎莎说着走了过来。汤姆士看她一眼，迅速偏开目光。"我们有魔印武器和经验老到的战士。如果你哥哥没办法在所有道路上刻印，清空沿路恶魔，洼地应该乐意代劳。"

汤姆士下巴一紧。他终于抬头面对她。"我们有战士，没错。我们也有药草师、外来官员、吟游诗人。这些都不是有能力在夜间赶路的人。"

黎莎嗤之以鼻。"只需罗杰在，就可以保护整个军队了。"

喂，别把我扯进来，罗杰心想。

"你竟敢这样对伯爵大人说话，药草师。"黄金嗓说，"汤姆士王子是林木军团指挥官，不需要你的军事建议。近来前方军队营地有许多乞丐出没，我们每天都得派遣先行部队去驱逐他们，然后才能扎营，而那些肮脏的鼠辈肯定会在我们通过之后又跑回去。"

所有人惊呆片刻，接着全都转头瞪向杰辛，他在众人目光下神色畏缩。加尔德紧握巨拳，汪妲则伸手抓向挂在马鞍上的弓。

汤姆士的声音低沉、愤怒。"传令使者，你是在说，你前往洼地时，每天傍晚都把平民赶出他们的魔印？"

杰辛脸色惨白。"我奉命尽快赶到你身边……"

汤姆士以罗杰难以想象身穿护甲的人可以达到的速度移动，转眼拉近距离，反手击中杰辛，打得他瘫倒在地。

"这些子民全都身受我哥哥的庇佑！"汤姆士大叫，"他们是被赶出家园的难民，不是乞丐或盗匪！"

杰辛够聪明，待在地上不爬起来，让汤姆士踢得缩成一团。"你就是这样代表公爵办差的？把寻求我们保护的人赶出去送死？"

杰辛轻灵地翻身跪在地上，在愤怒的伯爵面前双手交握，呈祈祷状。"拜托，伯爵大人，那是公爵亲自下令的。"

所有人全都聚过来看热闹，有不少是从马车里探头出来。不只是旅人，驻地里的林木士兵也围上来，随时准备听从汤姆士的指示动手。他们全都配备魔印武器和护甲。

伯爵转向他们。"林木士兵的装备难道差到无法自行架设营地吗？需要把弱者赶入黑夜才行吗？"

驻地队长上前，在汤姆士面前单膝跪地。"不，伯爵大人，我们有能力。但是传令使者没有说谎。林白克公爵亲自签署命令，要求我们赶走所有没有使用军队营地许可证的人。"

汤姆士咬紧下唇，脸上浮现严厉的线条。"我哥哥判平民死刑的时候不用面对他们的双眼。但是你的手下执行时需要。"

队长头垂得更低。"是的，长官，造物主会惩罚我们。"

"下不为例！"汤姆士吼道。他流畅地提高音量，直接和士兵讲话。

"或许我没有把我对各位的期待交代清楚。为此，我道歉。但是你们现在听清楚了，之后不准和我说你没听到。安吉尔斯境内所有人民都是你们的责任，必须保护他们。不可把他们赶出魔印的守护范围，不可欺凌他们、诈骗他们或收他们的贿赂，不可欺凌他们的女人。听见了没有？"

"是，指挥官！"士兵齐声回应。

"听见了没有？"汤姆士再次吼道。

"是，指挥官！"士兵的回应宛如雷鸣。

汤姆士点头。"很好。因为忘记我的话的人会在叛徒广场被吊死，成为其他人的样板。"

罗杰看到黎莎目光含泪地凝视着他。当伯爵转身远离群众时，她向他走去，但他顺势闪开她，直接走向加尔德。"将军，准备出发。我们黄昏之后沿道路而行，一路驱逐恶魔。"

加尔德拍击胸口。"我们会像除草一样铲除它们，伯爵大人。"

汤姆士转向罗杰。"尽管黎莎女士信誓旦旦，我们还是不希望公爵的贵宾遭遇任何攻击。可以请你施展魔法，别让恶魔接近马车好吗？"

罗杰鞠躬。"当然，伯爵大人。"

"你是在开玩笑吧，"杰辛说，"我们要把性命交给那个……"

汤姆士不耐烦地瞪他一眼。"那个什么？"

看到黄金嗓局促不安的模样实在太过瘾了。罗杰开始认为自己或许有机会揭发真相。只要让吟游诗人工会在正确的人耳边倾诉他的罪状……

罗杰忍不住扭转飞刀。"不要怕，次等歌，恶魔接近不了你的。"他换上嘲弄式的笑容。"除非我指引它们来找你。"

罗杰话一出口，立刻知道自己犯错了，但是看到黄金嗓脸色发白的模样绝对舒爽。

黎莎持续移位，试图掳获汤姆士的目光，但是伯爵转向另一边，大步离开。林木士兵紧跟上，把她挡在后面。她原地僵立片刻，然后转身快步回到马车里。

✥

黎莎凝视着马车窗外的黑暗，而这次吉赛儿让她一个人静静。他们后面，罗杰和坎黛尔站在七彩马车的车顶上，演奏小提琴，阿曼娃和希克娃则坐在车夫的位子上，配合他们的音乐歌唱。

透过魔印眼镜，黎莎看着地心魔物在他们制造出来的魔法力场边缘游荡。它们看得见车队——队伍太庞大了，罗杰无法用音乐遮掩他们——跟随他们缓慢前进，不过每次过度接近时，疼痛就会赶走它们。

黎莎可以感同身受。四人乐队发出的音乐听起来很刺耳、不协调，在黎莎持续的头痛中增添阵阵刺痛，直到她拿软蜡团

把耳朵塞上才稍稍缓解。

尽管塞上耳朵,她还是可以听见伐木工人和木林士兵在劈开胆敢踏足道路的恶魔身体时不断发出的惨叫与呐喊声。

所有人都受到罗杰四人乐团的护佑。需要短暂休息的人可以轻松返回音乐的安全区内,战士们则在恶魔被痛苦的音乐迷惑时发起攻击。

黎莎神色哀伤地看着堆在路旁等待被阳光焚烧的恶魔尸体。眨眼之前,它们还是你死我活的敌人。如今……如今它们只是燃料。可惜这么多霍拉被白白浪费掉了。

天黑后数小时,他们抵达公爵传令使者提到的第一座军队营地。营地里挤满了难民——从外表看起来是来森人——随着车队逼近而退缩。他们的魔印桩都是临时拼凑出来的,而画在推车上的魔印又大又难以抵御恶魔。很多人都在匆忙收拾行李,一副准备跳进黑夜逃命的模样。

但汤姆士的命令传开来。"不要害怕,各位!我是汤姆士伯爵,安吉尔斯王子及洼地郡领主。你们都在我的庇护下,请待在你们的魔印里休息。没有人胆敢伤害你们!我们有食物和毯子可以分发,离开前还会强化你们的魔印。如果有人受伤,带来给我们的药草师照顾。如果愿意的话,欢迎各位前往洼地郡避难。"

听到布告后,难民们纷纷交头接耳。有些人低声叫好,但其他人一副半信半疑的表情,显然杰辛路过时曾伤害他们。黎莎理解他们。

车队停下时,黎莎和其他药草师在车夫放下台阶前就跳下马车。她们的口袋围裙让难民松了口气。其中几个人,有些身上缠着绷带,有些跛行或咳嗽,期盼地迎上前去。

"我得去检查魔印。"黎莎对吉赛儿说。

"当然。"女士回应。"这点小伤痛交给我和学徒应付就行了。"

但是随着药草师走近,更多难民从自推车的床上探头出来,男女老幼都有。看起来不大的营地里聚集了将近百名难民,几乎比汤姆士的整个车队的人还多。

黎莎转向出现在她身边的汪妲。"我要你沿着营地外围巡逻,直到我处理完魔印为止。"

"对不起,女士,我得待在你身边护卫你。我不认识这些人,而且你自己也说魔印不够安全。"

黎莎耐心地看着她。"我可以照顾自己几分钟,亲爱的。我还懂得一些应急办法。"

"好吧,"汪妲有些放心不下。"但是……"

黎莎伸手搭上女孩的肩膀。"保护他们就是在保护我。"她指向难民——衣衫褴褛、饥寒交迫、失魂落魄的难民。"这些人已经好几个月没有感到过安全了,汪妲。帮我为他们提供一些安全感,拜托。"

"是,女士。"汪妲僵硬地鞠躬,然后离开,卷起衣袖,露出她的黑柄魔印。根据经验,黎莎知道最能提供安全感的事情就是让人亲眼看到守护他们的人现场徒手击毙恶魔。

黎莎来到车队最前方时,杰辛正和汤姆士伯爵交谈。"你说我该待在马车里是什么意思?我——"

"我对你的耐心是有限的。"汤姆士帮他把话说完。"你的马车魔印完好,比这些难民安全多了。而且你已经伤害过他们一次,现在我请你待在车里,以免再次让藤蔓王座蒙羞。"

传令使者灰溜溜回到马车上,一时之间,汤姆士独自一人。黎莎很想去亲近他,但现在不是时候。她甚至不知道要说什么,她只希望他愿意再度看着她。

但是现在有工作要做。吉赛儿和薇卡分派学徒去帮助伤病难民，罗杰已经在摇曳的火光前翻筋斗、丢彩球，引来围观难民的鼓掌叫好。他在八成已经好几个月没有笑过的孩子脚边丢甩炮。他们开心地向后跳开，鼓掌尖叫。

难民神色恐慌地看着阿曼娃和希克娃，但是坎黛尔走在三人乐团最前面，为克拉西亚公主开路。没多久她们就开始教导一群女人吟唱守护之歌。

黎莎沿着营地外围检查魔印网。和她担心的一样，这群人中的魔印师并不算是完全无能，不过她们用圆形营地的方式守护椭圆形营地。椭圆形营地必须采用不同的魔印，这是只有魔印大师才了解的细节。这个魔印网里没有真正的大漏洞，但是魔法分配不够平均，导致有些薄弱环节可能会让一只强大的蠢笨恶魔轻松突破。

她专注地检查魔印，一时之间心如止水。有些魔印桩只需要调整一下，转动几度就好。其他魔印桩需要用到刷子和颜料修补魔印，或是换用其他魔印。黎莎可以看见魔法奔流中的变化。没过多久，整个魔印网都在她的魔印眼前大放光明。

另一道耀眼的魔光吸引她的注意，这一道魔光远在营地之外。黎莎凝神细看，以为会看到一头石恶魔，结果却看到亚伦·贝尔斯。

黎莎揉眼睛。她疲病交加，也很久没有享受精心独处了。难道出现了幻觉？

不过不是幻觉，真的是亚伦，在魔印光照明范围外的林间朝她招手。"黎莎！"她可以看到他在这个名字上灌注的魔力，让声音直接传送到她一个人的耳中。

她环顾四周，没人注意她。她走到外缘一辆推车后方，远离其他人的视线，然后继续凝视黑暗。

"黎莎!"亚伦又叫了一声,召唤她。

"也该是你现身的时候了,"黎莎裹紧隐形斗篷,在有人发现她不见前快步走入黑夜。"你最好有个很好的理由。"她在营地和巡逻人员都没发现的情况下抵达林边时立刻说道。

但亚伦不在那里。

"黎莎!"她发现他站在树林更深处。他转身消失在阴影中,招手要她跟去。

黎莎皱眉,大步跟上。"你就这么怕见人吗?"

亚伦没有回答,她快步跟上。他保持在她视线范围边缘,魔光在他穿越树林时忽隐忽现。

"黎莎!"声音从侧面传来。她在树林中弄混方向了吗?她转而朝向那个方向前进。

"我已经要失去耐心了,亚伦·贝尔斯。"她在发现他没有现身时嘶声说道。

"黎莎。"这回发自她身后。她转身,但是眼前没人。

"很好玩玛,亚伦?"黎莎大喊道,"你如果在五秒内不现身,我就要回营地了。"

如果我记得怎么回去的话,她心想。四面八方的树看起来全都一样,而上方的大树枝,仍然长满秋天的黄叶,遮蔽了天空。

"黎莎。"在左边。她转身,但在黑暗中只看见树木的微光,魔雾飘浮在树林地面上。

"黎莎。"又到她身后了。她开始察觉真相,但已经太迟了。如果呼唤声来自四面八方。

"黎莎,黎莎。"声音一点也不像亚伦了。听起来根本不像发自人口。

"黎莎·佩伯。"在她名字后面多加她的姓让她感到毛骨

悚然。

  黎莎，黎莎

  黎莎·佩伯，黎莎·佩伯，黎莎·佩伯。

  黎莎·佩伯，黎莎·佩伯

  黎莎·佩伯。

  黎莎·佩伯，黎莎·佩伯，黎莎·佩伯。

  黎莎·佩伯。

  黎莎·佩伯。

  她缓缓转圈，看见树林中出现动静——地心魔物。她无法判断数量多少。至少半打，领头的是头化身魔。她身穿隐形斗篷，对方看不见她，但他们可以缩小包围圈，直到抓到她，或她开始逃跑为止。如果她快速移动的话，斗篷无法提供多少保护。

  白痴，黎莎在想起瑞娜的话时暗自咒骂自己。心灵恶魔知道你们是谁。攻击你们，它们有机会取胜。

  心灵恶魔想要取她性命让她感到有点荣幸。荣幸，不过却是场噩梦。她以为在下一次月亏之前的日子都很安全，但显然化身恶魔不像它们主人那样无法容忍月光。

  而且它们比我们想象中更加聪明，她对自己承认。这只化身魔把她当傻瓜耍，而她就这么乖乖送上门去。

  她腹中传来一阵抽动，黎莎想起陷入险境的不止她一个人。她把两个人送入恶魔的魔爪，如今得靠她让他们安然回家。

  她看见一块小空地，于是慢慢移动而去，解开连身裙上的一个深口袋。她伸手到口袋里，抓起她从心灵恶魔手臂中取出的细长骨头，那根被削尖末端，刻画魔印，并且镀金——她的霍拉魔杖。

  她另一手伸到腰带上的布袋里，在背后撒上几枚魔印卡拉币。

动手吧,地心魔物,她心想,摊开她的斗篷。你们还没打倒我。

它们一拥而上。两只木恶魔冲出森林,快速移动。

但是没有在黎莎用魔杖凭空绘制木恶魔驱逐魔印之前赶到。魔印飘浮在空中,在她的魔印视觉下发光,当恶魔撞上魔印时,魔印吸收它们本身的魔力,将它们弹回森林。它们大吼大叫,消失在断枝残叶中。

如果这样还不足以引来援军,黎莎以魔杖指天,绘制光魔印。她像改变音调的笛手般移动手指操纵魔印,于光魔印中灌注更多魔力。魔印大放光明,将黑夜照耀得宛如白昼。

一只火恶魔朝她吐火,但她凭空绘制吸收魔印,当场吸光火焰的魔力。魔杖在她手中变暖,但是击中她身体的只有恶魔腥臊的臭气。她将魔力化作冲击魔印反击,恶魔如同加尔德脚下的老鼠一样摔在地上。

身后传来一声惨叫,因为有头木恶魔踏上她的魔印卡拉。叫声突然消失,恶魔不再移动,树木般的外壳蒙上一层白霜。恶魔在强行移动肢体时发出一声尖锐的哀鸣声,接着胸口冒出一道裂痕,然后像屋檐上的冰锥落地的声音。黎莎瞄准裂痕,绘制另一道冲击魔印。

恶魔化为无数碎片,但是其他恶魔还是不知死活地上前。一只田野恶魔从树上扑落,不过黎莎的魔印打得它撞断足足一英尺粗的树干。一群火恶魔冲入空地,但是片刻过后它们就开始在冰霜上打滑,魔爪冒出白烟。再过一会,它们被全部冻僵,眼中和嘴里的橘火化成蓝冰。

黎莎听见伐木工冲向魔光时的叫声和打斗的声响,但是距离很远,而化身魔还在伺机出手。他们是来救她的,还是来送

死的？上次攻击罗杰的化身魔轻易屠杀伐木工与沙鲁姆，直到罗杰、阿曼娃和瑞娜联手对付它为止。

黎莎看到它在树林里，一只表面光滑、没有固定形状的怪物，以飞快的速度转圈。她用魔杖瞄准，释放出一道魔光，不在乎会波及多远，只要能击倒化身魔就好。树木粉碎、地面隆起，但是化身魔像蛇一样毫发无伤地滑开去。

分心应付化身魔差点害她丧命。一群木恶魔包围了她。其中一头踏上魔印卡拉，在热魔印启动时起火燃烧。其他四只则找出一条没有卡拉的路径攻来。

其中一只脸上中了一瓶溶剂，恶魔在双眼冒烟时伸爪连抓，结果又让伤势更加严重。

她抛出更多魔印卡拉，这些卡拉上印有闪电魔印，击中两头恶魔，阵阵闪电抽打着恶魔。

但是最后一只近在眼前，没有空间绘制魔印。她后退，伸手去拔腰带上的匕首。

"黎莎！"汤姆士吼道，以魔印盾牌撞上恶魔的侧面。魔印大放光明，恶魔被远远摔向一旁。汤姆士身穿闪亮的盔甲，耸立在她面前，一时之间她再度感到安全。

但接着一条触角将他卷起，把伯爵甩过空地，重重撞在一棵树上。他瘫倒在地，爬不起来。

黎莎朝化身魔甩出另一道魔力，但它的动作还是太快了。魔力带过它的身体，将怪物击倒在地，但是大部分魔力都窜入树林，把百年老树打成碎块。

黎莎也被震得耳鸣不已，不过四面八方都开始传来打斗的声响，因为洼地人决定攻破恶魔的包围拯救她。

她在汤姆士身上绘制化身魔防御魔印，然后开始在自己身旁绘制魔印圈。

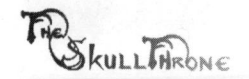

她应该先保护自己的。化身魔甩出一条长长的触角，力图缠住她的手腕，拉得她离地而起，无法绘印。她在它蜿蜒而来时翻找围裙口袋，但她已经用光了秘密武器。

一支魔印飞箭直接射断恶魔的触角，拉起黎莎的力道消失，黎莎立刻摔落在地。被斩断的缠着她的那截触角不停地扭动着，在冒出恶臭浓汁时闪动着光芒。黎莎心里一慌，连忙甩开触角。

另外三支箭射中化身魔的躯体，在恶魔身上产生电击的抽搐效果。恶魔惨叫连连，身体融化成流动的液体，逃离魔印箭。魔印箭掉落地面，但是趁着化身魔分身的时候，汪妲已经冲到近前，一跃将近二十英尺，用她的魔印拳头重重击中化身魔的脑袋。

恶魔瘫平在地，像是黏土人被棍子打扁一样。但是黏土仿佛在工匠的巧手下重新塑形，以更恐怖的形态站起身来，浑身都是尖刺与利刃。

汪妲已经准备好了。她以魔印手掌和前臂架开它的攻击，指节上的冲击魔印如同雷霆般爆出魔光。一打带有利刃的触角朝她挥来。但是汪妲的速度超乎黎莎想象，几乎和瑞娜·贝尔斯一样快。

而且她的打法也很像亚伦——翻身回旋，像闪避苍蝇般避开触角。这时恶魔的头变成一头火恶魔头，朝她吐火，但是汪妲摊开手掌迎向火焰，忍受高温与魔法，令她的攻击更具威力。

她欺到近处，手臂以蜂鸟翅膀般的快速，自箭筒中拔出魔印箭，没有搭弓，直接把箭插入恶魔体内。怪物发出痛苦的叫声，仿佛上千头怪物齐声惨叫。

怪物身体飞速甩出一条新触角，正面击中汪妲，然后绕到汪妲背后，和自己融为一体。她被紧紧夹住，双手无助地困在身侧，没有施力点可供挣脱。

黎莎扬起魔杖，但是化身魔一看到这个动作立刻反应，把汪妲举到两者之间。

"不要管我，黎莎女士！"汪妲叫道，"趁有机会的时候杀了它！"

"别傻了。"黎莎说。她举起魔杖，蓄势待发，心念顿时转变。四面八方都是作战的声音，化身魔肯定带来了很多地心魔物布置这个陷阱，因为没有其他援军抵达空地。

"你想怎样？"黎莎问怪物，就算只是为了争取几秒钟的时间考虑也好。恶魔好奇地侧头看她，像是遭受斥责的狗，明明知道对方和它说话，偏偏听不懂。

蠢到不会说话，黎莎心想，但还是聪明到会念我的名字，引诱我进入陷阱。

一阵尖锐的声响充斥空中，恶魔甩开头去，放声尖叫。就连黎莎也必须伸手捂住耳朵。她转头看见希克娃伏在地上，伸手触摸项链，释放出一股能让怪物的皮肤仿佛在狂风中发抖的尖叫声。希克娃怎么可能在其他人办不到的情况下突破恶魔的防线？

就在这个时候，一支矛头贯穿化身魔胸口，矛头绽放耀眼的魔光。汤姆士将矛柄扎在地上，奋力扯动，把恶魔提离地面。

但化身魔却长出其他肢体，在倒地前接住自己。恶魔脑袋重塑，类似蛇头，没有耳朵听希克娃的叫声。

化身魔要花好几分钟的时间才能适应音波攻击，但这一只才花了几秒。

别的恶魔警告过它，黎莎发现。它们在研究我们的把戏。

化身魔再度攻击汤姆士，但这一次他挡下攻击，用盾牌架开。黎莎凭空绘制冷冻魔印，缠住汪妲的触角像冰块一样折断，她背部着地，奋力挣脱缠在她身上的触角。

终于可以直接攻击目标了，黎莎扬起魔杖，打算一举击杀恶魔，但是魔杖的霍拉魔力耗尽，只发出一小团魔光。

黎莎抛出剩下的卡拉，毫不在乎它们的效果。恶魔同时遭受焚烧、冰冻和冲撞等攻击，不过似乎只是激怒了它，没有造成伤害，身体在短短数秒中重新塑形疗伤。

它变成一头石恶魔，不过不止两只手，而是有八条黑曜石一样的手臂。坚硬的外壳上每一道隆起部位看来都十分尖锐，不过最尖锐的还是每条手臂末端的利爪，简直和碎玻璃一样锋利。

它挥动手臂，击飞汤姆士，斩断他的长矛，勾住他的盾牌，扯断固定在手上的皮带。盾牌垂在他手上，不但帮不上忙，反而妨碍他的攻防。

恶魔两脚一缩，扑向黎莎，但是汤姆士大叫一声，冲到它的面前。盔甲上的魔印救了他们两个，不过他整个人撞在她身上。黎莎感觉到他强而有力的手掌紧握她的手臂，在两人飞向一棵折断的大金木树干时以自己的身体承受冲撞的力道。

他们在化身魔冲过来时彼此搀扶着，但接着一道闪电打得恶魔离地而起，摔到十几英尺外。

阿曼娃站在空地边缘，拿着一块看起来像金块，绽放耀眼魔光的东西。恶魔开始塑形，她再次释放一道闪电，将它击倒。

罗杰和坎黛尔站在她身边，用小提琴的音乐驱退恶魔，让达玛丁施展霍拉魔法。克里弗保持距离，投掷尖锐的钢锥插入恶魔体内，钢锥上的魔印烧得恶魔嗞嗞作响。

化身魔转身打量新敌人，但是汪妲已经拔出匕首，挣脱触角。老公爵夫人送她的上好护甲已经染满浓汁，不过再度展开攻击时浑身绽放魔光。

恶魔开始缩身闪躲她的攻击，黎莎立刻知道它要逃跑。她

想要出声警告大家,但是有什么意义?化身魔没能杀了她,而她的魔印武器也已用尽。战斗持续越久,就越可能有人遇害。

汪妲让对方打到后退几步,恶魔趁机瓦解形体,找到一条魔力通道逃回地心魔域。

❀

黎莎闭上双眼,靠着汤姆士的手臂,跟着他回到马车上。其他人都远远地跟在后面,她很高兴与大家这么合作。如果差点死在恶魔杀手手中,就是重回汤姆士的怀抱所需付出的代价,那她算赚到了。

抵达马车时,汤姆士又多搂着她一会儿,她转身面对他,双手环抱他。她感到他在吸入她的体香时胸口剧烈起伏,一时之间,她满怀希望。

但汤姆士抖了抖,仿佛从白日梦中苏醒过来。他突然放开她,退后一步。

"孩子没事吧?"他问。

黎莎摸摸腹部。"没事,我想。"

汤姆士点头,灵气呈现的情绪十分复杂。他转身欲走,但她抓住他的手臂。

"拜托,"她说,"我们连谈谈都不行吗?"

汤姆士皱眉。"还有什么好谈的?"

"什么都可以谈。"黎莎说,"我爱你,汤姆士。你可以怀疑世间的一切,但请不要怀疑这一点。"

可惜他的灵气中确实浮现怀疑。她抓住他的斗篷。"你也爱我。就像太阳会出来一样明确。你用自己的身体守护我。"

"我会用身体守护任何女人。"汤姆士说。

"对,"她同意。"你就是这样的人。我就是爱这样的你。

但你救我不光是因为那个,你很清楚。"

"那又怎样?"汤姆士问,"你还是欺骗了我。你为了其他目的诱我上床,为了守护你的声誉,你利用我。"

黎莎感到泪水涌出眼眶。"对。如果可以收回那一切,我愿意收回。"

"有些东西是无法收回的。"汤姆士说,"而我还要在明知半年后你就会在全提沙人面前羞辱我的情况下和你结婚?"

这话如同一巴掌甩在她脸上,不过还没有接下来的话伤他更深。

"你爱我,对,但你更爱肚子里的孩子。不管这个孩子会带来多少死亡与羞辱。"

黎莎开始哭泣。"你真的要我杀死自己的孩子?"

"要这么做已经太迟了。你早在告诉我的几周前就该杀了他。"汤姆士叹气道,"我不该要求你喝杂草师的药茶,对此我很抱歉。我想我没办法去爱只因为我一句话就做得出这种事情的人。"

黎莎紧握他的手臂。"所以你确实爱我!"

汤姆士甩开她。"少对我来吟游诗人那套,黎莎。我的感觉无法改变你的处境。"

黎莎退后一步,神色震惊。"你母亲打算怎么对付我?"

汤姆士耸肩。"如果她知道你怀孕了,或怀疑父亲的身份,那绝不是我告诉她的。"

黎莎微微松了口气。这算不上什么天大的好消息,不过此刻的她只要是好消息统统愿意接受。

"我不会当面对她撒谎,"汤姆士警告,"我也不会在你肚子里怀着别人的孩子时和你结婚。我母亲不是笨蛋,所以你和她交谈时最好谨言慎行。"

第十九章　政治

333 AR　冬

在车队驶上安吉斯尔堡街道时，黎莎透过窗帘的缝隙打量窗外。围观群众对着车队交头接耳，就连街头表演的吟游诗人们也停下来表演，跟着观众转移视线。

很多人在车队经过时交头接耳。其他人则一副当她听不见般大声嚷嚷。

"是魔印女巫和她的小提琴巫师！"

"她即将成为洼地的新伯爵夫人！"

"他们说得好像你很恐怖一样。"吉赛儿说。

"喔，没错。"黎莎摇摇手指，轻声笑道，"当心魔印女巫，她可会把你变成蟾蜍。"

吉赛儿大笑，但薇卡只是摇头。"在阳光下讨论此事似乎很有趣，但是旅途中攻击你的恶魔却笑不出来。教训它们的除了布鲁娜的盲目药粉和火药之外，还有不少新的武器吧。"

"她说的没错。"吉赛儿说。

车队在吉赛儿的诊所前停下，黎莎神色羡慕地看着吉赛儿和薇卡下车。她愿意用一切去换回从前，那时生活中最担心的事情就是吉赛儿诊所中的下一个病人。

她敲敲马车侧板，汪妲走过来。"挑两个健壮的伐木工守护诊所，挡下所有惹是生非的访客。"

"没有必要这样……"吉赛儿婉拒道。

"就听我一回吧，拜托，"黎莎说，"他们会听你吩咐，知道他们在这能让我睡得安稳一点。"

吉赛儿叹气。"如果一定要伐木工护卫的话，我想挑女人。毕竟这里是诊所。"

黎莎点头，汪妲立刻挑了两个壮硕的女伐木工出来。她们都很擅长曲柄弓，不过也很乐意和恶魔近身肉搏。魔法让她们变得比之前更粗壮，双手抱胸在门口一站，威严不逊任何安吉尔斯男人。

接下来的旅程，车里都只有黎莎一个人。汪妲坐在前座，时刻留意可能的威胁迹象。她认为黎莎遇袭都是她的责任，那之后除了上厕所外都不肯让黎莎离开她的视线范围。即使是上厕所，她都会在几步外蹲守。距离近到可以听到私密的声响。

这是数日来黎莎第一次独处，而她觉得仿佛有股重担压在马车上面。从前的她经常需要独处，就像其他人需要水一样，但最近独处会让她想到很多不幸的遭遇。

亚伦真的永别了，贾迪尔失踪了，汤姆士也似乎与她斩断了情丝。恶魔和英内薇拉想置她于死地，要不了多久，老公爵夫人大概也会摊牌。

终于看见公爵的宫殿让她有股松了口气的感觉。自她上次来访至今真的才半年而已吗？全世界都变了。当她牵起汪妲的手，身穿最美丽的女性装，抬头挺胸地步下马车台阶时，她觉得肩头的重担仿佛在阳光下变轻了。阿瑞安不是喜欢闲拉家常的平常女人。不管即将面对什么局面，总之都会在太阳下山前尘埃落定，而那是最真实的事。

詹森总管与他的儿子保尔在庭院中迎接。公爵家的成员在室外等候不合规矩，他在汤姆士走近时鞠躬。

"伯爵大人，很高兴再见到你。"

汤姆士拍拍他的肩膀。"你也是，我的朋友。"

"我敢说你这趟旅程一定很顺利吧。"

"哪里可能。"汤姆士。"恶魔一路上猛攻我们，而你的侄儿真是让王座蒙羞啊。"

"黑夜呀，那个白痴又干了什么蠢事？"詹森埋怨道。

"晚点再说，"汤姆士道，"我知道你希望他担任传令使者，但他或许比较适合歌剧院，不适合外出执行任务。"

詹森排除心里的气愤，不过点了点头，转向黎莎鞠躬。

"很高兴看到你，你气色真好，女士。"他若有深意地瞄向她的肚子。"等你安顿完毕，有机会梳洗一番后，老公爵夫人邀请你和你的保镖下午茶叙。"

罗杰带着妻子走近，谨慎地打量詹森的表情，这已经不是第一次怀疑詹森究竟有多清楚自己侄子的作为了。总管的敌人经常面对凄惨的下场。他或许不会对杰辛的所作所为感到惊讶，也不会为了这种事情和亲人撕破脸，但他很可能只知道杰辛和艾利克向来不和而已。

总管不动声色地浅浅鞠躬。"半掌大人，上次分别以来，命运待你不薄呀。"他转向阿曼娃，深深鞠躬。"公主殿下，很高兴认识你，我是詹森总管。请容我欢迎你大驾光临安吉尔斯。老公爵夫人邀请你今晚参与欢迎宴，与她共进晚餐。"

阿曼娃浅浅回礼。"我很荣幸，总管。我听说绿地人不懂礼貌，看来是我弄错了。"

詹森微笑。"如果有人礼貌不周的话，公主，还请见谅。停留安吉尔斯期间，如果有任何需要的话，请你尽管吩咐我去

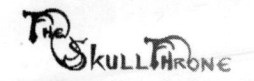

处理。"

总管迅速护送他们进宫，指示仆役带领他们前往他们的房间。他们还没走过大厅，林白克就迎了上来，身后跟着他的弟弟迈卡尔王子和比瑟牧者，三个人体形和仪态都差不多，与小他们很多岁的汤姆士大不相同。

"汤姆士！"林白克大声招呼，声音在拱形厅顶上回荡。他如同大熊般紧紧拥抱自己的弟弟。他一手伸过汤姆士的肩膀，转身拍打加尔德的手臂。"还有你。你上次来时还只是个队长。看看你！男爵你已经是威武的大将军了！"

"母亲非常热衷想要帮你相一门亲事。"迈卡尔说，"男爵的宴会是这几周宫里上下的公共话题。"

"所以聪明的男人都趁着还有机会的时候赶快逃离宫殿。"比瑟说。

林白克搂紧汤姆士的脖子，迫使他最小的弟弟弯下去。"我们明天一早要去狩猎堡。你和你的新男爵一起去露一手。"

汤姆士皱眉，在家人和职责间取舍。"哥哥，我们还有重要的事情……"

林白克挥手打断他。"那些事情不要公开谈论。"他朝在大厅中走动的一名仆役微微点头。此人身穿密尔恩仆役制服。看来欧克已经在宫廷里安插了人手。

公爵转向加尔德。"你怎么样，男爵？"

加尔德捏捏后颈，一副很不自在的模样。"我向来不擅长打猎……"

"这是真的。"罗杰上前，"你的新男爵比较适合把树撞断，而不是从旁边绕过去。"

林白克的笑声听起来像是喘气。他体重过重，呼吸吃力。他以拇指指向身后的迈卡尔。"那不是问题。我弟弟连长在树

林中央的树都射不中。"迈卡尔瞪着他的背，看他继续说下去。"我们会准备麦酒，还有美食。"他眨眼。"还有一些香艳的礼物。"

"你还没结婚。"比瑟牧者提醒这一点。

"带你的吟游诗人一起来。"迈卡尔大声道，"我们看看他是不是真的能迷惑恶魔裸舞。"

"我办不到。"罗杰承认。"至少我一直没有机会尝试。你知道，要让它们穿裤子很难。"

这话逗得所有男人哈哈大笑。依照安吉尔斯的习俗，皇室成员讲话的时候都会当女人不存在，虽然他们会毫不掩饰地盯着她们看。阿曼娃和希克娃在罗杰身后两步的位置一言不发地耐心等候。克拉西亚女人必定很习惯这种情况，但位于她们身后一步的坎黛尔看起来就有点按捺不住了。

"我们很乐意同往。"汤姆士说，虽然听起来很勉强。

✽

"黎莎，欢迎。"阿瑞安公爵老夫人从她的茶桌边站起来说，在黎莎和汪妲抵达女人居住的宫殿侧翼时。

这个女人甚至拥抱她，黎莎发现自己很渴望那种感觉。她很敬重老公爵夫人，生怕会成为她的斗争对象。

"还有汪妲。"阿瑞安说着转向身材高大的汪妲，伸出珠光宝气的手掌给她亲吻。

自从上次会面之后，汪妲就一直在练习她的礼仪，尽管她依然分不清该如何用叉子，她还是能够优雅流畅地半跪而下，将嘴唇贴在阿瑞安的手指上。"尊贵的公爵夫人。"

"你穿的是我为你量身定做的衣服。"阿瑞安注意到，"站起来，让我看看怎么样？"汪姐照做，老公爵夫人绕了一圈打量她。她的裤子从腰部到膝盖都很宽松，给人一种裙子的感觉，不过小腿的部分则塞到一双厚重但有弹性的皮靴里。她的上衣胸口和粗胳臂的部分也很宽松，给这双可以将大部分男人从中折断的手臂平添一点温柔气息。臂套让衣袖不会干扰动作，在弓弦弹落时保护丝绸，还有她的手臂。"我的女裁缝手艺真高超。优雅但实用。她穿这身衣服可以作战，是吧？"

汪姐点头。"从来没有感觉这么好过，而且行动起来也很利索。"

阿瑞安看着她，汪姐当场满脸通红。"对不起，公爵夫人。我不是那个……"

阿瑞安摇手。"对不起什么？恰当的隐喻吗？要冒犯我还差得远呢。"

"隐喻是什么？"汪姐问，但是老公爵夫人只是微笑，伸手抚摸汪姐的上好羊毛外套上以金线绣成的精致魔印。

那是一件安吉尔斯军官的外套，稍微添加了一些女性风格，不过把林木军团的纹章拿掉，换上阿瑞安的私人纹章——一个刺绣圈加上木冠。

汪姐拿掉了阿瑞安的纹章，换上黎莎的研钵和药杵。阿瑞安轻拍纹章。"如果我是会被触怒的那种人，或许会认为在如此资助洼地女战士后，你不该拿掉我的纹章。"

汪姐鞠躬。"你为我们付出了很多，公爵夫人。洼地女战士都很骄傲地配戴你的纹章，在战场上冲锋时呼喊你的名号。"她抬头直视老公爵夫人的双眼。"但我是先对黎莎女士效忠的。如果要我穿我的新护甲和衣服的代价就是不能配戴她的纹章，那你可以收回这些礼物。"

黎莎以为老公爵夫人会雷霆震怒，但阿瑞安看她的眼神仿

佛她通过了某种测试。

"别这么说,孩子。"鞠躬的汪妲和矮小的老公爵夫人几乎一样高,而阿瑞安伸手搭上她的肩膀。"如果这么简单就能收买忠诚,忠诚就太廉价了。你的护甲和制服都是你的,而你为你的女主人增添荣耀。"

汪妲点点头,情绪激动地深吸口气。"谢谢你,公爵夫人。"

"别再来什么'公爵夫人'那一套了。"阿瑞安说,"花俏的头衔在俗人面前好用,私底下就听起来很烦了。你叫我'老妈'就好了。"

汪妲微笑。"是,老妈。"

"黎莎和我有事情要私下聊聊。"阿瑞安说,"去外面守着,不要让任何人打扰我们。"

"是,老妈。"汪妲说着像逃避猎人的鹿一样走向房外。她或许声称自己听命于黎莎,但她在执行老公爵夫人的命令时也毫不迟疑。

黎莎突然有股嫉妒的感觉。汪妲开始自行担任黎莎的保镖时,黎莎曾竭尽所能地想要劝她不要这样,但是看到汪妲如此恭敬地听从阿瑞安号令,让黎莎了解到自己有多需要她。

黎莎和阿瑞安坐下。房内没有仆役,但是桌上摆了银盘茶具还有几样点心。布鲁娜或许没教黎莎必备的政治手段,但她却非常看重品茶礼节。黎莎年纪轻、地位低,所以她动手倒茶,先帮老公爵夫人倒满。接着她才在自己的杯子里倒茶,并拿起一个小盘子。

"小孩多大了?"老公爵夫人开口发问时,黎莎正在吃小三明治,差点噎到。

"不好意思。"黎莎边咳边问。

阿瑞安有点不耐烦。"如果不把我当傻子的话，这次会面就会愉快点，孩子。"

黎莎拿起一条餐巾，擦擦嘴巴。"大概四个月。"这并非谎言。这个时间让孩子有可能是汤姆士的，也可能不是。她知道对方会问起这个，但是老公爵夫人开门见山的风格还是让她不适应。

阿瑞安以彩绘指甲轻敲细致的陶瓷茶杯。"假设孩子和我没有血缘关系应该没错吧？"

黎莎只是凝视着她，但阿瑞安一副她有回话般点了点头。"别那么惊讶，孩子。我所有儿子的议会里都有我的眼线，而这种事情是不可能隐瞒得住的。怀孕的事情一公开，你和汤姆士原本如胶似漆，立刻变成陌路过客。无须借助你的心灵恶魔也猜得到是怎么回事。"

阿瑞安摇头。"又一个王座子嗣的希望没了。没用的迈卡尔是我唯一生了小孩的儿子，但是他那些子嗣没有一个聪明到足以胜任坐王座。"

她开始轻轻踢脚，让黎莎想到猫咪蓄势待发时的尾巴。黎莎环顾四周，但房里还是只有她俩。一个老妇人突然挪动一下脚不至于令她受惊，但她直觉这个动作之后会狂风暴雨。

阿瑞安轻啜一口热茶。"我催促汤姆士在你回洼地时立刻展开追求。我小儿子对付女人很有一手，但我没想到你会在第一天晚上就主动投怀送抱。"她神色不屑地看着黎莎。"看来你还是恨不够快。"

黎莎一直想着阿瑞安脚掌抽动的事情，过了好一会儿才听懂话里的深意。"催促？"

"当然。"阿瑞安说，"汤姆士有他的用处，但他待在练习场上的时间比图书馆多。他需要两只耳朵中间有点内容的女人

担任伯爵夫人,而和你在一起可以在洼地居民眼中建立他统治的正统性。"

她刻意把茶杯放在桌上,黎莎立刻上前倒茶。阿瑞安喝了一口,扮个鬼脸。"多放点蜂蜜,亲爱的。我活够久了,有资格多享受点蜂蜜的甜蜜。"她拿起一支精致的银汤匙,在茶杯里放了一大匙蜂蜜。

"再多的蜂蜜也无法缓解得知我和汤姆士的恋情都是出于她母亲的指令来得苦涩。"黎莎感到视线模糊,为了驱退眼泪而奋力眨眼。

"少白痴了。"阿瑞安说,"我叫他去追求你,没错,但是我也叫他去追求所有我觉得配得上他的女孩。他如果没兴趣的话,根本不会动手。"

她用小茶匙指向黎莎。"而你,孩子,根本不需要我来掰开你的双腿。你需要丈夫。这点在第一次见到你的时候就看出来了。你对有权有势的那人毫无招架之力,而这会让你陷入麻烦……如果还没陷入麻烦的话。"

"你说这话是什么意思?"黎莎问。

"孩子是谁的?"阿瑞安继续追问,"其中一个解放者的?大家都知道你痴恋亚伦·贝尔斯。他像恶魔一样,随时都能进出你的闺房。"

"我们只是朋友。"黎莎解释道,但就连她也觉得听起来有气无力。

阿瑞安扬起一边眉毛。"然后就是淫邪的沙漠恶魔。所有吟游诗人都在私下传唱你和他上床的事儿。"

"阿曼恩·贾迪尔的宫殿里只有一个吟游诗人。"黎莎说,"而他没有散布这种传言。"

阿瑞安得意地笑道。"我在来森堡还有其他消息来源。"

黎莎等待片刻，但是老公爵夫人没有继续解释。"我爱带谁上床，怀谁的孩子是我自己的事情，和你无关。孩子不是王位继承人，所以可以排除在你的计划外，帮你儿子找个更好的妻子吧。"

"这么容易就放弃了？"阿瑞安问，"我很失望。"

"继续祈求有意义吗？"黎莎语气疲惫。

"你以为这是第一个影响皇室婚姻的私生子吗？"阿瑞安啧啧说道，"药草师应该知道这种事情可以怎么善后。"

"善后？"黎莎不懂她的意思。

老公爵夫人停止踢脚。"你和汤姆士宣告怀孕，立刻成婚。小孩出生时，你可以秘密生产，然后让你的药草师宣布，哎呀，死胎。"

黎莎颤抖的双手握不稳杯盘。她把杯盘放在桌上，冷冷瞪向老公爵夫人。

"你在威胁我的孩子吗，公爵夫人？"

阿瑞安两眼一翻。"我之前就告诉过你要跟上节奏，孩子，但你的想法老是慢半拍。我生过四个孩子，很清楚不能试图拆散母子。如果干如此伤天害理的事的话就等于对洼地宣战一样。"

"安吉尔斯很可能一仗也赢不了。"黎莎说。

这下换阿瑞安瞪她了。"这点可别太肯定了，亲爱的。我见过你所有棋子，但你还没见过我的。"

她挥挥手，仿佛要驱散空气中的硝烟气。"但没必要走到那个地步。我们可以轻易弄捆面包埋起来，然后找个地方藏小孩。几天之后宣布为了安抚你受伤的心灵，你决定领养一个孤儿，填补内心的空虚。造物主知道克拉西亚人从入侵以来留下了多少孤儿。装装样子，多收留几个孩子，然后再作决定，没

人会发现的。接着你和我儿子就能生个正统的继承子嗣。"她举起茶杯。"最好多生几个。"

黎莎若有所思地摸摸肚子。"所以我永远不能与我的亲生孩子相认？"

"恐怕你已经错失机会了。"阿瑞安说，"你会在南方和北方都树立敌人，你自己的人民也会质疑你的品格。"

"或许他们应该找个更优秀的领导人。"黎莎说，"或许你儿子应该找个更精明的妻子。"

"如果你帮我找到这样的女人，我决不为难你。"阿瑞安说，"但在那之前，这是你的责任。"

她伸手向上，轻拍头上那顶镶有许多宝石的光滑木冠。"平民都以为戴皇冠是很容易的事情。但是领袖必须有所牺牲，女人更须抉择。"

她叹气。"至少汤姆士爱你，这已经比我之前强了。在他祖父花钱买下王座后，原先的皇室随时都在策划政变。欧克派兵屯驻河桥镇，准备攻击而坐收渔利，然后自立为王。当时嫁给林白克成了唯一保住这座城市的下策。"

"我从没听说过这些事情。"黎莎说。老公爵夫人从来没有对她这么坦白过，她怕自己多说什么就会破坏此刻的气氛。

"当时对我而言就像世界末日一样。"阿瑞安说，"林白克一世没有在王座上待太久，他儿子没有能力也无心统治。他来皇宫的时间短到只够在我体内丢个小孩，然后就把其他时间通通花在那间可恶的狩猎堡里，追野猪和搂妓女。"

"我一个怀孕的女人，孤零零地被丢在这里，统治整座城市。我有哭哭啼啼地哀悼我的命运吗？有呀。但是我还是得忍着。"阿瑞安指着黎莎。"我宁愿投身黑夜，也不要让欧克拿下这座我一生都在努力重建的城市。"

"北地宫殿就长这个样子，"阿曼娃说，"看起来不怎么样。"

最奇怪的部分在于罗杰了解她的意思。林白克的宫殿堡垒曾经是他见过最壮观的建筑，但是见识过克拉西亚皇族在艾弗伦恩惠的住所后，他突然开始注意到这里的地毯可以更柔软一点，帘幔可以更厚一点，天花板可以更高一点。

很难想象他怎么能在十年的廉价旅馆和草堆度过睡前检查跳蚤的生涯后，这么快就习惯奢华的生活。

"我是唯一认为公爵需要挨个几巴掌的人吗？"坎黛尔问。"连句'今天过得如何'都不问，就如饥似渴地盯着我们的胸部？"

"林白克和他兄弟都一样。"罗杰说，"老实说吧，安吉尔斯其他贵族也没有好到哪里去。对女人的兴趣仅限于仆人和情人。今天晚上他们会在母亲的监视下正式引介你们。"

"我很期待和这个神秘的老公爵夫人会面。"阿曼娃说。

罗杰耸肩。"你会发现她和她儿子一样肤浅又无趣。他们全都不必承担任何职责。真正办事的人是总管詹森。"

阿曼娃看向他。"不可能。迎接我们的那个男人只是个幌子。"

"我是说真的。"罗杰说，"他在公爵和王子附近就会故作柔弱，但那就和吟游诗人的面具一样。这家伙骨子里既狡猾又冷酷。"

阿曼娃点头。"但他不是真正掌权的人。"

"你的骨骰告诉你的？"罗杰问。

"不是。"阿曼娃说，"一切都写在他眼神里。"

阿曼娃侧头看他。"是要保护我们，还是保护她？"

"都有。"罗杰说，"这些人未必是我们的敌人，但他们绝不是朋友。"

✤

"现在，"阿瑞安说，"如果我们已经聊够你的情史，该来谈谈更迫切的议题了。"

让黎莎皱起嘴唇的并非茶里的柠檬。"我想你是否知道公爵不能生育？"

"我们都知道他不能。"阿瑞安说，"我要你大老远跑来不是为了那个。我想知道的是你有没有办法解决？"

"他愿意接受检查吗？"黎莎问。

老公爵夫人也皱起嘴唇。"他在这方面……很固执。"

"不检查的话，我也只能用猜的。"黎莎说，"我可以煮壮阳茶……"

"你以为我没试过吗？"阿瑞安大声道，"洁莎已经让他喝过世界上所有坚挺和生育茶了。"

"或许我能煮点你的……杂草师还没试过的方法。"黎莎努力压下不屑的语气，不过老公爵夫人还是听出来了。

"看来布鲁娜教了你很多杂草师没学到的邪恶的偏方。"阿瑞安说，"但是她从来没有要照顾超过几百个孩子，而且据我所知，她也经常在别人不知情的情况下麻醉人家。"

"一向都是为了帮忙治疗，"黎莎说，"从来没有为了伤害人。"

"得了！"阿瑞安说，"所以当她往别人眼里撒盲目药粉的时候也是为了帮助人？或是拿她的拐杖抽人？"

"总是为了他们好。"黎莎说，"她不下毒害人。"

"或许。"阿瑞安微笑看着精致茶杯的杯缘。"但你有,对不对?我听说今年夏天你们车队里所有沙鲁姆都被你下药。"

黎莎感到头皮一阵抽搐。老公爵夫人怎么可能听说这件事?"那是一时糊涂。我不会再犯这种错了。"

"这种承诺会让你成为笨蛋或骗子。"阿瑞安说,"时间会证明一切。你拥有力量,总有一天你将必须使用那种力量,不然就可能是受死。"

她放下茶杯,拿起一个绣花圈。她绣花时手指灵巧,一点也不符合她的年纪。"无论如何,洁莎女士乃是布鲁娜亲手调教出来的,而且可以自由使用皇室图书馆。我敢说她没有错过多少药草方面的知识。如果她说她尝试过所有方法,那就是尝试过所有方法。"

"那你要我怎么做?"黎莎问。

"因为你有他所没有的工具。"阿瑞安说,"洁莎懂药草,但她不熟悉手术刀。"

"那难道公爵的双脚之间必须挨上一刀,种子才能流动吗?"黎莎问,"如果他连检查都不接受,我们要怎么动手术?"

"如果走到那个地步,"阿瑞安说,"我们就在他的麦酒里加潭普叶和天花草,让他一直昏迷到手术结束为止。就说他喝醉了还跑去骑野猪,两脚中间被猪咬了一口。"

"但现在好似还有第三种办法。"阿瑞安目光保持在绣花圈上。"魔法。"

"魔法不是那样运作的。"黎莎说,"身体会自动愈合,魔法只是加速愈合的过程。如果公爵天生……不足,我也无能为力。"

"和你一起来的沙漠女巫呢?"阿瑞安问。

"你要让她参与此事?"黎莎问。

"别傻了。"阿瑞安说,"告诉她是为了其他贵族,然后叫她教你相关知识。"

"如果真有这种知识的话。"黎莎说。

"你最好希望有。"阿瑞安说,"快没时间了。如果梅儿妮没在冬天怀孕,我们就得采取应急计划。"

"什么应急计划?"黎莎问。

阿瑞安微笑。"让汤姆士去帮他的嫂子,现任公爵夫人播种。"

"什么?"黎莎觉得自己仿佛咬到一块石头。一时之间呼吸停顿,接着石头又击痛了她的肚子。

"梅儿妮或许不是最尖锐的矛,但她的胸部可以吸引所有男人的目光。"阿瑞安说,"倒不是说服汤姆士背叛你和林白克去拯救公爵领地会有多困难。"

"那梅儿妮呢?"黎莎问,"难道她就只是个等待播种的子宫。"

阿瑞安嗤之以鼻。"她会在完事之后双脚朝天,感谢王子。那个女孩不是工具间里最锋利的斧头,但她也不是笨蛋。如果她不能在克拉西亚人北进,欧克逼我们表态之前怀孕的话,你以为她会有什么好下场?密尔恩的罗兰公主已经率领五百名山矛士兵抵达安吉尔斯,贿赂皇族,像猫头鹰盯上老鼠一样时刻锁定梅儿妮。她如此行事就等于狠狠抽了藤蔓王座一大巴掌。"

她绑好一条线,用银剪刀剪断线头。"汤姆士长得和他祖父很像。从没有人会有人怀疑孩子不是林白克的。"

"为什么选汤姆士?"黎莎问。

"我可以说迈卡尔已经结婚了,"阿瑞安在拿一条新线重新开始绣时说。"而比瑟是个宣誓独身的牧者。但事实上,他们两个嘴风不严。如果林白克发现真相后,会干出蠢事。"

她看向黎莎。"以讨回公道而言，这么做也不算没有诗意。如果你不想弄湿汤姆士的矛，那就修好他哥哥。如果办不到，你们两个就各留一个私生子吧。"

※

"克拉西亚的阿曼娃公主。"杰辛大声宣读，声音在拱形屋顶上四下回荡，让所有人都能听见。"克拉西亚堡公爵，阿曼恩·贾迪尔长女。"

阿曼娃大怒。"公爵？克拉西亚堡？和我父亲相比，你们这些可悲的公爵就和平民的狗没两样，他的帝国幅员……"

罗杰在她的手臂上紧握了一下。"他这样讲只是为了找借口制裁我们而已。大家都知道你父亲是什么人。"

阿曼娃轻轻点头，恢复达玛丁的冷静。

杰辛在他们于门口站定后冷冷地看着罗杰。"以及她的丈夫，来自河桥镇的吟游诗人罗杰·音恩。"

这回轮到罗杰大怒了。正常来讲，应该要先宣告身为丈夫的他才对，但是由于他和阿曼娃的门第差太多了，所以不能这样做，这一点，他可以接受。

但如今罗杰是吟游诗人大师了，而他的艺名，可谓举世闻名。他创作了《伐木洼地之役》和《月亏之歌》。杰辛搞得好像他是来在餐点之间娱乐宾客的街头杂耍演员一样。

阿曼娃捏他的手臂。"深呼吸，丈夫，复仇时再跟他们算账。"

罗杰点头，和他妻子一起步入宴会厅，看看其他宾客，也让其他宾客看。贬低身份的头衔并没有降低宾客对他们的兴趣，不断有贵族上前来向克拉西亚公主和能够媚惑恶魔的小提琴巫师自我介绍。

"克拉西亚的公主，"杰辛继续宣读道，"克拉西亚堡公爵，阿曼恩·贾迪尔的外甥女。吟游诗人坎黛尔·音恩，洼地郡远近驰名的小提琴巫师之一。"

罗杰咬牙切齿。

希克娃领着坎黛尔从另一个侧门入口进来。由于她也有公主头衔，宴会一定要邀请她出席不可，但是阿曼娃不准她和坎黛尔与他们坐在一起。显然男人不可以和吉娃森一同出席正式晚宴。

一小群人走向他们，领头的男人一头亮眼的红发，身穿绘有欧克公爵纹章柔和色调的七彩表演服。他在阿曼娃身前缩腿行礼，顺势将斗篷甩到肩上。"公主殿下，"他望向罗杰。"半掌大师。我是奇林，群山之光、北地守护者、密尔恩公爵欧克阁下的皇室传令使者。"

他等待阿曼娃伸手给他亲吻，但是克拉西亚男人和女人不会在公开场合肢体接触，特别是已经结婚的女人，更别说是达玛丁。阿曼娃只是微微点头，仿佛把对方当成呈送饮料的仆役。

奇林清清喉咙。"请容许我介绍欧克公爵的幼女，密尔恩的罗兰公主殿下。"

女人向前一步，罗杰立刻发现传言是真的。据说欧克的女儿全部遗传到父亲的容貌，而罗兰的四方脸和密尔恩钱币上的欧克头像十分神似。

她高大的身躯、宽阔的肩膀也和父亲很像。她看起来简直可以和汪姐一比。她的头发还是金色的，没有任何灰发的迹象，但她的脸已经失去年轻的弹性。她年过三十五，至少。对政治婚姻而言算是有点老了。

阿曼娃鞠躬，不过弯得很浅——仅出于尊重的意味，但并没有把对方当做地位平等的人看待。"很荣幸认识你，罗兰·

娃·欧克。很高兴知道我并不是这座陌生城市里唯一的公主。"

没人知道罗兰有没有发现她礼数不周。克拉西亚鞠躬方式的政治意义只有克拉西亚人懂。但是她回礼回得像阿曼娃一样浅、一样简短——不但表示他们地位相等，同时等于是在挑衅阿曼娃。

但接着她做了一件所有人都没有料到的事情。

"我的荣幸，阿曼恩之女阿曼娃。"罗兰用克拉西亚语说。

阿曼娃眨了眨眼，立刻转为她的母语。"你会说我的语言。"

罗兰微笑。"当然。受过教育的贵族仕女能以所有失传的方言在宴会中交谈，不过我们都没有机会与以克拉西亚语为母语的人碰面。我敢说会有很多想要练习克拉西亚语的人来邀请你参加茶会。"

"失传的语言？"阿曼娃问。

"鲁斯肯语、林姆恩斯语、阿尔宾语，还有克拉西亚语。"罗兰补充道。

"我们的语言可还没失传。"阿曼娃说。

罗兰微微鞠躬。"当然。但是我们的宫廷已经有数百年不曾接待过克拉西亚访客了。就北方的观点来看，这种语言已经失传了。"

"你们的教育真有先见之明。"阿曼娃说，"骨骸预知了克拉西亚语会席卷北地。"

罗兰露出危险的笑容。"这我可不敢肯定。"

一个男人清清喉咙，化解两个女人间的紧张情势。"请容许我介绍我的护花使者，沙曼特领主。"罗兰换回提沙语，介绍她这边最后一名成员。这个男人身穿舒适的华服，不过目光坚定，看起来比较像是保镖，而非护花使者。他鞠躬。

"我们就不打扰各位了。"罗兰对阿曼娃说,"我只想要认识认识各位。晚餐过后,我们肯定可以在女性侧翼里进一步交流。"

话一说完,密尔恩人迅速离开,就和刚刚过来的时候一样。

"护花使者?"阿曼娃问。

"监护人,类似。"罗杰说,"林白克娶过好几任妻子,但没有生下一个儿子。罗兰是下一任妻子人选。"

"她生孩子的机会也不大,如果前几任都生不出来的话。"阿曼娃说,"听起来问题出在公爵身上。"

"我建议你不要在公开场合说这种话。"罗杰说,"罗兰已经生过两个儿子,这表示她至少能生。"

阿曼娃看着他。"密尔恩公爵把一个不是处女的老女儿送给敌人当妻子?她儿子的父亲呢?"

"欧克命令他们离婚,然后派她进驻安吉尔斯宫殿。"罗杰说。

阿曼娃嗤之以鼻。"为了联手对付我父亲而采取的低贱手段。"

"你能怪他们吗?"罗杰问。

"不能。"阿曼娃说,"但是不会改变结局。"

辩论这个话题没有意义。阿曼娃在大部分事情上都很聪明,但是一旦事情和她父亲有关,她就只会看到自己想看到的部分——他是沙达玛卡,而他必然会统治世界。

"小罗杰,如今是个结了婚的大男人。"身后传来一个声音,罗杰转过身去,看见老公爵夫人与梅儿妮公爵夫人一起走来。"你第一次被我发现偷爬皇室图书馆柜的时候是几岁啊?"

罗杰深深鞠躬。"五岁,老公爵夫人。"想起当时的情况,他的背就直抽搐。老公爵夫人只是轻嗯一声,不过就和下达命令没什么两样，因为她一离开，洁莎手里就多了一条皮带。"

阿曼娃毫不理会年轻的公爵夫人，直视老女人的双眼。两人眼神交流片刻，阿曼娃鞠躬鞠得比之前更深更久。"很荣幸见到举世闻名的老公爵夫人。"

这个举动或许冒犯到比她婆婆的地位更高的梅儿妮，但她似乎并不放在心上。阿瑞安在安吉尔斯并没有多少实权，但是林白克的妻子来来去去，他母亲却始终在位，而宫廷中那些枯燥乏味的贵族仕女全都唯她马首是瞻。

"相信你已经安排时间稍事休息？"梅儿妮在介绍完毕后问道，"房间还住得惯吗？"

阿曼娃点头，罗杰很惊讶。阿曼娃对房间感到非常不满，但显然那最好交由仆役沟通。"当然。"

"我相信北方来的公主没有失礼？"阿瑞安问。

"听见宫廷中有人会说我们的语言感到很欣慰。"阿曼娃以克拉西亚语回答。

梅儿妮面红耳赤，罗杰知道她听不懂阿曼娃说了什么。阿曼娃也发现了这一点，于是鞠躬。

"请见谅，公爵夫人。密尔恩公主让我以为大部分公爵成员都会在成长过程中学习克拉西亚语。"

梅儿妮脸红得更透了，就连苍白的脖子和壮观的胸部都浮现一股粉红色彩。她目光飘向在宴会厅中四下游走的罗兰及其随从，暗暗怀恨。"这个，是……"

阿瑞安清清喉咙。"男爵！"她对着站在几码外的男爵喊道。"过来，让我们看看你。"她没多久就让加尔德像是时装模特儿般转圈，壮汉的脸红得跟年轻公爵夫人差不多。

阿瑞安轻声吐气。"帮你找老婆难度不小呀。女孩们会排队上门，等着和你跳舞，而她们父亲就会在我耳边小声提出

嫁妆。"

"我，啊，感谢你这么辛苦，老公爵夫人。"加尔德说，"希望我不会踩到人。我不会跳这种宴会场合的舞蹈。"他朝高耸的天花板挥手道。

"你还没见过舞厅呢。"阿瑞安轻声笑道，"至于跳舞嘛，我们会找点你会跳的舞的。总不能让你在你自己的单身汉舞会上出丑。"

罗杰鞠躬。"如果老公爵夫人同意的话，我的四人乐团会很乐意负责伴奏。我们肯定可以演奏些让男爵轻松自在的曲子。"他拍加尔德的背一下，让壮汉放松了不少。

"好主意！"阿瑞安说，"城内所有单身汉都会妒忌你的，男爵。我们要不了多久就能帮你找个满意的老婆。"

加尔德一副乐得快要晕倒的模样。

"我以为……"梅儿妮开口。所有目光都集中在她身上，她被大家看得神色畏缩。

"怎么了，亲爱的？"阿瑞安问。

"这个，我是说，"梅儿妮看着阿曼娃尖声说道，"据我所知，音乐和舞蹈都有违……"

"《伊弗佳》？"阿曼娃问，"在我的领土上，确实如此。但如今我隶属洼地部族了。"她轻笑。"还是吟游诗人的吉娃。我有必要……改变一些观念。"

她微笑。"伐木洼地男爵是个伟大的凯沙鲁姆，但一直白白浪费种子。他越早找到吉娃卡帮他生孩子越好。我很荣幸可以参与你们的北地求偶仪式。和我丈夫站在一起，研究你们的仪式就不会不恰当。"

阿瑞安看到杰辛·黄金嗓——想尽办法远离他们——勾勾手指召他过来。

"你可以摆脱单身汉舞会了,杰辛。"老公爵夫人在传令使者快步赶来时说。"罗杰和他妻子会负责音乐。"

"但是公爵夫人阁下,"杰辛气急败坏,"我应该更有资格……"

阿瑞安大笑。"比半掌大师,洼地的小提琴巫师更有资格!你该庆幸他只是临时抢走你这份差事。"

杰辛瞪大双眼,但是心知不能出言争辩。阿瑞安或许是个微不足道的老蝙蝠,但是在皇室宴会的事上,她有绝对的权威决定一切。

"我想我们该入席了。"阿瑞安说,"来吧,梅儿妮,扶一把我这老太婆。"公爵夫人勾起她婆婆的手臂,阿瑞安依靠着她,一起走向餐桌。

其他人一看公爵夫人入座了,纷纷走向他们的座位,但罗杰忍不住多调侃他一下。"往好处想,"他对杰辛说。"至少工会的人不会再叫你次等歌了。"他微笑。"次等琴听起来顺口多了。"

杰辛气得吹胡子瞪眼,但是罗杰假装无视他,挽起阿曼娃的手臂,领着她前往他们的座位。

"挑衅你的血敌并非明智之举,丈夫。"阿曼娃说。

"但我不打算让杰辛在死后审判的时候才为他的所作所为付出代价。我要看他活着的时候受苦,那表示要摧毁他最珍惜的事物。"

"自负?"阿曼娃猜测。

"名誉。"罗杰说,"黄金嗓最不能忍受别人视他为二流人物。"

晚餐既漫长又乏味,不断有人发表演说,密尔恩人和安吉尔斯人一边横眉一边套交情,而所有人都对阿曼娃和希克娃露

出不善意的眼神。

但是林白克公爵的宫殿向来都会提供永远也喝不光的红酒,而罗杰又坐在爱笑的梅儿妮公爵夫人身旁,她晃动的胸部常常会吸引得罗杰走神。

阿曼娃凑到他耳边,用指甲掐他的脚,让他把注意力放回她的身上。"如果你取悦完了那个妓女,丈夫,我有问题想问。"

"那个'妓女'是安吉尔斯公爵夫人。"罗杰说。

阿曼娃神色不屑地看了梅儿妮一眼。公爵夫人以微笑回应,无视她的不敬。"我见过这种情形。无法生育的男人每年都要求吉娃卡帮他找更年轻、更愚蠢的新娘,主要只是为了做做样子,而不是要生孩子。唯一不同处在于这个家伙的母亲,"她朝阿瑞安点头。"在扮演吉娃卡的角色,而他以离婚来羞辱他的妻子,然后另娶新欢。"

"这种说法……"罗杰想了想。"十分恰当。但绝不是你会想要让别人听见的话。我们这些北地'野蛮人'提起这种事情的时候不会这么直接。"

阿曼娃轻抚他的手臂,不过有种屈尊俯就的感觉,像是在抚摸宠物。"让你们接受文明的洗礼就是我们的责任。"

罗杰改变话题。"你说什么问题?"

阿曼娃朝餐桌另一端点头。甜点餐盘已经清走了,仆役正在倒餐后红酒。几个阶级没有高到可以上桌吃饭的朝臣获准进入餐厅。克里弗走过来,背靠阿曼娃身后的墙壁。他不能公然在宫廷中携带武器,但罗杰知道这一点也没有削弱他保护女主人的实力。

餐桌末端,一群逢迎拍马的人正与杰辛·黄金嗓相互吹捧,不过此刻他身旁有两道身材壮硕又很眼熟的身影,让罗杰心里堵得很。

"穿七彩服的那两个，他们是保镖，对吧？"阿曼娃问。

罗杰点头。"艾伯伦和莎莉。状况好的时候算是还过得去的歌手，杰辛让他们担任和声，也负责打断竞争者的骨头。"

阿曼娃毫不惊讶。"我丈夫的骨头曾被这两个打断过吗？"

"你见过我身上的伤疤，吉娃卡，"罗杰说，"并非都是阿拉盖打的。"

几分钟后，阿瑞安起身，同桌的人纷纷跟着站起。黎莎和梅儿妮分别扶她两侧，走向门口，沿路所有女人通通跟了上去。

"这是怎么样？"阿曼娃问。

"今晚剩下的时间将由老公爵夫人负责接待一众女士。"罗杰说，"男人就拿起酒杯前往公爵的会客厅继续喝酒。"

阿曼娃点头，容许罗杰拉开她的椅子。"让克里弗跟你去。"

"绝对不行。"罗杰说，"愿造物主爱他，但他一定会妨碍我为观众表演的能力。这些都是有权有势的观众，吉娃卡。一定要好好表演才行。"

阿曼娃神色怀疑，但这时加尔德出现了，而罗杰很庆幸得到护卫。"公爵说我们要去抽烟。"

加尔德神色期盼地等着罗杰和他同去。他一晚上都和想成为男爵夫人的年轻贵族仕女坐在一桌，但是罗杰发现他除了尴尬的沉默外，没有多少轻松的表现。

"我会和加尔德·卡特在一起。"他对阿曼娃说，"只有笨蛋敢来找茬。"

阿曼娃满意这样的安排，于是与其他女士一起离去，顺道带走希克娃和坎黛尔。

加尔德叹了一大口气。

"这么糟?"罗杰问。

"卡琳的香水让我头发昏。"加尔德说,"好像在身上淋了一整桶一样。而讲话声音小得跟老鼠一样,我得要凑过去才能听见她的声音,然后又闻到更浓的香水味。"

"八成是故意小声说话,引诱你过去看她的领口。"罗杰说。

"丁妮更糟。"加尔德继续,"她只想谈诗。诗!黑夜呀,我根本不识字!我要说什么才能取悦这种女人?"

罗杰笑道:"你说什么根本无所谓。那些女人八成是着急想要取悦伐木洼地的单身男爵。随便说点什么,吹嘘你杀过的那些恶魔,或是聊聊你的战马,无所谓。她们绝对会跟着你笑或赞不绝口。"

"如果我说什么都无所谓,那说话还有什么意义?"加尔德问。

"打发时间啰。"罗杰说,"这些人一辈子都过得太优雅,加尔德。她们有的是时间去研究诗和香水。"

加尔德大吐一口口水。一名仆役瞪了他一眼,不过敢怒不敢言。至少加尔德看起来还有点不好意思。

"我不想要那种老婆,"加尔德说,"我或许不聪明,或不识字,造物主为证,我不分昼夜都在努力付出。我可不想回家还要听人念一堆要我命的诗。"

"你想要拿着麦酒在家等你的女人。"罗杰猜道,"只要你一声令下就把衣服脱得一丝不挂。"

加尔德看着他。"你没有你想象中那么了解我,罗杰。我为了伐木洼地努力付出,我要知道我的女人也会这么做。我的麦酒可以自己拿。"

他两眼一垂。"不过你后面那句听起来很刺激。"

林白克的会客厅里，男人抽烟喝酒，讨论着政治与宗教，想办法在别人心里留下深刻的印象。厅内有几张沙克赌桌，不少人聚在桌旁，一边喝着白兰地，一边在每一次掷骰都会有人交换大部分安吉尔斯人一辈子都没见过的庞大赌金时努力装出毫不在乎的模样。

杰辛在场，不过传令信使占据了一个角落，身旁围绕着一群阿谀逢迎的人，不太可能过去找他麻烦。

"加尔德！罗杰！"汤姆士叫道，挥手招呼他们去他和哥哥及詹森总管所站的位置。"过来！"奇林，欧克公爵的传令使者，也在那里，不过看起来一副想要和一群不欢迎他的人聊天的模样。

"两位旅途辛苦了，都休息得好吗，孩子？"比瑟牧者问。"汤姆士说你们的车队晚上都能和白天一样赶路，边走边杀恶魔。真了不起。"

加尔德耸肩。"晚上例行冲杀，我猜。砍杀恶魔是很刺激，但是和伐木工大不相同。亚伦·贝尔斯亲手帮我的斧头刻印。我砍恶魔不但不会累，反而精力更充沛。"

男人全都在点头表示了解，不过罗杰能够看穿他们的胆怯。这群人大多从来没胆近看恶魔，更别说对抗恶魔。

"你呢，罗杰？"詹森问，"据我了解，你用小提琴媚惑地心魔物时不会拥有这种优势。演奏一整夜肯定很累人。"

"老茧呀，大人。"罗杰微笑，举起八根手指。这群人都没露出畏缩的神色，不过他看得出来他们眼神有点震惊。他残废的手掌能够提醒他们夜晚魔印墙外是多么残酷的所在。

"就像加尔德说的，我们在洼地已经习以为常。"罗杰继续道，"我想如果能够玩玩沙克的话，我的手指会更灵巧……"

"不用了，"奇林说，"我已经试过了。他们全都知道不要

和吟游诗人玩骰子。"

"老公爵夫人可不会教出笨蛋。"詹森说。林白克和他弟弟全都冲着他大笑，一副好像奇林没开过口的样子。

传令使者极不情愿地掺和进来赔笑，努力想让他们接纳他。在接下来的片刻沉默中，他继续找话题。"我本人也有过一段对抗恶魔的经验。或许你们听说过我砍断石恶魔手臂的故事？"

这话让罗杰隐约想起什么，不过就这样了。其他人全都痛苦呻吟。

"又胡吹了。"林白克说。

"那头石恶魔肯定只是只恶魔子孙吧。"加尔德调侃道。"你看起来连成年石恶魔手臂都摸不着一样。你用什么？斧头吗？鹤嘴锄？"

奇林微笑，仿佛突然活了过来。"这是个伟大的故事。"他朝林白克鞠躬。"如果公爵大人允许的话……"

公爵把脸埋在手里。"你就非问不可，是不是，男爵？"他向奇林挥手。"好吧，传令使者，表演吧。"奇林晃到会客厅中央，招揽众人的目光，公爵则挥手叫人过来倒酒。他演奏一把上好的鲁特琴，尽管他多半无法跻身伟大歌手之林，罗杰也没有好到哪里去。奇林的嗓音浑厚、清澈，释放魔力席卷会客厅。

夜幕低垂
地面坚硬
触目所及求助无门

寒风冷冽
刺痛心扉
唯有魔印阻隔地心魔物

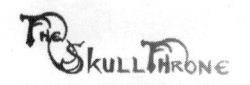

"救命呀!"我听见
求救的声音
发自一个惊慌失措的孩子口中

"快过来!"我叫道
"进入我们的魔印守护,
数里之内唯一的避难所!"

男孩叫道
"我办不到,我跌倒了!"
叫声在黑暗中掀起回音

听见他的叫声
我决定出手相助
但是信使不让我去

"送死有什么好处?"
他神色严肃地问道。
"去了只是送死而已。"

"在地心魔物的利爪之下
你根本帮不了他
只会沦为更多碎肉。"

我狠狠捶他一拳
抓起他的长矛

跳出魔印圈外

我发足狂奔
要在男孩身亡之前赶到

"鼓起勇气!"我叫道
竭力奔跑
"坚定信心,不屈不挠!"

"如果你无法抵达
安全的所在
我就把魔印带往你身旁!"

我迅速赶到
但不够快
恶魔已经包围而上

地心魔物数量众多
我手忙脚乱
在地上绘制魔印

一道震耳欲聋的吼叫
撼动黑夜
发自一头二十英尺高的恶魔

它耸立在身前
面对如此庞然巨物

我的长矛微不足道

头上的脚好比尖枪
利爪长如我的手臂
黑色的甲壳坚硬无比

如同雪崩
势道猛烈
怪物展开攻击

男孩惊恐尖叫
紧抱我的小腿
恶魔在我画下最后一道魔印之前挥爪袭来

魔光闪烁
造物主的恩赐
恶魔唯一憎恨的力量

有人会说
只有阳光
能够伤害恶魔

那晚我发现
恶魔并非刀枪不入
就像独臂魔一样!

最后一句话让罗杰灵光一现,突然发现这个故事似曾听过。亚伦说过多少次打从少年时代砍断独臂魔的手以来,恶魔一直寻仇好多年的故事?同样的事情在前往密尔恩的路上发生过两次的概率有多高?

奇林以夸张的动作收尾,会客厅里传来不少掌声,不过杰辛所在的角落和与公爵身边的人都没有鼓掌。

罗杰鼓掌得既大声又缓慢,刻意让掌声在空旷的大厅里回响。其他人掌声渐歇后,他还是继续鼓掌,将所有人的目光吸引到他身上。

"很棒的故事,"罗杰大笑着称赞,"不过我认识一个英雄说得不太一样。"

"喔?"奇林的语气不无惊奇,心知有人上门挑衅。"谁呀?"

"亚伦·贝尔斯。"罗杰说,所有人开始交头接耳。

他神色嘲弄地看着面无血色的奇林。"你当然知道这首歌里的小男孩长成了魔印人吧?"

"我不记得那个故事里有吟游诗人。"加尔德说,这话掀起更大的讨论声浪。"你们想听真的故事吗?"他在罗杰背上拍了一掌。罗杰转身,像奇林一样向林白克鞠躬。"公爵大人,我不需要……"

"从这里到密尔恩的所有酒馆都在演奏这首歌,"林白克挥手道,"不如听听原唱者的版本。"

罗杰吞咽口水,不过还是拿出小提琴开始演奏。

当流感肆虐

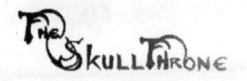

带走伟大的药草师布鲁娜
而她的学徒远在天边
伐木洼地失去希望
没人畏缩不前
他们挺身而出
在夜里对抗恶魔
魔印人来到洼地

北方遥远的安吉尔斯
黎莎收到噩耗
老师去世，父亲重病
洼地有一周的路程
没人畏缩不前
他们挺身而出
在夜里对抗恶魔
魔印人来到洼地

没人带她穿越黑夜
仅有吟游诗人的旅行魔印圈
但那只能阻挡地心魔物
却无法抵抗盗贼
没人愿意畏缩不前
他们全都挺身而出
在夜里击杀恶魔
魔印人来到洼地
孤立无援，留下等死
恶魔成群结队

他们遇上浑身刺青之人
徒手杀死恶魔
没人畏缩不前
他们挺身而出
在夜里对抗恶魔
魔印人来到洼地

他们抵达时，洼地几成废墟
没有完整的魔印
半数镇民
非死即伤
没人畏缩不前
他们挺身而出
在夜里对抗恶魔
魔印人来到洼地

魔印人鄙视绝望
说：和我起身战斗
只要在黑夜里并肩作战
我们就会看见明天的朝阳
没人畏缩不前
他们挺身而出
在夜里对抗恶魔
魔印人来到洼地

他们以斧头加长矛
屠刀与盾牌奋战一夜

黎莎带伤患前往
圣堂治疗
没人畏缩不前
他们挺身而出
在夜里对抗恶魔
魔印人来到洼地

洼地人守护心爱之人
尽管黑夜艰辛漫长
战场如今人称魔物坟场
绝非没有理由
没人畏缩不前
他们挺身而出
在夜里对抗恶魔
魔印人来到洼地

如果有人问为何黎明时
恶魔吓得颤抖
洼地人会实话实说
只因人人都是解放者
没人畏缩不前
他们挺身而出
在夜里对抗恶魔
魔印人来到洼地

奇林仿佛随着罗杰的歌声慢慢缩成一团。加尔德与罗杰一

起高声吟唱歌尾部分，厅内其他人也跟着应和。唱完的时候，密尔恩传令使者的脸一片死灰。

在罗杰表演结束时，加尔德吹起口哨欢呼叫好，鼓掌声此起彼伏。汤姆士和他一起欢呼，就连他哥哥也礼貌性地鼓掌；除了比瑟牧者，他只是继续小口喝酒。

但杰辛所在的角落还是安静无声，等到其他人掌声渐歇，他也开始缓慢鼓掌，走到会客厅中央。

"公爵大人——"他开口。

"算了，杰辛。"林白克挥手制止他，"我想今晚歌又已经唱得够多了。"

杰辛气得下巴掉了下来，罗杰却对他微笑。"今晚连三等歌都谈不上，是吧？或许我们从现在起该叫你杰辛·无歌。"在传令使者开口回应前，罗杰转身回到公爵身边。

"那魔印人在哪里？"比瑟的嘴唇抿成一条线。不意外，因为亚伦·贝尔斯的事迹挑战了他的权威。如果世人公然把亚伦当成解放者，比瑟身为安吉尔斯教会领袖的地位将会荡然无存。

"和沙漠恶魔一起摔落万丈悬崖，就像我在那些信里向你说的一样。"汤姆士立刻补充。"我当时在场，之后再也没有听说有他出没的消息。"

"他一定会回来的。"加尔德说，比瑟气愤得直噘嘴的表情，以及毫不在意汤姆士向他递眼神示意。"就像太阳肯定会升起一样。"

"那么你相信他就是解放者啰？"比瑟立即大声斥道。

大厅各处所有交谈声戛然而止，厅内所有人都盯着加尔德。就连加尔德也看出气氛不对，知道洼地郡与安吉尔斯的关系完全取决于他此刻的回应。

"对我和我们村民而言，他是。"加尔德终于开口。"不能

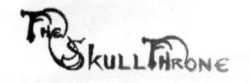

否认，这一年来世界所发生的变化都是他引领的。"他抬起头，炯炯有神的双眼直视比瑟双眼，牧者也自愧不如。"但我见过的亚伦·贝尔斯，他不想要王座。他不想告诉人们该怎么过日子。亚伦·贝尔斯唯一在乎的事情就是杀恶魔，而世界上所有人都应该支持这件事情。"

"说得好，说得好！"汤姆士大声道，举起手中的酒杯。他哥哥们全都神色讶异地看向他，但是伯爵直视加尔德，回避他们的视线。厅内其他人本能反应，在欢呼声中举起酒杯。

林白克、迈卡尔和比瑟不愿扫兴，于是换上虚假的笑容与大家一同干杯，但罗杰察觉到此举导致的尴尬气氛。

✤

阿瑞安假扮步履蹒跚老太婆的演技真是让黎莎深感钦佩。她一手勾着黎莎，一手勾着梅儿妮，依靠在她们身上的重量一点也不假。

无可否认这是一种很有效果的策略。宫廷中所有男人，从最低贱的洗碗工到林白克本人都抢着帮她做事，以免老太婆还得气喘呼呼地自己穿越大厅。

黎莎在路过汤姆士时转头看他，但是伯爵假装没注意到。

一切都还没成定局，她提醒自己。在我与汤姆士和好之前都没有。她是最了解在没有得到子女同意前，母亲安排的婚事不具有任何意义的人。

汪姐帮她们开门。"让个老女人靠在那双强壮的手臂上。"阿瑞安对她说。

"是，老妈。"汪姐说。梅儿妮神态自若地放手，一边微笑一边率领所有女人穿行走廊，前往夜间交谊厅。

她们来到走廊尽头，两个壮硕的女人立正站在两扇大门之

前。她们的打扮几乎与汪妲一模一样，身穿绣有阿瑞安纹章的短袖外衣。她们没带武器，不过看起来不需要武器就能阻挡大部分不受欢迎的访客。当她们转身开门时，黎莎隐约看见腰下的宽松外衣下有挂短棒的迹象。

她们在阿瑞安走近时敬礼，不过目光停留在汪妲身上。

"你已经是安吉尔斯的传奇人物了，亲爱的。"阿瑞安对汪妲说，"你上次来访后，我就对皇宫守卫进行了更换。"

厅门另一边的两名女性守卫关上厅门，不过这两个人身穿亮面木甲，手里拿着长矛。

阿瑞安无视汪妲脸上不自在的表情，转向阿曼娃和希克娃。再度让黎莎吃惊的是，阿瑞安以流利的克拉西亚语说道。"请放心，两位姑娘，取下你们的面纱。我们身处宫殿的女性侧翼。没有男人可以进入那两扇门。"

阿曼娃微微鞠躬，拉下洁白无瑕的面纱，解开她的头巾。希克娃跟着照做。由于还没结婚，坎黛尔没有以面纱遮面，不过她用了七彩头巾绑头发，于是也鞠躬解开头巾。

阿瑞安走上台阶穿越大厅时，交谊厅里已经满满都是宫廷仕女。她们喝酒交谊，聊着艺术、音乐、歌剧和诗歌。罗兰公主身旁围了一群女人，梅儿妮公爵夫人也一样，双方显得明争暗斗格格不入。

交谊厅中央有三个身穿宫廷七彩服的女吟游诗人正在表演三重唱。其中两个年轻貌美，弹奏竖琴，让交谊厅回荡着舒适宜人的音乐。

第三个吟游诗人年纪较大，身材很高，体形壮健。她的七彩晚礼服是由丝滑的七彩绒布制成，镶以金边。她的歌声响彻大厅，专业地示范利用专门用以强化交谊厅中间音场的墙壁和天花板来引发共鸣。她唱的是歌剧《鳞片嘴》中的女高音独

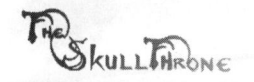

唱，讲述的是杰克鳞片嘴，据说会说恶魔语并以欺骗恶魔为荣的传奇信使的故事。

阿曼娃以克拉西亚人打量猎物的锐利目光看着该名歌手，希克娃和坎黛尔同时顺着她的目光望去，像是一群飞鸟同时转弯。

阿曼娃和希克娃微微举起手掌，一边欣赏吟游诗人表演，一边以秘密手语沟通。黎莎至今仍无法参透这些肢体语言，但根据经验，她知道克拉西亚女人能靠手语和脸部表情进行各种细微的沟通。

黎莎假装整理秀发，偷偷戴上一枚魔印耳环。小小的银贝壳状耳环，用风干的火恶魔耳朵软骨铸型而成。

她微微侧头，透过音乐声听见坎黛尔轻声细语。"她是谁？"

希克娃凑向坎黛尔，她的声音几乎细不可闻，但黎莎的耳环还是全部接收。"她就是害死罗杰恩人杰卡伯大师的人。"

黎莎腹部紧绷。那件命案过后，她曾撰写报告交给守卫队。黎莎对自己的记性十分自豪，但这个长处有好有坏，因为杰卡伯血淋淋的肿胀尸体此刻历历在目，头骨像木材一样被人击碎。他是被人活活殴打致死的。

从淤青大小来看，黎莎一直以为凶手是凶狠的男性。杰卡伯的肩膀上有个紫色的掌印——凶手把他抓过去殴打的痕迹。黎莎记得用自己的手掌去量那个掌印，感觉就像小孩与大人相比一样。

不过一看到那名歌手的手掌，她立刻知道真相了。

"该怎么做？"坎黛尔低声道。

"不要乱来，除非达玛丁下令。"希克娃说，"这个女人欠我们丈夫一笔血债，但除非他出手讨债，不然我们就必须

忍耐。"

必须个屁,黎莎心想。

"造物主哇,她的歌声让我头痛欲裂。"她说。声音不大,不过也不算小声。

阿瑞安立刻反应。"莎莉,打住吧!"

吟游诗人本来深吸一大口气,准备接唱下一段歌词,结果哽在喉咙里了,引发剧烈咳嗽。她拍打自己的胸口,试图恢复正常呼吸,但是黎莎听见她身后的坎黛尔轻声窃笑。

黎莎提高音量。"如果交谊厅里的女士都已经和我一样听腻了鳞片嘴的故事,公爵夫人阁下,或许阿曼娃公主可以带给我们几首新歌。"她看向阿曼娃,公主眼中浮现感激的光芒。

阿瑞安点了点头,阿曼娃和她的吉娃森就走到公爵剧团面前,把她们跌跌撞撞地挤出交谊厅中央。

坎黛尔拿出她的小提琴,先拉几个音来暖弦,让阿曼娃有时间对观众说话。

"很久很久以前,我的族人利用音乐驱退阿拉盖,阻止它们为非作歹。"她训练有素的声音轻易在交谊厅内产生共鸣,而她的口音抑扬顿挫,让观众感到一阵颤抖,吸引所有人的注意,包括被换下场的吟游诗人。

"时候到了,"阿曼娃说,"该把这股力量交给所有艾弗伦的子民了。听好。"

话一说完,她开始歌唱,希克娃和坎黛尔随之应和,三个人的音乐几乎和有罗杰主唱的时候一样震撼人心。这首歌是用克拉西亚语唱的,但是旋律掳获所有观众的心,没多久她就看到交谊厅里的女人跟着哼起来,神色兴奋地回想起小时候学过的沙漠语言。

莎莉站在角落里,双臂抱胸,气得咬牙切齿。

第二十章　兄弟阋于墙

333 AR　冬

被希克娃摇醒时，罗杰觉得头都快炸开了。他隐约记得跌跌撞撞地进屋，和她一起爬上床。阿曼娃和坎黛尔在这间套房里都有自己的房间。罗杰看向窗外。天还没亮。

"造物主啊，什么事情这么紧急？"他问，"除非城墙被恶魔推倒了，不然我打算睡到自然醒，哪怕是中午。"

"今天不行。"希克娃说，"公爵的人已经等在外面了。天一亮，你就要随行去打猎。"

"黑夜啊。"罗杰一边揉脸，一边喃喃说道。他完全忘了打猎的事情。"告诉他我很快就来。"

穿好衣服时，早餐已经送到，不过罗杰拿起一条蛋卷就往门外走。

"你得吃完早餐，丈夫。"希克娃说。

罗杰挥手。"和林白克公爵一起出门打猎，相信我，肯定会有吃不完的美食。我回来的时候多半会重个几磅，而且吃的绝不是猎物。"

希克娃好奇地看他。"沙鲁姆打猎时只会带水出门。那是一种生存考验。"

罗杰大笑。"对很多北地人而言也一样。但是公爵成员打猎是为了娱乐。如果公爵的手下还把鹿赶到他的弓前——而他

竟然射中了鹿而不是手下——那么厨师就会把鹿变成皇家美食，没错，但是在任何情况下，狩猎行馆都会囤积足以喂饱一支部队的粮食。"

他亲她一下，把阿曼娃和坎黛尔留在床上，前往马厩去找加尔德。

幸好他在遇上杰辛前就听见了他的声音，闪入一座壁龛，躲在林白克一世的雕像后面，等待对方走远。

"你不可能是说密尔恩那些讨厌鬼和天杀的半掌都获邀了，但却漏了我。"杰辛吼道。

"小声一点，孩子，"詹森立刻小声道。他与公爵成员和访客讲话时的谄媚语调荡然无存。罗杰已经好一阵子没有听过这种语调，但他很熟悉。艾利克服侍林白克的最后那段日子里，詹森就很常用这种语调说话。"林白克不要你跟去打猎，你只要知道这一点就够了。在你南下旅途中捅出那么大的娄子后，还能保住饭碗就该谢天谢地了。"

"那可是你嘱咐我，命令士兵把游民赶出军队营地的。"杰辛轻声说道。

"我没叫你在洼地人面前多嘴。"詹森说，"如果你敢再说什么都是我下令的话，我帮我姐姐定做的黑色礼服就会变成摆脱你给我招惹麻烦的小小代价。"

杰辛很聪明地闭上了嘴，片刻过后，总管被人找去处理公爵出猎事宜。罗杰大步走入走廊，吹起一首轻松的曲调。杰辛抬起头来，脸色阴沉。

"可惜你不能和我们一起去。"罗杰路过他时说道。

杰辛一把抓住他的手臂，狠狠推去撞墙。他比不上加尔德那么壮，不过还是比罗杰高大。"我以为你已经长教训了，残废，不该惹我了，但看起来你需要提醒——"

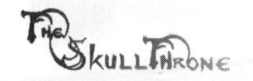

罗杰使劲踩上杰辛的脚背，以简单的沙鲁沙克手法转动前臂，摆脱传令使者的束缚。他手腕一翻，抓到一把飞刀，刀尖抵住杰辛的喉咙。

"我已经学会应付你了，无歌。"罗杰啐道。他飞刀轻送，刺出一滴血。

杰辛的脸色从粉色转为惨白。"你不敢……"

罗杰继续用力，打断了他的话。"你以为我已经忘了你对我做过什么事吗？对杰卡伯？给我动手的理由，我求你。"

"这是在干什么？"

罗杰和杰辛同时转头面对说话的人，罗杰转身遮蔽飞刀，然后把刀收回衣袖里。詹森总管站在走廊上，瞪着他们两个人。罗杰不认为他看到飞刀，但是无法肯定。如果杰辛打算出面指控他，并且指出喉咙上的刀伤，至于是否看到飞刀，都无所谓了。

但是杰辛微笑，摊开双手。"没事，舅舅。只是一点从前的恩怨。"

詹森眯起双眼。"改天再说吧。公爵大人在等你，半掌大师。"

罗杰鞠躬。"当然，总管大人。"

"改天解决。"杰辛同意道，转身走回皇宫。

"半掌！"林白克在罗杰抵达马厩时叫道。看不出来他是昨晚宿醉未醒，还是又喝醉了，不过此刻尚未天亮，他讲话已经含糊不清，随从手上的酒袋也已经半空了。

"你不可能是要穿那个打猎。"比瑟说着用充当马鞭的弯曲短杖指向罗杰的七彩服。牧者已经脱下正式圣袍，换上棕绿相间的骑马装备，上好的丝绸和羊皮，羊毛外套上还挂着一支滚有金边的弯曲拐杖。

罗杰低头看向自己的衣服,色彩鲜艳、适合表演的七彩服,不过不太适合在树林中潜行。他无助地耸肩。"请见谅,大人,但是我没有准备打猎的服装。"

"没问题,"迈卡尔说,"黄金嗓有打猎用的七彩服。詹森!叫人去他那拿一套来。"

詹森鞠躬。"当然,大人。"他瞄向罗杰,罗杰忍住脸上的笑容,看着自己的脚。

仆役从杰辛那里拿了一套绿棕相间的表演服过来,但是当罗杰打开包裹时,那套衣服臭得好像黄金嗓在上面撒尿一样。

罗杰微笑。依然是场胜利。如果他不能直接杀掉那个家伙,也可以接受狠揍他一千下。

皇家狩猎行馆位于安吉尔斯东方,约有一天的路程。他们邀请奇林和沙曼特随行,不过是出于礼貌,而不是真的欢迎。他们有自己的随行人员,即使在第二天的打猎行程中,双方人马基本上也没有什么接触。

他们要猎的是石鸟,一种在安吉尔斯山丘常见的大型猛禽。这种鸟的羽毛颜色与巢穴的岩石颜色几乎一样。

公爵把人分成两组。林白克、汤姆士、罗杰还有加尔德前往一片筑巢岩石东边的位置,米卡尔、比瑟、沙曼特和奇林则前往西边差不多的位置,进入猎人的视线范围。

罗杰和加尔德携带传统长弓,手里搭着箭。公爵和汤姆士手持装满箭矢的曲柄弓,上面还有华丽的瞄准镜。他们都有随从拿着额外两把备好的曲柄弓,随时可以交给他们使用,然后将射完的弓交给随从重新装满。

"他是公爵的耻辱,"汤姆士对林白克说,"为了节省几小时的路程就把平民赶入黑夜。"

"来森的平民,"林白克说,"偷偷占用信使和车队使用的营地。大部分都是强盗,随时会打劫并割断我手下的喉咙。"

"没那回事。"汤姆士说,"我们遇上的难民全部非伤残即老弱,根本不会对任何人造成威胁。来森已经毁了,哥哥。如果我们不采取行动,雷克顿也撑不了多久。如果不希望我们的领土让盗贼肆虐,我们就必须善待难民,给他们一个生活之所。如果黄金嗓让他们诅咒你的名字,我们可能会遇上麻烦。"

林白克叹气,又猛灌了一大口酒。他把酒袋递给汤姆士,汤姆士挥手拒绝,接着他又递给加尔德,加尔德接了下来。年轻的男爵显然没有戒心,醉到跟林白克一样。

"造物主知道我不是要帮黄金嗓辩护。"林白克说,"那个小混蛋让我怀念甜蜜歌在被酒变成臭酸歌之前的日子。"他看向罗杰一眼,罗杰面无表情。大家都知道艾利克和公爵的关系是在甜蜜歌从河桥镇的废墟里带走罗杰之后才开始变糟的。

"你怎么说,半掌?"林白克问,"他们说想听谣言的话就要找吟游诗人。城里的人是怎么说我那个笨蛋传令使者的?"

"工会的人与皇宫里的人一样不喜欢他。"罗杰说,"在你任命他为传令使者前,他的熟客都是为了他舅舅才去捧场,不是为了听他唱歌。大家都知道他会接受我老师拒绝的工作。'次等歌'这个绰号就是这样来的。"

林白克哈哈大笑。"次等歌!我觉得这绰号绝妙!"

笑声在岩石间回荡,一群石鸟冲天而起,结实的翅膀拼命扇动,窜向山丘上空的强风带。

"黑夜呀!"林白克叫道,举弓的速度太快,导致过早放矢,徒劳无功。罗杰和加尔德也出手放箭,不过箭都没有射进猎物。西边传来一阵咒骂声,显然另一组人马的情况也差不多。

只有汤姆士保持冷静，举起曲柄弓，静静地瞄准其中一只石鸟。林白克从随从手里抢过另一张弓举起来，罗杰和加尔德则还在装填他们的第二支箭。汤姆士发射弓矢，林白克紧跟着也在草率瞄准后射出，天上传来一声鸟叫。

石鸟在惨叫声中自空中坠落。汤姆士微笑，不过没笑多久，因为他哥转头瞪他。伯爵点了点头。"射得好，哥哥。看来我真的疏于练习，但是看在造物主的分上，我这几天一定会追上你的。"

一段沉默过后，林白克的随从开口附和："确实，公爵大人。射得精准。"汤姆士的随从用力点头。"射得太好了，公爵大人。"

林白克看向加尔德和罗杰。

"我很少见到有人能把曲柄弓使到这么出神入化的。"罗杰说，看到加尔德没有说话，他在大汉的小腿上轻轻踢了一脚。

"喔，对呀，"加尔德语气平淡地说，"射得妙。"

林白克嘟哝一声，拍拍汤姆士的背。"你向来比较擅长使矛，不擅长射箭。"他看向罗杰。"你的错，吟游诗人，都是你害我笑成那样。"再度轻笑。"次等歌。我一定要记下来。"仆役恢复正常呼吸，尴尬的气氛终于化解。

狩猎行馆是座小堡垒，建立在高地上，有厚实牢固的魔印墙，护卫人员也很充足。这里有五十名林木士兵驻守，至少二三十名仆役和猎场管理员，加上公爵随行的士兵、随从、厨师和猎犬。这里甚至还有妓院，里面有供士兵享用的军妓和专供皇室成员享用的上等妓女。其中有两个是男孩，不过发型和脸上的脂粉让他们乍看之下像是女人。

"恶心。"沙曼特注意到其中一名男妓时低声说道，但是奇林却多看了对方一眼。罗杰十分肯定这两个人臭味相投。他很好奇他们的姿势问题。

迈卡尔和比瑟把惊吓猎物的责任推到林白克头上,而林白克不肯交出战利品却让他们更不高兴。

※

"结果汤姆士大吃一惊,转身太快,天杀的弓矢一不小心就射了出去!"林白克拿着石鸟的鸟腿比画着说道。

每次重提这个故事——他已经说了很多次——林白克就会像吟游诗人一样添油加醋。他似乎完全相信了自己的说辞。

于是所有人都嘲笑汤姆士。他的哥哥和他们的妓女、密尔恩人,就连几个仆役也一样。加尔德研究着酒杯里的东西,汤姆士发出痛苦的声音,其他人都以为是尴尬的笑声。

罗杰基于天性,很想和大家同乐。绝不要扫了观众的兴致,艾利克教过他,或是表现得高高在上,一副不屑的模样。

但是相处几个月下来,罗杰真的开始喜欢汤姆士伯爵,没办法让自己和别人一同羞辱他。结果他只是闷头喝干酒杯里的美酒。

厨师把战利品料理得十分精致,但一只石鸟实在不够一群大男人塞牙缝。林白克把它当作开胃菜,让所有人分享他引以为豪的"胜利果实"。石鸟既腥又硬,和他们还得再忍受一次糟糕的故事一样。

公爵的桌上摆满了猪肉、鹿肉和牛肉,丰富到足以喂饱在场两倍的人。红酒随意喝,还没喝醉的人也很快就差不多了,包括罗杰在内。

皇室成员里,只有汤姆士没找女人陪酒,罗杰发现他在酒里加水。

加尔德也以他为榜样。自从公爵抢走汤姆士的战利品后,

他就再不喝酒了。"你以为得到王座就够满足了。"

"我这些哥哥向来如此。"汤姆士说话声音小，语气又很疲惫。"从前我也一样。那支弓矢上有我的纹章，我会很高兴向他人揭穿大哥的谎言。"他叹气。"我很可能根本不会在乎车队营地上的流浪汉。自从我离开安吉尔斯，见识过平民百姓真正的生活后，整个世界发生了天翻地覆的变化。"

罗杰环视四周，不过其他皇室成员都吵吵闹闹，没有注意。"我们在浪费时间！北方有欧克窥觊提沙的王位，南方又有敌人入侵。安吉尔斯全境都有人马挨饿，而我们竟然还在打猎！而且还猎得不怎么样，只是一个离开城市，找地方喝酒享受的借口。"

伯爵站起身来。"我需要新鲜空气。"

"去练习射箭吗，弟弟？"林白克高声笑问道，迈卡尔和比瑟满脸嘲讽地哈哈大笑。"最好小心点，不然我得指派新的林木军团指挥官。"

汤姆士脸色一沉，罗杰知道公爵说得太过分了。伯爵需要时间鼓起勇气，但是一旦跨过界线，他就可能做出莽撞之举。

"既然你箭术高超，哥哥，我想我们或许可以跳过石鸟这种简单的猎物，去猎一些更有价值的东西。"汤姆士环顾餐桌，掳获所有人的目光。"如果这里有人有勇气在真正的猎物面前考虑自己的话。"

这话让不少人一阵紧张，但是林白克还没听出他话里的意思。"连弓都不会用的男人竟然质疑我们的勇气？我们要猎什么？熊？野狼？"

汤姆士双臂抱胸。"那就站起来。我们去猎石恶魔。"

"这太疯狂了，"林白克在他们沿着狩猎堡附近的山丘行走时说。他们走得很慢，因为尽管罗杰、加尔德和汤姆士可以透过魔印视觉清晰视物，其他人却必须仰赖六个负责护卫的林木士兵手里提的三盏油灯。他们都紧握着魔印武器，不过以洼地人看来，他们只是原木棍，没有接受过黑夜的考验。

"我很欢迎你回去躲在你最宠爱的妓女的裙子底下，哥哥。"汤姆士说。公爵瞪了他一眼。

奇林就是这样，不管如何吹捧自己，他还是决定待在狩猎堡里。汤姆士的哥哥显然也希望能这样做，但骄傲不允许他们在最小的弟弟面前示弱。

沙曼特领主也跟来了，带着两个山矛士兵。如同其他皇室成员，他携带一张曲柄弓，搭配魔印矢，但是与安吉尔斯人不同之处在于，沙曼特脸上带有渴望的笑容。

这群人人数够少，刚好在罗杰的音乐守卫范围内。

"不要赶走恶魔，"汤姆士在他们离开安全的堡垒魔印墙时对他说。"让这些人看看我们洼地每天晚上都在干什么。"

罗杰照做，只有在队伍外缘覆盖一层薄薄的隐形法术，类似黎莎的隐形斗篷。恶魔还是能够闻到他们的气味，听见他们的声音，甚至透过眼角看见他们的油灯，但却找不到这些东西的源头。

一头火恶魔沮丧地吐了口火焰唾液，吓了迈卡尔王子一大跳，低沉的声音变成尖叫。恶魔听见他的叫声，转头望向他们。林木士兵移动到王子身前，做出扣紧盾牌、举矛的动作，身子却吓得不住发抖。

汤姆士向后看一眼。"加尔德。"

"交给我。"高大的伐木工说。他没有拔出背上的巨斧和大刀,只是握起戴护套的拳头。黎莎在他的护套上刻印,并于其中镶入恶魔骨。他的护具只有皮外套和魔印头盔,不过他还是义无反顾地迎上前去。

恶魔在他离开音乐守护范围时发现了他。它吐火,但加尔德随手一挡,火焰唾液就在接触到魔印时烟消云散。接着他扑向恶魔,在对方试图逃走时扭住它的脚。

恶魔约莫五十磅重,但是加尔德单手把它举起来,像猫一样提过头顶,然后顺势砸落地面。在火恶魔体内的空气离体而去后,加尔德掐住它的脖子,把它按在地上,举起护套拳头狠狠捶下,在啪嗒声响和浓汁飞溅中绽放阵阵魔光。

两只矮小的石恶魔朝他冲来,加尔德把火恶魔的残躯抛向它们,它们当场停下来争抢。等它们抬头时,加尔德已经藏进罗杰的防御力场。

林白克神色惊恐地看着石头恶魔。它们身高不足五英尺,但是身形粗壮,还有一层类似砾岩的外壳。他像一盘桌子被人踢过后的果冻般发抖。

迈卡尔为了在其他人面前尖叫而勃然大怒,举起他的曲柄弓啐道:"这就是我们的石恶魔了,射死它们,赶快收工。"

"去!"汤姆士不屑地朝石恶魔挥手。"那只是石恶魔。不算什么了不起的猎物。罗杰。"

罗杰微微皱眉,维持隐形音乐,额外添加一层只对恶魔产生暗示的旋律,并且维持增加强度。

片刻过后,按时发挥效力。其中一只石头恶魔攻击另一只,砸碎外壳,名副其实地撞烂了它的脸。

恶魔转了一圈,然后站稳脚步,在第一只恶魔持续进逼时以同样的手法展开反击。它们摔倒在地,滚来滚去,用巨大的石头拳殴打对方。最后终于有一只无法动弹。另一只挣扎起身，不过它的小腿粉碎，再度摔倒在地，然后就一动也不动了。

"它死了吗？"沙曼特问。

汤姆士摇头。"恶魔疗伤很快。除非当场死亡，不然任何程度的伤势都能痊愈。"

沙曼特嘟哝一声，扬起曲柄弓，射中恶魔的眼睛。弓矢贯穿恶魔的头颅，发出一道魔光，但是透过这道魔光，他们看见其他恶魔逼近。

"我们要攻击它们。"比瑟说。他的语调平淡，但罗杰听出了他内心的紧张。

"当然。"汤姆士说，"想要引来大型的石恶魔，我们就得多加把劲儿。"

"我们是猎人，还是诱饵？"林白克问，"因为听起来越来越像是你为了弥补受创的自尊而让大家当诱饵，以身犯险。"

"罗杰，驱退他们。"汤姆士指向其中一名林木士兵。"把油灯拿来。"在灯光照明下，他指出地上的一个石恶魔脚印，与成人的手臂一样长。"我们过去半个小时都在追踪这只恶魔。他是在两里外现身的，就是山崩露出岩床那里。"

"黑夜呀，"沙曼特领主伸脚到石恶魔脚印中比较大小，惊叹道。"这头恶魔肯定有十五英尺高。"

"不会低于二十英尺。"加尔德笑着说。他很喜欢让这些人紧张。他将手臂高举在自己七尺高的头上。"光是魔角就比我高了。"

林白克吓得直冒汗，曲柄弓抖得厉害，导致他附近的人都后退一步，紧张兮兮地看着它。

其他人也没有好到哪里去。迈卡尔紧握住曲柄弓的把手，罗杰都担心木柄会被他捏碎，比瑟则像在喃喃念诵这辈子第一

段诚心诚意的祷文。就连保护他们的士兵也紧握长矛，一副快尿裤子的模样。

沙曼特领主神色不屑地看着他们。"这就是安吉尔斯想要与密尔恩结盟的勇气？如果我们派人去和克拉西亚人作战，你们会和他们并肩作战，还是躲在我们屁股后面？"

大家都想不到之前彬彬有礼的领主会说出这种挑衅的话来，但黑夜就是有办法展示出人性真实的一面。这些话把吓坏了的皇族和士兵带回现实。

汤姆士指向两座山脊间的狭窄通道，在皎洁的月光下隐约显露轮廓。几株发育不良的树木长在陡坡上，在这个季节里一片树叶也不剩。

"那里树木稀疏，不会吸引木恶魔。"汤姆士说，"沙曼特，带你的山矛士兵前往北坡。哥哥，你们去南坡。"

"那你要去哪里，弟弟？"林白克的语调明白表示如果他们能活着回去的话一定会找他算账。罗杰生怕汤姆士做得太过火了。

但如果汤姆士知道自己此举造成了什么伤害，他也没有表现出来。他热血沸腾，所有洼地人都知道那代表什么意义。

"去那些岩石后面。"汤姆士一指，"等到罗杰把恶魔引入山道。它会停在山道另一端，我们则从后方组成矛墙，在你们射击时防止它逃走。"

"不要节省箭矢，"加尔德提醒道，"这是一头二十英尺高的恶魔，不是用一两支箭就能解决的石恶魔。就算所有人都命中目标，第一拨还是只会激怒它而已。你们必须射光箭筒，把它的脑袋射成天杀的针垫。"

"我想我要吐了。"一名林木士兵说。所有人都在他伸手捂住嘴巴时转头看他。

"梅斯……小队长，是吗？"汤姆士问。士兵点头，双眼圆睁，脸颊因嘴里的呕吐物涨起。

"吐掉或是吞回去，小队长。"汤姆士说，"只要保持冷静，奉命行事，今晚可能不会有人送命。"

男人点头，罗杰在他咕嘟一声吞回消化一半的晚餐时感到一阵恶心与反胃。

加尔德、汤姆士和林木士兵移动到岩石后面，其他人则爬到山坡上。即使透过魔印视觉，罗杰还是看不清楚躲在树后的人，这表示恶魔也看不到他们。他们闪了闪油灯，罗杰随即扬起小提琴，抬高下巴，让乐器的魔法带着他的召唤深入黑夜。

召唤立刻得到回应。正如汤姆士所料，战斗的音乐已经吸引了石恶魔的注意，此刻它正朝向他们逼近。现在只要引它走到他们埋伏的山道上就好了。

几分钟过后，恶魔进入视线范围，如同推倒盆栽般推倒两旁的树木。它的脚宛如黑色大理石柱，罗杰用音乐引它而来。

汤姆士挑选的位置很好。在这种距离下，其他成员不太可能射偏，而击杀石恶魔将会提升他们急需的战斗自信。

当他安然离开射击范围后，罗杰再度改变旋律，停止吸引它，转而驱赶它。当巨型怪物迷惘地停止前进时，汤姆士点燃照亮黑夜的信号弹，清清楚楚地照亮恶魔。

北方传来一阵破风声，罗杰的魔印眼看见密尔恩弓矢带着魔光破空而来，插入恶魔的脑袋和颈部。恶魔痛苦地惨叫，罗杰随即失去对它的控制。他将小提琴贴紧身子，裹在隐形斗篷里等候。

密尔恩人又射了一拨弓矢。罗杰在弓矢击中目标时听见了他们兴奋的呐喊。

但是公爵和他弟弟还没开展攻击。他们在等什么？难道他

们已经连曲柄弓都拉不动了吗？

正如加尔德所料，第一拨攻击只有激怒那只大恶魔。对方恼羞成怒，猛冲向罗杰，企图逃离陷阱。罗杰拿起小提琴，发出不协调的琴声，把它驱赶回去。

逃亡的路线受阻，恶魔转头冲向另一个方向，密尔恩人则持续射击。公爵家成员还在等着什么？

伯爵一声高呼，在石恶魔冲向他们时和加尔德组成盾墙。他们撞上恶魔，试图把它撞回击杀区。

但由于只承受一半攻击，恶魔比预料中强壮，伤口的疼痛激发出求生的力量。魔印盾牌挡得它后退一步，但是恶魔稳住重心，一拳狠狠击中地面，两个林木士兵当场震倒在地。恶魔挥动尾巴，击断一名士兵的小腿，驱散其他围捕者。

近距离交战开始，弓箭手无法保证准确性。只有加尔德和汤姆士保持镇定。伯爵冲到石恶魔和伤兵之间，以矛精准地刺杀逼退恶魔。

梅斯上前与汤姆士并肩作战。石恶魔横冲直撞，不过并没有露出破绽。

趁着石恶魔专心对付身前的攻击，加尔德绕到后方，砍中恶魔的一条腿的膝盖后方。它膝盖痛得弯曲，跪倒在地，以长有利爪的前臂支撑。顶着魔角的脑袋进入汤姆士长矛的攻击范围。

但接着他们听见另一声吼叫，一只风恶魔从天而降，后脚抓起惨叫的梅斯。他的亮面魔印护甲绽放强烈的魔光，令魔爪无法刺穿，不过不能在恶魔展开双翅时抵抗魔爪挤压的力道。再过不久，它就会展翅高飞，梅斯可能就死定了。

汤姆士毫不迟疑，立刻改变了方向，放弃击杀石恶魔的机会，赶去拯救梅斯。他在面对新威胁时一跃而上，在风恶魔震荡翅膀借助气流爬升时掷出长矛。

伯爵预测上升的速度，威力强大的魔印矛在离地十几英尺的位置射穿恶魔的胸口。它失去力量，摔回山脊，梅斯惊慌吼叫，不过显然逃过一劫。

分心令汤姆士付出代价，石恶魔再度爬起，挥爪攻击，击中他的盾牌边缘，打得他腾空飞出，重重摔落在地。恶魔大吼一声，朝他疾扑过去。

它本来会杀死伯爵，不过加尔德大叫一声，挥动斧头，斩断恶魔长满尖刺的尾巴。创口处浓汁飞溅，尾巴如同鞭子般疾甩，扫倒了加尔德。

射击线路暂时净空，密尔恩人冒险发射另一拨弓矢，再次阻止了恶魔。汤姆士借机捡起梅斯掉落的长矛。罗杰望向南面，完全没有找到一个安吉尔斯人的影子。

汤姆士大吼一声，挑衅恶魔将注意力自加尔德转移到自己身上。恶魔愣了一下，接着朝他狠狠挥出利爪，汤姆士以盾牌承受攻击，然后继续朝前推进。

如今恶魔开始专心对付他，但他没料到的是，其他林木士兵在梅斯小队长的带领下鼓起勇气从侧翼展开攻击。

加尔德浑身绽放魔光，尚未翻身而起，伤口已经开始愈合。从他气冲冲的走路姿势看来，罗杰知道这场打斗已经变成了私人决斗。

罗杰还真有点为那只恶魔鸣不平的意味了。

趁汤姆士和其他人驱退恶魔时，加尔德双手握斧，狠狠猛砍，伐木洼地男爵砍金木树一样砍下一大块恶魔的膝盖。片刻过后，他完全砍断整个关节，恶魔轰然倒地，震得整座山谷不住发抖。

就在此时，南方射来一道光线，紧接着又是好几道。恶魔

已经躺在地上，容易得手，安吉尔斯人很快就射空箭筒。随着一支一支弓矢插落，恶魔的头插得跟刺猬一样了。

回到堡垒后，他们把恶魔的巨角挂在林白克位于餐厅的王座上，然后彻夜狂欢。

梅斯单膝跪地在汤姆士身前，平举伯爵的长矛。"你的矛，指挥官大人。"

汤姆士扬起一手。"我还有。留着吧，梅斯队长。"

男人深吸口气，收下长矛，虔诚地将矛摆在伯爵脚边，双膝着地。"我的矛永远都属于你，汤姆士大人。"

他举起长矛高呼："指挥官大人！"

其他士兵举起酒杯高呼。"指挥官大人！"

林白克和两个弟弟也举杯喝酒，但在士兵高呼汤姆士的名号时，罗杰看出他们眼中的愤恨与嫉妒。

汤姆士看向沙曼特领主。"这就是安吉尔斯的勇气，兄弟。这就是你们结盟的对象。协议带来的和平与失去战斗魔印使我们全部变得胆小如鼠，但是所有提沙人的体内都流淌着战士之血。和我们结盟，一起把克拉西亚人赶回沙漠去。"

沙曼特双臂抱胸。"说得好听，但是洼地呢？你们也会遵守协议吗？"

"洼地是我的。"林白克气冲冲地插嘴道，"会奉我的号令行事。"

汤姆士暗自不爽，不过还是点头附和。"正如我兄长所言。"

"你们已经计划好这场英勇的攻击行动，还是只是借助喝酒的豪情随口说说？"沙曼特问，"如果是后者，欧克决不会

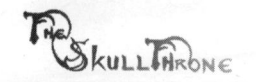

出兵。"

汤姆士点头。"我们会派兵去与雷克顿接头,分兵合围。我们从陆路进攻码头镇,雷克顿从湖面乘船攻击。围城的部队会被我们击溃,等到大地开始解冻后,我们就建立起一道永久的防线。"

"来森呢?"沙曼特问。

"一季之内不可能攻下,或许要一年。但当他们看到沙鲁姆撤退时,来森人就会起身反抗。他们人数比克拉西亚人多,只要能够鼓起斗志就行了。"

"你对你的计划如此有信心,兄弟?"林白克问道。

"确实。"迈卡尔同意,"你究竟知不知道码头镇里有多少克拉西亚人?"

汤姆士微显疲态。"不能肯定……"

"你不可能指望欧克,或我,会派兵盲目执行根本就没把握的攻击吧。"林白克说。

"我们可以探听情报——"汤姆士开口。

"不够好。"林白克伸出手指指着他,"你要亲自率领五十名林木士兵南下刺探敌情,和船务官取得联系。我们要知道他们对你的计划有何看法。"

汤姆士眨眼,罗杰几乎可以听见陷阱收网的声音。公爵提供他想要的机会,仅五十个人穿越不熟悉的地方领土?这是自杀,罗杰毫不怀疑公爵的真实用意。

汤姆士僵硬地鞠躬。"遵命,哥哥。"

"我和你去。"沙曼特突然说,"加上五十名山矛士兵。"

林白克和其他王子神色讶异地看向他,但是密尔恩领主眼中再度浮现那道热切的目光,他们立刻知道他是认真的。

"那就这么说定了。"林白克说。

"我们什么时候出发?"加尔德问。

"单身汉宴会之后的早上。"林白克说,"但是只有汤姆士要去雷克顿。你,男爵,要在宴会上挑选的新娘,然后带她回家。伯爵回来之前,洼地郡就是你的了。"

他能回来?罗杰心里暗自发问。

第二十一章　杂草师

333 AR　冬

阿曼娃轻啜一口茶，然后静静地看着阿瑞安和黎莎。

"问吧。"她终于开口。

"问什么，亲爱的？"阿瑞安问。

阿曼娃放下她的茶杯和茶碟。"就算骨骰没有告诉我你要的问题，从你们宫廷里的传言研判，问题也很明显。"

阿瑞安没有搭话，只是顺势说道。"请开导我们。"

"你们想知道我能不能用阿拉盖霍拉确诊公爵性无能的原因，还有能不能用霍拉魔法治愈他。"

阿瑞安凝望她很长一段时间。"你会吗？能办到吗？"

阿曼娃微笑。"既然我已经确认问题所在，没错，我可以治好他。"

"但你不愿意？"阿瑞安猜。

"如果你处在我的立场，你愿意吗？"阿曼娃问。

"如果不愿意帮忙，干吗还叫我们问？"黎莎问，"当初又何必掷骰？"

"达玛丁也会想要知道一些谜题的答案。"阿曼娃说，"而告诉你可以治好，就已经等于是帮你忙了。剩下的你们必须自己想办法。我是以罗杰的吉娃卡的身份来此，不是间谍……也不是琴贾斯。"

"琴贾斯?"黎莎问。

"叛徒。"阿瑞安脸色一沉。"你在提沙境内,公主。我们或许有办法说服你。"

阿曼娃摇头。"你能提供的条件都不足以改变我的心意,动刑也不可能逼我说出任何我不想说的东西。自己的问题自己解决。"

"如果我们办不到,你就等于是把安吉尔斯交给欧克公爵。"黎莎说,"他会自立为王,然后统帅两大城邦的军队与你们的族人宣战。"

阿曼娃耸肩。"你们也打算这么做,不然你们就是懦夫。无所谓。我父亲是解放者。当他回来率军征伐你的族人时,会顺利实现统一的。在那之前,我对你们的宫廷政治不感兴趣。"

"如果你父亲不再回来呢?"阿瑞安以克拉西亚语问。"如果魔印人在多明沙鲁姆里杀死了他呢?"

"我父亲死了的话,骨骰会告诉我。"阿曼娃说,"但如果真是这样,那帕尔青恩就是解放者,而你们一样会臣服于他。"

"如果你这么想,你就一点也不了解亚伦。"黎莎说,"他对王座和权力不感兴趣。"

"只要你的长矛晚间听他号令,"阿曼娃说,"就像听我父亲号令一样。但是如果拒绝这一点的话,就像安德拉和来森公爵那样,解放者就会夺走你们的王位。"

"请见谅。"阿瑞安说,"但是在我把我的公爵领地交给入侵部队之前,我会需要更有说服力的理由,或是交给来自一个不比我家客厅大的偏远村落的农家男孩。"

阿曼娃鞠躬:"说服你不是我的责任,公爵夫人。那是英内薇拉。"

"你是说艾弗伦的旨意,还是说你母亲?"阿瑞安柔声问道。

阿曼娃耸耸肩膀。"都一样。"

阿瑞安点头。"谢谢你如此坦白,也谢谢你的帮助,虽然没解决问题。可以请你先回避一下吗?我要和黎莎女士私下谈谈。"

"当然。"阿曼娃说,从她的语调和起身走出房外的体态来看,先行告退似乎正合自己的主意。

汪姐在女人离开时探头进来。"需要什么吗?"

"没事,汪姐,谢谢。"阿瑞安在黎莎开口前说道,"请不要让任何人打扰我们。"

"是,老妈。"汪姐退后关门时,看起来好像全身都在鞠躬。

"真受不了那个女人。"阿瑞安喃喃说道。

"汪姐?"黎莎问。

阿瑞安不耐烦地摇手。"当然不是。沙漠女巫。"

黎莎用小饼干沾茶。"你不知道她有多让人心烦了。"

"我们可以信任她吗?"阿瑞安问。

"谁知道?"黎莎举起小饼干,不过在茶里泡太久了,底下的部分都掉到茶杯里。"她曾奉她母亲的命令在我茶里加黑叶,想置我于死地。"

阿瑞安扬起一边眉毛。"难怪你这么讨厌杂草师。所以她不像她所宣称的那么讨厌政治。"

"她心里想的一切与她所宣称的有较大出入。"黎莎同意,"不过自从嫁给罗杰之后,她的言行还算坦诚。我不认为她在说谎,不过也不认为她全盘托出,暗示我们可以找出疗法有可能是因为骨骰告诉她这么做可以削弱北方的实力,令公爵领地维持分裂的状态。不让我们得知林白克无能的原因,也可能是

因为欧克会以率兵过界为借口，在克拉西亚人北进的此刻掀起夺城之战。"

阿瑞安在茶里挤柠檬，不过她的嘴唇似乎已经皱到不能再皱了。"我想你应该不能自己做一套骨骰出来？"

黎莎摇头。"就算能偷一套出来，我也不懂解读的法门。据我所知，解读骨骰需要多年专研学习，而且比较像是艺术，而非草药科学。"

阿瑞安叹气。"那为了我们所有人着想，我希望你能办到所有我曾雇用过的药草师都办不到的事情。猜测预言没有意义，就算我相信预言这种事情也一样。"

※

黎莎被敲门声惊醒。她脸麻麻的，当她伸手揉脸时，她摸到自己睡着时压出来的书印，书页上还有口水。

几点了？房内漆黑一片，只有桌上的化学灯照亮那一堆上古时代的医学典籍。汪妲休息前把灯光调暗。敲门声再度传来。

黎莎拉紧睡袍，前去应门，但是这几个月她胖了不少，睡袍的正面有点紧绷。她一手握紧睡袍上缘，避免正面大开。

这么晚会是谁？她考虑叫醒汪妲，不过她们位于宫廷内部，到处都有守卫。如果这里都不够安全的话，她在哪里都不会安全。

她的手滑落到口袋里，握住她的霍拉魔杖，另一手放开睡袍，打开房门。

罗杰站在门外，形容憔悴。"我想我们得谈谈。"

黎莎立刻放松下来，但是罗杰的表情令她心生疑问。他为什么这么快就一个人匆匆回来了？大家都以为公爵及其随行人员至少会在狩猎行馆待上一周半月的，但是他们才出门一晚而已。

"你还好吧?"黎莎屏住呼吸。"汤姆士还……"

"他没事。"罗杰说,"他昨晚带大家去猎杀了一头巨型石恶魔。在那之后,狩猎石鸟和野猪就显得就像小孩玩家家一样乏味了,而我想大家都想先回城里想想昨晚见识到的景象。"

黎莎突然感到一阵恐慌。汤姆士发誓不会在她体内怀有别人小孩的情况下和她结婚,但是在阿瑞安的支持下,她心里再度燃起希望。如果他出了什么事……

"黎莎女士?"汪妲站在房门口,揉着惺忪的睡眼。她手里握着一把跟黎莎的上臂一样长的刀子。"听到有人敲门。你还好吗?"

"没事,汪妲。"黎莎说,"只是罗杰来找我喝茶聊聊。你先回去睡吧。"

黎莎开门让罗杰进来,他迅速入房,左顾右盼,扫视房内。"还有别人吗?"

"当然没有。"黎莎说,"还有谁会……"

罗杰看起来十分不自在。"汤姆士还没来找你?"

"没有,"黎莎问,"干吗?你别吓我了,罗杰。出了什么事?"

罗杰摇头。他的声音低到几乎细不可闻。"到处都有人监视咱们。"

黎莎皱眉,不过还是走到放霍拉的珠宝盒前,打开一个小抽屉,拿出合用的魔骨。她把魔骨在两张椅子外围摆了一圈。她戴起魔印眼镜,确保魔印连接在一起,魔法圈确实生效。

"好了。"她拿起仆役铃,走到魔印圈旁,手伸入圈内,用力摇铃。她看到铃舌敲击铃框,感受到铃身震动,但是她和罗杰都没有听见声音。

她在一张椅子上坐下，等着罗杰过来。"声音不会传出魔印圈。我们可以放声尖叫，汪妲还是会在二十尺外打鼾。现在有什么事情秘密到不能在空房间里小声说？"

罗杰长吐了一口气。"我觉得林白克和他两个弟弟昨晚就想要除掉汤姆士。"

黎莎眨眼。"你觉得？"

"算是……被动的做法。"罗杰简单把公爵的队伍在战况对汤姆士不利的情况下不放箭射杀恶魔，一直等到加尔德砍倒石恶魔时才动手的事情说了一遍。"他们没有亲自动手，似乎想假借恶魔之手解决问题。"

"一定有其他解释。"黎莎说，"或许他们的武器出现问题了。"

"每一把？"罗杰问，"同时出问题？"

黎莎长吐了一口气。听来也觉得不太可能。"但他是他们的弟弟，不可能与他们争夺王位。他们为什么想杀他？"

"没有什么不可能，"罗杰说，"人们还没忘记安吉尔斯皇室家族是林白克一世在两代之前通过政变继位的。如果公爵没有留下子嗣，迈卡尔和比瑟必须经历一番厮杀才能保住王位，特别是密尔恩在城里各处收买盟友的情况下。"

"而你认为汤姆士不用？"黎莎问。

"汤姆士拥有自己能征惯战的军队。"罗杰说，"规模已经比他哥的军队庞大，训练也更精良。就洼地扩张的速度来看，很快就足以与安吉尔斯和密尔恩加起来对抗。而且战场上的汤姆士是英雄，歌颂他的歌曲到处都是。林白克小气到让他弟弟在他之前击杀石鸟都会嫉恨。你认为当汤姆士在其他人面前让他抬不起头时，他心里会怎么想？"

黎莎感到一阵刺痛，低下头去。她留短指甲，以免妨碍工

479

作，但是只要握拳握得够紧，指甲还是会陷入皮肤。她强迫自己放松。"你曾和任何人谈过这件事情吗？"

罗杰摇头。"我要告诉谁？我想汤姆士根本不会相信我，而加尔德……"

"他行事鲁莽。"黎莎说。

"愚蠢的举动已经够多了。"罗杰说，"我还没说完呢。"

❦

"那些白痴！"阿瑞安握紧拳头，以比实际年龄年轻许多的力量和速度来回踱步。

"你打算怎么做？"黎莎在老女人终于放慢脚步时问道。

"我还能怎么做？"阿瑞安问，"除了你的吟游诗人的证词，我没有其他证据，而林白克是公爵。当他打定主意做某件事情之后。就和石恶魔一样固执，我没有权利推翻他的命令。"

"但是你是他的母亲。"黎莎说，"你难道不能……"

阿瑞安扬起一边眉毛。"施展我的母亲魔力？你有多常听你母亲的话？"

"不常。"黎莎承认。"而且听她的话常让我后悔。但汤姆士也是你儿子。你难道不能求——"

"相信我，孩子。"阿瑞安插嘴道，"我不是没试过利用罪恶感去让儿子改变心意，但这次……这次事关尊严，除非被矛头指着喉咙，否则没有男人会改变主意。"

她又开始来回踱步，不过步伐较慢，也庄严多了。她伸手揉着皱纹满布的下巴。"他大概自以为很聪明。如果汤姆士死了，就少一个敌人。如果汤姆士成功和雷克顿人取得联系，他就可以把功劳揽到自己头上。"她嗤之以鼻。"这是林白克至今做过最接近探查敌情的事。"

她转向黎莎，面露微笑。"无法阻止他并不表示我们不能利用此事来对付他。"

"喔？"黎莎问。

"林白克和他两个弟弟不愿探查敌情，是因为詹森会把情报告给他们，而他们从来没有过问情报的可靠性。"

黎莎感到嘴角微微上扬。"你在雷克顿有眼线？"

"我在世界各地都有眼线。"阿瑞安说，"码头镇的女船务官是我朋友，你知道吗？你的阿曼恩·贾迪尔的长子在夺城的时候想要逼迫她嫁给他。"

"想要？"黎莎问。

阿瑞安轻笑。"据说她用签署婚约的羽毛笔刺瞎了他一只眼睛。"她脸色一沉，"听说当他发泄完后，剩下的那团肉看起来几乎不成人形了。"

黎莎记得贾阳。记得他那种野性十足的眼神。她简直不敢相信，但听起来这完全就是他干的事情。

"我们必须出兵驱逐码头镇的克拉西亚人。"阿瑞安说。"如果想要夺回公爵领地，把他们赶回来森的话。"

"艾弗伦恩惠。"黎莎说，"我见过那里的情况，公爵夫人。克拉西亚人已经根深蒂固。那里永远不会恢复成来森了。"

"不要这么肯定。"阿瑞安说，"我已经安排资助来森地下反抗组织好几个月了，他们最近进行了不少行动。雷克顿的克拉西亚人得在他们的'安全领土'陷入火海时频频注意身后。他们不会发现我们。"

"所以汤姆士有机会生还？"黎莎问。

"我不会给你保证，这次探查任务会平安无事，孩子，"阿瑞安说。"我知道你爱他，但他是我儿子，唯一有点出息的儿子。他从头到脚都会身陷险境，我只能尽可能提供给他所有的优势。"

"那现在怎么办?"黎莎问。

"现在,"阿瑞安说。"你继续为公爵治疗。"

"你不可能还期望我会——"黎莎开口。

"我可以,你也会去做。"阿瑞安大声道,"我们和密尔恩的关系没有变化。就算汤姆士活着回来,只要藤蔓王座没有继承人,他就无法脱离险境。"

她挥手。"让我那些儿子去阴谋算计。如果我们可以联合雷克顿,强迫欧克签署协定,藤蔓和金属王座都将一文不值。洼地将会成为提沙新首都,而汤姆士……"

"是啊,汤姆士将会成为国王。"

❦

黎莎晚餐期间一直心烦意乱。她已经很久没在吉赛儿的诊所用餐了,不过诊所还是能给她一种家的感觉。吉赛儿和她的学徒过去几周都还在洼地,而其他人,包括希克娃在内,似乎都觉得很舒适。

"一如往常般美味,"罗杰感谢吉赛儿女士。"全安吉尔斯的男人都很遗憾不能娶到你为妻。"

"聪明的男人绝对不敢娶药草师。"吉赛儿眨眼。"天知道她会在他的茶里添加什么,对吧?"

黎莎脸色一沉。"这点我们都是向布鲁娜学的,不过她可没学到其他本事。"

"我真的受够这种话了,"罗杰说,"洁莎女士一直对我很好,如果你一定要说她坏话,我要知道原因。"

"我也想知道。"黎莎说。

"她是杂草师。"吉赛儿说,"还有什么好说的?"

"是哟，杂草师又怎样？"罗杰说，"我看不出区别在哪里。你们都威胁说要在我茶里下药，而且都是说真的。"

"没错，药草师会利用所学技巧应对需要帮助的人。"吉赛儿说，"主要目的是治疗他人。杂草师则是害人。"

"更别说她们都是妓女。"薇卡说。

"薇卡！"黎莎大声道。

薇卡身体一僵，不过没有退缩。"请见谅，黎莎女士，但这是实话。城内几乎所有妓院都是杂草师开的。通常都是在药房楼上的房间里贩卖不是药材的东西。"

"那些杂草师大多是洁莎女士的学徒。"吉赛儿说，"她会抽成。除了老公爵夫人外，她就是城内最阔气的女人，从被他们摧毁的婚姻中获利。"

凯蒂端茶出来，吉赛儿暂停片刻，添加蜂蜜，若有所思地搅拌。"当年布鲁娜已经收我为徒，不想再收其他人，但是阿瑞安公爵夫人坚持要她收下洁莎。那个女孩很有天赋，而且对于春药和毒药的研究远甚于医术。我们不知道阿瑞安暗中安排她帮他儿子管理公爵的妓院。作为让他们成年之后依然受制于她的一种手段。"

"这也是达玛丁成立吉娃沙鲁姆的初衷。"阿曼娃说，"不过我的族人以这种女人为荣，并且接纳她们所生的小孩。"

"好吧，这种不一样。"吉赛儿说，"在遍布妓院的城里，男人大多对妻子爱理不理。你可以责怪酒鬼在你家门口尿尿，但是把酒放到他们手上的人可是酒保。"

"这就是布鲁娜赶走她的原因？"黎莎问。

吉赛儿摇头。"她想要液态恶魔火的配方。布鲁娜拒绝传授，于是她想办法偷。"

黎莎瞪大双眼。任何有头有脸的药草师都懂得一些火焰的秘密，但是据说布鲁娜是世界上最后一个懂得地狱配方的人。老女人保守这个秘密超过一百年，从来没有传授给任何学徒。她也是担心这些知识失传，才在最后决定传授给黎莎。

"你以前为什么不告诉我？"黎莎问。

"因为和你无关。"吉赛儿说，"但现在，如果你必须处理那个满口谎言的女巫……"

"我认为我该去见见洁莎女士了。"黎莎说。

"喜欢的话，我们可以现在就去。"罗杰说，"彻底解决此事。"

"现在不会有点晚吗？"黎莎问，"太阳下山很久了。"

罗杰大笑。"她们的生意才刚开始呢，天亮前都会有客人上门。"

黎莎转向他。"你想带我们去妓院？"

罗杰耸肩。"当然。"

"我们干吗不去她家找她？"

"妓院是她的家呀。"罗杰说。

"现在给我等等！"加尔德说，"我们不能带女人去那种地方！"

"为什么不能？"罗杰问，"那里本来就都是女人。"

加尔德面红耳赤，握紧一个巨拳。"我不会带黎莎去……"

"加尔德·卡特！"黎莎大声说，"你现在或许是男爵了，但也没有权利告诉我哪里可以去，哪里不能去！"

加尔德一脸惊讶地看着她。"我只是……"

"我知道你的意思。"黎莎插嘴，"你的用意是好的，但是说错话了。我想去哪里就去哪里，汪妲也一样。"

"一定很好玩。"坎黛尔说，"我会用提琴拉不少关于安吉尔斯妓院的歌，但我从没想过可以亲眼见识妓院。"

"你就别去见识了。希莎枕屋不是吉娃森该去的地方。"阿曼娃看向克里弗。"或沙鲁姆。"

"喂,汪妲都可以去!"坎黛尔抗议,但是希克娃嘶吼一声,她只好双臂抱胸,气呼呼地走开。

阿曼娃转向罗杰。"但是如果你以为我会让你一个人跑去那种地方,丈夫,那你就是把我当成笨蛋了。"

黎莎没想到罗杰会向妻子鞠躬。"当然。我先说清楚,我住在那里的时候只是个小孩,长大就没去过了。对我而言,那里从来不是个发泄欲望的地方。"

阿曼娃点头:"以后也不准踏足。"

"达玛丁,我必须……"克里弗开口。

"你必须奉命行事,沙鲁姆。"阿曼娃语气冰冷,"我已经掷过阿拉盖霍拉。今晚我没有危险。"克里弗不再继续说话。

❧

"不坐马车。"罗杰在他们从后门离开吉赛儿的诊所时说。

黎莎好奇地看着他。"为什么不坐?没有法律规定晚上不能坐车。"

"对,但没人真的在晚上搭车。"罗杰说,"会有人发现我们,而且我们要去不该去的地方。"

"我以为你没说妓院是个秘密。"黎莎说,"如果没人知道它在哪里……"

"那他们就会看到洼地人的马车停在洁莎女士的天才女子精修学院。"罗杰说,"一样会引来好奇的目光。"

"女子精修学院是干什么的?"汪妲问。

"教导年轻女子如何钓到有钱男人的地方。"罗杰说。

确实,木板街道上空无一人,黎莎、汪妲、阿曼娃和加尔德跟着罗杰在安吉尔斯弯弯曲曲的街道上穿来穿去,就着阴影专挑小路走。

倒不是说有很多容易被人发现的地方。街上没有魔印光,除了富人区之外,路灯距离很远,显得很稀疏。

尽管街道昏暗,他们还是健步如飞,透过魔印视觉看得比白昼更加清楚。除了把隐形魔印缝在袍子上的阿曼娃外,他们全都披着隐形斗篷。

"静得有点诡异,"汪姐说,"在外地,这个时间所有店都还在忙着了。"

"洼地的魔印网没有足以让风恶魔闯入的漏洞。"罗杰说。"今晚街上只有巡逻守卫、我们与流浪汉。"

"流浪汉?"汪姐问,"你是说他们晚上会把穷人赶到街上?"

"比较像是不让他们进屋,不过没错。"罗杰说,"我是在这里长大的,从小就以为世事本当如此。一直到我开始去洼地镇表演后才知道这种规定有多恶毒。"

仿佛说好了一样,就听见啪啦一声,上方一块魔印网绽放魔光。一头风恶魔飞得太低,撞上魔印。魔印网上的光芒如同闪电般向外扩张片刻,但黎莎看见大到足以让恶魔闯入的缝隙。

恶魔也看见了他们。它在天上盘旋,在自震惊中恢复正常时猛力震动大皮翅。接着它俯冲向下,直接穿越魔印网,顺着街道飞行,开始寻找猎物。

黎莎很想拔出她的霍拉魔杖,当场砸死它,但如果坐马车都会引人注目了,魔法爆炸肯定会招来大批观众。

但是她也不允许那只恶魔狩猎。"汪姐。"

"是,女士。"汪姐说。她环顾四周,接着冲向一栋房子屋檐下的接雨的桶子。她跳起身来,脚尖轻点桶缘,借力跃起,

向上勾住倾斜的屋顶边缘,轻松翻上屋顶,边跑边解下肩膀上的魔印弓。

她发出一声类似风恶魔的叫声,不会引起任何躲在魔印窗后的人的注意。恶魔听见她的叫喊,急速转弯,朝她冲来。

汪妲站稳脚步,把弓箭拉到耳边,等待恶魔接近。她一直到恶魔差点抓到她时才终于放箭,魔印箭射穿对方心脏,绽放一阵魔光。恶魔重重落在木板街道上。

"加尔德,"黎莎在汪妲回来时说道,"请确保它死透了,找个水槽放置它吧,以免太阳升起时引发火灾。"

"好,我这就去。"加尔德说。

他走到恶魔身前,拔出汪妲的箭时它完全没有反应。附近没有水槽或水池,所以他只好砍碎恶魔,把它塞到接雨的桶里。汪妲走到街上那摊浓汁旁,双手接触浓汁,在黑柄魔印吸收魔力时微微颤抖。恶魔的血还会持续发臭,不过不会在天亮时起火燃烧。

汪妲抬头,在黑夜的力量汇入体内时显得容光焕发。"要我持续狩猎以免还有更多恶魔吗,女士?"

"我觉得你待在我身边比较安全,"黎莎说。这话是真的,不过她也是为了不让汪妲对魔法力量上瘾,直到进一步了解魔法效果为止。他们迅速抵达内城,距离林白克城堡不远处。这里的街道较为明亮,还有城市守卫巡逻,不过他们都轻松绕了过去。

"我们这还是相当于回到公爵的宫殿了。"黎莎说。

"当然。"罗杰说,"妓院透过一连串通道和宫殿相连,主要是方便公爵和宠幸他的臣子。"

他们转过一个转角,洁莎女士的天才女子精修学院印入眼帘。这所学院占地很大,由两条侧翼围绕一座中央塔而建,塔高三层楼。黎莎看出石塔和建筑上的魔印威力强大,刻痕很深、漆面很亮,还擦得很干净。街道旁的灯柱也有魔印。如果城墙倾倒,这里会与宫殿一样安全。

罗杰大摇大摆地走到门口,拉动丝质铃绳。黎莎只能假设门铃响了——在外面什么声音都没听见。片刻过后,门打开了,一个身材壮硕的男人站在门后。他没有加尔德高,不过比他壮,脖子粗得像公牛脖子,绷紧上好蕾丝衬衫的领口,粗壮的手臂仿佛随时可以撑破绒布外套。他的五官歪斜,鼻子显然断过很多次。他头上有些灰发,不过只给人一种身经百战的感觉。腰带上挂着一支光亮的短棍,随时可以取用。

"我不认识你。"这是一句简单的陈述,不过男人的语调听起来像是威胁。

"不认识吗,杰克斯?"罗杰边问边将斗篷甩到身后。"我长大了一点,不过还是从前那个让你抛起来,可以抓到房梁的小男孩。"

男人眨眼。"罗杰?"

罗杰还没点完头,男人已经一声欢呼,双手插入罗杰的腋窝,把他抛入空中。加尔德神情紧张,但在罗杰哈哈大笑时放松下来。

"进来,进来!"杰克斯说着挥手招呼他们进去,然后在他们身后顾盼一阵子才关上房门。

"去年夏天我看过你一场表演。"杰克斯对罗杰说,"女士和我躲在观众里欣赏。最后我们两个都看哭了。"壮汉语带哽咽,正所谓铁汉柔情。

"你们应该先说一声的。"罗杰捶了他的手臂一拳,不过如果壮汉有感觉的话也没有表现出来。

杰克斯伸手指着他。"你不该过这么久才回来。你现在真的是魔印人的小提琴巫师吗?"

"是呀。"罗杰朝他的伙伴点头。"我是来帮洁莎女士引见洼地朋友的。她有空吗?"

"为你?"杰克斯说,"当然有空,不过麻利点。时间晚了。公爵等贵客很快就要来了。"

他带他们走下铺了红绒布的大旋转梯倒底下两层楼。楼梯底端有条走廊,但是杰克斯没走走廊,而是转身推开一座双面大书柜,书柜顺着轮轴轻轻滑开,露出一道垂着花边帘幕的拱门。

他们通过帘幕后,书柜自动滑回定位。门后是一座华丽的厅堂,里面有许多妖艳的女人。她们躺在柔软的沙发上,或是有点隐私的帘幕石室,等着今晚的贵客到来。她们全都身穿性感的礼服,浓妆艳抹,发型艳丽。空气中弥漫着香水的气味。

"造物主哇,"加尔德说,"我觉得我好像到了天堂。"

黎莎狠狠瞪了他一眼。他尴尬得低下头去。"你竟然还担心我要来这里?"

房间中央的天花板足足有两层楼高,不过外围中间还有一圈看来像是通往私密房间的楼层。杰克斯带领他们快速走上一层楼梯,穿越拱门帘幕,来到一间包厢。

黎莎在穿越拱门时听见楼下传来骚动,透过帘幕,她瞟见迈卡尔王子带着随从也恰恰抵达。她心跳加速,立刻放下帘幕。

"我希望这里还有其他出口。"她在回到其他人等杰克斯去找洁莎女士的地方时说道。

"肯定会有的,多到数不清。"罗杰眨眼说道。

"小罗杰,半掌!"片刻过后有人叫道,一个女人从走廊末端的门后现身。

洁莎的年纪和吉赛儿差不多,至少已经五十来岁了。但吉赛儿随着年纪而发福,洁莎的礼服则依然紧贴着纤细的腰部,从低领口中央挤出来的胸部看起来依然风韵犹存。她脸上的妆很浓,不过相貌美丽,只有几条掩饰得很好的皱纹标识她的年龄。

"她让我联想到我妈。"黎莎说,也没有特定对谁说。

"太对了。"加尔德不自觉地附和,他的眼神显然表示他只是夸赞。黎莎心想是不是该让他上楼去等。还有她如果叫他上楼的话,他会不会照做。

阿曼娃似乎也是同样的想法。她在罗杰上前拥抱那个女人时跨步挡在加尔德与对方中间。

洁莎把他抱在胸前,啧啧说道:"十多年了,罗杰,你几乎算是吃我的奶水长大的,而这些年就不能回来看看我吗?"

"我想公爵不希望看到我回来。"罗杰说。他推开洁莎,黎莎发现他眼眶湿润。不管自己对杂草师有什么成见,罗杰显然感激这个女人。

"让我看看你。"她说着摊开他的双臂,退后一步,仿佛彼此有段距离般。

她上下打量他。"你已经变成个英俊的男子了。我敢说你和艾力克一样伤了很多女人的心。"

罗杰退后,一边抚摸金牌,一边清清喉咙。"洁莎女士,请容允我介绍我的妻子,达玛丁阿曼娃·阿苏·阿曼恩·安贾迪尔·安卡吉。"

洁莎笑容满面地走过去拥抱阿曼娃,但是年轻的达玛丁退后一步。

"呃?"洁莎问。

"请见谅,女士。"阿曼娃说,"但是你不能碰我。"

"阿曼娃你!"罗杰不解道。

"没关系。"洁莎说着朝他扬手,不过目光始终看着阿曼娃。"我该为我不庄重的打扮道歉吗?我该遮蔽胸部和头发吗?"

阿曼娃挥手。"荣誉的吉娃沙鲁姆穿着打扮远比你暴露。冒犯我的并非你不庄重的打扮。"

"那是怎么回事?"洁莎问。

"你就是会煮庞姆茶把你的希莎变成卡丁的人,是不是?"阿曼娃问,"你羞辱她们,透过不让这些女人在与男人交欢后生下子嗣削弱你们部族的实力。"

"难道让她们生下她们自己也不知道父亲的孩子比较好吗?"洁莎问,"让他们二十岁就未婚生子会比较好吗?我的女孩毕业之后会比之前更加富裕,有能力找到更恰当的丈夫,生下社会阶级较高的子嗣。"

"所以她们在和众多男人交欢之后还找丈夫结婚?"阿曼娃逼问。

※

黎莎清清喉咙,有点不太客气地提醒她,希克娃在与罗杰结婚之前也和男人睡过。阿曼娃装作没听见,但是黎莎在洁莎面露胜利的笑容时后悔自己这么做。

"你自己在认识罗杰之前也尝过甜头?"杂草师问。

阿曼娃全身僵硬。黎莎看出她的灵气怒火中烧,但她没有表现出来。"我是艾弗伦之妻,但嫁给我丈夫的时候身体纯洁,没有碰过凡间男子,就像正常吉娃卡一样。罗杰知道他的吉娃森不是这样,也接受这种情况。"

罗杰上前一步,伸手去牵阿曼娃的手。她猛然转身面对他,但却没有想到他的眼神竟会如此温柔,她灵气中的愤怒增添了一丝困惑。

罗杰扬起另一只手，轻轻挽起一缕秀发塞入她的头巾。"就算你有过男人，我也会接纳你的，阿曼娃·阿苏娃·阿曼恩·安贾迪尔·安卡吉。我不在乎那种事情。我什么都不在乎。当你第一次开口对我歌唱时，我就深深爱上了你，而我不认为我会停止爱你。"

阿曼娃灵气中的困惑消失了，取而代之的是种甜蜜到黎莎看了会害羞的柔情。她取下魔印眼镜，但即使透过正常视觉，她还是可以看到年轻公主在和罗杰拥抱时眼中涌出的泪水。

洁莎看着他们，眼中也泛出些许泪光。她转过身去，给他们一点隐私，走向汪姐。"你是？"

"汪姐·卡特，女士。"汪姐鞠躬说道。那些自前额垂下遮掩脸上伤疤的头发在鞠躬时飘开了一点。

女士扬起一手。"我可以吗？"

汪姐迟疑片刻，不过还是点头。洁莎动作轻柔，宛如罗杰拨开阿曼娃的头发般拨开汪姐的头发。她手指顺着疤痕轻抚，然后啧啧两声。

"只要一点化妆品，你就能隐藏得更好，孩子。"洁莎说。"我能让我们的女孩教你，免费。"

"免费？"汪姐问。

"当然，"洁莎说，"但是我的建议，别再掩饰了。自信地做好自己。"

汪姐摇头。"没人有激情亲一大片疤。"

洁莎大笑。"告诉你一个秘密。每遇上十个因你的伤疤而却步的男人，你就会遇上一个幻想能亲你的男人，只因为你与众不同。抬头挺胸，男人就会主动上门。女人也一样，如果你有兴趣的话。"

"我……啊……"汪妲神态忸怩。洁莎哈哈大笑,不再闹她。

她抬起汪妲的手掌,看着掌上的魔印。"黑柄墨?"

"是的。"汪妲说。

"可惜你们没带这个人人都讨论的魔印人一起来。我们的女孩们,都为他是否在阳具上刺青而打赌了。"

她留下汪妲在那发呆,然后转向加尔德。"啊,不过这位也不比魔印人差。男爵大人!"她大胆地伸手捏捏加尔德手臂上的二头肌。"幸好杰克斯迅速把你带到我这厢房来了。不然外面那些女孩恨不能免费服务,我这生意恐怕要关门啦。"

仿佛安排好了一样,帘幕掀开,一个年轻女子端着雅致的茶具走了进来。和楼下的女人一样,她身穿一套连身礼服,不过她的肩膀裸露,领口很低。礼服一侧开衩很高,洁白的大腿在裙摆的褶边下若隐若现。每次跨出那条腿,大腿内侧就会短暂露出。她很高,四肢都很有肉感——舞者的肌肉。

洁莎对加尔德微笑,朝他眨了眨眼,吓得他回归现实。"别发呆了,老公爵夫人已经帮你安排好了,孩子,她要你禁欲。所有女孩都知道不能碰你,虽然她们满肚子醋意。"

她看向那个女孩。"倒好茶就离开,罗塞儿,以免公爵夫人知道了。"罗塞儿点头,迅速走到旁边一张桌子开始倒茶。

洁莎对加尔德眨眼。"如果在单身汉舞会上看到我家女孩,不要惊讶。挑选她们其中之一为舞会皇后,我保证会让你头晕目眩一整夜。娶她为妻,她永远都不会对你说不。"

"当然,那是加尔德渴求的,"黎莎说,"男人对妻子的需求仅此而已。"

洁莎神色不满地转向黎莎,所有人都绷紧神经。罗杰走向洁莎。"容我介绍……"

"我知道她是谁。"洁莎说,目光一直保持在黎莎身上。听到她的语气,罗杰立刻闭嘴,并后退一步。

"小半掌的可爱妻子是在不同的文化里长大的,"洁莎说,"但我以为布鲁娜的学生应该更加世故才对。"

"你说这话是什么意思?"黎莎问。

"罗塞儿!"洁莎说。女孩立刻放下茶壶,跑到她身边,垂下目光。

"问她。"洁莎说,"睿智的黎莎女士认为伐木洼地的男爵夫人需要什么条件?"

黎莎知道这是陷阱,但是她已深陷其中,如今只能快步前进,希望能够逃过一劫。她戴上魔印眼镜,检视女孩的灵气。"你几岁,孩子?"

"我今年二十岁,女士。"罗塞儿说。

"你来洁莎女士的学校多久了?"黎莎问。

"十三岁来的,女士。"罗塞儿说。

"这段期间内,你都待在妓院里吗?"黎莎问。

女孩的灵气闪过一阵情绪。罗塞儿对这个问题很反感。"当然不是,女士。不满十八岁的女孩禁止下楼。今年是我的第二年,也是最后一年。明年春天,我就会毕业离开了。"她目光瞄向加尔德。"除非我在舞会上找到丈夫。"

"你识字吗?"黎莎问,"能写吗?"

罗塞儿点头。"可以,女士。我会克拉西亚文、鲁斯肯文,还有阿尔宾文。"

"当然还有提沙文,"洁莎说,"罗塞儿酷爱读书。"

"诗吗?"加尔德问,担忧之情写满一脸。

罗塞儿皱起鼻头,仿佛这个问题很臭。"战争故事。"

"军事史。"洁莎更正道。

"如果想让那些故事听起来很无聊的话。"罗塞儿同意。她的目光一直保持在两个女士身上，但她的灵气显示她一心一意只想取悦加尔德。每一个字、每个姿势，都在撩拨加尔德。这种现象令黎莎不安，不过截至目前，这个小女人不像在说谎。

"你受过数学训练吗？"黎莎问。

"有，女士。"罗塞儿说，"基本算术、代数、微积分。我们也修记账课和盘点课。"

"药草学呢？"黎莎问。

"我能凭记忆煮七种药茶，"罗塞儿说，"生育茶，磨碎三种……"黎莎挥手要她闭嘴，不过这些话已经在加尔德的灵气中生效了。

"可以查书的话，我就能准备更多药。"罗塞儿说，"我们都会研究药草学，以免男人在这里纵欲过度。"

"是呀，但是你会唱歌吗？"罗杰大笑，不过阿曼娃瞪他一眼，灵气中甜蜜之情已然消失了。

"抱歉，"罗杰赶紧补充道。他接着又压低音量说："我只是想活跃下气氛。"

女孩摇头。"我的歌唱技巧向来无法达到洁莎女士的要求，但是我会演奏竖琴和风琴。"

"风琴是什么？"加尔德问。

罗塞儿看向他，眨眨眼。"我可以拿我的给你看，如果——"

"够了！"洁莎叫道，"下去，女孩，不然我要去拿棍子了！"

黎莎眨了眨眼——她曾听布鲁娜骂过多少次？感觉就像再度听到她老师的声音一样。

但是洁莎看着女孩离开时，灵气中却没有丝毫怒意。她对女孩的表现十分满意。杰克斯派罗塞儿端茶进来八成是特意安排的。

加尔德的魂儿跟着罗塞儿飞走了，跟随她穿越帘幔离开房间，她蓦然回首，浅浅一笑，轻轻挥手，加尔德一阵不自觉的颤抖。

黎莎转向洁莎，伸手撩起裙摆，行屈膝礼。"请见谅，女士。我刚刚说得太过分了。"

"我接受。"洁莎立刻说，"现在，女士，你该聊聊此行真正想法了吧？"

洁莎女士的办公室铺着厚厚的地毯和沉重的金木家具。她的书架上有好几百本书——稀有典籍，有不少黎莎都没看过。她必须压抑住一股想要一窥究竟的冲动。

"想借哪本都可以。"洁莎说，"只要你想再借其他书之前拿来归还就行。"

黎莎惊讶地看着她，不过洁莎微笑。"我们一开始处不好，但是我很希望能够和你做朋友，黎莎。布鲁娜不会收笨蛋为徒，而阿瑞安对你评价很高。在看人方面，比之于她们两位，我自愧不如。"她继续道，"任何一个能让汤姆士的沉迷超过一晚的女人都有过人之处。"

黎莎本来打算用笑容回应的，但最后这句话让她很不自在。洁莎既优雅又美丽，还是皇室妓院的女总管。她有和汤姆士发生过吗？楼下的女孩有吗？黑夜呀，搞不好他全都上过。

洁莎摆好茶碟和茶杯，以缺乏金属的安吉尔斯十分值钱的银茶具倒茶。

"皇室兄弟经常光顾，"洁莎说，"林白克和迈卡尔——就连比瑟牧者也常放下他的执念在这里脱下圣袍。我想绝对让你

想不到的是，我这里有些女孩其实是男孩身。"黎莎接过茶杯，尽力不让手颤抖过于激烈。

"但是汤姆士……"洁莎悠悠说道，"汤姆士只来过一次，后来就不再光顾了。那家伙向来喜欢自己狩猎。"

"那我算什么？"黎莎问，"猎物？"

"在爱情里，双方都算是猎物。"洁莎说。"所以爱情才会如此令人沉迷。"

"你曾计划从布鲁娜那里偷走液态恶魔火的配方吗？"黎莎问。

如果如此坦言相询让洁莎感到惊讶，她也丝毫没有表现出来。

"对，确有其事。"洁莎不无埋怨地说，"当年布鲁娜已经年近九十，而在王子出生后，她一心只想回到洼地。我知道我永远不会再见到她，生怕火焰的秘密会随她而埋进地下。"

"但是布鲁娜从来没有提起你，"黎莎说，"至少在我跟随她的那几年里，一次都没有提过。"

洁莎露出痛苦的笑容。"是呀，全世界最顽固的人就是老巫婆布鲁娜了。但是对我而言，我爱她，遗憾的是最后不欢而散。她去世时，是否……痛快？"

黎莎凝视茶杯。"我不在场。她死于一场恐怖的流感。薇卡哀求她不要去治疗伤患，说她太虚弱了……"

"但是没有人能在布鲁娜的孩子有需要时阻止她去照顾他们。"洁莎说。

"对。"黎莎同意。

"这些年来，我无数次尝试和吉赛儿重修旧好。"洁莎说，"我本来应该多试几次的，但也受自尊心所驱使，而且她像个木头一样，没有回应。"

"吉赛儿和布鲁娜一样固执。"黎莎说。

"她的学徒呢?"洁莎问。

"我有比三十五年前一次失败的行窃更重要的事情要担心。"黎莎说,"我们之间不需要有任何嫌隙。"

"液态恶魔火甚至已经没有从前那么重要了。"洁莎说,"我听说这个沙漠妓女的魔法让恶魔火看起来像是小孩玩的火焰棒。"

"霍拉魔法。"黎莎纠正她。

洁莎大笑。"这样讲起来合理多了!不过妓女魔法也有能力改变公爵领地。"

黎莎尽力压制想要抚摸腹部的冲动,虽然洁莎肯定知道她的情况。"确实。"

"来谈正事吧?"洁莎问。

黎莎点头。"你对林白克的状况有何看法?"

"他根本就没有种子。"洁莎直言不讳。"这话我已经说了二十年,但是阿瑞安就是听不进去。她就是想要找出一颗不存在的解药。"

"这个诊断的证据是?"黎莎问。

"除了二十年间换了六任妻子,没有一个停过月经之外?"洁莎问。"更别提我培养的女孩了。不管沙漠女巫怎么说,我不会给林白克最宠爱的女孩喝庞姆茶。如果阿瑞安认为哪个女孩可以保障他的血脉,她会立刻要她儿子离婚再娶。从我这里毕业的女孩中,只要在男人大腿上坐一下、摇摇对方下巴,肚子马上就会大起来的可不止一个。"

这些黎莎早就知道了。"就这样吗?"

"当然不止。"洁莎说。她拿出一本皮革账簿,交给黎莎,黎莎立刻打开账簿开始翻阅。这本书里记载了所有洁莎做过的

测试、用过的药草和解药还有结果，全都透过布鲁娜传授的详细方法以工整的字迹记录下来。

"我可以指示我的女孩让他射在杯子里，好让我在镜箱里观察他的种子。"洁莎说，"他只有几只少得可怜的宝贵的小蝌蚪，那些蝌蚪都绕圈游泳，好像喝醉了酒一样乱撞一气。"

"我还是想亲眼看看。"黎莎说。

"有什么用？"洁莎问。

"或许是堵住了，可以用外科手术的方式处理。"黎莎说。

洁莎冷笑着摇头："就算你有科学年代的所有资源，那也是需要高度技巧的手术，前提条件是公爵会让你拿刀碰他的宝贝。"

"那我就只好用霍拉魔法。"黎莎说，"我见过用霍拉魔法治好一个早已过了适合生产年龄几十年的女人。"

"你以为林白克会让你对他施法？"洁莎问，"那等于是在他身上绑了条绞刑绳。"

"试试看吧。"黎莎说，"不过此时此刻，我只想看看他的种子。可以请你……"

"帮你弄一点来？"洁莎笑道，"当然可以。但是想要的话，你可以自己去取啊。不管你有没有怀孕，林白克从来都不会对他兄弟喜欢的女人手下留情。"

"绝对不可能。"黎莎说。

"你甚至不必对他撒谎。"洁莎说，"通常我的女孩只要让他尝尝手掌的滋味就够了。花不了你一分钟。"

黎莎深吸一口气，压抑心中的恶心。"还是你帮我弄吧，或者我去找公爵夫人？"

洁莎知道自己玩笑开得过了。"我一弄到就会立刻冰起来送去你的房间。今晚，或许。"

第二十二章　单身汉派对

333 AR　冬

　　一阵敲门声把黎莎吓了一跳。她瞟了一眼时钟，临近午夜了。

　　或许又是罗杰，但是黎莎认为不太可能，除非又有紧急事。她思忖，莫非是汤姆士？他们开始交往时，常常会在半夜来访，而刚才晚餐时，他一直盯着她看。一开始黎莎还假装没注意到，但接着她直视他的目光，以为他会尴尬地偏开头去。但他没有。他们四目相对，她感觉到他眼神中的热情。自从路上那天晚上之后，他们就没有私下交谈过，但是再过两天他就要南下，而两人之间还有很多话没说。他知道，她也是。

　　汪妲在一张椅子上打盹，但自从罗杰上回意外造访后，她就拒绝在黎莎就寝前先睡，不过她不在乎。她一根手指插入领口，拉低一点，然后高捧胸部。

　　结果不是汤姆士。而是罗塞儿神态轻松地步入房内，手里拿着一个亮面金木盒。

　　"有人看到你吗？"黎莎问，努力掩饰失望的语调。"公爵……"

　　罗塞儿莞尔一笑摇摇头。"我让公爵阁下爽到极点才射光。我停手前他就昏睡过去了。"

　　她把盒子放在桌上，打开盒盖。盒内是密封的，放满碎冰。

冰上摆有三支水晶瓶，内装黏稠浑浊的体液。

她盖上盒盖。"多新鲜！"

"不到半小时。"罗塞儿说，"我走地道过来。"

黎莎心想公爵的妓院地道是否像城墙一样刻印。"没有掺杂其他……体液？"

罗塞儿微笑："你在问我是不是从嘴里吐到瓶子里的？如果我交出那种样本，洁莎女士会砍我的头。我甚至没有用油。我抚摸到他兴奋。"

想到脑满肥肠的林白克在罗塞儿的服侍下喘气抽搐的画面，就让黎莎恶心。"你似乎很享受你的活儿。"

罗塞儿耸肩。"总比在我爸爸的漆器店里打杂好，那油漆味道弄得我脑袋都要爆炸了。在皇室成员身上练习妻子的技巧也不算太糟。洁莎女士教我们要取得主导权，不但要清空他们的精囊，还要清空他们的钱包。"

"所以你是自愿的？"黎莎问。

罗塞儿点头。"对。不过毕业后我不会怀念这一切。我期待拥有自己新的人生。"

女孩说完轻快地退出房门，只在空气中留下一点淡淡的玫瑰香。黎莎立刻开始擦拭并组装她的镜箱。她滴了一滴公爵的精液在玻璃片上，调整镜片，直到细胞聚焦为止。正如洁莎所述，黎莎只看到寥寥几条有活力的种子。她戴上魔印眼镜，情况变得更糟。健康的样本应该会生气勃勃地绽放魔光。林白克的种子一片灰暗，像是乌云密布的天空。

老公爵夫人想透过手术治疗的希望落空了。如果种子无法抵达目的地，她还有办法解决这个问题。如果种子都死光了……

加尔德来回踱步，不停握紧拳头，然后又张开。一个年轻的随从神色惊恐地看着他，担心鼓胀的肩膀随时可能会撑破外套的缝隙。

"黑夜呀，加尔德，坐下来抽管烟。"罗杰已经在抽他的烟斗了，脚掌舒舒服服地放在桌上。

加尔德摇头。"我不想满身烟味。"他头发抹上一层发油，用绒布领结绑在颈后。他胡须剪短，羊毛外套上绣着新纹章，一柄双刃斧和大弯刀在一棵金木树前交叉。裁缝呈上来给他批准时，加尔德盯着纹章看了好几个小时。裁缝得从他手上抢过来才能把它缝到外套上。

"那就喝杯酒吧。"罗杰说着在壮汉继续徘徊时倒了两杯酒。

"好是好，只是这样我就可能说错话。"加尔德说。

"别说那种话。"罗杰说，"不是豪门出身并不表示你蠢。"

"那为什么我会觉得别人的每一句话都在取笑我？"加尔德问。

"可能真是如此。"罗杰说着喝光他自己那杯白兰地。"皇室成员随时都在取笑彼此，就连笑着讨论天气时也一样。"

"我不想要那种老婆。"加尔德说。

"那就别挑那种老婆。"罗杰说，"今晚由你做主，不管感觉起来像不像。你不需要娶任何你不想娶的女人。"

"万一我没有任何想娶的呢？"加尔德问，"公爵说我必须带着老婆回到洼地。万一老公爵夫人火大，直接帮我挑好了呢？"

罗杰发出简短、尖锐的笑声。"你可以和二十英尺高的石

恶魔正面冲突,还用得着害怕一个身高不及你一半,年纪比你大三轮的老女人?"

加尔德轻笑。"我倒是没有这么想过,但是……没错。我想我确实怕。她让我联想到老巫婆布鲁娜,不过更恐怖。"

"这只是怯场。"罗杰说着拿起帮加尔德倒的那杯酒,然后喝光。"舞会开始后就没事了。"

加尔德继续踱步,不过一转身又停了下来。

"你觉得罗塞儿会到场吗?"他深吸一口气,仿佛在回味她身上的香水味。"她的名字很好听。闻起来也像玫瑰。"

"清醒点,加尔德。"罗杰警告,"我不否认她秀色可餐,但是你不会想娶洁莎身边的女孩的。"

"为什么不?"加尔德问。

"因为公爵和他弟弟会一辈子嘲笑你。"罗杰扮个鬼脸。"再说,你想亲一张含过林白克老二的嘴吗?"

加尔德握紧大拳头,直接举到罗杰面前。"不管是不是真的,我都不想听到你这样说她,罗杰。如果你还想要你的牙齿的话。"

罗杰轻吹口哨。"看来你真的被她勾走了魂儿,是不是?"

"什么勾魂?"加尔德问。

"洁莎是故意在你面前展示那个女孩的,"罗杰说,"我敢说她是女士的优秀学生。那个女孩所做的一切都是为了吊你胃口。"

加尔德耸肩。"那和其他人有什么不同?唯一的差别在于,她的做法让我心痒痒。"

"我只是想要提醒你清醒点,"罗杰说,"洁莎的女孩都会……很有心计。他们可以让男人帮她们做任何事,还让他以为那是自己的主意。"

"我爸说所有的婚姻都是这样。"加尔德说,"你敢说你的婚姻不同吗?"

罗杰笑着摇摇头,继续抽烟,回避这个问题。

罗杰四人乐团站在加尔德身后的音贝棚里,加尔德则和阿瑞安老公爵夫人一起站在中央舞台上。年轻的男爵看起来像是等在圣堂前的新郎。

舞会厅里已经涌入许多社会精英、公爵成员、有钱的商人和他们妻子,全都穿着他们最好的礼服。不过舞会厅另一端的双扇门外站着一长排有望成为男爵夫人的年轻名媛,等着司仪召唤进场。

老公爵夫人帮加尔德理理领子。"准备好了吗,孩子?"

"我觉得我快要吐了。"加尔德说。

"我不会建议你吐。"阿瑞安说着拍掉他外套上的一点灰尘。"但就算吐了,我也不认为会减少你跳舞卡的厚度。不是所有单身汉都有男爵领地可以管理,那种东西值得她们忽视衣服上沾到的一些呕吐物。"

加尔德脸色发白,阿瑞安哈哈大笑:"帮你生孩子的年轻新娘并不会判你死刑,孩子。趁着年轻的时候好好享受吧。"

她用拐杖在他屁股上抽了一下,加尔德当场跳了起来。"你现在唯一要做的事情就是站在原地,听罗杰宣告入场名媛的身份。你就可以在开始跳舞前先去后台,把肚子里的东西都吐出来。"

老公爵夫人缓缓退出舞台,只留下罗杰站在台上。大门打开时,罗杰立刻把小提琴放到下巴下,坎黛尔与他同时动作,一起演奏第一首入场的曲目。每个女人都挑选了入场曲目,也

就是她们在跳舞卡上点播的歌曲。罗杰的四人乐团为了学那些歌已经练习好几天了。

"卡琳·伊斯特利女士，"罗杰宣告道，"河桥镇的亚伦伯爵之女。"罗杰转换曲调。卡琳挑选了一首慢歌，一方面为了和男爵亲密地跳舞，一方面也为了让她入场时可以放慢脚步，尽量拖长成为目光焦点的时间。

很烂的选择，因为这样会让加尔德不断受她浓郁的香水刺激，导致跳完舞后他就会尽速远离她。

卡琳从左边的台阶走上舞台，然后迈过中央，在加尔德朝她鞠躬时享受聚光灯。如果不是罗杰又换歌宣告下一个女人进场，她可能会在那里赖上一整个晚上，享受欢呼和掌声。卡琳朝他眨眼，然后慢慢走下舞台左侧的台阶。

"丁妮丝·沃德古德女士，南卡拉的沃德古德领主之女。"

丁妮丝挑了一首肯定会让加尔德绊倒舞厅中所有人的华尔兹。她很有可能利用全程背景来加强动作的效果。

阿瑞安每天晚上都安排有希望的女孩坐在加尔德身旁用餐，但是最常排到的就是这两个女人。她们位高权重的父亲想了不少办法找了各种门路。她们显然是政治宠儿，但除非剩下的名媛都是乡巴佬，否则她们很难成为舞会皇后。

丁妮丝离开中央舞台时偷偷对加尔德轻轻招手，但是就和卡琳的眨眼一样，男爵横眉以对。他的目光保持在门口，等待能够点燃他欲望的人出现。

罗杰一首接着一首演奏，但加尔德无动于衷。

"爱蜜莉雅·拉奎尔女士，商人亚伯特·拉奎尔之女。"一时之间，加尔德还是没有反应，但接着他一僵，身体前倾。

罗杰看向门口。他早该知道的。所有洁莎的女孩在工作时都会使用"楼下的名字"，等她们毕业之后重返社会时就恢复

505

本名。

上场的人却是罗塞儿。

加尔德一脸专注地看着她走过走道,不过那到底算是一种猎人还是猎物的神情,罗杰看不出来。

从那一刻起,加尔德的眼中就只剩下她,完全无视之后几个入场的女人,除了当她们走过舞台中央,经过他的视线范围时。幸好只剩下几个女人了,但是在场有不少人都已经发现加尔德心神不宁的模样,开始对着爱蜜莉雅指指点点。

罗杰叹气。所有算得上是号人物的人都会出席,包括许多很可能在过去一年半里去过吉莎妓院的人。爱蜜莉雅换了发型,挑选比较端庄的礼服,看起来与在洁莎那里大不相同,但迟早会有人认出她的。

黎莎独自站在舞会厅里。她想尽一切办法要把汪妲塞进适合舞会的礼服里,但是女孩最后惨叫一声,把身上的礼服当场撕烂。黎莎还以为那个女裁缝要心脏病发了。

"这不是我。"汪妲说,"我爱你,女士。我愿意帮你挡下一百支曲柄弓矢。但是只要我还活着,你和地心魔域里所有恶魔都别想让我再穿一件那种憋死人的礼服。"

除了道歉之外,黎莎还能怎么办?但现在汪妲和其他守卫一起站在墙边。她剪短了头发,抹油梳到后面,骄傲地露出恶魔爪在她脸上留下的疤痕。

黎莎微笑。这是个开始,她得谢谢洁莎。黎莎讲她不听,不过洁莎讲她倒是很奏效。

人群中传来一阵惊呼,她抬起头来,看见加尔德不走台阶,像普通人跳下脚凳般轻松跳下舞台。这个不够绅士的举动让所

有宾客大跌眼镜,众人迟疑片刻,接着上前招呼他。

但是加尔德趁着众人迟疑的时刻穿越人群,长脚迅速走过舞会厅,抵达爱蜜莉雅及其父母所在之处。如此怠慢的行为让皇室成员和贵族目瞪口呆,亚伯特·拉奎尔注意到了这一点,虽然加尔德还是没有发现。他在加尔德和他大力握手时紧张地颤抖,但是爱蜜莉雅的母亲,本身也是个美女,满脸骄傲地微笑。

加尔德向来都是很单纯的人。直来直去。这种个性有时候很好,可以提醒公爵成员并非世间的一切都是底牌不明的神秘牌局。

黎莎曾经和加尔德订婚,但现在的他早已面目全非,就算他和她妈上了床也一样。她有点想要反对这门婚事。爱蜜莉雅工于心计、控制欲强。但是伊罗娜也一样。黎莎也是,如果她能坦白面对自己的话——或许加尔德就是需要这样的女人。

爱蜜莉雅有可能绯闻缠身,但是加尔德也是一路人,即使他还不知情。如果伊罗娜生下一个巨婴,要不了多久就会有人发现真相。就连加尔德也不用思考到会认清现实。

"我愿意付出一切换取你此刻心中的想法。"她身后出传来一个声音。

黎莎吓了一跳,浮想联翩之际,完全没发现汤姆士走到她身后鞠躬。但她一直期待着这一刻,而她已经准备好了。她把情绪握在残酷的拳头里,塞到黑暗的洞穴中,转身行了个优雅的屈膝礼。

不管汪妲如何刁难女裁缝,黎莎都比她还要刁难。这套丝质礼服是专门设计用来掩饰她逐渐涨大的小腹,凸显就连女人也妒忌她的乳沟,但是她对礼服上的一针一线通通有意见。

她强忍笑意,看着汤姆士在她弯腰时盯着自己胸口看的眼神。伯爵身穿闪着光的靴子和正式制服——雏绒布和丝绸，外加金色的肩章和穗饰——看来十分英俊潇洒。他的左胸前挂了一打金勋章，装饰长矛套在身后的宝石矛套中。

但如果她的领口吸引住他的目光，汤姆士帅气的脸也同样吸引了她的目光。他仔细刮过胡子，头发一丝不紊。她想要紧紧抓住他的头发，弄乱一尘不染的发络，酣畅淋漓地享受与他的激情。

黎莎感到体内沉睡的河流在苏醒。这是伯爵南征前的最后一晚，而她期待在他离开前再亲密一次。如果不这么做的话，她会后悔致死。

"没什么重要的事，伯爵大人。"她说。

"说谎。"汤姆士听起来很疲倦。"但是我应该早就习惯了才对。你的目光之后从来没有不重要的事情，黎莎·佩伯。"

黎莎吞咽口水，她认为自己罪有应得。"加尔德似乎已经选好他的舞台皇后了。"她朝正凝望彼此的两人点头。"我在琢磨他们合不合适。"她朝汪妲侧了侧头。"我还在想汪妲抱怨穿礼服来参加舞会的事情。"

汤姆士嘟哝一声。"那个女孩很精明。我母亲多年以来都帮我办这种舞会，不过我宁愿去和地心魔物作战。"

"洼地男爵可并非今晚唯一的单身汉，伯爵大人。"黎莎调侃道。"伯爵也还缺一位伯爵夫人。"

这时，一阵铃声传来，所有人转头看向和卡琳·伊斯特利站在一起的老公爵夫人。站在她身后的是被加尔德怠慢的其他贵宾，试图掩饰他们的不满，不过失败了。

"看来河桥镇伯爵想要缩短鸡尾酒时间。"汤姆士轻笑。"伊斯特利家族比我母亲更有资格继承王位。他们不喜欢被人怠慢。"

的确，阿瑞安指示罗杰开始演奏第一首舞曲，吟游诗人没有蠢到拒绝这个要求。他开始演奏卡琳在走地毯时拖拖拉拉的那首慢歌。

汤姆士退后一步，鞠躬伸手。"我或许还缺个伯爵夫人，但不打算在留在安吉尔斯的最后一夜里寻找伯爵夫人。你愿意和我跳支舞吗？"

"如果你让我抱住了，伯爵大人，"黎莎说，不过仍然接过他的手，走近他。"我或许就不会放手。"

汤姆士一手搂住她的腰。"你非放手不可。我母亲传召我们在第一支舞过后去她的花园见她。"

"现在？"黎莎难以置信。"舞会开到一半，而你天亮后就会被派往天知道什么地方的时候？"

"我也这么对我母亲说。"汤姆士说，"但她说如果我不想被她执行家法，最好就是来找你一起过去。"

他们在舞池中和加尔德擦身而过。他脸色很难看，而当黎莎闻到卡琳的香水时，立刻就了解原因了。她感觉静脉紧缩，脑侧一条肌肉抽动，随时都可能引发头痛。

在汤姆士带她离开舞池，前往一道侧门时，头痛还算轻微。汪妲打算跟去，但是黎莎比个阻止她的手势，女孩立刻接受暗示，等在墙边。

他们溜过安静的走廊，沿途只遇上几个仆役，不过他们全都低头看地板。

接近阿瑞安的私人花园时，就连仆役也消失了。走廊又长又暗，两旁有许多放置古代公爵雕像的阴暗壁龛。黎莎停下脚步，拉住汤姆士。

"怎么了？"他问。

黎莎溜到林白克一世的雕像后面。那是一座阿谀奉承的美化雕像，但即使是美化过的雕像，林白克还是胖得阴影足以遮蔽壁龛。

"我头痛。"她用力一拉，汤姆士只有轻轻抵抗，然后就被拉了进去。

对其他情侣而言，这句话八成会摧毁任何浪漫的夜晚，但是对黎莎而言却是相反的，而汤姆士很清楚这一点。在伯爵有机会破坏气氛前，她的嘴唇已经贴到了他的嘴上。

他僵硬片刻，接着紧紧拥抱她，将舌头伸入她的口中。黎莎伸手到他脑后，抓住他的头发，让他的舌头更加深入。

他呻吟一声，动手抓住她的臂膀。不知道怎么回事，她的乳房就这么跳出了礼服，而汤姆士在她贴上来时用力揉搓。她放开他的头发，手掌向下移动，透过裤子抓他。他全身僵硬，她毫不浪费时间……

"我们时间不多。"

"那就别浪费了。"

※

加尔德恪尽职守，和舞会上所有年轻名媛都共舞一次。看他跳舞真的很尴尬。他让最高的安吉尔斯女人都看起来很矮，而且在试图跟上舞步时好几次踩到了女士们娇嫩的脚趾。

但最糟糕的在于他那副专注的神情，比较适合用来对抗恶魔，而不是和美女跳舞。他一副像在努力求生的模样。

直到轮到爱蜜莉雅为止。壮硕的伐木工顿时神采飞扬，仿佛在空中飞舞。看来他已经找到他的新娘了，不管河桥镇出多少钱都无法令他改变主义了。

坎黛尔也看出来了，于是加长小提琴独奏的部分，让他们两人有更多时间凝望彼此。阿曼娃和希克娃以歌声合音，如同

媚惑地心魔物般轻易在这对年轻的恋人身上施展魔法。

杰辛一直戴着他的吟游诗人面具，笑着和有钱的贵族女子跳舞，而她们的丈夫则聚集在一起，毫无所觉。但是他不时会抬头看向舞台，目光愤怒妒忌地瞪视罗杰。

罗杰以笑容回应。他的复仇之旅还很漫长，尽管他不确定下一步该怎么做，暂时而言，杰辛每天都恼羞成怒，而罗杰非常享受这种感觉。

但接着杰辛若有深意地看向加尔德和爱蜜莉雅，然后又转回罗杰，脸上浮现猥琐的笑容。

他认出来了。

他当然得意了。除非艾利克之后规矩变了，不然随时进出公爵妓院乃是传令使者的私下规则。杰辛不但知道爱蜜莉雅就是妓女罗塞儿，他八成还与她亲密过。

而罗杰估计传令使者会私下散布这个秘密。

※

黎莎和汤姆士抵达花园时，阿瑞安和詹森总管已经等在里面。花园里挂了几盏油灯，但是四周十分昏暗，透露不祥之兆。尽管黎莎信任阿瑞安，她还是戴上了她的魔印眼镜，查看阴影中是否有危机潜伏。

"好了，你这安排真是够神秘的。"黎莎说，"要我们在汤姆士待在安吉尔斯的最后一个晚上离开舞会有什么指示吗？"

"很好的理由。"阿瑞安说，"我要你见见我的秘密武器，这件事可不能在里面进行。这个男孩比尿盆还臭。"

"男孩？"黎莎问。

"布莱尔，"阿瑞安轻声叫道，"出来吧。"

黎莎惊讶地看着一个男孩走出一片不到十英尺外的猪根丛。

她怎么会没看到他？在魔印眼镜之下，他的灵气应该和油灯一样闪亮。

但是并没有。他的灵气暗淡到让她以为他死了，但他又轻松快捷地移动到老公爵夫人身旁。他看来还不到十六岁——瘦瘦的但肌肉结实。他的一边肩膀后挂着一副克拉西亚圆盾，不过他身穿提沙衣裤。

从五官来看，他既不像克拉西亚人，也不像北地人。要看清楚不容易，因为这个男孩非常脏。

正如老公爵夫人说的，他身上简直臭不可闻。那味道，让黎莎简直不敢呼吸。其中有汗水干掉的味道，以及用草药像抹乳液般的猪根的气味。肮脏的衣服上留着猪根污渍。黏黏的树汁又在表面沾了一层尘土，不过味道依然刺鼻难闻。

"原谅我们这么神秘。"阿瑞安说，"布莱尔自吹，除非他愿意，不然没有恶魔能看见他，我想知道你那副了不起的眼镜是不是也一样看不到。"

黎莎没有回答，但是老公爵夫人已经得到答案。自己对老公爵夫人提过眼镜的事吗？这个老女人知道得比她说的还多。

"黎莎、汤姆士，这位是布莱尔·达玛吉。"阿瑞安说，男孩对他们嘟哝一声。那是一阵喉音，嘶哑得像野兽。

达玛吉。克拉西亚的姓氏。那表示他和英内薇拉属于同一条血脉——还有阿曼娃——不过血缘关系可能相差好几百年了。达玛吉家族可以追本溯源到卡吉的年代。

但是布莱尔是雷克顿名。这个男孩是混血儿，黎莎没听说在入侵之前曾有克拉西亚人北上过。几年之后，提沙境内或许会出现许多这种长相的人，不过这是她第一次见到这种混血儿。他是信使的儿子吗？

"很高兴认识你，布莱尔。"黎莎说着伸出一手。布莱尔神

色紧张，退后一步。她放下手，微笑道："恶魔不喜欢猪根的味道，是吧？"

这话似乎让男孩放松了一点。"闻太多的话会让它们恶心。所以恶魔都讨厌猪根。"

黎莎点头，解读男孩的灵气。她不知道猪根的味道可以驱赶恶魔，但是听起来很合理。猪根是治疗恶魔感染的主要药材，恶魔自然也会避开猪根丛。

但是还不止如此。她看着周遭的魔力如同雾气般沿着花园地面飘动。正常情况下这些魔力都会受到活物吸引，除非附近有魔印力场。魔力如同油避开水般避开布莱尔。

猪根可以抵御魔法吗？这样就能解释它的许多特性，大幅提升这种宝贵药草的用处。

"布莱尔为反抗势力的发展出力不少。"阿瑞安说，"他会说克拉西亚语，甚至可以冒充克拉西亚人。最重要的是，他不分日夜都能行动。就像你的魔印人，不过没他那么自诩为英雄。"

黎莎没有和她争辩。阿瑞安说这个男孩的价值无可估量绝不夸张。他是老公爵夫人不会轻易泄露的信息，就算在她面前也不会多说。

"布莱尔在雷克顿也有眼线。"阿瑞安说，"他可以带领你们的兵马从洼地前往雷克顿，避开克拉西亚巡逻队，安排和船务官碰面。他们利用湖边的修道院作为基地。"

汤姆士扬起一边眉毛。"林白克知道吗？"

阿瑞安大笑。"当然不知道。据林白克所知，你们必须自己想办法与反抗军接头。但既然他派你代表，那么不管你作出什么样的承诺，他都必须遵守。"

"那我要作出什么承诺？"汤姆士问。

阿瑞安指示詹森，他交给伯爵一卷资料。汤姆士打开文件，迅速阅读。黎莎凑上前去，透过他的肩膀观看。

"这等于是让雷克顿人宣誓效忠于我。"汤姆士说。

"既然我们要派兵帮他们打仗，为什么不能提出请求？"詹森问。"遭受围城的是他们，不是我们。"

"还不完全是。"黎莎补充。

"无论如何，总管说得有道理。"阿瑞安说，"此时此刻，他们比我们更急需外援，当展开谈判时如果忽略这个事实就太愚蠢了。如果要开战的话，他们的士兵必须接受你的领导。这一条件必须达成。"

"我了解。"汤姆士声音很紧绷。"但是你要他们效忠于我，不是林白克公爵。"

"你是林木军团的指挥官，还是洼地郡公爵。"阿瑞安说，"他们直接与你结盟比较合适。"

汤姆士摇头。"林白克知道了，可能不会那么想。"

"林白克没得选择。"阿瑞安语气严厉。"等他听说这件事情时，合约已经签署，而你也不在他的势力范围里，并且统领三支部队。他不能把你怎么样。"

"把我怎么样？"汤姆士问，"我要取代沙漠恶魔的地位，征服提沙？"

"我不是要你成为征服者，"阿瑞安说，"我们不要那个。"

"那我们究竟需要哪个，母亲？"汤姆士问。

"国王。"阿瑞安说，"不是恶魔，不是解放者，提沙需要的是国王。"

汤姆士神色迷惘地看着她，阿瑞安上前一步，伸手捧起他的脸。"喔，我亲爱的孩子。现在别想那些。只要想着保持安全。做好该做的事情，然后回到你心爱的人身边就好。"她紧

紧拥抱他，推开时伸手擦拭眼中的泪水。

"天亮前把该办的事处理完，向大家告别。"阿瑞安嘱咐。"不过从你的脸色看来，你已经处理完了一些重要的事情。"

她转身招呼布莱尔和詹森离开，把黎莎与汤姆士独自留在花园里。他朝她扬起手臂，她扑入他的怀中，紧紧拥抱他。他轻拥她，而她开始埋在他的斗篷和肩膀整整齐齐固定在一起的位置啜泣。

"别去。"她哀求，心知这是个愚蠢的要求。

"在我哥的挤兑和我妈的安排下，我还有什么选择？"汤姆士问，"他们会从我手中夺走洼地。交给迈卡尔，或许。他现在已经后悔没有接受洼地的职缺了。比瑟也是。几个月前他们都不想要那个是非之地，但现在他们都觊觎它。"

"他们觊觎洼地是因为你已经把它打造成更美好的地方。"黎莎说，"洼地人都知道这一点。等你南行归来，不管安吉尔斯下达什么命令都不可能夺走它，如果他们胆敢尝试的话。"

"对，或许。"汤姆士说，"如果我比对克拉西亚人开战更想与我哥哥打仗。但是总要有人力挽狂澜。如果克拉西亚人夺下雷克顿，他们迟早都会吞并所有分界河以南的领地。除了我之外，有谁能担此重任？你那个宝贵的亚伦·贝尔斯已经失踪了。"

这话语气酸涩，但是黎莎没有争辩。"那就带我一起去。"

"别傻了。"汤姆士说，"我们要深入敌境好几个礼拜的旅程，你已经怀孕五个月了。"

"我有办法对抗一群恶魔，"黎莎说，"你以为我应付不了克拉西亚人？"

"与克拉西亚人的战斗在白昼进行，"汤姆士提醒她，"日光之下，霍拉能摧毁矛和箭保护你的孩子吗？"

黎莎知道他说的话没错，但是感觉还是很难受。"他们只是在利用你。阿瑞安和林白克，两个都是。你只是他们政治棋盘中的棋子。"

"那你又是在干吗，黎莎？"汤姆士问，"你从和我上床开始就知道事情会走到什么地步。你利用我来掩饰你的愚行。"

"我知道，"黎莎说。"我很抱歉……"

汤姆士打断她。"如今我必须选择。娶你为妻，等着沦为笑柄，或是抛弃我这辈子唯一爱过的女人。"

他推开她。"或许我死了比较干脆。"

他转身离去，把感觉像是心被挖走的黎莎独自留在花园里。

黎莎原地站了一会儿，被震惊和痛苦的情绪弄得动弹不得。但是只僵了一会儿。接着她撩起裙摆，踢掉鞋子。

"汤姆士！"她叫道，不顾形象跑去追他。故事不能这样收尾。她不允许，她已经快要达到目的了。他已经成为她怀中的猎物，他们融为一体。如果注定要分别，她要吻别，让汤姆士知道她爱他。

汤姆士必定走得很急，或是从其他路离开花园。她跑到皇宫入口，但是走廊上没有他的身影。她迅速跑过那些公爵雕像，前往他的房间。他必定回到那里才能准备出发。

前方有点动静，发自她和汤姆士做爱时藏身的壁龛。汤姆士躲在那里等她吗？还是跑到暗处发泄他的情绪？

但是有些东西不该待在暗处发泄。有些东西需要光明。黎莎从腰间的绒布霍拉袋中拿出一颗魔印石，移动手指启动魔印，如同阳光驱赶黑暗般以闪亮的魔印光照亮壁龛。

但是躲在里面的并非汤姆士。罗兰公主和沙曼特领主以和

他们几乎一模一样的姿势在里面偷情。领主在对突如其来的光线产生反应前又顺势多动了两下,这才跌跌撞撞地分开,试图提起裤子。

黎莎满脸通红,压低魔印光,偏开双眼。"很抱歉,我把你们误认成其他人了。"

"不管是否真心抱歉,你已经打扰我们了。"罗兰没有沙曼特那么尴尬,站起身后礼服自然就垂回原位。她神色不善地逼近黎莎。"问题在于我们该怎么处理此事?"

"你还没和林白克订婚。没人会期待你为一个有妇之夫守贞。"黎莎看向已经穿好衣服的沙曼特。"我听说欧克逼你离婚,但你丈夫并非沙曼特领主。"

"沙曼特是我朋友。"领主说,"同意我在前往南方的旅程中借用他的名字。安吉尔斯人都不知道我们两个的长相。"他伸手,牵起罗兰的手。"不管是否离婚,我都不能让我妻子独自深入险境。"

"我父亲可以撕掉一纸婚约,但他并不能逼我们收回婚誓。"罗兰说,"为了政局所需,我会嫁给林白克,但他永远不会是我的丈夫。"她看向沙曼特。"就算我丈夫得偿所望,在前往雷克顿的愚蠢任务中丧命也一样。"

"我非去不可。"沙曼特说,"如果我们成功解放雷克顿,或许你就不用嫁给林白克了。如果失败,我宁愿死也不要看到事情走到那个地步。"

罗兰看向黎莎,脸色极不信任。"我不认为你能理解,女士。你会告诉老公爵夫人吗?"

黎莎伸出双手,忽略公主惊讶的表情,上前拥抱她。"我比你想象中更能理解。除非你嫁给林白克,不然我以药草师的名声发誓,绝对不会吐露此事。"

沙曼特咬牙切齿，不过还是点头。

"那之后，"黎莎说，"你们要怎么做就与我无关了。"

她转身离开他们，回到舞会去确认汤姆士没有回去。在没穿鞋的情况下，所有人似乎都变高了，但是她已经不想继续跳舞。她让汪妲和她一起回房。

她坐在书桌前，拿出一张在她父亲店里做的压花纸来。她的纸差不多都用完了，而她八成再也抽不出空去做更多纸。

但是特别的纸最大的用途不就是要把不能亲口说出的话告诉你所深爱的人吗？

她怀着痛苦的心情一路写到深夜，然后派汪妲确保伯爵离开之前一定更要看完信。

加尔德应该要在和每个女人跳完舞后都和她们聊一会儿，但他每首歌之间都会请罗杰过来聊一会儿，避免和女人独处的尴尬。每一次他都毫不留情地带着与他说话的年轻女子晃回罗塞儿身边。没过多久漆器匠的女儿就被一群联手想要孤立她的女人给围了起来。

"商人的女儿懂得怎么治理男爵领地吗？"卡琳问。

罗塞儿微笑。"拜托，女士。请告诉我们。比方说，你父亲让河桥镇积欠庞大的债务，弄到必须把过桥费加倍的地步。愿意过桥的商人就得把成本转到客户身上，强迫我父亲这种人支付更多成本取得原料，而这些成本最后又压在平民身上。这个问题你要如何解决？"

"那些是留给男人处理的问题。"丁妮丝在卡琳无法立刻回答时说。"正如诗人尼克尔·葛雷史东所说：

'造物主在男人和女人身上见证

两条灵魂和谐共存

日常的劳动交由男人

提供美丽的妻子食物与生活用品

小孩和家园是她的领域

如此婚姻以维持平衡。'"

"那是马库斯·艾尔卓德的诗，不是葛雷史东。"罗塞儿在加尔德目光转向她们时说。"还是教会的拙劣译文。鲁斯肯原文是这么写的：

'造物主在男人和女人身上见证

两条灵魂分工合作

日常劳动

为丈夫和妻子提供居住和生活用品

在家中留下强壮的后代

不必独自面对麻烦。'"

她看向加尔德，朝他眨了眨眼。"这不是我最爱的艾尔卓德作品。他年轻时写的诗比较好：

'一个雷克顿男子心烦意乱，

因为他深爱的女人浑身是刺，

没有人受得了她，

没有人上得了她，

于是他用石恶魔的塞子塞住她。'"

加尔德哈哈大笑，当晚剩下的时间就是这样度过，妒忌中伤如箭雨飞来，但罗塞儿应付得宜——还不断博得加尔德的爱慕。

伐木工壮汉双手微微颤抖，在后台告诉阿瑞安他挑选爱蜜莉雅·拉奎尔作为单身汉舞会的舞会皇后。

阿瑞安双手叉腰。"难道我还会吃惊吗？你一整个晚上都

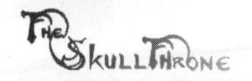

盯着她看。"

加尔德看着自己的脚。"我知道她不是你的首选……"

"你知道的没有想象中多，"阿瑞安说，"而我们都很清楚你能想象的本来就不多。那些领主会大发雷霆，会一直把卡琳和丁妮丝往你身上推，还承诺一大堆财富和美丽的侍女，但那两个女孩都没有办法应付你或洼地。我儿子会在你背后调侃，不过他们不会反对这门婚事，而且不管他们自认对罗塞儿有多了解，爱蜜莉雅的价值都高出他们十倍。"

加尔德讶异地看着老公爵夫人。

"你以为瞒得过我吗？"阿瑞安问，"洁莎帮我做事。如果没有我的授权，你连门都进不了，更别说见到那女孩。"

加尔德松垮的脸上慢慢扬起一个大微笑。阿瑞安在笑容吞噬他的脸前伸手打断他。"你要好好对待那个女孩，加尔德·卡特，也要好好对待伐木洼地。我要你发誓。"

"我以太阳之名发誓。"加尔德急迫地发誓。

阿瑞安点头。"还有不要变胖。男人最糟糕的就是发福。没有人会尊敬王座上的胖子，一旦你失去了他人的尊敬，就只是赖着一个位子。"

❧

当加尔德加冕罗塞儿为舞会皇后时，绝大多数观众都很扫兴，不过他们也都和阿瑞安一样保持镇定。罗杰为他们的最后一支舞演奏了一首欢乐的旋律，贵族们聚集在一起分享着自己的无奈，大家商议着说服加尔德放弃之前的荒唐之举。

好像他们有可能成功一样。舞会结束，转移到交谊厅去继续宴会，这对年轻的爱侣还是如胶似漆。

阿曼娃对他们直摇头。"你觉得他不该娶希莎？"罗杰问。

"从这些新娘候选人的素质来看，他没有多少选择。"阿曼娃说。

"听起来几乎等于是认同了。"罗杰说。

"应该让我父亲帮他挑选个新娘才是上策。"阿曼娃说。

罗杰微笑。"他的眼光我没什么好抱怨的。"

当他们离开宴会，前往罗杰寝室时，他已经有点醉了。出席舞会的不少贵宾也纷纷走向自己的魔印马车。罗杰带他们前往后面的一道楼梯，穿过楼下抵达贵宾侧翼，再走向他们四楼的房间。

罗杰难得觉得充满希望。婚礼会在加尔德安排妥当后立刻举行，他们很快就会回到他们习惯的洼地。坎黛尔步伐也显得很轻快，因为这时她第一次出席在这种盛大舞会的演出。她穿着丝质礼服不停地旋转着，甩动鲜艳的色彩，笑个不停。

克里弗领头下楼，即使在公爵的堡垒里，他还是像在黑夜中般步步为营。但当他抵达楼梯平台时，突然听到"咚"的一声，肩膀随即中了一支曲柄弓矢。

一切仿佛都在同时发生。两个身穿绿金相间的宫廷守卫服的男人冲下楼梯，用力把坎黛尔和希克娃推向罗杰和阿曼娃。他们摔下楼梯，罗杰在最后一级台阶上摔裂下巴，随即又被摔在他身上的人压得喘不过气。

克里弗朝射箭之人的方向掷出长矛。黑暗中传来一下闷哼，紧接着又是另一声"咚!"克里弗及时举起盾牌，但是薄薄的魔印金属是设计用来抵挡地心魔物，没法挡住曲柄弓，弓矢贯穿盾牌，插进了颈脖里。

克里弗忍住疼痛，转向距离阿曼娃的守卫，顺手从袍子里拿出一支三角飞刀。他扬起手臂，仿佛打算忽略身上的致命伤，继续保护他的女主人，但接着他跪倒在地，一股鲜血从他的喉咙里喷涌出来。

他们挣扎起身，但是皇宫守卫自四面八方涌出来，拿着光滑的短棒。罗杰在一名守卫动手攻击时抖出袖子里的飞刀。他掷出一把飞刀，不过由于喝醉酒的关系，飞刀射偏了。他紧紧握住另一把飞刀，不愿意抛出自己身上最后的武器。

他避开第一根短棒。然后又避开第二根。在守卫有机会挥出第三棒时，罗杰已经欺身而上，一刀插入对方的身侧。

这把飞刀太小，只适合于把玩和藏匿。守卫伤得不重，反倒被这一刀激怒了，反手在罗杰脸上打了一棒，打得他瘫倒在地。坎黛尔扑上去挡在两人之间，但是守卫对准她肚子狠狠一脚，踢得她倒向后方，刚好踩到罗杰的脸。

罗杰想要举起飞刀，但守卫用力踏住他的手腕，飞刀在剧痛中脱手落地。对方用短棒戳他肚子，当他反射性地捧腹，下一棒就打在他的胯下。他失声惨叫，紧接着两颗牙齿被打掉出来。

罗杰震惊地向后摔倒，看着阿曼娃和希克娃被人从后面用短棍架颈。每当她们挣扎，守卫就会扯紧短棒，令她们喘不过气。那些男人在力量和重量上都占有优势，每一个都比两个女人加起来还重。

一名曲柄弓手躺在走廊另一头，胸口插着克里弗的长矛。坎黛尔被另一名守卫押着。已经击发的曲柄弓挂在他的肩膀上，而他双手压住她的手腕，膝盖压住她的大腿，避免她踢他。

一阵掌声传来，杰辛·黄金嗓步出阴影，然后艾伯伦和莎莉也同时在他身后现身。

"黄金嗓？"罗杰嘶声道。

"喔，现在不是'无歌'了？"杰辛问，"现在才后悔太迟了，半掌。"

"黄金嗓，我说。"罗杰试图朝他吐口水，不过他的嘴唇肿得很大。血和唾液混合的黏液顺着他的下巴流下。尽管如此，这个动作还是让他脸上又挨了一棒。

"你这坨乡村狗屎，你以为你有资格大摇大摆跑到我的家门口来羞辱我？"杰辛问，"你以为可以造谣生事，威胁我的职务，还以为我会惧怕你？你本该知道的，我没你想象的那么善良。"

"想找人合谋一点都不难。"杰辛朝阿曼娃和希克娃点头。"今晚我会变得非常有钱。你绝对想不到有多少领主愿意花大钱弄一对克拉西亚公主回去当人质。当我提出男爵的舞会皇后只是公爵玩腻了的妓女时，他们砸出的钱就更多了。"

希克娃伸手去拔矛，但是钳制她的人扯紧短棒。"最好不要乱动，不然我就让你好看，女孩。"

"别让她好看，"杰辛说，"不要在这里。我们必须了结此事，然后离开。"

"他们杀了安德斯。"压住坎黛尔的守卫说，"他们必须血债血还。"

"他清楚这事儿的风险。"杰辛说，"你们想发泄的话，你可以打死罗杰和那个残疾女孩。"

"好吧。"守卫得意地狞笑起来，伸手去拔腰带上的短棒。

"不！"罗杰试图滚开，但是站在他身前的守卫以鞋跟将罗杰的手腕牢牢踩在地上，短棒反复击打他的肚子、睾丸和头部。光线如同酒醉的舞者般在他眼前旋转。

视线恢复后，他看向阿曼娃。"我很抱歉。"他的声音含糊不清。

阿曼娃冷冷回应他的目光。"该出手了。希克娃。"

希克娃双脚一蹬，狠狠踢中位于她肩膀后方的守卫脸颊。她双手交叉，扣紧对方手腕，随即矮身向前，顺势抛出守卫，撞上对面的墙壁，夺走对方的短棒。她毫不迟疑，抛出短棒，击中站在罗杰身前的守卫脑袋，他一声不哼，当场倒地。

阿曼娃手指精准地插入抓她的人的肩窝。守卫手臂瘫软，她随即抓起另一条手臂扯直，顺势一扭，将守卫压倒在台阶上，脚掌踏住他的喉咙。

希克娃已经完全挣脱出来，冲向钳制坎黛尔的男人。那人起身面对她，但她闪过他猛力击出的双臂，飞身而起，一脚勾住他的脖子。她凌空转身，利用落地的力量轻松扭断了他的脖子。

杰辛毫不迟疑，拔出一把匕首，扑向罗杰。被希克娃击倒的守卫开始起身，艾伯伦和莎莉也拔出粗木短棒，直扑过来。

希克娃手掌一翻，克里弗善用的三角飞刀插入杰辛持刀的手掌。武器掉在地上，他在希克娃接近而来时大叫。

罗杰认为接下来的情况应该算是打斗，不过对于如此突然一面倒的战况似乎不该以打斗称呼。希克娃不打斗，她只负责杀戮。

莎莉挥动短棒，但希克娃抓起她的手腕，欺近身去，将冲势化为肘击，击碎莎莉的喉咙。她把高大女人的身体抛向杰辛，如同舞者般踏步对付戴面具的守卫。守卫挥拳进攻，她转出这一拳的攻击范围，反身以手肘击中对方脊椎，一声骨头碎裂的声音传来，倒地前已经死了。

艾伯伦转身想逃跑，但希克娃掷出短棒，击中他的大腿。短棒似乎只是擦过他的皮肤，但是他的脚还是向下一沉，跪倒在地。她跳过他的身上，抓起他的脑袋，倒翻一个筋斗，扭断

了他的脖子。

一切就这样在转眼间结束了。

杰辛奋力想从莎莉的尸体下爬出来。她的脸本来就像木恶魔,如今更是像见了恶魔一样阴森恐怖。

罗杰捡起杰辛掉下的匕首,慢慢站起身来。阿曼娃跪在克里弗身前,凝望着他静止的双眼。"带着荣誉踏上孤独之道,沙鲁姆,艾弗伦在天堂准备好奖励等你。"

罗杰喉咙紧绷。他和克里弗曾在夜里并肩作战。他对这种事情并没有克利西亚人那么浪漫的想法,不过不可否认,并肩作战可以加深男人之间的友谊。

这下他死了,只因为罗杰没有先下手除掉杰辛。又是一个该刻上金牌的名字。他的金牌上能刻多少名字?

"不会再有了。"罗杰说。他从来没有杀过恶魔以外的东西,也一直怀疑自己有没有胆量这么做。但此刻他毫不迟疑,也不想再多说什么。匕首如同插入白煮蛋般插入杰辛的眼珠,黄金嗓的尸体在他扭转匕首时抽动最后一下。

这时,公爵宫殿守卫发现了他们。

第二十三章　宗教审判

333 AR　冬

　　门锁上传来嘎啦声响，罗杰立刻神色警觉。这扇门是厚重的金木所制，边缘镶有精钢。门上没有窗户或窥视孔，只有门底下一扇刚好可以塞入餐盘的小门。无法得知门外是什么人。

　　但是说实话，是谁都无所谓。罗杰已经毫无斗志了。皇宫守卫因为同僚死亡而情绪激动，逼他招认的时候毫不留情。是詹森要他们动刑的，毕竟，总管为了外甥的死而大发雷霆。

　　他们一直打到他几乎失去知觉才终于住手，而他也就心怀感激地昏了过去，然后在这里醒来。

　　透过窗口看了一眼，他立刻知道自己身在何处——南塔。

　　安吉尔斯大教堂是大回归前兴建的，共有四座石塔，每一座都对应罗盘上的一个方位。最北的石塔上有大钟，钟声能够传出数里之遥。其他三座塔数百年来都是用以囚禁异教徒或政治犯的牢房。权势滔天——或是贵族——不能直接处死的男女；但又太危险——或是有危险——不能关在普通牢房里。

　　罗杰听过这些石塔那些耳熟能详的故事，其中不少他自己都传唱过，但是从未想过自己有一天会沦落到这里来。

　　罗杰在门打开时坐起身来。透过肿得只剩下一条缝的双眼，他看见黎莎，于是松了口气，瘫回身后的床上。

　　"罗杰！"黎莎叫道，在门关上时冲到他身前。她双掌捧着

他的脸,神色严肃地检查他的伤势。罗杰在她拉开绷带、检查断骨和渗血时哀声惨叫。

"天杀的野蛮人。"黎莎喃喃说道,站起身来。她走到窗口,拉上沉重的窗帘,然后回到他身边。

"你在咒骂什么?"罗杰透过肿大的嘴唇问道,她则忽略围裙里的药草,伸手去拿魔印工具。

"不要动。"黎莎说,拿出一支细刷子和一罐墨汁。"我们时间不多,而我答应阿曼娃先治好你再说。"

"治好?"罗杰问。或是尝试治好。他的脸拒绝以恰当的方式让他好好说话。

黎莎没有回应,毫不扭捏地脱掉他的衣服,在他皮肤上绘印。罗杰在她伸手到霍拉袋里拿出恶魔骨时抖了一抖,不过因为实在太痛了,所以他没有抗议。

魔印在黎莎把骨头放到上面时开始变得暖和,闪耀着柔和的光芒,透过皮肤引发一阵刺痛,深入肌肉和骨头,止痛消肿。他的视线清晰了,肿胀的嘴唇也缩回正常的大小。他嘴里又有空间了,舌头本能地舔了舔被短棒打掉牙齿所留下的缝隙。疲惫感一扫而空,他觉得身强体壮,警觉性渐渐恢复了。

他紧握拳头,力量在体内流窜。之前看起来绝对逃不出去的牢门如今似乎也不怎么坚固。他可以直接打烂牢门,然后一路打出大教堂。

但接着恶魔骨在黎莎手里碎成粉末,魔力引发的疯狂复仇冲动也随即消失。

"黑夜呀,"他说着穿回自己的衣服。"难怪大家对这种力量如此上瘾。"

"我没办法处理脱落的牙齿。"黎莎说,"我们可以做假牙。瓷牙可以染色配合你的牙齿,或是你喜欢的话,也可以染成更鲜艳的颜色。"

罗杰摇头。"七彩服最让我满意的部分就在于可以脱掉。"

黎莎点头,伸手到包包里拿出他最想看到的东西。他的小提琴盒。"阿曼娃让我把这个给你……打发时间。"

罗杰立刻打开琴盒,看到魔印腮托躺在绒布格子里时松了一大口气。他刻意把琴盒放在两人之间的床上。阿曼娃可以听见他们的交谈,虽然无法加入谈话。

"罗杰,怎么回事?"黎莎问。

"我是大笨蛋。"罗杰说,"我以为在公爵的宫殿里不会有危险。我以为我可以在公众面前取笑杰辛、破坏他的名声而不必付出代价。"他垂头丧气。"一切都是我的错。"

"别傻了。"黎莎说,"事情不是你起头的。"

"是我起头的。"罗杰说,"整件事情都是从我殴打杰辛鼻子开始的。"

"我妈以前也打过我的鼻子一次。"黎莎说,"我可没有想过要杀了她还有所有站在我们之间的人。"

"我不是要为杰辛开脱,"罗杰说,"那个地心之子罪有应得。问题在于我知道他是什么货色,偏偏还要唤醒他体内的恶魔。结果就害死了杰卡伯和克里弗。"

黎莎从围裙里拿出一只怀表看时间。"他们只给我一个小时,罗杰,现在只剩下几分钟了。你有很多独处时间可以用来思考这些哲学问题,但现在我要知道昨晚的所有细节。"

罗杰点头。"杰辛跑来杀我。他必定贿赂了一些宫廷守卫帮忙。他说有个领主要付钱给他,要绑架阿曼娃和希克娃做人质。"

"有说是谁吗?"黎莎问。

罗杰摇头。"我当时没有立即提问。"

"继续。"黎莎说。

"他们一定料到我们回房间时会避开大厅,"罗杰说,"他们在下层走廊里伏击我们。他们在暗中刺杀了克里弗,但是他抵抗到最后,几乎杀光所有人。他把杰辛留给我。"

他刻意不把细节交代清楚,完全不提希克娃的事情。他依然不知道该如何看待希克娃的身手。他温柔的希克娃在他面前变成了恐怖的杀手。但不管她做过什么,她都是他的妻子,他不能出卖她。

"所以是自卫。"黎莎说。

"当然是天杀的自卫。"罗杰大声道。

"詹森总管不是这么说的。"黎莎说,"他说他几天前看到你对杰辛拔刀。"

罗杰低头。"这个,是有……但那是因为他攻击我。"

"他攻击你,但你都没说?"黎莎问。

"你在每次被人推一把的时候就跑去找人求助吗?"罗杰问,"还是你会更用力推回去。"

"我尽量让自己不要去推任何人。"黎莎说。

"去对英内薇拉说。"罗杰说,接着满意地看着黎莎张口结舌。

"好啦,那个现在已经无所谓了。"黎莎在恢复正常后说。"詹森宣称是你主动攻击杰辛。"

"带着我妻子和坎黛尔几个女子一起去攻击一群男人?"罗杰难以置信地问道。

黎莎耸肩。"有可能只是一言不合就打起来。而当守卫试图阻止时……"

"我们就连守卫一起杀光?"罗杰问,"这听起来太疯狂了吧?"

"不管合不合理，杰辛死了，而你又拿着匕首站在他面前。"黎莎说。

"去找乔尔斯。"罗杰说，"吟游诗人公会会长。我以前就告诉过他杰辛杀了杰卡伯，还害我沦落到诊所里。"

黎莎点头。"我会，但是我们可以信任他吗？詹森总管似乎花钱打点好了所有人。"

"问他的时候让加尔德到场。"罗杰说，"他当时也在场。"

"加尔德知道？！"黎莎大声道，"而你过了这么久才告诉我？"

罗杰冷冷看她。"会长问我去年失踪的事情时，加尔德刚好在场。当时他不知道我们在讲什么，不过乔尔斯八成不知道这一点。我猜只要他以为加尔德可以揭穿他的谎言，他就没有胆子说谎。"

"就算他把事情全盘托出，也只会强化你的动机。"黎莎说。

"我早就有动机了。"罗杰说，"这样做也会让杰辛有杀我的动机。"他双手抱住膝盖，拉到胸口。"我的女人怎么样？"

"阿曼娃和坎黛尔在审判前都在家软禁。"黎莎说，"我派伐木工和宫廷守卫一起守门。她们不满意，不过很安全。"

罗杰吞咽口水，注意到她没提到希克娃。"希克娃怎么样呢？"

"希克娃，"黎莎小声说，"失踪了。"

☙

走到仿佛没有尽头的阶梯底下时，黎莎的脚已经很痛了。她因为怀孕的关系常失眠，夜里小腿抽筋让她日间行走时隐隐作痛。

但她对大教堂的石塔并不陌生，离开南塔之后，她沿着走廊绕到东塔，然后再度开始爬梯。

罗杰所面对的麻烦比想象中严重。阿瑞安必须亲自动用关系，要比瑟牧者出面主持，安抚怒不可抑的詹森，让牧师把失去意识的罗杰抬回安全的大教堂里。

尽管在审判前都很安全，但是此事牵扯到太多死者，他不可能全身而退。希克娃呢？希克娃上哪儿去了？守卫宣称案发之后就没人见过她了。她是不是被杰辛提到的领主抓走了？如果贾迪尔的外甥女沦为人质，必然足以引发一场毫无准备的战争。

这个想法让她的心思不必专注在爬楼梯上，最后她在塔顶找到了一间和罗杰的牢房很像的牢房。守卫朝她点头，打开牢门。他们已经习惯她来探监了。

"约拿。"黎莎在对方自书本上抬起头来时说。教会命令他在等候判决期间抄写《卡农经》。

"黎莎！"约拿说着立刻起身，走到她面前。"造物主祝福你。你还好吗？你看起来很憔悴。"他走到牢房中唯一的椅子前，移开摆在上面的几本书，然后拉过来给她坐。"我可以帮你倒杯水吗？"

黎莎摇头，微笑说道："你这哪像是个囚犯啊。"

约拿无所谓地挥了挥手。"我在伐木洼地里的辅祭卧室都比这里小。我有书，还有《卡农经》。薇卡和你都会来看我。我还有什么好奢求的？"

"自由。"黎莎说。

约拿耸肩。"如果是造物主的旨意，我会重获自由的。"

"你要担心的不是造物主的旨意。"黎莎说，"是林白克的。"

牧师再度耸肩。"我一开始还会担心。他们折磨我好几个礼拜,不让我好好睡觉,也没有书籍和任何东西可以打发时间。"

"但是现在,"他神色爱怜地拍拍一本书的皮革封面。"我心如止水。教会已经相信我不知道任何能够用以对付魔印人的情报,而如今公爵领地中起码有半数人民在传播我的异教邪说。他们迟早会发现囚禁我是多此一举。"

"特别在亚伦离开后。"黎莎说。

"他没有离开。"约拿说。

"这你不可能知道。"黎莎说,"你又不在洼地。"

"我有信仰。"约拿说,"我很惊讶的是,在经历过那些风浪后,你竟然还没有……"

"如果造物主一切都安排好了,那他的计划对我并不宽厚。"黎莎说。

"我们都要面对我们的考验,"约拿说,"但是回首从前,你会改变什么?你会嫁给加尔德,过着平凡的生活吗?待在安吉尔斯,任由流感摧毁洼地?在沙漠恶魔对你示好时吐他口水?"

黎莎摇头。"当然不会。"

"你会希望肚子里没怀那个孩子吗?"

黎莎伸手摸着肚子,坚定面对他的目光。"绝不。"

"那个,"约拿指着她。"就是信仰。你不能像药草一样测量它。你不能在书中加以分类,或用化学药剂测试它。但信仰确实存在,比任何古老世界科学都来得坚定。只有造物主能够看见未来的道路。他依照他的意念创造我们,依照世界的需求,让我们成为今天的模样。但是我们可以透过过去的经验预测未来。"

"公爵派汤姆士前往雷克顿。"黎莎声音颤抖地说。

"为什么?"约拿问。

"避免一场战争。"黎莎啜泣,"或是开展一场战争。只有造物主知道。"

约拿轻搭她肩膀。"我只有在他和裁判官把我送来这里时见过他一面。但我和你很熟,黎莎。你不会轻易交出你的心。他一定是个好男人。"

黎莎很想吐。约拿或许是她认识最久也最亲密的朋友,但她有秘密没告诉他。

"最近我比较容易交出我的心。"她说,"我被亚伦迷得神魂颠倒,又被阿曼恩彻底掳获,但是汤姆士……"她拥抱自己。"汤姆士是我唯一爱过的男人。而我背叛了他。他离开了,或许是走向死亡,而我的手术刀还插在他的心脏里。这怎么可能会是造物主计划中的一部分?"

约拿伸手搂她,她靠在他身上哭泣。

"我不知道。"他抚摸她的秀发说,"但是当一切结束之后,你就会了解。就像太阳会升起一样明确。"

❀

公爵宫殿的马车道和大台阶白天人潮不断、到处都有人在聊天谈正事。但当黎莎走出马车时,所有朝臣和仆役全都安静下来,转头看她。

"告诉我,这一切不是真的吧。"黎莎说。

"不是。"汪姐说着扫视人群,搜寻可能存在的威胁迹象。"你在牧师塔里的时候,我在庭院里打探消息。昨晚谣言满天飞。此刻城内有一半的人都挤在皇宫里。"

汪姐挥一挥手,四个女伐木工走到他们身旁,监视四面八方。她们毫不受阻地爬上台阶，通过宫门，进入大厅。

大厅里的情况也没有好到哪里去。宫殿仆役比较专业，但就连他们也盯着黎莎及其随从走出他们的视线范围。

"谣言是怎么传的？"黎莎问。

汪妲耸肩。"大部分都是潭普草故事，不过重点都没说错——洼地小提琴巫师杀了公爵的传令使者。不同之处大部分都是编造出来的。"

"编造？"黎莎问。

"城里的人分成两派，就与洼地和其他地方一样。"汪妲说，"平民百姓认为贝尔斯先生是解放者，有权有势的人则把他视为麻烦。"

"那和罗杰有什么关系？"黎莎问，虽然答案不难猜。她们走过居住区，离开大部分人的视线范围，但汪妲还是没有遣走守卫。黎莎认为如果交由她这个年轻保镖决定的话，她大概永远没有机会独处了。

"你和罗杰帮助他拯救洼地，"汪妲说，"魔印女巫和小提琴巫师。人们认为解放者不在的时候，你们就是他的代言人。就连大教堂里也有人说既然罗杰杀了杰辛，那一定是造物主认为杰辛该死。"

"太荒谬了。"黎莎说。

"对，或许。"汪妲说，虽然她语气有些犹豫。"但是不论真假，如果罗杰出了什么事，人民不会坐视不管。情况很容易就会失控。"

"如果罗杰出了什么事，"黎莎说，"我大概也会控制不了自己。"

"说得没错。"汪妲在他们转过一个转角，看见一群男人聚集在罗杰及其妻子居住的房门外时说道。四个公爵的守卫伸长

脖子，试图瞪退加尔德派来守在对面墙壁前的四个伐木工。

众人在黎莎走进时让道，汪妲上前敲门。

片刻过后，坎黛尔前来应门。"感谢造物主！"她侧身让向一旁，让汪妲和黎莎进入，她们的守卫与走廊上那些人留在门外。

坎黛尔立刻关门，插上门栓。"你见到罗杰了吗？"

"有。"黎莎说。

"我们丈夫还好吗？"阿曼娃出现在通往她私人卧房的门口问道。年轻的达玛丁一如平常般轻松冷静，尽管黎莎认为她肯定不像看起来那般轻松冷静。

黎莎点头。"他当然已经告诉你了。"

"当然。"阿曼娃点头，"不过男人往往为了不让妻子担心而隐藏痛楚。"

黎莎微笑："我认识的罗杰不是那种人。"

阿曼娃没有眨眼。

"他被打得很惨。"黎莎说，"但你的霍拉治好了他。现在他已经痊愈了，只是少了两颗牙齿。"

阿曼娃轻轻点头。"希克娃呢？"

黎莎叹气。"没有任何消息。如果有人打算提出赎金，他们会先确保没人找得到她。"

"我不能接受这种情况。"阿曼娃说，"他们甚至不允许我们离开房间去找她。"

"你们是公爵宫殿谋杀案的人证。"黎莎说，"他们不可能就这么放你们出去。你们能找的地方，阿瑞安的眼线都找过了。"

"我不信任她的青恩眼线。"阿曼娃说，"很可能就是他们绑架了她。"

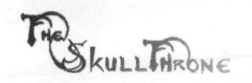

黎莎目光瞄向阿曼娃腰际的霍拉袋。"我们可以私下谈谈吗?"

"啊……"坎黛尔开口抗议,不过阿曼娃嘶吼一声,让她闭嘴,然后指向她的房间。

黎莎和她进房,发现所有窗户都堵住了。就连门上都有沉重的布帘,当阿曼娃关上房门时,房内随即一片漆黑。她一手反射性地伸向她的霍拉袋,另一手则拿出魔印眼镜戴上。

但阿曼娃并不构成威胁。头巾上的魔印硬币在魔印视觉下发光,和她的灵气融为一体。他们两个都没办法像亚伦一样解读灵气,不过在灵气赤裸裸呈现在对方眼前的情况下,想要说谎也不容易。

"你要喝茶吗?"阿曼娃问。

黎莎发现自己屏住呼吸。她点头吐气。"造物主呀,要。"

茶壶隐隐发光,因为其上的魔印能保持壶内热、壶外冷。将如此强力的魔法用在这种微不足道的细节上,显示达玛丁在使用霍拉魔法数百年后培养出来的一些特质。尽管黎莎已经掌握强大的魔法,还是无法解读达玛丁魔印的秘密。

"你的骨骸是怎么对你说的?"黎莎喝了一小口茶,让全身都放松下来。或许这算不上是微不足道的细节。

"阿拉盖霍拉不会撒谎,女士。"阿曼娃边说边喝她自己的茶。"但也不会把我们想知道的一切全盘托出。我今天已经掷骰三次了。它们没有揭示希克娃的命运,而我丈夫的命运还是……模糊不清。"她的灵气没有撒谎的迹象。

"模糊不清?"黎莎问,"什么意思?"

"意思就是未来有太多分歧点了。"阿曼娃说,"有太多外来的变数。他不安全,这一点我可以肯定。"

"他被锁在离地三百尺的高塔里,而高塔位于全世界守卫

最森严、魔印最强大的地方之一。"黎莎说。

"去!"阿曼娃说,"你们绿地人的防御十分可悲。随便一个克拉西亚观察兵都能杀了他。他在这里的敌人当然也办得到。"

她摇头。"我几周前就该派克里弗杀那个黄金嗓,不管我丈夫怎么说。"

"不要怀疑自己的决定。"黎莎说,"那样做很可能也好不到哪里去。你我都不熟悉这里的政治环境。"

阿曼娃耸肩。"血腥政治到哪里都不会改变,女士。当有人试图杀你但却失败了,你就要确保他们永远没有第二次机会。"

"现在要杀罗杰的是法庭了。"黎莎说。

阿曼娃点头。"我认为如果我们能够回到你的洼地部族,判决的结果会比较偏向我们。"

这点黎莎没什么好争辩的,但是阿曼娃的灵气还透露了其他特质。不是欺骗,而是……"你有事情没告诉我。"

阿曼娃笑道:"当然!你和其他绿地人比起来有什么更值得我信任的?"

不知感恩的女巫。"我做过什么事情让你不信任我,阿曼娃·阿曼恩?"黎莎以克利西亚语问道。"我一直对你坦诚以对,你有什么理由这样一直羞辱我?"

"你坦诚吗?"阿曼娃问,"你肚子里的孩子是谁的?我弟弟,还是下任安吉尔斯公爵?"

黎莎好奇地看着她。"你的骨骰告诉你林白克根本治不好。"

"你如果检查过他的种子,就会知道这个答案。"阿曼娃说。

"我检查过了。"黎莎说。

阿曼娃的面纱掩饰了笑容，不过灵气倒是一览无遗。"你亲眼看过那个希莎采样，还是相信她的说辞？"

黎莎大吃一惊，吐出口里的茶。她立刻放下茶杯，站起身来。"容我告退。"

阿曼娃点头允许她离开。"当然。"

※

汪姐和女守卫几乎要用跑才能跟上黎莎穿越宫殿走廊的步伐。她先去自己房间拿了一个小药瓶，然后前往公爵夫人的房间。

梅儿妮的一个侍女前来开门，请黎莎进入公爵夫人的私人房间。

"有什么我能效劳的吗，女士？"梅儿妮等两人独处后问道。表面上，她是全安吉尔斯最有权势的女人，但实际上，她对黎莎就和对阿瑞安一样唯命是从。

黎莎拿出魔印玻璃瓶。"我或许有办法做出解药，但我需要你暗地帮我取得一点东西。"

※

罗杰坐在高塔牢房里的桌子上。他索性把桌子拉到铁窗边，一边欣赏城市景色，一边拿小提琴演奏一首悲伤的曲子。

他不知道下面的人是否听到他的音乐。他希望可以，因为没有观众的吟游诗人算什么？就算他看不到观众，也要让观众听出他的痛苦。

并不是说在月光下他还有别的事情可做。牧师没有提供油灯，而让他能在黑暗中视物的魔印面具又放在阿曼娃肯定在其

中来回踱步的房间里。

他无权要求蜡烛之类的东西。他要问谁要？没有人再来看他，只有不知名的辅祭从门下塞餐盘进来，或是拿走他塞回去的空餐盘。食物都很简单，不过够营养。

窗户很小——让他可以把头伸出去，但是肩膀会卡住。就算够大也没用，就算他有办法挤出那个小洞，窗外除了空气空无一物。四座高塔都足有三百英尺高。

但不管干什么都比瞪着囚室墙壁看要好，而窗外的景色真的很美，全安吉尔斯都在他的脚下。他看着风恶魔掠过魔印网时引发的魔光，为阿曼娃演奏音乐。

或许安吉尔斯人能够听见他的音乐，或许不能，但他知道阿曼娃在听。他演奏出他对她的思念、他的哀伤，还有对希克娃的担忧。他的骄傲和爱。他的希望和热情。所有他想对着霍拉诉说的情绪，但却不知该从何说起。

他的音乐向来能抒发他的心情。

"丈夫。"

琴弓自琴弦上滑开。罗杰一声不吭，左顾右盼，不知道自己是不是听错了。难道阿曼娃想出办法透过腮托传话了吗？

"哈、哈喽？"他试探性地轻声问道。

一只手突然出现，抓住窗沿，罗杰惊呼后退，摔下桌子。落地时他肺里的空气都喷了出来，但是多年训练发生作用，他一落地立刻翻身，伏身在离窗口数尺的位置。

希克娃透过小窗口看他。她戴着黑头巾和白面纱，但是眼睛绝对不会认错。"不要怕，丈夫，是我。"

罗杰开始回想起事发当时的景象。希克娃打断莎莉的喉咙。希克娃击碎守卫的背脊。希克娃扭断艾伯伦的脖子。

"你向来都不'只'是你，妻子。"罗杰说，"不过似乎还有很多我不知道的秘密。"

"你有理由生气，丈夫。"希克娃说，"我有事情瞒着你，不过并非出于自愿。达玛佳亲自下令要我和我的长矛姐妹隐藏实力。"

"阿曼娃知道。"罗杰说。

"北地除了她之外没人知道。"希克娃说，"我们是解放者的血脉。她是达玛之血。我是沙鲁姆。"

"你到底是什么？"罗杰问。

"我是你的吉娃。"她说，"我恳求你，丈夫，就算你不相信我其他的话，也请你相信这一点。你是我的光和我的爱，如果《伊弗佳》没有明令禁止的话，我会为了我给你带来的羞辱而自杀。"

"那可不够。"罗杰说，"如果你想再度得到我的信任，我就要知道一切。"

"当然，丈夫。"希克娃说。她似乎松了口气，仿佛他轻易就饶过她。或许他确实是。她整个温柔顺从的形象都是装出来的。谁知道她那种松了口气的模样是不是装的？

他心里有一部分并不在乎。希克娃打从发下婚誓开始就对他忠心耿耿。就连杀人都是为他而杀，而尽管发生了这种事情，罗杰还是希望这一切是真实的。至少报仇了，可以让杰卡伯的灵魂得以安息。

"我可以进来吗？"希克娃问，"我保证会诚心诚意回答你所有问题。"

诚心诚意？罗杰心想。还是毫无诚意？两种情况都有可能。他怀疑地看着那个小窗户。"你要怎么挤进来？"

希克娃的眼角上扬，面带微笑，把头探入窗内。她扭动身体，手冒出来，绕入囚室，掌心贴墙。

罗杰在听见啪的一声时面露痛苦的表情,看着她的肩膀钻入窗口。罗杰在吟游诗人公会里见过许多缩骨表演,但是没见过这种的。她就像是钻过一寸门缝的老鼠。

她不到几秒钟就已经进屋,摔到地板上,随即摆出伏倒的姿势。她跪在地上,双掌贴紧地板,额头抵在陈旧的地毯上。她身穿丝质沙鲁姆装——灯笼裤、束带袍,还有漆黑头巾,和洁白的婚纱面巾形成强烈对比。她没戴手套,也没穿鞋。

"够了。"罗杰说。克拉西亚人或许很喜欢这种顺从的表现,但这些行为让他很不自在,特别是当这么做的人有办法用小拇指杀死他的时候。

希克娃向后坐在自己的脚跟上,面对他。她解开面纱,把头巾往后推,露出她的头发。

罗杰走到窗口,探头出去,看着陡峭的塔墙。没有绳子、没有攀爬用具。她难道是赤手空拳爬上来的?"阿曼娃派你来救我?"

希克娃摇头。"我可以救你出去,如果你下令的话,但是吉娃卡认为你不希望这样。我是来照顾你,不让别人伤害你的。"

罗杰转头打量只有几张家具的小房间。"如果有人进来的话,你可没有地方躲藏。"

希克娃微笑。"闭上眼睛两口气的时间。"

罗杰照做。当他睁开双眼时,希克娃已经不见了。他环顾四周,甚至检查床底,但是找不到她。"你在哪?"

"这里。"她的声音来自上方,但即使顺着声音看去,罗杰还是无法在屋梁上找到她。不过接着,凝神细看下,他发现有团阴影微微蠕动,露出一点她的白面纱。

希克娃无声飘落地板上,落地时仿佛弹了一下。即使在这

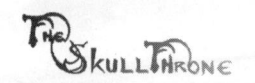

么近的距离下,他还是失去了她的踪迹,在屋内四下寻找,直到她的手从床底下冒出来抓住他脚踝为止。他惊呼一声,跳了起来。

希克娃立刻放手,片刻过后出现在门口。她安安静静地站了一会儿,然后摇头。"三层楼下有个守卫。他很懒散,不太可能会听见我们说话,不过还是小心为上。"

这一次他神色赞叹地看着她爬下经历数百年风霜侵蚀的塔墙,简直和他爬梯一样轻松。

"等我离开这里,我们要重排整个表演节目,"罗杰说,"你只是唱和声太浪费了。"

❦

他们深谈到深夜,罗杰躺在床上,双手交叠在头下,凝视着希克娃藏身处的阴影。

她说起当年被交给达玛佳处置,送往达玛丁宫殿深处的训练的往事。

"你一定很恨安奇度。"他说。

"一开始确实如此。"她说,"但是沙鲁姆的人生并不优雅,丈夫。战场上没有第二次机会,就像表演的时候一样。安奇度赐给我们生存的力量与智慧。我后来发现他所作的一切都是以爱为出发点。"

罗杰点头。"我和艾利克大师也差不多。"他在妻子面前提起老师时向来都只提他光鲜亮丽、值得敬重的一面,但是此刻希克娃把自己的人生赤裸裸地呈现在他面前,于是他也以同样的态度回应。

他说起艾利克当年打算丢下他和他妈去死的事情。说他借酒浇愁以及随之而来的暴行。他怎么让酗酒——和他的自大一

再伤害他们的生活。

尽管如此，罗杰还是没办法让自己痛恨艾利克，因为他此生所作的最后一件事情就是跳出魔印，扑到一头木恶魔身上，让罗杰能够活下去。

艾利克懦弱、自私、心胸狭小，但他还是以他自己的方式爱着罗杰。

希克娃滔滔不绝，分享着从未与罗杰分享过的隐私，但是他还没真正测试她的真诚。

"我们相遇的那天，"罗杰说，"你没有通过纯洁测试……"

"你帮我说话，"希克娃说，"当时我就知道了。"

"知道什么？"罗杰问。

"知道你和克拉西亚男人不同，"希克娃说，"知道当你看着我时，你不只有看到财产。"

"那天我并不认识你，丈夫。我没见过你的脸，也没听过你的事迹。我懂你的语言，但却不了解你的处世之道，或你们族人的习惯。没人要求我成为你的妻子。我也不是自愿的。我是被赏赐给你的。"

"你是个公主，不是奴役……"罗杰开口，虽然她知道即使在北地，这种事情只能算寻常，特别是在宫廷里。

"请见谅，丈夫。"希克娃说，"但我是达玛佳一手栽培出来的。我是执行她意志的工具。如果她命令我嫁给你，一切都是英内薇拉。"

"她为什么这么做？"罗杰问，"为什么挑你？"这个问题很简单，不过他知道接下来的问题将会考验她对英内薇拉的忠诚，深入刺探她进入他的生活究竟有何意图。

但希克娃毫不迟疑。"当然是为了保护阿曼娃。达玛佳希望在绿地人里安插一个强大又忠诚的间谍，但她不能让她的长女深陷险境。世界上没有比安奇度更好的保镖，但是有些地方不是男人，甚至阉人可以去的。不过我就可以随时随地跟在阿曼娃身边。"

"那阿曼娃呢？"罗杰问，"她是达玛丁。她至少有权决定要不要嫁给我吧？"

上方传来一阵丝绸摩擦的声音，大概是希克娃在耸肩。"达玛佳的说法是提供她选择，但是她的意思十分明确，不管是不是达玛丁，阿曼娃都和我一样不能拒绝她。"

她笑道："我知道你一直以为我们是好姐妹，但是之前，我们谁也不服谁。"

"你没有通过纯洁测试，"罗杰说，"正好相反，我说没必要做，但是英内薇拉坚持。"

希克娃还是没有反应。

"然后黎莎撒谎，为了避免你蒙羞而说你通过测试，结果阿曼娃还是出卖你。"

沉默。

"她这么做是因为看你不顺眼，"罗杰问，"还是在故意安排的？"

"达玛佳在我们见面前掷过骨骰。"希克娃承认。"她知道你会保护我。"

"太棒了。"罗杰说，"那场戏连我都骗过了。"他觉得他应该要生气——甚至大发雷霆，但他没力气生气。过去并不重要，阿曼娃和希克娃一开始都是英内薇拉的手下并非什么出乎意料的事情。他需要知道的是她们现在的想法。

"他是谁？"他问。

"呃？"希克娃问。

"那个……和你做过的男人，"罗杰说。其实他并不是想知

道,他曾和许多不值得一提的女人做过,根本没有资格批评她。

"谁也不是。"希克娃说,"我是在沙鲁沙克训练时受了伤。我对你不忠是骗你的。"

罗杰耸肩。"你表现得一点也不像没有经验。"

她再度发笑,笑声清脆甜美。"达玛丁教过我们枕边舞蹈的技巧,让我的长矛姐妹和我都能成为完美的新娘。"

枕边舞蹈。光是听到这个词就让他心里痒痒。他立即改变话题。"阿曼娃为什么要下毒害黎莎?"

希克娃终于微显迟疑。"毒是阿曼娃调配的,丈夫,但是在茶里下毒的人是我。"

"那并没有回答我的问题。"罗杰说,"你们两个都参与下毒。谁做什么有何区别?"

"达玛佳为了黎莎女士的影响力导致我舅舅创造出沙鲁姆丁之事大发雷霆。"希克娃说,"克拉西亚的女人向来都在她的管辖范围,而她本来为我们拟订了不同的命运。"

"你们试图暗杀我的朋友,只因为她说服贾迪尔赋予女人权力?"罗杰问。

"下毒之事也只是达玛佳命令。"希克娃说,"个人而言,我很赞成沙达玛卡的决定。我的其他长矛姐妹因此得以见光,在黑夜中争取荣耀。我很遗憾自己没有办法和她们一样。"

"那点事可以改变的,"罗杰说,"秘密已经曝光了。等我们回到洼地,你就可以……"

"请见谅,丈夫,但是秘密没有曝光。"希克娃说,"除了你和我的姐妹,没有人活下来宣传此事。如果让别人得知我的实力,就会大幅降低我保护你和吉娃卡的能力。"

"如果我以你丈夫的身份命令你停止掩饰呢?"罗杰问。

"那我会遵守命令。"希克娃说,"但我会把你当成笨蛋。"

罗杰哈哈大笑。"你说你能带我离开这里。怎么做?"

"门很厚,不过只是木门。"希克娃说,"我可以打烂它,但需要时间,还会引来牧师。从窗户出去,爬到下方楼层比较容易。你们青恩的圣徒比不上我们的达玛。最简单的方法就是杀死守卫,取得钥匙。"

"我不要你杀害任何人。"罗杰说,"除非我们有性命危险。"

"当然。"希克娃说,"吉娃卡知道你会这么想。"

罗杰想起安安稳稳放在魔印小提琴箱里的托腮。"她现在正听我们说话吗?"

"有。"希克娃说,"她可以透过我的项链听见我说话。"

"她可以和你交谈吗?"罗杰问。

"可以,"希克娃又说,"但那个霍拉是专门为我调校的。她不能和你说话。达玛丁此刻正在帮你制作耳环。她为了没有早点这么做向你道歉。暂时而言,我能代她发言。"

"她想说什么?"罗杰问。

"她说很晚了,"希克娃说,"我们不知道明天会有什么事。她请你趁天还没亮早些休息。"

罗杰望着上方的阴影。"你会在房梁上睡吗?"

"我的睡眠需求和你不同,"希克娃说,"我会透过冥想恢复活力,同时注意外来威胁。闭上双眼,我的爱,我会守护你的。"

罗杰依照她的吩咐做,确实感到安全多了,但是他脑中有

太多思绪流窜，根本无法入眠。"我不认为我睡得着。"

希克娃落地几乎没有发出声音。罗杰在她脱光衣服上床时微微一惊。

"吉娃卡命令我帮你入眠，丈夫。"她娇声道。

"你所做的一切都是出于命令吗？"罗杰问。

希克娃亲他，尽管如今知道她有多坚强，她的嘴唇还是和之前一样柔软。"虽然是别人命令我做事，丈夫，并不表示我不愿意。"她很有效率地脱掉他的七彩裤。"或是我不会从中获得乐趣。"

❀

黎莎转动转盘，调整她的箱镜。

她立刻就发现与罗塞儿送来的样本的区别。眼前的样本种子很多，但是软弱无力。

被下药了。

她看向窗外。太阳才刚冒出头来。阿瑞安起床了吗？

此事太重要了，刻不容缓。她派遣信差传信，老公爵夫人几乎立刻派人传唤她。

"你确定？"阿瑞安在她抵达时急切地问道。"这不是沙漠女巫为了救丈夫而故弄玄虚？"老女人依然穿着晨袍，一件出奇陈旧朴素的袍子，不过丝毫不减其高雅的气质，而她没心情闲话家常。

黎莎点头。"阿曼娃确实想救丈夫，公爵夫人，但她说的没错。这不是同一个男人的精液。除非梅儿妮不值得信任……"

阿瑞安挥手打断她的话。"那个女孩不懂权谋斗争，欺瞒只会让她自讨苦吃。"

"那就是罗塞儿骗了我们。"黎莎说,"而我不认为她是幕后主使人。"

阿瑞安点头。"此事打从那个女孩还包尿布时就已经开始了。"她啧了一声。"可惜。当她以叛国罪被吊死时,你的加尔德会很伤心的。"

"她或许只是一枚棋子。"黎莎小心地说,"或许我们可以展现宽容,只要她带我们揭发真正隐身在宫廷中的阴谋人物。"她心中已有怀疑人选了。

"你认为是洁莎干的?"阿瑞安说。

黎莎耸肩。"或许。同谋。"

阿瑞安哼了一声,站起身来。"派人去找白女巫,在一小时内过来,然后在我客厅等我换上战袍。"

一小时后,阿瑞安再度换上华服、戴好皇冠,凝视着阿曼娃。至少阿曼娃还知道要鞠躬得比老公爵夫人深一点。

"你知道是谁对我儿子下药?"阿瑞安问。

阿曼娃轻轻点头,面纱下的眼睛没有一丝情绪。"我知道。"

"那到底是谁下药,或是谁指示的?"阿瑞安问。

她再度轻轻点头。阿瑞安等她说话,但她不再吭声。两个女人就这么足够有尊严地凝望彼此。

"你能告诉我吗?"阿瑞安终于率先开口问。

阿曼娃轻轻耸肩。"我丈夫独自被关在高塔里,只因为他在你家里保护自己。我的妹妻或许被绑架而失踪了,而你完全没有派人去找寻她。坎黛尔和我被软禁在我们房里。告诉我,老公爵夫人,我有什么理由帮你?"

阿瑞安的手指在瓷杯边缘有节奏地轻敲,茶杯里茶水泛起阵阵涟漪。"除了明显的原因?我可以释放你丈夫。把安吉尔

斯掀起来找希克娃。解除你的软禁。"

阿曼娃一边搅拌茶,一边轻轻摇头。"请见谅。老公爵夫人,但是你办不到。我掷过骨骰了。你在你儿子的宫廷里没有足够的权力办到这些事情。你权势滔天,但所有命运都指出你无法动摇他的决议。"

阿瑞安保持冷静,但她的嘴唇因为闭得太紧而几乎消失了。这个女人最讨厌的事情之一就是有人提醒她自己的权利有极限。

"或许不行。"阿瑞安终于说,"会有公开审判——此事不可避免,但是不要这么快就否决我的提议。我或许不能动摇儿子的决议,不过特赦依然是我能掌握的合法权利之一。就算林白克判处你丈夫死刑,我还是能够随手一挥就赦免他,就算所有儿子加在一起也不能阻止我。"

阿曼娃凝视她很长一段时间。接着她转向黎莎。"是真的吗?"

黎莎看向阿瑞安,然后回看阿曼娃。她耸肩。"我不是安吉尔斯律法的专家,不过这绝对是有可能的。"

"我可以拿出必要的文件证明这一点。"阿瑞安说。

阿曼娃摇头,站起身来。"没有必要。我掷骰确认。"

"可以的话,就在这里掷。"阿瑞安说,不过听起来比较像是命令,而非要求。"我想看看掷骰是怎么回事。"

阿曼娃考虑片刻,然后点头。她看了黎莎一眼,黎莎放下茶杯,走过去拉上沉重的窗帘,阿曼娃则跪在厚地毯间的硬木板上,摊开她洁白无瑕的掷骰布。

黎莎迫于无奈,拖过地毯塞住门缝中的光线,没多久屋内唯一的光线就是发自阿曼娃手中的阿拉盖霍拉。黎莎和老公爵夫人全神贯注,但阿曼娃用克拉西亚语喃喃念诵祷文,而她们都没办法透过面纱去读她的唇语。

她拿出一个塞住的小瓶子——里面大概是罗杰的血——少量洒上骨骰,然后摇晃掷骰。看着魔印光越来越亮,骨骰偏离自然的轨道,形成特定图案感觉很诡异。黎莎完全看不懂骨骰在地上定格的图案,但是阿曼娃凝望骨骰片刻,然后点了点头,恢复坐姿。黎莎自围裙里拿出一瓶化学光,摇晃片刻,让三人笼罩在冷光里。

"我有三个条件。"阿曼娃说。

"三个换一个?"阿瑞安说。

阿曼娃耸肩。"你大可以讨价还价。"而她的语气明白表示讨价还价没有意义。

"哪三个条件?"阿瑞安问。

"审判结束后,你要立刻赦免我丈夫、我本人,还有我的妹妻。"阿曼娃说,"不能含糊其辞、没有附加条件。我们可以自由离开,你还要负责保护我们平安抵达洼地。"

阿瑞安点头。"没问题。"

"你要让我每天都能去探望我丈夫。"阿曼娃继续。

"我可以在审判前让你每天见他一小时。"阿瑞安说。

阿曼娃点头。"可以接受。"

"最后呢?"阿瑞安问。

阿曼娃转向黎莎。"黎莎女士身上的一滴血。"

黎莎双臂交抱。"绝对不可以!"没人能保证这个女人能拿她的血去干什么。这个要求本身就是一种侮辱。

"黎莎。"阿瑞安说,语气中透露一丝警告。

"你不了解这是什么要求。"黎莎说,"把血交给达玛丁就等于抬起脖子让她割喉。我有什么理由同意这种条件?"

"因为公爵领地的命运通通取决于此!"阿瑞安嘶吼,"把血给她,不然我就强行。"

黎莎神色不善。"不要威胁我，阿瑞安。我会动手保护自己，还有我体内的孩子。如果你的守卫胆敢碰我，我就毁了你的宫殿。"

阿瑞安目光闪烁，但黎莎是说真的，老太婆看得出来。她凝视老公爵夫人的眼睛片刻，然后转向阿曼娃。"两个条件。"

阿曼娃双眼一皱。克拉西亚人喜欢讨价还价。"什么条件？"

"你现在就在这里用掉那滴血，大声用提沙语提出你的问题。"黎莎开口。

阿曼娃点头。"第二个呢？"

"你必须同意日后帮我掷一次骰。"黎莎说，"时间和问题由我决定。"

阿曼娃眯起双眼。"同意。只要你的问题不会直接影响到我的族人或家族。"

黎莎从围裙口袋里拿出一把小刀，扬起手指。"我们通通讲定了？"

"讲定了。"阿瑞安说。

"没问题。"阿曼娃确认。

"拿出你的骰子。"黎莎将尖刀抵住食指指心，在阿曼娃的骨骰上挤了一滴血。

达玛丁在掌心中晃动骰子，直到所有骨骰都沾到血。接着她转回她的掷骰布，双手开始摇晃。"全能的艾弗伦，光明的赐予者，你的子民需要指引。为你谦虚的仆人显示黎莎·娃·厄尼·安佩伯·安洼地腹中之子的命运。"

黎莎在骨骰发光、抛入空中时感到孩子在踢。阿曼娃神色饥渴地弯腰向前，解读骨骰隐藏的意义。

"怎么样？"黎莎终于问道，"骨骰怎么说？"

阿曼娃拿起骨骰,放回她的霍拉袋。"我同意大声提问给你听,女士,我可没说要分享结果。"

黎莎气得下巴都快掉了,但阿瑞安立即打断她的回应。"够了!这个你们私下解决。"她冷冷看向阿曼娃。"我受够了你的小心机,公主。我们支付了你要求的代价。现在掷你的骰子,告诉我谁在毒害我儿子。伊斯特利、沃德古德、欧克,还是我其中一个儿子?"

阿曼娃摇头。"你的杂草师独立运作。"

阿瑞安惊讶得说不出话来,难得一次,她失去高雅的仪态,双眼圆睁得像是蟾蜍。"为什么?"

阿曼娃耸肩。"去问她,她会亲自告诉你。这是个隐藏太久的秘密,必须像脓疮般戳穿。"

"毒药呢?"黎莎在阿瑞安一副要花一整天的时间思考这件事情时问道。

"下在酒里。"阿曼娃说,"我不确定是什么药,不过无所谓。只要停止下药,他的种子就会恢复活力。"

"那要好几个月。"黎莎说。

"你可以用霍拉加快速度。"阿曼娃说,"我可以准备一颗治疗用骨。"

她脚跟着地,站起身来。"我该做的事情都已经做完了。我现在要去见我丈夫。"

达玛丁蛮横的语调将阿瑞安带回现实。她摇头。"你给我安安静静地坐着,等我确认你的判断。当我满意之后,你就可以去见你丈夫,早一刻都不行。"

阿曼娃气得面纱直抖,然后长长吐了口气。她和老公爵夫人互相瞪视了片刻,她轻轻点头。"我恭候,但是如果今天日落前我没见到我的丈夫,确认他平安无事,我就会认定你违背

誓言。"

阿瑞安的脚开始抽动，但是她一言不发。

❀

黎莎努力回想罗杰为她上的课，对着应老公爵夫人召唤而来、满心以为是要讨论加尔德之事的罗塞儿和洁莎微笑。

罗杰教过她许多皇宫礼仪，如何在低声交谈时维持语调中的情绪、如何戴好面具，不管心里有什么想法，都要在脸上保持诚恳。这是她时至今日依然无法掌握的技巧。

"如果方便的话，女士，"黎莎说，"公爵夫人阁下想与罗塞儿女士单独谈谈，然后再找你加入讨论。"

罗塞儿忧心地看向洁莎，但是女人轻松地挥手。"去吧，女孩。"

"我会让你骄傲的。"罗塞儿保证道。

洁莎神色爱怜地摸摸她的肩膀。"你不管怎么做都会让我骄傲。"

黎莎心中一动，因为这话和布鲁娜女士在世时所说的话很像。她不知道那个女人讲这句话是何用意。不过这话对她们而言也可能代表诀别。

她带领罗塞儿穿越房门，来到阿瑞安宽敞的客厅里。她们继续前进，走过另一道门，来到墙壁厚到无法偷听的私人接待室。

进房之后，汪妲关上房门，站在门的一侧。另一侧还有一个女伐木工贝卡，和汪妲一样身材高大、气势骇人。阿曼娃坐在对面墙壁的角落，面无表情地冷眼旁观。娇小的安吉尔斯女孩紧张兮兮地看着她们，然后朝老公爵夫人优雅地行了个屈膝礼，之前在黎莎房内的优雅荡然无存。

"公爵夫人阁下,"罗塞儿说,保持鞠躬姿势,脸几乎贴在地板。"很荣幸蒙您召见。我是您忠诚的仆人。"

"起来吧,女孩。"阿瑞安说,"转一圈,让我看看你。"

罗塞儿起身,依照指示慢慢转圈,姿态完美,表情如同雕像。

"男爵想娶你,"阿瑞安开门见山。"再笨的人都看得出来。而渴望一样事物的男人通常都只能得到想要的东西。"

罗塞儿脸颊浮现恰如其分的红晕,不过由于没人问她问题,所以她没有搭话。

"但这次不行。"阿瑞安说。罗塞儿把惊慌掩饰得很好,但就连如此老练之人在听到这句话时脸上也不禁抽动了一下。"你的余生比较可能是在地牢囚室中度过,而不是男爵的床上。"

听到这话,罗塞儿再也无法冷静,惊讶得下巴掉了下来。"公爵夫人阁下?"

"你拿给黎莎女士的是谁的种子?"阿瑞安沉声问道,"我已经知道,那不是我儿子的。"

罗塞儿浑身僵硬,双眼圆睁,宛如受惊的小麋鹿。她看向门口,但是两个女伐木工跨步站在门前,双臂交抱胸口。

"我没听到回答。"阿瑞安怒道,"如果你不想今天就被以叛徒罪名绞死在广场的绞刑台上,最好老实交代。"

"杰——杰克斯,"罗塞儿说,"种子是他的。"

"为什么?"阿瑞安问。

"洁莎女士,"罗塞儿开口,老公爵夫人嘶吼一声。"她说黎莎女士打算取代她成为皇家药草师、夺走她的职位、接管精修学校。"

"我才没有——"黎莎开口,不过阿瑞安挥手打断了她。

"你为了你主人的虚名不惜危害整个公爵领地的安危?"阿瑞安问话的口气变得更严厉了。

罗塞儿跪倒在地,泪水染花了眼影和脂粉。"我、我没有……洁莎女士会找到解药的,如果真的有解药的话。我、我还能怎么做?"

她还能怎么做?黎莎心想。罗塞儿的一生都掌握在洁莎女士手中。她不敢背叛洁莎,然后期待公爵夫人会在她和主人之间选择相信她的话。

她为这个女孩感到遗憾,但是阿瑞安的目光中毫无宽容。"给公爵下毒的事情,你也有份吗?"

罗塞儿似乎真的非常震惊。"什、什么?不!从来没有!"她住口。"有时候洁莎女士要我们喂他吃生育药……"

阿瑞安挥手打断她。"我相信你,女孩,但你的所作所为依然是叛国。"

"求求你,公爵夫人阁下……"罗塞儿恳求道。

"安静。"阿瑞安说,"你已经把我要知道的事情都说出来了。如果你不想失去舌头,我和你主人交谈的时候就不要吱声。"

阿瑞安转向房门。"汪妲,带洁莎进来。"

"是,老妈,"汪妲说着打开房门,没多久就跟在洁莎女士身后回来。

洁莎神态轻松地走进房内,但是一看到罗塞儿跪在地上、泪水弄花了脸时立刻停步。她看向身后,汪妲已经关上房门,和贝卡一起双臂交抱,守住门口。

洁莎深吸一口气,转回头来,以猎食者的目光打量形势。她身穿口袋围裙,黎莎很清楚她能用围裙里的药材造成多大的伤害。

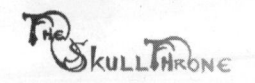

"难道老公爵夫人阁下认为,罗塞儿不适合担任男爵夫人?"洁莎问。

"你下药影响林白克生育的事有多久了?"阿瑞安开门见山地问道。

洁莎前进一步,摊开双手。"这实在太荒谬了……"

"脱掉围裙。"黎莎喊道。

"什么?"洁莎又前进一步,黎莎一手摸向她的霍拉袋。

"汪姐,"阿瑞安说,"如果洁莎没有脱下围裙就继续前进,在她脚上射一箭。"

汪姐拉弓搭箭。"哪只脚?"

阿瑞安嘴角上扬。"你看着办,亲爱的。"

洁莎皱起眉头,但是依照吩咐,脱下围裙,放在地板上,等着黎莎。"公爵夫人阁下,我不知道她对你说了什么……"

"她说的都是布鲁娜几十年前说过的话。"阿瑞安说,"不过我太固执了,根本听不进去。"

"你有什么证据……"洁莎开口辩驳。

"这里不是宫廷,"阿瑞安说,"我不需要行政官革你的职,然后丢到牢里去关一辈子。你不是来这里抗辩证据的。"

"那我是来干吗的?"洁莎问。

"你来这里是要告诉我为什么,"阿瑞安说,"我一向对你不薄。"

"为什么?"洁莎问,"当林白克对待我和我的女孩就像痰盂一样的时候?当安吉尔斯公爵蠢到让他母亲牵着鼻子走,还把半掌丢到街上去,只因为他睡错床的时候?"

"所以你想要让他兄弟来取代他?"阿瑞安问,"他们或许比林白克好一点,但也没有英明到哪里去。"

"我不管他们有多英明。"洁莎说,"其他人都不会来

插我。"

"呃?"阿瑞安问。

"我不必下水。你答应过的。"洁莎说,"我的责任是招募自愿下水的女孩,训练她们,我不需要撩起裙子。"

阿瑞安闭紧嘴巴。"但是林白克不这么认为。"

"他甚至对我没有兴趣。"洁莎说,"他这么做只是为了标示全妓院里的女人。他是公爵,四下播种是造物主赐给他的权利。"

"于是你夺走他的种子。"阿瑞安说,"你应该告诉我的。"

"告诉你有什么用?"洁莎问,"你能怎么做?"

阿瑞安摊开双手。"我想我们永远不会知道了。我只知道我不会危害公爵领地的安全长达数十年之久。"

"不要这么惊讶,"洁莎说,"你有很多白痴儿子可以取代林白克,还有迈卡尔的儿子。如果事情走到要娶密尔恩婊子或是让迈卡尔的儿子成为继承人的地步,林白克会克服他的兄弟情结的。"

"之前或许会,"阿瑞安说,"但是在战争一触即发的情况下,你让我们成为被攻击的对象。"

"是你和我的固执导致这种局面,"洁莎说,"十年前我就在等着你察觉形势不妙,让汤姆士溜进随便哪个年轻公爵夫人的房里播种。结果你却驱使他四下奔命。"

阿瑞安透过鼻孔呼出一口气,一边思考一边踢脚。最后她点头。"我晚点再决定如何处置你。暂时而言,你可以在西塔顶楼的牢房里向半掌大师挥手。"她朝贝卡扬起下巴,女人上前紧扣洁莎的手臂。

当她被拖出房外时,洁莎望向跪在地上的罗塞儿。"这女孩和此事无——"

"你的话救不了她。"阿瑞安打断她的话。她挥了挥手,守卫拖走洁莎。黎莎全神戒备,不确定她会不会反抗,但是杂草师似乎已经认命了。

"黑夜呀。"阿瑞安在汪姐关上房门时说道。她像泄了气的皮球,黎莎再度想起这个女人究竟有多娇小。

但是那种无力感稍纵即逝,老公爵夫人的注意力再度回到罗塞儿身上。"现在,女孩,我要怎么处置你?"罗塞儿再度开始啜泣,不难看出原因。洁莎或许可以栖身在大教堂的高塔上,但是罗塞儿……却随时可以被抛弃。只要阿瑞安有心,她可以在日落前就把她吊死。

"阿曼娃,"黎莎想都没想说道,"我现在就要掷骰。"

达玛丁惊讶地看着她。"你要把对艾弗伦提问的机会浪费在一个希莎身上?"

"一条人命。"黎莎纠正她。

"我以前也和加尔德·卡特订过婚,"黎莎说,"我或许已经抛下他了,不过我依然关心他的婚事。洼地需要他,而他需要一个足以肩负重担的女人,不是你一直安排坐在他旁边用餐的那些无聊女人。"

阿瑞安嘟哝一声。"这我无法否定。"

"感谢造物主。"罗塞儿喘息道。

"别急着感谢任何人,女孩。"阿瑞安呵斥她。

罗塞儿神色恐惧地看着阿曼娃拔出腰带上的匕首。"伸手,女孩。"

罗塞儿浑身颤抖,不过还是照做。阿曼娃手起刀落,用空茶杯接血。阿瑞安指示汪姐带走女孩。等她离开后,公爵夫人转过头去看阿曼娃跪在地板上,沉浸在霍拉的魔光中掷骰。

"她会成为贵族的妻室。"

阿曼娃解读图案道。"嫁给他,也嫁给洼地部族。她会帮他生下强壮的儿子,但继承爵位的会是他的女儿。"她坐回脚跟上,看着黎莎和阿瑞安。

"只要我同意。"阿瑞安说。

阿曼娃摇头。"请见谅,公爵夫人阁下,但你没得选择。史蒂夫之子不会接受其他人选。"

阿瑞安皱眉。"那就让他带她离开。我要她在我有机会改变心意之前从我眼前永远消失。"

"女士!"汪姐闯入屋内,手里抱着贝卡。"她没呼吸了!"

黎莎立刻上前。阿曼娃已经从袋子里拿出霍拉。

"关门。"达玛丁说。

汪姐跑去关门,但阿瑞安抓住她的手臂。"洁莎呢?"

"跑了,"汪姐说,"我刚出去,发现贝卡躺在走廊上。"

"搜捕她。"阿瑞安下令,"让公爵宫殿所有守卫都下去搜查那个可恶的女巫。"

汪姐点头离开。

❀

"有时候我会想,如果皮特大师做好他的工作,检查那天杀的魔印,我的人生会变成什么样子。"罗杰说。

躲在屋梁上的希克娃没有回应。她很少出声,除非他直接问她问题,或是必须帮阿曼娃发言。即使在这种情况下,她也会跳到地上,走到近处,用只有他们两人听得到的声音说话。

罗杰不介意。知道她在屋梁上听他说话就够了。不只是因为她提供的安全感,或是夜里温暖的拥抱,真正让他能够忍受牢狱之苦,乃是一种有人陪伴的感觉。

听他说话的人,在乎他的人。少了这样的人,吟游诗人能够生存多久？罗杰见过伟大的演出者在观众减少后沦为自己过去的影子。

"我会有兄弟姐妹。"罗杰继续说，在心里想象他们的模样，栩栩如生到几乎可以叫出他们的名字。"我爸和我妈都年轻。当时他们对我来说好像树一样老，但是如今回想起来，我应该是他们众多子嗣中的长子。"他期望地叹息，想象着失去的童年嬉戏与笑声。

"当年全河桥镇上没有一把乐器，"罗杰说，"更没有人会演奏乐器。我八成会接手经营旅馆，娶个其貌不扬的乡村女孩，然后生一堆小孩。没去过任何地方，没见过任何大人物，也没做过任何有意义的事情。或许我就是个……平凡人。"

就在这时，牢房门啪的一声开启。站在门后的是……

"阿曼娃！"罗杰跳起身来，冲过房间。

"你又自言自语，丈夫。"阿曼娃在拥抱时轻声说道，"你得到艾弗伦的宠幸，绝对不可能平凡。如果艾利克大师没有教你小提琴，也会有另一位大师教你。沙拉克卡即将到来，你将《月亏之歌》带回阿拉乃是英内薇拉。"

"你不需要我也办得到。"罗杰说。

阿曼娃摇头。"你或许能把你的天赋传给你的妻子，但那些天赋原本就是你的。"

她扬起面纱，亲吻他。他想要抱紧她，但她扬起双手，在面纱如同帘幕般垂回嘴前时推开他。

"我每天只能见你一小时，丈夫。"她说，"直到事情解决为止。我们有些事情得先处理。"

她大声拍手，牢门再度开启，两个强壮的辅祭抬进几桶水来。另一个辅祭搬了个小木桶浴盆，刚好能让罗杰挤进去。他们身后，希克娃就着阴影落地，走出打开的牢门。

"你们把那些东西一路抬到塔顶来?"罗杰看着那些沉重的水桶问道。

众辅祭神色不悦地看着他,但没有说话。

"他们不说话并非出于无礼,丈夫。"阿曼娃说,"他们禁止和囚犯交谈。老公爵夫人下令提供更好的食物,还有一周洗三次澡。这些人都很骄傲能够执行她尊贵的命令。"

众辅祭看了他最后一眼,走出房门时看起来不是特别骄傲。

"希克娃……"罗杰在门关上时轻声说道。

"会确保接下来一小时没人打扰我们。"阿曼娃说着在水桶里丢入魔印银石。它们嗞嗞作响,以魔印加温洗澡水。

"拜托,丈夫,"她说着比向浴盆。罗杰心知自己无法违逆她的意思,于是脱光衣服爬进去。亮面的木头很冰凉,他微微颤抖,在阿曼娃倒下第一瓢热水时冒出鸡皮疙瘩。

罗杰立刻开始冷静下来。这无法和莎玛娃的大澡盆相提并论,但是他已经习惯每天洗澡,甚至没发现自己有多享受这种感觉。

"我已经开始帮你做耳环,"阿曼娃一边用刷子和泡沫帮他洗身子,一边说道。"但也许要做好几周,而我期待你会在它完工前获释。"

"肯定还有派得上用场的时候。"罗杰说,"除了能在远方听见你的声音外,魔法对我来说还有什么更大的用途呢!"

阿曼娃拥抱他,压抑着一股啜泣的冲动。罗杰把她抱到身前,毫不在意自己弄湿她的袍子。

阿曼娃啜泣一声,后退脱下湿掉的丝袍。"如果你扑倒我,在我体内播种,丈夫,你就会让我怀孕。"

罗杰本来终于放松下来,背靠浴盆,不过听到这话又浑身一僵,突然坐起身来。"阿曼娃,现在不是……"

"就是。"阿曼娃插嘴,"如果我想怀你的孩子,一定要趁现在。"

罗杰吞咽口水。"我不喜欢这句话暗示我活命的概率。"

阿曼娃再度跪在浴盆旁,伸手抚摸他赤裸的胸膛,不过不是帮他洗澡。"我也很喜欢。"她承认道,"你的未来充满不确定性,但不光是你的。我们即将面对一个大分歧点,事情结束前,这座城市里有不少人都会踏上孤独之道。"

她手掌上移,路过他脖子,捧着他的脸颊,拉他过来亲。"但是命运的洪流里还是有根不变的巨柱。如果你现在占有我,我就会怀上你的孩子。"

"所以你会在……这个分歧点中存活下来?"罗杰问。

"至少活到生产。那之后……"阿曼娃耸肩,亲吻他的脖子。

罗杰畏缩。"那或许我们该等等。"

阿曼娃神色迷惘地看着他。

"我不想让你一个人抚养我们的孩子。"罗杰说,"你还没到二十岁。如果我死了,你应该改嫁。找个能够……"

阿曼娃把他的脸捧在双掌中。"喔,丈夫。我不会独自抚养孩子的。我有我的妹妻,而且如果你以为在你踏上孤独之道后,我们会遗弃你的话,你显然不够了解我们。"

她起身,刻意扭腰摆臀,走到小床旁。"我是达玛丁。艾弗伦对我的旨意就是生下一个女儿和继承人。"她躺在床上,等着他。"把女儿给我,我此后再也不需要别的男人碰我。"

罗杰立刻跨出浴盆,不顾湿漉漉的身子,爬到她的身上。"女儿?"

阿曼娃微笑。"希克娃已经为你怀上了儿子。"

詹森没有直视黎莎，不过却一直注意她。总管似乎将精神集中在老公爵夫人身上，但他的灵气却不是这么回事。他对黎莎出现在这里非常敏感，却又不知道原因而显得沮丧。他很习惯担任阿瑞安的左右手，不喜欢黎莎夺取他的特权。

"不必担心，詹森。"她说，"我很快就会回洼地。"

总管神色讶异地看着她，没有说话，不过他的情绪强烈到让她不禁产生反应。

这就是亚伦解读灵气的情况，她发现，不过她还是太晚了解那个男人了。想到自己可能永远不会再见到他，她就感到一阵心痛，之前恶魔就是利用这一点来对付她。它们八成是轻而易举地从她的灵气中看出这个弱点，就像她轻易解读詹森的灵气一样。

"没那么快，"阿瑞安说，"你还有未尽的职责。"

她说完转向詹森。"找到洁莎没？"

总管摇头。"有人看到她进入地道，不过没人看到她出去。我派人监视学院，我们正从上到下彻底搜查。"

"那地方充满了秘密通道。"阿瑞安说，"把学生和员工都清空，让你的手下敲打每一扇墙。如果是空心的，搜索通道或是打掉墙。看在造物主的分上，叫他们小心点。那个女巫的毒针差点害死贝卡，幸好黎莎和阿曼娃在场救了她一命。"

詹森鞠躬。"没有问题。我们还搜查了洁莎女士的其他房产及与她相熟的人。城门守卫会搜查所有马车，也会撩开所有兜帽。我们会找到她的。"

阿瑞安点头，不过灵气不是那么肯定。她身上充满背叛的色彩，不过还是十分看重洁莎。她很危险，阿瑞安担心她会突破他们的封锁。

"还有其他事吗?"詹森问。他的灵气显示他很清楚还有别的事。她传唤他来不可能只是为了重复几个小时前下达过的命令。

"为了揭穿这件阴谋,我们寻求了克拉西亚公主的帮助。"阿瑞安说,"有代价。"

詹森的灵气转换,在了解老公爵夫人的意思时变得更为坚定。"半掌。"

阿瑞安点头。"他会接受审判,但是不管判决如何,我都会赦免他。"

"公爵夫人阁下,"詹森开口,声音紧绷。"我外甥是个浮夸的混蛋,经常给藤蔓王座添麻烦,但他毕竟还是我的外甥。我决不可以就这么——"

"你可以,也会照办。"阿瑞安插嘴道,"我不期待你喜欢这个决定,但此事势在必行,如果他受到伤害,城内一定会出现暴动。他会在塔内待到审判日,但是当黎莎女士返回地时,他和约拿牧师都将同行。"

詹森的灵气怒不可抑,强烈到黎莎提高警觉,伸手到霍拉袋里握紧魔杖。如果他对老公爵夫人采取任何举动,她就会把他炸成碎片。

但接着盛怒的灵气渐渐隐退,被一股强大到令黎莎害怕的意志压抑下来。总管僵硬地鞠躬。"悉听尊便,公爵夫人阁下。"他转过身去,大步走出房间,没等阿瑞安让他离开。

阿瑞安叹气。"我经常说为了解决儿子不孕的问题,我愿意付出任何代价,但我没有想过是会让我在一天之内失去昔日的左右手。"

黎莎伸手搭上她的手臂。"你还有其他战友。等我们离开

安吉尔斯，詹森大人就会回心转意。"

但是想到他灵气中的那股愤怒，她知道一切都已不可能了。

第二十四章　布莱尔

333~334 AR　冬

布莱尔从公爵夫人花园的猪根丛中醒来。老妈提供舒适的床铺，但布莱尔已经将近十年没睡在床上甚至屋檐下了。在他六岁那年，因为自己粗心大意以至于全家都被大火赶入黑夜之后，就再也没有过了。

恐惧让他在那些年里存活了下来。那种崩溃边缘的感觉会让每个声音、每个动静都令他神经过敏。他只能靠闭上眼睛几个小时充当睡眠，只要一有风吹草动立刻就能逃离现场。魔印墙壁和柔软的床铺会让人忘记黑夜就等在外面，随时准备夺走一切。

忽略那一点就会死。

布莱尔起身时抓了几片猪根叶，塞到他的口袋里。这种草随处可见，不过走夜路的人总是有备无患。

皇宫的骚动一直持续到晚上，谋杀的叫嚣声在凶手被人从公爵宫殿拖到圣堂去后终于安静下来。布莱尔并不关心那个。雷克顿有人指望着他来找公爵求援。当前最要紧的事情就是带汤姆士伯爵前往修道院。

他走向马厩，不过没有看到预期中的忙碌景象。没有人备好马匹、没有士兵集合出发。他抓住一名马夫。"伯爵呢？"

一身马粪味道的女人看他时，直皱鼻头。竟然还嫌他的猪

根味？这就是睡在床铺上的坏处。"说什么？"

布莱尔习惯从藏身处窥视人群，多年来鲜少开口说话。他听得懂提沙语和克拉西亚语，但是却不擅长说，有时候很难让人了解他的意思。

"我受命引导伯爵南下。他在哪里？"

"我怀疑汤姆士王子伯爵大人今天不会出发前往任何地方。"女人说，"小提琴巫师的事情已经轰动了全城。"

布莱尔抓得更紧。"不能等。牵扯到很多人命。"

"是喔，那我又能怎么办？"马夫大叫，扯开他的手。"我又不是老公爵夫人。"

布莱尔吓了一跳，后退一步，举起双手。他看见女人手臂上出现红掌印。"对不起。我不是故意这样的。"

"没关系。"女人说着，一边搓揉手臂，布莱尔知道一定会出现瘀伤。人类和地心魔物不同。他们比较软。不小心的话，会弄伤他们。

他回到花园，穿越鲜少使用的宫殿的入口。到处都是守卫，仆役来回奔走，不过除了闻到一阵猪根味外，没有人发现他的踪影。走廊上有很多地方可供藏身，只要动作够快。

但老妈和詹森都待在紧缩的门后，而布莱尔在安吉尔斯里认识的人又不多。他一个都找不到。他回到花园，爬入猪根丛，然后闭上双眼。

一段时间过后，他听见有人说话。布莱尔提高警觉、准备逃走，但是对方不是在对他说话，于是他爬近一点去听。还没爬到近处，他已经知道说话的是黎莎·佩伯。她口袋裙所散发出的数十种药草气味让他联想到他母亲。布莱尔喜欢这位女士，虽然人们说她是女巫。他们之前也说唐恩是女巫。

"只要他们还关着罗杰，我就哪儿都不去！"伐木洼地男爵加尔德大叫。

"小声一点。"黎莎轻声道。

"你去看他了吗?"加尔德说,"他被打得很惨吗?"

黎莎点头。"不过我用魔骨魔法治好他了。除了缺掉几颗牙齿,身体无恙。"

加尔德握紧拳头。"我发誓,要不是杰辛那个矮子已经死了……"

"不要说蠢话,加尔德,"黎莎说,"如果你想要罗塞儿和你走,最好现在就带她离开,趁着还没有公爵成员改变主意之前。"

他看起来不太确定,于是她伸手搭上他的手臂。"等你回去以后,可以麻烦你召集几千名伐木工回来接我和罗杰一行回去吗?最近道上有很多强盗……"

加尔德皱起眉头,神色困惑,接着恍然大悟。"喔,对。我懂了。你要我……"

"我要你打点一切,确保代表团能安然返乡。"黎莎说,"所有人。不管宫廷作任何决定。"

"公爵不会喜欢这种做法。"加尔德说。

"我想是不会。"黎莎说,"我知道我没有权利这么要求……"

"你当然有,"加尔德说,"洼地能有今天,都是你和罗杰的功劳,你应该要安安稳稳和我们待在洼地。如果公爵和林木军团不打算配合……"他吐口口水。"没人比伐木工更擅长砍伐。"

"事情不会走到那个地步。"黎莎说,"露牙齿给他们瞧瞧,不过不到万不得已别真的咬人。"

"不会的。"加尔德说,"只要罗杰还有呼吸。要是我回来

的时候他……"他没有把话说完,转身大步离去。

※

布莱尔看着马夫递给他缰绳,摇了摇头。他很喜欢马,不过不信任它们。"我用跑的。"

"跑步不够好,布莱尔。"汤姆士说,"我打算尽快赶回洼地。"

布莱尔耸肩。

"我要你跟紧我们。"汤姆士说。

布莱尔点头。"好。"

伯爵看起来很烦躁,但是布莱尔猜不透为什么。

"你用跑步不可能跟上我的军队。"汤姆士说。

布莱尔侧头。"为什么不能?"

伯爵打量他一段时间,然后耸肩。"那就随便你吧,小个子。但是如果你落后了,我就把你像鹿一样绑在马屁股后拖着走。"

布莱尔大笑,接着在发现没人跟着他笑时感到有点惊讶——这本来就是个很棒的笑话。

汤姆士翻上马鞍,在城门开启时举起长矛大喊一声。"出发!"

布莱尔开始奔跑,骑兵则踢马小跑步前进。他们跟上他的速度一段时间,不过由于接近城市的关系,往来商旅不少,就算他们立刻让道还是会挡到路,拖慢伯爵军队的速度。徒步奔跑的布莱尔可以离开道路人群,避开人潮以及人群的目光和提问。

他很快就抛下他们,一边探索环境,一边采集食物,记下村庄和道路的位置。老妈说他会常来安吉尔斯,所以最好还是熟悉一下路径。他仔细留意猪根丛的位置,在缺乏猪根的地方就撒了些种子。这种杂草生命力强,几乎到哪里都能茁壮成长。

即使耗费额外的时间去做这些事情,当晚他还是得要沿着道路回头去找部队的营地。布莱尔神色羡慕地看着士兵排队领取浓汤和面包。

他沿路摘取的草根和果实能够填饱肚子,但是面包和汤的香味让他直流口水。他知道他们会给他吃的,只需上前排队。

不过那些士兵全都同样打扮,身穿行军的木甲和斗篷,上衣有伯爵的纹章。他们属于这支部队。布莱尔则不属于。他们会盯着他看。趁他不注意叫他"臭家伙"或"泥巴小子"。他们会和他保持距离,或是更糟糕的情况,跑来和他交谈。

他眼馋面包,不过还没饿到那个地步。

士兵很快又翻身上马鞍,在太阳下山时拿起武器。他们继续赶路,边走边砍杀挡路的恶魔。

恶魔已经知道要避开道路,躲在树林里偷看。当猎物跑得较快或是能够反击时,木恶魔就会耐心等候。布莱尔看到前方有只恶魔荡入一棵树枝横跨道路上方的大树。恶魔迅速爬树,待在树枝上等候。

地心魔物任由战斗部队通过,不过位于前线部队后方的伯爵和男爵则以较为威严的步伐前进。其他士兵都离这两个男人很远。他们都沉浸在自己的思绪里。对树上的木恶魔而言,他们就和背上画了圈圈的靶标一样。

布莱尔奔向那棵树。另一只木恶魔嘶吼一声,试图阻挡他的去路。但是布莱尔朝他甩甩外套,猪根的气味立刻把它呛得直咳嗽,然后向后退开。布莱尔抛下矛和盾,一脚踏上一块树瘤,和木恶魔一样迅速上树。他仔细挑着着力点,完全没有发出声响,最后来到准备伏击的恶魔身旁。

恶魔抬起头来，布莱尔大吼一声，跑出树枝，自腰带上拔出魔印匕首。恶魔转身冲向他，但布莱尔有备而来，矮身避开魔爪。他跳起身来，一手抓住木恶魔，另一手将匕首插入类似树皮的外壳中。魔法强化他的手臂，布莱尔屏住呼吸，用匕首一阵狂插猛刺。

两者一起摔到地上时，他将恶魔压在身下，借助其身躯减缓冲击力，不过还是摔得喘不过气来。要不是他体内魔力充沛的话，这一摔就又可能受伤。布莱尔离开恶魔，翻身而起，举起匕首，不过木恶魔已经死了。

"布莱尔，你刚刚跑到哪里去了？"汤姆士问。

布莱尔看向他，神色困惑。"就在不远的附近。"

"我要你定时汇报。"汤姆士说，"要是你不见了，天知道我该怎么跟反抗军接头。"

这话实在太荒谬了。布莱尔怎么可能会找不到这么多人马？但他点了点头，然后走回树林。

"臭小子杀了一头可能会偷袭我们的木恶魔。"他听到加尔德说，"你可以在砍他脑袋前先道谢。"

布莱尔在车队停下来吃饭时露面，领取他的汤碗和面包，然后在肯定伯爵看到他后再度消失。走信使大道前往洼地需要一周时间，但汤姆士的林木士兵不眠不休，趁夜吸收足够的魔力，让他们白天继续赶路。士兵都越来越心浮气躁，不过大幅缩短旅途时间，才第三天傍晚就已经快要抵达洼地了。

"布莱尔！"汤姆士在男孩溜入营地吃饭时叫道，"过来和我们一起吃。"他与加尔德男爵和沙曼特领主一起坐在距离其他人不远处的一根倒下的树干上。

"不嫌我臭了?"布莱尔走近时问道。

"是呀,抱歉。"加尔德说。"早该知道你的听力和蝙蝠一样。"他拉开外套,闻了闻。"在连续四天赶路杀恶魔的日子之后,我们闻起来都不会像玫瑰。"他看了车队中唯一的马车一眼,里面坐的是罗塞尔女士和她母亲,嘴角随即露出一丝微笑。"好吧,或许有一两个人像玫瑰。"

"我们天亮就会抵达洼地。"汤姆士说。"我们会花一天的时间准备,第二天一早出发。我们会帮你安排住宿……"

布莱尔摇头。"我有时候会带人去洼地。我知道哪里有猪根丛。"

"你总不能一辈子都睡在猪根丛里。"汤姆士说。

布莱尔侧头问。"为什么不能?"

汤姆士张口欲言,接着又闭上嘴。他转向加尔德求援。

"冬天会冷。"加尔德说。

布莱尔耸肩。"我会生火。"

"悉听尊便。"汤姆士说。"前往艾琳牧者的修道院要多久?"

"十天。"布莱尔说。

"这么久?"沙曼特问。

"不能走信使大道。"布莱尔说。"到处都是观察兵。要穿越沼泽。"

"听起来不妙。"加尔德说。"湿地会让马扭断脚,更别提骑士的脖子。"

"小径蜿蜒,"布莱尔说,"不过大部分都能找到干地走。"

"你会画地图吗?"汤姆士问。

布莱尔摇头。"不识字。但我知道路。"

"我们带个制图师去。"汤姆士说。

"有吃的吗?"布莱尔问。

汤姆士微笑。"还饿?去找厨师再要一块面包。"

布莱尔摇头。"给修道院的,人满为患。很多人都挨饿。"

汤姆士点头。"可以想象。我们没时间带太多行李,不过只要牧草充足,五百名林木骑兵可以携带很多东西。"

布莱尔点头。"那么多人的话行动迟缓。"

"我以为公爵说带五十人。"加尔德说。

"你觉得呢?"汤姆士问。他伸手到外套里,拿出一份印有皇室蜡印的文件。他指向文件上的一个污点。"这污点让内容不清不楚。有可能是说五十个人,我想那就太疯狂了,当然。"

"当然。"加尔德同意道。

"只有笨蛋才会命令你带这么少人去。"沙曼特同意道,"没错,一定是写五百人。"

"为什么不写五千?"加尔德说。

汤姆士摇头。"这么做的话就会削弱伐木工防御洼地的实力。我不能让洼地无人看守。在我们获得更多情报之前就只能仰赖我的骑兵。我要保持机动、速去速回。"

布莱尔热切地点头。雷克顿人没有骑兵。有了五百名林木士兵,他们几乎可以在任何情况下防守修道院,而那些补给品可以维持很多饥肠辘辘的难民。

"很期待见识见识大湖,"加尔德说,"听说大到看不见对岸。"

汤姆士点头。"我以前见过一次,真的很值得一看。但是你不能去,男爵。我不在的时候,你要代理我治理洼地。"

"听起来好像你是在告别一样。"加尔德说。

"我想我会回来。"汤姆士说,"但在敌军如此接近的情况下,我不保证及时回得来。你必须作好一切准备。"

"听起来好像不会回来了一样。"加尔德说。

"解放者以前也是这样说话。"加尔德说。

"我不知道亚伦·贝尔斯是不是解放者,"汤姆士说,"但如果你见到他……"

加尔德微笑。"好,我会叫他去找你。"

结果汤姆士光在洼地召集士兵就花了三天。布莱尔四下探索打发时间,在药草师树林里遇到一些人。有些是他父亲的族人,克拉西亚人,不过还有些在皮肤上绘印的提沙人。他们白天只穿宽松的袍子,晚上则穿缠腰布,赤手空拳杀恶魔。

布莱尔一直躲在暗处偷看他们,但他看得非常入迷。他不了解他们是怎么办到的,不过或许过一阵子他也可以像他们一样。

离开洼地头几天,他们赶路赶得很快,不过在进入大湖外围的湿地后速度就慢多了。寒冷的气温驱走大部分的蚊子,但士兵还是会不住抱怨。

布莱尔指向一些足迹。"沼泽恶魔。"

"我从没见过。"沙曼特说。

"我也没有。"汤姆士说。

"矮小。"布莱尔说着比手画脚。"手臂很长,它的沼泽唾液会粘上任何东西,灼烫,腐蚀,洗不掉。"

"怎么杀?"汤姆士问。

"闪到侧面。沼泽恶魔的手弯不到侧面。必须转身。"他举起双臂,指向胸腔下方的空隙。"用矛刺这里。没有壳。"

"你似乎很熟悉它们。"汤姆士说。

布莱尔微笑——他不懂地图,但是他懂地心恶魔。"扎营。

晚上不可能骑马渡过沼泽。我教你们怎么做沼泽陷阱。"

布莱尔扭转身体配合弯弯曲曲的沼泽树干形状，偷偷监视在沼泽中行走的克拉西亚探子。该沙鲁姆身上背着沉重补给背包，在油纸上标示地标。

他孤身一人。布莱尔肯定这一点。他不属于任何狩猎部队，或是其他会有人找寻的团体，只是一个奉命前来绘制湿地地图的侦察兵。

但是他正朝汤姆士及其手下的方向前进。要不了一个小时，他就会听见他们的声音，或是发现他们留下的足迹。然后他可能会及时飞奔回去报告上司。

布莱尔紧握长矛，他讨厌这种情况，讨厌杀人。克拉西亚人看起来和他很像，每次杀他们感觉都像在杀自己兄弟。

但是他别无选择。当侦察兵路过树下时，布莱尔扑到他身上，将长矛插入他的肩膀，刺穿心和肺。他人还没落地就已经死了。

布莱尔拿起他的背袋油纸，让尸体沉入污浊的沼泽水底。

布莱尔带领他们避开敌军，专挑有牧草可供马匹休息吃草的干地行走，终于在第十五天抵达修道院。九名林木士兵死在沼泽恶魔手中，七匹马扭伤了脚，必须休整。一名山矛士兵脸上中了一口沼泽唾液。布莱尔用泥巴和药膏包扎他，不过解开绷带时，他的脸看起来像是融化的蜡烛。

新黎明修道院位于延伸到湖面上空的峭壁上，三面环水，只能透过狭窄的道路经由一圈湖面形成的护城河抵达。修道院的木墙又高又厚,以一座吊桥管制进出。北面和南面的码头都位于峭壁低处——船运来的货物和牲口都由沿着峭壁开凿出来的蜿蜒石阶运上去。

吊桥放下来迎接他们,他们骑马进入修道院。

"造物主啊。"汤姆士看着在围墙内扎营的难民说。他们个个面黄肌瘦,还一身尘垢。

"我不知道情况有这么糟。"沙曼特说,"洼地的难民……"

"占有身处友军领土的优势。"汤姆士说,"这些可怜人……"

他转向一名军官。"去找军需官,交接我们的补给。问问看有没有其他什么我们帮得上忙的地方。"

军官行礼离开。布莱尔则领着汤姆士和沙曼特走向修道院大门。

希斯牧师正等着他们,肥胖老牧师紧紧拥抱布莱尔。"造物主祝福你,孩子。"

老牧师望向伯爵,深深鞠躬。"很荣幸与你见面,伯爵阁下,欢迎来到新黎明修道院,我是希斯牧师,我会带你去见牧者。"

布莱尔不常有机会进入艾林牧者的私人办公室。牧者与希斯牧师一样身穿朴素的褐袍,但是他的房间比布莱尔想象中更华丽,地毯很厚、很柔软、色彩鲜艳、绣有强大的教会魔印。辅祭拿着扫把跟在他身后,清扫凉鞋留下的泥巴。

椅子和沙发都有很厚的坐垫——好柔软。希斯不准他坐,因为怕他身上的猪根汗弄脏坐垫,不过路过时布莱尔走到一张绒布沙发旁,在手指轻触沙发时兴奋得微微发抖。

墙壁前有许多从地板延伸到天花板的亮面金木书柜，收藏有各种难以计数的书籍。希斯一直在教他写字，但是布莱尔对书里的图片比较感兴趣。

牧者和另外两个人在后方办公室里等候他们。

布莱尔的父亲，里兰，教过他所有鞠躬相关的礼节。牧者鞠躬鞠得既深又久，表达挚诚的敬意，不过又不至于放弃主导权，这是平辈间的鞠躬礼。

"很荣幸与你见面，伯爵阁下。"牧者说，"我们期待布莱尔能带帮手回来，不过没想到会是伯爵。"

"也没想到会有这么多林木士兵。"另一名男子说。他中等身材，身穿上好外套，站立的姿势似乎比较习惯甲板而非干地。"还是骑兵！看来造物主真的听到了我们的祈祷。"

"伊桑船务官，"艾林牧者指向一位男士介绍。"和他弟弟，马兰船长。"

汤姆士以雷克顿船长偏好的礼仪伸手过去，互握对方手肘下方的位置。"请容见我为你母亲致哀，并献上来自藤蔓王座的哀悼。"

马兰吐了口口水，不管艾林恼怒的眼神。"我不是失去母亲。她是被人谋杀的。"

"当然。"汤姆士转向沙曼特，"容我引见密尔恩的沙曼特领主，他带了五十名山矛士兵一同前来。"

"你们来得好。"艾林说，"这里发生的事情事关所有自由城邦的生死存亡。"

"你没有必要说服我这一点。"沙曼特说，"欧克又是另一回事了。"

"他需要另一场胜利。"一个新来的人说。布莱尔抬头，笑容满面地看着黛莉雅船长和另一个身穿华服的男人走进来。

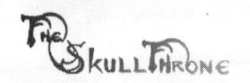

"'沙鲁姆的叹息号'的黛莉雅船长。"希斯说,"打从克拉西亚人入侵码头镇开始,她就让他们见识了水军的厉害。"

"多亏了布莱尔。"黛莉雅说着伸手揉了揉布莱尔乱糟糟的头发。"这小子一直帮我们去镇上打探消息,引导我们的攻击。"

她伸手搂他,抱得紧紧的,毫不在意他身上黏糊糊的猪根汗。布莱尔不喜欢给人碰,但如果碰他的人是黛莉雅船长,他发现自己不会很在意。

艾林牧者指向新来的人。"艾格——"

"来森堡伊东公爵的三子。"汤姆士边说边与对方拥抱。"我们一直为你的安危担心,我的朋友。"

艾格摇头。"克拉西亚人进攻首都后,我尽量集合有能力作战的人,然后逃入平原。我们尽可能攻击他们,然后在沙漠老鼠有机会抓到我们前撤退。"

"你有多少人马?"汤姆士问。

"时间充足的话,我可以召集五千把矛。"艾格说。

汤姆士眯眼看他。"为什么你会在这里,不和你的人马一起待在来森?"

"因为,"伊桑插嘴,"夺回码头镇的时候到了。"

❦

"是布莱尔促成这一切。"艾林牧者说。他们沿着看似没有尽头的旋转楼梯向下行走,通过修道院的地基,进入悬崖内部的天然石窟。

"他发现敌军在湖岸侦察。"伊桑说,"报信给我们展开伏击。当天我们掳获或杀死了超过两百名敌军。那是我们至今最大的一场胜利。"

他们来到一座大石窟，寒冷潮湿，空气污浊。布莱尔神色惊恐地看着数十名克拉西亚战士被锁在石壁一侧，脸颊和四肢都瘦到皮包骨的境地。

"造物主呀，"汤姆士说，"你们都没喂他们吃东西吗？"

马兰哼道："每次喂他们吃东西，他们就试图逃跑。再说，我们上面很多战士都在忍受饥饿，哪有多余的东西给他们吃？"

布莱尔觉得很恶心。这些人看起来很像他的父亲和兄弟，神色倦困、骨瘦如柴地躺在地上，泡在自己的屎尿里。当他带领雷克顿人埋伏他们时，他就知道不少入侵者会被杀，但是眼前这种景象……

"只要肯招供就会有东西吃。"艾林说，"我的牧师和辅祭都会说克拉西亚语，但低阶战士可能确实不知道多少有用的情报。"

他指示位于洞窟另一边的守卫，他们打开了一道沉重的门。

里面有个克拉西亚人被紧紧绑在椅子上。他的黑头巾和白面巾都不在了，不过布莱尔还是认得出克拉西亚侦察小队的队长。他面前有张窄桌，双手被撑开，每根手指都被小螺旋虎钳固定在木头上。他呼吸平缓，但是面红耳赤、满头大汗。一个戴眼镜、身穿辅祭袍的老人在操作虎钳。

"这位是伊察王子，"艾林说，"他宣称自己是沙漠恶魔本人克拉西亚公爵阿曼恩·贾迪尔的第三子。"

"等我父亲得知此事后，"伊察以喉音很重但还听得懂的提沙语说，"他会让你们的所有男女老幼都承受千倍以上的折磨。"

艾林点头，辅祭调整老虎钳，直到伊察开始吼叫。艾林又点了一下头，他转回来，直到伊察安静下来，不停喘气为止。

"你父亲死了。"汤姆士直接说道，"我亲眼看着亚伦·贝尔斯把他摔下深不见底的悬崖。"

"我父亲是解放者,"伊察说,"再高也摔不死。达玛佳已经预见他的回归。在那之前,我兄长会充当他神怒的代言人。"

"你兄长带了多少人来攻打雷克顿?"汤姆士问。

"比你们湖里的鱼还多。"伊察说,"比天上的星星还多。比——"

艾林弹指,辅祭又把他转回去动刑。这个老头弯腰操弄虎钳,脸上的表情就和布莱尔父亲修补坏家具一样。布莱尔很想打那个老头,或是转身逃走,忘掉这个画面。但他办不到。他走到近处,当痛苦终于减缓时,伊察抬头直视他的双眼。

"青恩会受到审判,布莱尔·达玛吉,但你的惩罚会最严厉。"伊察喘息道,"艾佛伦会把琴贾斯丢到奈的深渊最深处。"

"我不是叛徒,"布莱尔说,"这里是我家,你们才是青恩。"

话虽这么说,他也不知道自己相不相信这种说法。他本来以为牧者是好人,但他对克拉西亚囚犯所做的事情令人发指。

或许该是他回到沼泽去的时候了。和地心魔物一起生活的日子反倒逍遥自在些。

黛莉雅船长伸手搂他。"跟我来,布莱尔。别听这畜生的。你知道他们干过什么事。"

布莱尔点头,跟着黛莉雅离开,回到锁满挨饿受冻沙鲁姆的大石窟。

※

"这座山丘,"汤姆士指着地图说道,"你熟吗,布莱尔?"

布莱尔吓了一跳。他一直在思索着地下石窟里的事情,没有专心听。他看向纸上那些弯曲的线条和有颜色的斑点,不过

不知道什么代表山丘。

"可兰坡。"黛莉雅说。

布莱尔点头。"知道。"

"如果能在这里安排长弓手,射击范围将能涵盖大部分码头。"

"那里有很多沙鲁姆。"布莱尔说,"还有投石巨蝎,很难攻下。"

"我的骑兵可以。"汤姆士说,"我们可以践踏那里的部队,将巨蝎掳为己有,然后在火力支援下继续冲锋,攻向码头镇中心。"

艾林牧者点头,一指顺着地图下滑。"他们会被战斗的声响吸引,不会发现你的部队从南方进攻,艾格。"

艾格摇头。"我们不知道他们有多少战士,不过肯定比我们两支部队加起来还多。"

"只要整个舰队能快速夺回码头和海滩就行了。"伊桑说,"我们可以让数千名能够作战的男女上岸。"

"那会杀得血流成河。"艾格说。

伊桑点头。"但是再过六周,湖面就会结冰,我们船队就会在缺乏补给的情况下受困。船务官全都同意了。我们如果什么都不做,绝对会损失更多。"

"你们打算什么时候行动?"汤姆士问。

艾林牧者放下标有许多记号的地图。"这些是克拉西亚部队平时的部署。"他又放下第二份地图,上面的标记大不相同。"这些是他们在新月时的部署。"

"月亏。"汤姆士喃喃说道。

"新月时沙漠老鼠白天全都用来祈祷,然后移防去对抗恶魔攻击。"马兰船长说,"他们没有能力应付我们的联军。"

祈祷的人、起身对抗恶魔的人——这些人打算趁这种机会屠杀他们。这和克拉西亚人在没有冲突的情况下展开进攻没有什么两样，但还是让布莱尔感到不爽。

艾格点头。"我们应该有足够的时间行军，不过如果途中遇上敌军就不行了。我们必须确保路上没有敌人，不然我不能派遣部队过来。"

艾林点头。"我们必须用更……激烈的方式审问伊察王子。"

布莱尔双掌开合，想到夹碎伊察手指的老虎钳，接着他突然无法呼吸。他咳嗽，试图强迫自己呼吸。

"你没事吧，孩子？"艾林牧者问。

"万一他不知道呢？"布莱尔问，"万一情况改变了呢？"

"他说得没错。"艾格说，"我不会基于一个月前的布防图盲目派兵。我们必须知道现在小村落里有多少兵马。"

"我可以立即去打探情报。"布莱尔说。只要能阻止那个可怕的老头用那些虎钳，把惨叫声当作乐器演奏就好。"我知道他们的领袖在哪里会面。"他指向桌面上的地图。"我可以偷地图。"

黛莉雅船长一手搭上他的肩膀。"布莱尔，太危险了。我们不能要求你……"

"别要求我，"布莱尔说。"我这就去。"

第二十五章　间谍

334 AR　冬

"他们就待在那里，观察我们。"贾阳在伊莎杜尔船务官曾经的办公室指挥这一切，他在朝向码头那一面的大窗户前踱来踱去。"我希望那些懦夫直接攻击，速战速决。"

一打雷克顿战舰在码头镇——现在叫做艾弗伦仓库——和雷克顿中间的湖面上下锚，在日落的光线下依然清晰可见。它们原先可能是渔船或商船，但如今甲板上都架有投石器，前后船舱上也有弓箭手站岗。

最糟糕的是新建的巨蝎，是以克拉西亚的设计为基础。在他们尚未搞明白绿地火焰秘密的此刻，雷克顿人能够如此轻易窃取巨蝎的设计让阿邦觉得很恐怖。

这些船已经坚守这条阵线几个月了，守护一条克拉西亚人从未逼近过的无形疆界。但是尽管增添了这么多军备，这些船还是航行迅速，趁着湖面的风势滑行，宛如掠过天空的飞鸟。如果他们决定进攻，行动一定很迅速。这些船经常打散队形，无从判断船上是只有少数船员在虚张声势，还是人数多到可以强攻码头和海滩。

其他船会从湖中城市来来去去，沿着湖岸撤离十座小渔村的人，并且迫切地收集物资，弥补被劫掠的税粮。贾阳派遣同父异母的弟弟四下突击，穿过遍布奇怪恶魔的湿地，摧毁周边

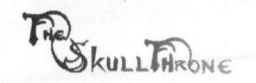

的小村落，不过大部分都扑空了。

沙鲁在南方遇上了一条太宽、太深的河流，无法渡过，派人汇报他即将返回艾弗伦仓库。伊察则在北方村落间失踪数周，就连达玛丁也无法预卜他们的情况。

"在有船可以夺回的时候，他们表现得一点也不懦弱。"阿邦提醒他。"青恩怕你，沙鲁姆卡，基于很好的理由。你手下最弱的沙鲁姆都能轻松干掉一打渔夫……"

"至少二十个，"贾阳说，"不在话下。"

阿邦点头。"正如你所说，沙鲁姆卡。但是不要小看你的敌人，他们不进攻不是因为懦弱。"

"那是什么原因？"贾阳问。

"是因为进攻讨不到好处。"阿邦说。

"去！"贾阳啐道，"这是沙拉克桑，不是卡菲特的买卖。"

"你自己也说过很多次，绿地人不像沙鲁姆，倒更像卡菲特。"阿邦说，"在我们有这么多战士防御码头镇，还有更多部队能在一天内赶到的情况下，进攻码头镇对他们没有好处。"他抖了抖，指示无耳在火堆里再添些柴火。"最好的做法是按兵不动，让大雪和酷寒削弱他们的战力。"

贾阳嘟哝一声。所有克拉西亚人都很冷、很焦躁，也还记得去年在北地过冬时的情况。克拉西亚的冬夜气温很低，但是沙漠中的太阳会让白昼回温。北地的冬天就是连续好几个月的湿冷。内地才刚进入冬季，但是在如此接近大湖的位置，雪下得更早，不但会拖慢巡逻的速度还会冻坏巨蝎。如果本地人的说法值得信任，最寒冷的几个月里湖面会结冰，会封住整个港口直到春天。

"所以我们唯一有利的做法就是，窝在这座青恩村落里白等着？"贾阳问。

"伊弗佳提到的神圣的卡吉,也曾在征服的土地上枯等过无数个寒暑,最后才赢得沙拉克桑。然后才打赢沙拉克桑卡。他花好几个月的时间运送兵马和补给,等待完美的攻击机会。"阿邦击掌强调。"击败你的敌人。"

这番话似乎让贾阳冷静下来。"我会击败他们。我会挖出他们的眼睛来下酒。未来几代的渔夫都会心怀恐惧地敬畏我的名号。"

"那点绝对毋庸置疑。"阿邦同意,目光低垂,避免凝视贾阳白浊的右眼。他请人制作了一副美丽的魔印金眼罩,但是贾阳拒绝带上。年轻的沙鲁姆卡知道他的眼睛令人恐惧,而他很享受这种让别人不自在的感觉。

"与此同时,你可以好好享受今年冬天。"阿邦挥手比向这间奢华的办公室。"温暖的炉火和丰盛的美食,而那些湖民只能缩在结冰的船上发抖,咬冻鱼头充饥。"他怀疑情况是否糟糕到那种地步,但是拍沙鲁姆卡马屁的时候夸张一点铁定没错。"你在艾弗伦恩惠的宫殿已经再度动工了,而你有绿地吉娃每天都可以帮你暖床。"

"我要荣耀,不是享受。"贾阳说,无视那些奉承的话。"一定得找办法攻击他们。现在就打,在寒冬铺天盖地而来之前。"

确实有这种方法,但阿邦不打算告诉这小子。就算在最好的情况下,这个计划都有一定的风险,而阿邦不敢把计划交给这个为了愚蠢的尊严而几乎葬送他们整个军队的男孩。

被沙鲁姆点燃的十艘船中,有四艘被雷克顿人抢了回去,两艘被烧到无法修复。其中一艘毁于一拨水恶魔攻击,还外带几艘小船。阿邦把剩下的船划到一处隐秘的湖湾,由他自己的手下看守,然后透过书籍、贿赂及囚犯的刑具来研究航行和造船的知识。

一阵沙拉克号角声让他们两个同时坐直。阿邦朝窗外望去。"沙鲁姆的报警信号。"

贾阳嘶吼一声，抓起长矛，冲到窗口，好像打算把矛飞掷向数百米外，攻击借助暗淡的光线掩护的大批敌舰。

☙

黛莉雅船长自克拉西亚人手中夺回"绅士的叹息号"后就把船给改名了。船旗上依然有个女人的轮廓瞭望远方，但是遭拒的求婚者却被一名着火的"沙鲁姆"取代。这艘船经常攻击他们，侦察他们的防线，越来越符合船的名称。当初偷走巨蝎，让雷克顿人实施偷袭的就是黛莉雅与"沙鲁姆的叹息号"。

每当"沙鲁姆的叹息号"出现，码头镇就会蒙受损失，贾阳只能束手无策地咒骂。那艘船最常采用的策略就是，在攻击最远距离处下锚，用投石器发射火药或是致命的弓箭，然后在梅寒丁部族有机会调整武器，展开反击前离开。

贾阳尝试把青恩驱赶到码头或是最接近海岸的房子里，但是船长会察觉这类计划，攻击其他地方，吸引贾阳的部队，然后让其他船舰大胆疏散这些主动送上门去给他们援救的同胞。

每当他们试图对付或反击"沙鲁姆的叹息号"时，黛莉雅船长似乎早有预防，及时调整策略。贾阳看不透此刻她只是单纯跑来骚扰他们，还是有阴谋诡计。

阿邦仔细观察那艘船沿着海岸航行，一直在攻击范围外。它只有在接近目标时才会迅速转进。码头和海岸线都有梅寒丁战士严阵以待，心知他们只有短短几秒的时间瞄准发射。贾阳承诺过会奖励击沉这艘可恶船舰的队伍一座宫殿。

接着船调头了，而阿邦觉得全身的肌肉都绷紧了。"奈的

黑心呀。"

"呃?"贾阳惊问,在船上的投石器向前甩动,朝他们抛出沉重大石时转头看阿邦。

"沙鲁姆卡!"阿邦大叫一声,朝他扑去。

贾阳浑身都是肌肉,但就连他也无法阻止肥胖的阿邦把他扑倒在地。他在两人摔在地毯上时殴打阿邦,打得他滚向一旁。"你竟然用你那双肮脏的手碰我,你这个骆驼蛋!我要杀了——"

就在这个时候,某样沉重的东西击中了大窗户。阿邦安装的魔印玻璃挡下重重的撞击力道,但是整座建筑都被打得剧烈摇晃。

贾阳看看窗户,又看看阿邦,只见他缩起没有受伤的膝盖抵住地板。他又看了看窗面上直掉木屑的窗户,然后回看阿邦。"为什么?"

年轻的沙鲁姆卡的问题并不明确,但阿邦却知道他的意思。懦弱的卡菲特有什么理由冒险去救一个长年折磨他、嘲弄他的英雄?

"你是沙鲁姆卡,"阿邦说,"解放者的血脉,当你父亲在和奈搏斗时,你就是我们族人的希望。你的命比我的值钱多了。"

贾阳点头,脸上露出鲜少浮现的感激神情。

这些根本是屁话,当然。阿邦会很高兴让这个小鬼帮他挡矛。他曾不止一次考虑让这个傻瓜自己害死自己。要不是达玛佳的威胁的话,他八成早就动手了。

但如果沙鲁姆卡在阿邦面前死去,而阿邦没有一起死的话,哈席克就会冲上来撕了他。魁伦或无耳或许有办法及时阻止他,但是阿邦不愿意拿自己的命去赌。只要能和阿邦同归于尽,哈

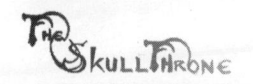

席克绝对不惜一死,而那种人不是拿来打赌的好对象。

"你救了我,卡菲特。"贾阳说,"继续为我服务,等我接任父亲的王位时,绝对不会亏待你的。"

"我还没救任何人。"阿邦看着粘在魔印玻璃上的液体和碎片说,"我们得赶紧离开。"

"呸!"贾阳说,"你说你的魔印玻璃可以挡下任何攻击。我们有什么好怕的?"

他说完转身时,刚好看见一枚投掷弹自"沙鲁姆的叹息号"发射出来,一把冒火的飞刺,发自右舷上的巨蝎。

"赶紧离开!"阿邦在飞刺朝他们飞来的同时大叫。他朝无耳迅速比画手语,无耳立刻跑过房间,一把扛起阿邦。

飞刺击中黏在窗户上的液态恶魔火时发出一阵地动山摇的爆炸,伴随着连常年生活在沙漠里的人都无法逼视的强光。魔印玻璃依然屹立不倒,挡下了爆炸产生的巨震和高温。

阿邦凭空绘印。"感谢艾弗伦。"他心中理性的部分知道魔印玻璃本来就该抵挡得住这种攻击,但是在懦夫的眼里,这简直是奇迹。"走!"他大叫道,朝门口挥手。不管玻璃有多坚硬,这栋房子毕竟只是木头制造的。地板上已经开始冒出浓烟。

无耳低下脑袋,冲向沉重的大门,一脚把门踢飞。门板撞上赶来救援的哈席克,但是阿邦毫不浪费时间,指示无耳全速奔跑。耳聋的壮汉把阿邦当成小孩一样抱着,冲下楼梯,穿越下方的大房间,来到后门。

"失火了!"阿邦在他们穿越大房间时叫道,"逃哇!"

直到逃到外面后,阿邦才发现贾阳紧跟在他们身后。阿邦迅速指示无耳放下自己,心想在其他人眼里,他们简直就是带着沙鲁姆卡逃跑。

其他人陆续赶来,包括凯维特、阿莎薇、贾阳的保镖,还

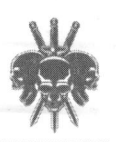

有魁伦。"你让身为沙鲁姆的无耳抱你出来?"训练官满脸厌恶,以其他人听不见的声音问道。"你真是不知羞耻!"

阿邦耸肩。"命在旦夕的时候,训练官,我哪顾得上羞耻啊!"

"我要一矛刺穿那个女巫的心脏,然后狠狠凌辱她。"贾阳厉声吼道。

"我会压着她让你干。"哈席克附和道。他头发上染了些血迹,气冲牛斗,随时都想拼命的模样。

"我干吗要你压,白痴?"贾阳大声道,"反正我已经刺穿她的心脏!"

"我……"哈席克诺诺地开口。

"沙鲁姆卡不想听你的借口,漏风者!"阿邦抓住机会落井下石。"帮他开路的应该是你,不是两个卡菲特。"

哈席克一副想要找地洞钻的模样,阿邦很享受这一刻。可惜那一瞬间稍纵即逝,哈席克又开始对他张牙舞爪。

"我们在这里什么都看不到。"贾阳说,"得去码头看看情况。"他伸手一指,哈席克立刻像引路犬般跑过去。

"你和祭司不该待在这里,沙鲁姆卡。"魁伦说,"请允许解放者长矛队护送你前往安全的地点,好让你指挥……"

"那里!"阿莎薇突然尖叫。所有人都看向她,她则指向一个趁着浓烟和混乱跑出屋子的沙鲁姆。此人放下黑夜面巾,借以隔绝浓烟。他肩膀上有个包裹,和他的黑袍一样黑。战士僵在原地,所有人也僵住了,那一刻仿佛持续到了永远。

"别光站在那里!"达玛丁叫道,"截住他,不然街道将会血流成河。"

所有人听到这话立刻展开行动,不过动作最快的还是该名战士。他推开一名达玛,冲向最有可能逃生的方向,也就是阿邦的方向。

很合理的选择。阿邦是个胖瘸子，阻止间谍的可能性远远比不上沙鲁姆或达玛，只有笨蛋才会接近艾弗伦之妻。他只要一推就能推开阿邦，让他去阻挡其他人追上来。

但尽管阿邦确实很胖、脚也站得不稳，但他一直在装模作样，瘸腿的程度根本没有外表看起来那么严重。

他惨叫一声，在战士冲上来时将重心转移到完好的腿上。但是当沙鲁姆出手拖他时，阿邦抓住他的手腕，用拐杖绊倒他，然后两个人一起摔倒在地。

本来这样一切就该结束了，但是战士控制摔倒的姿势，落在他身上，让阿邦承受摔倒的力道。那一刻里，他的面巾飘开，阿邦看见了他的长相。

他很年轻，年轻到应该还不够资格穿上黑袍。他的脸上脏兮兮的，不过肤色没有克拉西亚人那么深，虽然比大部分绿地人深。他的五官也融合了两个种族的特征——混血？世上即将出现一整个世代的混血儿，但是除了少数几个已经出生外，大部分的孩子还在他们母亲的肚子里，而已经出生的都还忙着哭闹、尿湿他们的拜多布。

阿邦惊呼的同时，混血儿脑袋后仰，一头撞上阿邦的眉心。阿邦眼前强光乍现，接着在后脑撞上木板地时听见沉闷的撞击声。阿邦头昏眼花地看着无耳赶来抓那个战士，但是混血战士动作还是比他快，一脚踢中卡沙鲁姆的膝盖。他一跃而起，顶得阿邦喘不过气来，紧接着无耳又压到他身上。两人缠斗在一起，滚向一旁，身后传来众多战士追赶间谍的愤怒吼叫声。

阿邦的视线恢复清晰时，间谍已经全速冲向码头，十来名沙鲁姆紧追在后，更多沙鲁姆在他们通过时抬起头来。

令人惊讶的是，领头追赶的人竟然是魁伦，而他迅速拉近

与对方之间的距离。他的弹簧钢脚在许多方面都不完美，不过在全速冲刺时却超越大多数正常男人。

间谍似乎也知道这一点，他转向一个雨桶，用力撞了下去，让雨桶转向逃亡路径上。雨桶一开始动得很慢，在间谍继续逃跑时左摇右晃，不过随着桶中的雨水转移重量，它开始越动越快，一边溅洒雨水，一边朝追赶而来的沙鲁姆滚去。

追兵开始闪躲，有些跳到路旁，有些人踩到雨水滑倒。其中一个男人被雨桶本身撞倒。

只有魁伦继续追赶，以能让猫咪羡慕的弹跳力跳起身来，跃过雨桶。他着地翻滚，利用冲势翻身而起，继续追逐。

前方两名战士试图阻止间谍，但他朝他们抛出某种粉末，战士立刻捂住脸惨叫连连，摔倒在地。

码头上到处都是桶子、绳子、网子，还有其他东西，而间谍善用那一切，左闪右躲，运用所有掩护和地形来阻挠追兵。

尽管如此，训练官还是越追越近。魁伦为了提升速度而丢下矛和盾，但那不是问题。就算是沙鲁沙克大师也不可能和魁伦近身肉搏多久。

阿邦微笑，以最快的速度一拐一拐地走向他们，一来为了找个好位置观战，二来也为了在其他人做出什么鲁莽的举动前争取有审问间谍的机会。贾阳和众牧师紧随而来，不过阿邦赶在头里，而其他人都在留意追逐的情形，移动的速度不快。

当魁伦的手指可以碰到间谍的袍子时，对方突然转身，甩下背上的盾牌，撞向训练官，阻挡了他的冲势，逼得他后退一步。那是一面旧盾牌，看起来起码是五年前的设计，战斗魔印是大回归之前的产物，又是一件令人称奇的古董。

魁伦站稳脚步，随即再度扑上，但是间谍身形一矮，试图勾住训练官的脚，将其绊倒。

魁伦很熟悉这个招数，当场一跃而起，闪避对方的扫腿，但是间谍早有防备。他持续之前的动作，甩开盾牌，在训练官落地时以盾牌沉重的边缘击中训练官的金属腿。

弹簧钢反弹开来，魁伦落地时重心全失。间谍把握所有优势，两人一阵拳打脚踢。这家伙体形较小，动作超灵活，完全不让训练官有机会站稳脚步。他的盾牌击中魁伦的脸，然后跳起身来，狠狠踢中他的胸口。

魁伦重重倒地，没有受到多严重的伤势，但是间谍不再和他缠斗，转身冲向码头。

操纵巨蝎和投石器的梅寒丁战士聚集起来阻挡他。间谍回头观望，看到至少二十名战士冲向魁伦，最前面的是哈席克。这是阿邦印象中第一次希望这个可恶的阄人能抓住间谍。

间谍转向一座人手较少的码头一角，通往一道礁岩多、湖水浅，只有最小的船只能够通过的小湾。码头上系着几艘那种小船，就连沙鲁姆都会用的简单划桨小船，不过间谍应该没有时间解开任何一艘船的绳索，更别说能在被矛射死之前跑出长矛的射程范围。结果他冲向码头最末端。难道他打算游泳吗？

当哈席克追到只差几步时，间谍突然转向，跳入一艘小船中。哈席克花了几秒的时间转向，不过他还是一跃而起，举起长矛，打算在间谍解开绳索前把他插死。

"恶魔屎。"阿邦喃喃说道。哈席克从来不会留下活口审问。

但是间谍根本不打算解开绳索，只是借助船板，一头扎进湖里。

阿邦屏息以待，但是间谍没有沉入水中，仿佛自湖面上弹起般，落水处水深仅达他的脚踝。他又跑了三步，然后突然转而向左，依然跑在水面上。

哈席克努力在摇晃的小船上站稳脚步，以惊人的准头抛出长矛。间谍看准方位，险险低头闪过。

"艾弗伦引导我！"哈席克大叫，像间谍一样跳船入水。宛如奇迹出现般，他也站在水面上，脸上的表情就和其他人一样震惊。他大吼一声，在其他沙鲁姆跳上小船而来时展开追逐。

哈席克跑出两步，下一步立刻像石头落水般沉入水中。其他沙鲁姆的情况也没有好到哪里去，两个人被晃得厉害的小船晃到水里去。不知道间谍和哈席克前两步踏在什么东西上头，但第三个沙鲁姆跳出小船时打滑了，然后失去重心，摔入水中。沙鲁姆朝还在水面上奔跑的间谍抛矛，但间谍迅速逃出射程范围。最后间谍挂好盾牌，一跃而起，双手放在头上，直挺挺地插入湖面，然后开始游泳。

"沙鲁姆的叹息号"在混乱间放下小船，三个男人以极高的速度划桨而来。片刻之后，他们接到间谍，在长矛纷纷落水的同时把他拉上船。

号角声响起，"沙鲁姆的叹息号"朝码头上的战士发射一轮弹幕，用燃烧弹和飞刺杀了几十个人，甚至摧毁了一台投石器和两座巨蝎。梅寒丁战士都丢下远程武器去追间谍了，所以无法及时反击。

在他们无助的神情下，小船回到战舰，战舰又再顺势逼近，展开最后一拨攻势，船员大声嘲弄敌人。战舰转向时，他们看见黛莉雅船长站在船尾栏杆上，掏出乳房嘲笑他们。她身旁的男女船员自觉地转过身去，脱掉他们的马裤，在船开走的同时拍打自己的屁股。

※

阿邦抵达间谍跳出码头的位置时，哈席克与另外两个沙鲁姆依然在水里抱着小船。跟着哈席克和间谍下水的沙鲁姆一直没有浮出水面。

这种结果并不意外。克拉西亚人不会游泳，而缝在他们黑袍上的沉重护具会在落入冰冷湖水中的战士有机会减轻重量前把他们拖入湖底。

阿邦试着想象那种沉水淹死的感觉。他在沙拉吉中曾多次遭人锁喉，很清楚在缺乏空气的情况下失去意识是怎么回事，但是在一片漆黑的湖水中失去意识，甚至不知道上方在哪里……

他浑身颤抖。

魁伦站在码头上，表情怒不可遏。沙鲁姆最看重荣耀，而那个间谍在众目睽睽下让他看起来像是笨蛋。魁伦恨不得杀掉第一个身份比他卑微又不小心多看他一眼的家伙。

但是不管是不是卡菲特，阿邦的身份都不比他卑微，而且他需要他的训练官，不是什么生闷气的小鬼。

"你表现得很好。"他轻声说道，上前来站在训练官身旁。

魁伦皱起眉头。"我失手了。我应该要——"

"要骄傲。"阿邦在训练官说出任何自责言语前打断他。"你超过了所有追他的年轻力壮的沙鲁姆。你的速度多快！技巧多高！你的新腿令旧腿蒙羞。"

"但还是让那小子跑了！"魁伦吼道。

阿邦耸肩。"英内薇拉。世界上的一切都出于艾弗伦的旨意，不管间谍从沙鲁姆卡屋里偷走了什么，造物主都希望我们的敌人得到它。"

这都是屁话，当然，对心情欠佳的伊弗佳教徒而言，"英内薇拉"向来都是很能安慰他们的疗伤用语。

"就像他希望我失去我的脚一样？"魁伦咬牙切齿地说。

"是他要我躺在库西酒和自己的屎尿里,直到又胖又瘸的卡菲特证明他比我更强,一脚踏在我的脖子上那样?如今就连我没本事抓住一个已经落入我手中的青恩间谍都变成英内薇拉了?"

训练官朝湖面吐口水。"我觉得艾弗伦一心只想要羞辱我而已。"

"很快就能获得荣耀了,训练官。"阿邦说,"沙拉克桑和沙拉克卡将会提供的荣耀多到足够每一个人分享。看着你在地上打滚、怨天尤人就已经够糟了。我帮你振作起来可不是为了让你可以站起来继续抱怨。"

魁伦冷冷看他,但阿邦毫不退缩。"拥抱苦痛,沙鲁姆。"

训练官鼻孔开合,不过还是点了点头。阿邦在贾阳走过来时转身鞠躬。

沙鲁姆卡看向漆黑的湖面。"那个间谍怎么能在水上奔跑?"他转向阿莎薇。"我以为你说过青恩不会霍拉魔法。"

"那不是魔法,沙鲁姆卡。"阿邦说,吸引所有人目光。"我从自湿地中青恩部族归返的人嘴里听说过这种现象。他们会在沼泽里建造人工道路,只有经由隐藏在水面下的石头步道才能抵达。那些步道都很不规则,对熟门熟路的人不是问题,但是恶魔……或是不熟的人而言,想跟踪他们很难。"

贾阳咕哝一声,一边琢磨这种说法,一边看着第一个沙鲁姆被抬上码头。男人不住发抖,在码头上咳出不少湖水,不过休息几天似乎还可以继续战斗。

直到水里冒出一条触角,缠住他的脚为止。男人只惨叫一声,立刻就在水花四溅中被拖回水里。

哈席克僵住了,双眼扫视黑暗的湖面,寻找水恶魔的踪迹,但是另一个沙鲁姆开始大吼大叫,一手抓住船沿,另一手挥来挥去。"艾弗伦的睾丸呀,把绳子都给我!快点!"

595

当然，这阵骚动立刻吸引了恶魔的注意力。一条触角缠住他的喉咙，他的叫声在被拖入水中时戛然而止。

哈席克利用这个机会想要爬回船上。小船被他的体重压斜，随时可能翻覆，但是哈席克还是想办法滚了进去，然后转移重心，稳住船身。

所有停靠在码头上的船都有魔印，哈席克显然自认安全，直到一条触角缠上他的脚，战士的矛和盾都已经落水，但他在翻船落水时，从腰带上拔出一把魔印匕首。

所有围观者敛神屏息，凝视湖面，看着战士落水的涟漪开始消散。沙鲁姆毫不畏惧地上和天上的恶魔。要说那些恶魔比较惧怕他们也不为过。但是水恶魔会把受害者拖入水中淹死，让他们吓得尿裤子。

阿邦也一样，但他一点也不为哈席克的遭遇感到难过。他希望那家伙去见艾弗伦，不过在哈席克做出那么多让他生活在水深火热里的事情后，能够做个了结也不错。

但接着水里传来一阵宛如闪电般的魔光。又是一道、再来一道，然后一切都变黑了。片刻过后，哈席克钻出水面，大口喘息。他赤身裸体，脱掉全身护具，以免沉入水中，但他手里依然握着那把匕首。他咬住匕首，然后动作笨拙地朝码头挣扎而来。

"艾弗伦的胡子呀。"贾阳喃喃说道，四面八方都传来同样的感慨。有人抛出绳索，将生气勃勃的哈席克拉回码头。他皮肤上有不少被恶魔抓出的伤口，不过他杀死恶魔时吸收的魔力已经开始愈合伤口。

他站起来时，一个拉他上岸的沙鲁姆在看到哈席克胯下时倒抽一口凉气。他那里和女人的下体一样光滑，阳具改造的位置只有一道疤痕和一条金属管。

哈席克怒吼一声，一把抓起战士的脖子，轻轻一扭，在一阵骨碎声中将其扭断。他转身背对其他人，脱下死者的袍子，剩下的战士全都躲得远远的，看着他迅速穿上马裤和袍子。贾阳没有指责他杀人的事情，所有他的顾问也都没有多说什么。

"我会治疗你保镖的伤势。"阿莎薇说。

贾阳在她走过时抓住她的手臂，神色愤怒地说："哈席克不急，你先告诉我们他是为了什么差点死掉。"

所有人都僵在当场。这样挟制达玛丁乃是死罪。她可以要求他们砍掉他的手或杀死他，而根据《伊弗佳律法》，他们必须执行这些刑罚。

但贾阳是沙鲁姆卡，解放者的长子，也很可能是克拉西亚下一任领袖。阿邦怀疑有没有人胆敢为达玛丁说话，更别说动刑。

阿莎薇似乎也很清楚当时的处境，打从英内薇拉在王座厅中展现实力后，凯维特和其他达玛就对达玛丁干政十分不满。

结果她伸出另一只手，似乎只是轻轻拍了拍贾阳的肩膀。但阿邦有办法在市集中察觉三个摊位外的扒手出手，他看见她以指关节敲了贾阳一下。

贾阳的手当场松落，仿佛他突然自己决定要放开她一样，但他的目光显示不是这么回事。

"沙鲁姆卡担心是有道理的。"阿莎薇语调平静地说，"不过此事要私底下在议会室讨论，不能在耳目众多的码头上说。"

"我没有会议室！"贾阳说道，"那个水女巫烧掉了会议室。"

阿邦鞠躬。"你忠心的凯沙鲁姆占领了其他宅邸，其中有些面对码头，又位于投石器的射程范围外。我会准备一份清单让你挑选，在搬家的时候确保你的军官得到恰当的补偿。同时，我在附近仓库里有间豪华办公室，你可以先在那边休息，等我安排这些琐事。"

贾阳不太自在地改变站姿，目光在他肩上游移，轻轻嘟哝一声。"如你所说，卡菲特，带路。"

抵达仓库时，贾阳已经痛得冷汗直流。他瘫倒在枕头上，一手接过热茶，另一手依然瘫在身侧。凯维特和其他男人假装没看见，但大家都知道事情不太对劲。

房间一角传来魔光，因为阿莎薇灌注魔力到哈席克体内，完成了杀死恶魔后展开的复原过程。哈席克轻声恳求，不过阿莎薇低头看了看他两腿之间，神色哀伤地摇头。哈席克看向阿邦，双眼充满怨恨，但阿邦只让他看到一丝得意。

"沙鲁姆卡想要我看看他的手臂了吗？"阿莎薇问。其他男人都不安地看向她，然后看向疼得脸色苍白冒汗的贾阳。所有人都知道接下来是什么情况。阿莎薇无法在大庭广众下让他得到应有的惩罚，于是她决定私底下给他三倍的刑罚。

"如果达、达玛丁愿意的话，"贾阳咬牙切齿地说。

"如果你喜欢，我可以不管。"艾弗伦新娘说，"动作够快的话，我还救得了那条手臂。如果不快点动手，你的手就会枯萎坏死。"

贾阳瞪大完好的眼睛，然后开始摇头。

"艾弗伦新娘不需要祭司或战士惩罚胆敢碰我们的人，阿曼恩之子，"阿莎薇说，"我们神圣的丈夫赐给我们足以保护自己的力量，你最好记得这个教训。"

她环顾四周，冷冷地面对其他男人的目光，包括凯维特在内。"所有人都一样。"

一个女人说这种话可谓十分大胆，而在场不少男人——特别是凯维特——全都勃然大怒，但是没有蠢到去公然顶撞她。

她等待片刻,轻轻点头,然后走到贾阳身旁,帮他脱下一边肩膀的袍子。达玛丁刚刚拍击之处已经一片漆黑,整个肩膀肿了起来。她轻轻抬起手臂,一边按摩一边拉扯转动。很快贾阳的手指就可以动了,没过多久又能握成拳头了。

"没事了,过几天就会复原。"她说。

"要过几天?"贾阳大叫。

阿莎薇耸肩。"去杀阿拉盖,魔法会加速疗程。"

"你一下子就治好了哈席克?"贾阳继续。

"哈席克没有碰我。"阿莎薇说。

"好啦,好啦!"贾阳满脸不爽地抱着那条手臂。"现在你可以告诉我们刚刚那是怎么回事了吧?"

"你的敌人聚集,阴谋策划,"阿莎薇说,"骨骰很久以前就料到这一天了。"

"就这,笨蛋都猜得出来。"贾阳说。

"骨骰还告诉我要阻止浑身散发恶魔根臭味的小贼,不然会有数千人死亡。"阿莎薇说。

"恶魔根?"贾阳问。

"一种达玛丁治疗药材。"阿莎薇说,"北地人称之为猪根。那个间谍浑身都是那种味道。"

"你为什么不早说?"凯维特问,"我们可以派守卫去检查所有进入沙鲁姆卡宫殿之人。"

"骨骰没有提到宫殿。"阿莎薇说,"或是沙鲁姆卡。那个贼可能是任何人、出现在任何地方。骨骰宣称我闻到他的味道时就会知道他是谁,还有我该怎么做。如果我对别人提起此事,命运就有可能改变,贼也会避开我。"

"他确实避开你了。"凯维特说,"你老是把你的霍拉魔法吹嘘得有多厉害,结果却连个小蟊贼都阻止不了。"

"那可不是普通的小贼，尊敬的达玛。"阿邦鞠躬说道，"他能够闪避沙鲁姆，好像他们在深沙中跋涉一样，还能和当今最伟大的训练官近身交手。而且他无所畏惧，在明知有水恶魔的情况下还能跳入水中。另外不要忘了，他可以策动'沙鲁姆的叹气号'，放火烧宫殿来作掩护。"

"但是他究竟偷了什么？"魁伦若有所思地问道。

"我们不能肯定。"阿邦说，"宫殿大火只烧死了几个人而已，但是宫殿已经毁了。我们没办法在灰烬中研判他偷走了哪些文件，但是并不难猜。"

"部队数量，"魁伦说，"补给车队，我们的地图，我们的计划。"

阿邦向贾阳鞠躬。"所有文件都有抄本，沙鲁姆卡。我们没有失去任何东西。但我们必须假设敌人得知了一切。"

阿莎薇跪在地板上，吸引所有人的注意。达玛丁趁他们讨论时安安静静地铺好了掷骰布。如今她拿出霍拉，让所有人暴露在诡异的魔光下。

"说起臆测。"阿莎薇说，"如今分歧点已过，艾弗伦或许会指引我们更加明确的道路。"

所有人在她掷骰时静穆站立，大部分的人都是打从汉奴帕许以来第一次见到达玛丁掷骰。结束后，达玛丁抬头，霍拉魔光把她的白面纱映成红色，宛如染血。

"间谍拿走了什么无关紧要，"阿莎薇说，"三个公爵领地的人联手对付我们，你的敌人已经得到攻击所需的情报。"

贾阳目露饥渴。"攻击哪里？什么时候？"理性的指挥官会担心即将面临的攻击，但是年轻的沙鲁姆卡只看到争取荣耀的机会，证实自己的实力坐上骷髅王座的机会。

达玛丁盯着骨骰，目光在不规则的图案上游移。阿邦向来

不信任骨骰。他不否认骨骰之中蕴含魔力，能够传达一些精确无比的情报，不过解读骨骰的法门似乎科学与艺术并重，而且也不会将一切全盘托出。

"他们会从陆路和水路同时进攻。"阿莎薇说。

"喔？"贾阳问，"他们会用武器吗，或许？战士呢？如果你的骨骰就只能提供这些……"

阿莎薇举起骨骰，绽放魔光，让整个房间映照在红光之中。表面上骨骰仿佛能够烧焦玛达丁的手指，但她毫不费力地握着它们，男人则在魔光前畏缩。

所有人都默不吭声。阿邦望向魁伦，点头要他上前。

训练官一副被人要求爬入阿拉盖坑的模样，但他还是毫不迟疑、毫不抱怨地走了出去，跪在阿莎薇面前，双掌贴地。他弯腰向前，额头抵地。

阿莎薇凝视他片刻，然后点头。"说吧，训练官。"

"尊贵而又睿智的达玛丁，"魁伦小心翼翼地开口，"我们谦卑的凡人没有资格质疑艾弗伦的旨意。但如果骨骰提到任何关于布防的建议，就很有可能影响到战局的胜负。"

"骨骰没有提到这种事。"阿莎薇说，"因为我们的敌人会观察我们的行动加以应变。如果他们的间谍发现我们移防，他们就会改变计划，变更预言。"

她扬起一根手指。"但尽管骨骰不透露位置，却又告诉了我们作战时间，他们会在月亏出击。"

凯维特眨眼。"不可能，他们不敢……"

"他们会。"阿莎薇说，"就是因为你认定他们不敢，他们认为月亏会让我们分心，削弱我们的实力。"

贾阳皱眉。"我父亲说青恩有荣誉，虽然比较卑劣，而且他们会在艾弗伦面前表现谦卑。但如果他们胆敢在我们准备对付阿拉盖卡的时候攻击我们，他们就不可能在乎荣誉。"

"这只是个开始而已，"阿莎薇说，把所有人的目光吸引回去。

"他们会趁夜偷袭。"

第二十六章　第一次出击

334 AR　冬

布莱尔心跳急促，压低身形、急速奔走，利用任何找得到的掩体隐匿行踪。他依然穿着偷来的黑袍，漆黑的环境宛如慰藉的毯子般披在身上。

这附近的地心魔物不多。不管他父亲的同胞有多差劲，克拉西亚人都把码头镇附近的恶魔清理得十分干净，干净到就连晚上也没什么好可怕的。

但是黑暗中还有其他猎食者。

汤姆士利用月亏庆典的机会移动部队，将他们部署在可兰丘底的小树林后方。布莱尔突然从树丛中跳到部队前面，把伯爵的马吓了一跳，于嘶鸣声中人立而起。

布莱尔僵在原地，生怕伯爵摔下马，但汤姆士待在马鞍上，熟练地让马恢复正常。

"黑夜呀，孩子，"伯爵吼道，声音低沉愤怒。"你想泄露我们的位置，害死我们吗？"

"他们知道了。"布莱尔说。

"呃？"汤姆士问。

"我看到他们。"布莱尔说，"沙鲁姆穿越树林，移动到我们后方。他们知道我们在这里。"

"可恶。"汤姆士吼道，"有多少人？骑马吗？"

"比我们多很多。"布莱尔说,他不擅长算数。"不过大部分都是步兵。"

汤姆士点头。"骑马比较难掩饰行踪,他们到达指定位置了吗?"

布莱尔摇头。"还没,快了。"

汤姆士转向沙曼特领主。"准备好,我们按照计划进行。"

"你打算直接闯入陷阱?"沙曼特问。

"你希望我怎么做?"汤姆士问,"我们只有这一次机会。艾格和他手下都出动了,而雷克顿没有办法撑过冬天。我们必须攻下那座山丘,布置弓箭手去掩护雷克顿人上岸。敌军步行,攻击范围受限。等我们夺下制高点,他们要把我们赶走就必须付出代价。"

"但他们会把我们赶走。"沙曼特说,"抵达山丘之后,我们就会被困在上面。"

"如果可以坚守到他们夺回码头,我们或许可以冲锋,杀出一条血路。"

"不行的话呢?"沙曼特问。

"不行的话,"汤姆士说,"我们就防御码头直到战死为止。"

阿邦依靠拐杖,站在他仓库里面对湖面的窗户前,凝望着黑暗。他的办公室占据整座仓库顶层,四面八方都是窗户,让他可以观察所有方向的情况。

无耳站在一侧,但是阿邦却不觉得安全。这个巨人比阿邦见过的任何人都壮,而且再过不久就能成为沙鲁沙克大师,但他不像魁伦那样令他安心。训练官战技高超、受人景仰,愿

意——甚至迫不及待——提供建议，在阿邦打算做蠢事前指出他的错误。

他很惊讶自己如此依赖训练官，一个他曾恨之入骨的男人。只因为阿邦没有折好一张网子，就把他踢入充满恶魔的大迷宫中。

就商人的角度来看，阿邦了解这种做法。他对他的团体而言是个负担，无能得危害其他沙鲁姆的性命安全。他积欠无法偿还的债务，就像一只不能下蛋的鸡。在魁伦看来，他死了比较好。

但阿邦拥有其他技能，让他在沙达玛卡面前无可取代的技能——对他儿子也一样。他们今晚执行的就是他的计划。如果能够获胜，贾阳会抢走一切功劳，阿邦的努力都不会载入史册中。如果失败了，阿邦的性命就会变得比他的鞋底的灰尘更贱。

黑暗中的战场需要魁伦。

数尺外，凯维特达玛不安地在床前来回踱步，这个老头看起来不比阿邦轻松。只有阿莎薇，跪在地面一尘不染的掷骰布上，散发出冷静的气息。她冷冷看着其他男人，轻啜她的茶。

克拉西亚人一整天都刻意不表现出任何不寻常的迹象。凯维特主持月亏祷告，战士则忙着吃饭、休息、上女人。很多沙鲁姆让家人搬来定居，帮忙防御码头镇，其他人则在洗劫码头镇时强娶绿地新娘。

但是当他们集合准备展开阿拉盖沙拉克时——这是月亏时所有沙鲁姆都要做的事情——他们没走平常扫荡阿拉盖的路线，而是趁着黑袍的掩护前往伏击青恩的地点。

"当夜空三道火焰呼啸冲天时，你就要展开攻击。"当天早上掷过骨骰后，阿莎薇对贾阳道。一条火线冲上天际，伴随着传到数里外的尖锐呼啸声，再度证实了阿拉盖霍拉的力量。

湖面上的火焰飞弹呼应了青恩的火药。第三道火焰自沙鲁率领戴尔沙鲁姆前往的南方照亮天际。

远方传来沙拉克号角的声音，他感到一阵快感袭体而来。不管是好是坏，总之要开打了。

仿佛商量好了般，数十艘朝浅水移动而来的雷克顿船舰上的投石器投出滚动的火球。梅寒丁战士立刻开始迎战，但是当火焰开始划过天际时，他们还在测量距离。凯维特停止踱步，仔细打量拖曳火光的火球，平时不动声色的脸上隐隐抽动。

阿邦并不担心。他的工程师和魔印师确保这栋建筑物安全牢固，在墙壁里塞入阿拉盖尸体，为魔印灌注魔力。这是以粗糙的手法模仿达玛丁的霍拉魔法，不过效果不赖。巨石会像小圆石般被魔印墙反弹开来，没有火焰可以引燃他们。就连浓烟都会在飘进来前化为清风。就算整座城镇沦为废墟，他的仓库还是会毫发无伤。

他才刚开始享受这个想法，克雷顿人就已经开始把这个想法变为现实。从前他们把轰炸的范围局限在海滩和码头，但今晚的投掷武器射程范围更广，射穿建筑物，在城内各地放火。

"月亏第一晚，"凯维特低吼道，"而他们竟然要把女人和小孩烧出魔印守护范围。"

"我想这么做很恰当。"阿邦说，"我们攻击码头镇的时候也没把他们第一场雪这个神圣的日子放在心上，而且我也看到沙鲁姆怎么对待他们的女人和小孩。"

"青恩女人和小孩，"凯维特说，"艾佛伦之光不眷顾不信仰他的人。"

阿邦耸肩。"或许。不管怎么说，他们都是笨蛋，如果他们相信选在月亏攻击有利可图的话。"

凯维特咕哝一声。"就算他们打赢了这场战役，达玛基也

不会坐视不管。他们会让艾佛伦恩惠的战士倾巢而出，让青恩付出上千倍的代价。"

布莱尔眼睛定定地看着汤姆士弯下腰来，用火柴点燃他插在地上的纸管。

弓箭手知道他们会来，但是数量却不足以抵挡汤姆士的武装骑兵。如果克拉西亚人在山丘上安排太多人，他们就会过早露馅。他们把那些弓箭手留在山丘上送死。

引信点燃，火箭在呼啸声中冲天而起，在天上拖着一道红光。布莱尔瞪大双眼看着火箭升天。她母亲会在庆典时做些甩炮，但眼前这个可是他只有在故事里听过的烟火。南方和东方都有其他火箭烟火升空回应，表示部队都已经准备进攻了。

"好美。"他不自觉地念道。

"黎莎·佩伯为了新月对抗恶魔而制造的。"汤姆士的声音听起来很遥远、很悲哀。"我见过不少烟火哑火，但她的从来不会，永远不会。"他伸出两根手指探入胸甲的缝隙中，仿佛在核实那里有些什么东西还在。

"不知道药草师作何感想，"沙曼特说，"如果她知道自己的烟火被人用来互相屠杀。"

汤姆士转向他，正要开口争论，但是下方传出来一阵号角声，吸引了两人的注意力。伯爵深吸口气，吐气时整个人仿佛泄气了般。

他一脚踏上马镫，翻身上马。"现在担心女人的想法已经太迟了。"

他高举长矛叫道，"弓箭手！在船驶入前，让码头上所有移动的目标都插上分火箭。自由射击！"

布莱尔冲过去，爬上路旁一颗大石头，然后平贴在石顶上，仔细观察逼近而来的敌军。

"什么情况？"汤姆士骑到旁边问。

可兰丘三面都是岩石，只有一条布满石块的道路通往丘顶。"太多掩体，不利射击。"布莱尔说，"他们徒步冲锋。弓箭手在后。"

"养精蓄锐，等着他们夺回山丘。"汤姆士说，"如果成功，他们就可以在雷克顿人上岸时对码头释放箭雨。"

布莱尔正要下来，汤姆士伸手制止他。"待在上面，布莱尔。交给士兵处理。"

"我家，"布莱尔吼道，"这也是我的战争。"

汤姆士点头。"但其他人都不能像你那样作战，布莱尔。孤身一人，你可以逃离这座山丘，让其他人知道这里发生过什么事情。"他伸手到护甲中，拿出一卷纸。

"你记得把这些交给黎莎·佩伯，如果我有什么意外的话。"

布莱尔感到喉咙一哽，顺手接过那卷纸张。他喜欢伯爵，但是沙鲁姆人数实在太多了。

太多了。

汤姆士怒吼一声，踢了一下他的马，率先冲向敌军。

布莱尔心中涌起希望，看着那些巨型战马。他本以为和沙鲁姆交战时，骑兵只会拖慢速度，但是林木士兵的战马都身披以魔印漆加持的轻木甲，架开敌人的矛，高大的马斯谭马则像除草般碾压沙鲁姆，沿途留下血淋淋的脚印。

但是抵达丘底之后，克拉西亚人点燃一碗燃油，四周大放光明。他们在骑兵进入弓箭手射程范围时用镜子反射火光。朝战阵中射出一阵箭雨，丝毫不顾自己人的安危。

箭开始插入林木士兵护甲的缝隙和脆弱处。男人惨叫，马匹惊慌立起，敌军在开阔地将他们团团围住。

汤姆士下达指令，他的骑兵如同鸟群般调转马头，返回高地。

他们只是短暂受挫，但是沙鲁姆已经开始围追上来，更多战士冲上山丘。透过油碗的火光，布莱尔看见他们的袍子不是黑色或褐色，而是绿色的——他们的指挥官乐意牺牲他们的性命夺回山丘。他们根本不是克拉西亚人，只是被逼上战场的来森人。流血就交给他们，之后再由他们的主人抢夺山丘战争果实。

布莱尔想起伊察，想起自己在刑训官转动虎钳时心里冒出的同情。当时的刑训很残酷、充满错误而且毫无意义。但是和敌人愿意做的事情根本无法相提并论。

布莱尔立刻知道没有任何东西可以阻止克拉西亚人夺回可兰丘。他的手指在伯爵给他的纸上摩擦。如果要活命的话，他就必须抓紧每一丝机会。

大路太危险了，于是布莱尔移动到悬崖另一边，直接爬下陡峭的石壁。凭他的攀爬技巧和身上的黑袍，他有办法前往其他人无法抵达的地方。

至少他是这么认为的。

布莱尔揉揉眼睛，以为自己眼花了。因为一辈子住在黑暗中的关系，他的夜视能力很强，不过还是有其极限。

他僵住了，透过微弱的星光和下方黛莉雅船长与其他人攻击码头的火光全神贯注地看着。

他又看到了。岩壁上有动静。整座岩壁上都是。

有戴尔沙鲁姆通过石壁奇袭可兰丘，数百人不止。

他跌跌撞撞地奔向另一边，冲过弓箭手。"悬崖下有沙鲁姆！悬崖下有沙鲁姆！"

"我看到一个！"一名弓箭手叫道，朝岩壁射击。他肯定没射中，因为他咒骂一声，然后又去拔箭。

悬崖上到处都有弓箭手确认有战士攀岩而来，转而攻击近距离的敌人，放过码头上的战况。但是沙鲁姆一身黑，又紧紧贴在陡峭的岩壁上，很不容易射中，浪费的箭远比杀死的克拉西亚人多。

汤姆士冲到统领雷克顿弓箭手的指挥官身旁。"叫你的手下不要浪费箭，继续射击码头！我会留下一百名骑兵守护他们。"

"剩下的人呢？"沙曼特骑到他身边问。

汤姆士指向山丘下。"剩下的人要去摧毁等着布置在那里的敌方弓箭手。他们可以夺回山丘，但却不能得到好处。"

他看向布莱尔。"我们引起的混乱……"

布莱尔点头。当有四百匹马制造混乱的时候，想要趁人不注意溜走就很容易了。

伯爵一声发喊，在有机会重新考虑前踢马冲出。林木士兵如同雷鸣般冲下山丘，撞开路上的青沙鲁姆。和之前的冲锋不同，这次他们在抵达开阔地后又继续前进，直接冲向那队精英戴尔沙鲁姆弓箭手。

克拉西亚人没料到敌人会毫无畏惧，不过也没有吃惊多久，随即开始射击，削弱对方的实力。马匹没办法在全副武装的情况下全速冲刺，而当箭射中护甲缝隙时，不断有人惨叫摔倒，还会撞倒旁边和身后的马。

但他们还是继续加速冲锋，眨眼间就冲到弓箭手身上，在巨马踏扁敌军的同时四下挥动骑兵矛。弓箭部队没有步兵护卫，立刻四散溃逃。

汤姆士领头进攻，一支长矛舞得出神入化，马在阵中左冲右突。沙曼特一直紧随其后。

但是尽管弓箭手惨遭歼灭，一股克拉西亚的主力部队杀上前来。这次不是青沙鲁姆，是真正的沙鲁姆。他们为战斗而生，从小就接受训练，而且有不少人骑马。他们自四面八方压过来，冲散了汤姆士的队形，令井然有序的骑兵陷入混乱。

双方持续作战。沙曼特一直待在汤姆士身边，两名身穿闪亮盔甲的领主在人群中格外显眼。沙曼特用盾牌挡下刺向汤姆士的一矛。汤姆士插死对方，然后将沙鲁姆的尸体甩向一匹敌人的马。沙曼特立刻配合，一矛插入人立而起的马头。

他们似乎支配着附近的战场，但是远方的布莱尔看得出来，他们与手下越离越远。敌人刻意将他们分开包围。

布莱尔知道自己该逃跑了。应该尽快潜入黑夜，传达山丘沦陷的军情，还有给黎莎·佩伯的信。

但他没办法就此逃远，他拉起沙鲁姆面巾，在石头之间迅速奔跑，逐渐接近战场。

汤姆士和沙曼特闯入一圈敌军中，突然发现他们身处一片空地。戴尔沙鲁姆把他们包围在一块开阔地中央。

克拉西亚领袖，贾阳站在中央，从他的白头巾和白面巾一眼就能看得出来。

"不错嘛，绿地人，"贾阳大叫道，举起长矛。"有胆在真正的战士面前展示你的勇气吗？"

◆

阿邦拿出他的望远镜——达玛佳送给他的另一样礼物。他的魔印师仔仔细细地把这玩意儿拆解开来，研究构造和魔印，还有提供魔力的恶魔碎骨。没过多久他们就制造出更多望远镜，

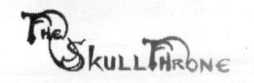

包括魁伦在内的所有士官都有一副。

这个宝贝让他可以透过艾弗伦之光视物——魔印视觉,根据绿地人的说法。透过望远镜,远方的敌舰仿佛大白天停在他面前一样,每个船员都闪闪发光,外壳上的魔印仿佛用火刻画的一样。

水的颜色很暗,蕴含其中的游离魔法通通被吸往船上的魔印,但是阿邦看到水下面有恶魔的魔光,跟着船战的尾流而来。它们如同旋涡般转动,一旦魔印出现裂缝立刻就要把整艘船拉翻。

码头和海滩上遭到敌方投石器猛烈的攻击。恶魔火焰主要的攻击目标都在城镇内部——青恩不希望摧毁码头。他们的投石篮里装的是拳头大小的石块,四下散开打穿防御工事,击伤战士,砸毁机器。巨蝎用来精准射杀目标,特别等待射手和凯沙鲁姆离开掩体时击杀他们。

另外还有来自可兰丘的攻击。

"他们撑不住的。"凯维特指着在敌方弹幕后方移动的战船,船身大到能够透过魔印光和火光看见的地步。"青恩登陆时,我们就会杀光他们。"

"关键是得等他们登陆,尊贵的达玛。"阿邦说。

阿莎薇出现在他们身后,看着湖面上的战况。阿邦假装调整镜片,透过镜片偷看她一眼。正如他怀疑,她身上许多首饰都绽放强烈的魔光,特别是她额头上的魔印硬币。她显然像他一样能够看清黑暗中的情况。

"把战争交给真正的男人去打,卡菲特。"凯维特说,"你父亲还穿着拜多布时,我就已经在研究卡吉的战略了。戴尔沙鲁姆已经无法阻止敌军登陆。他们必须在开阔地形下才有胜算。"

阿邦不浪费时间争辩，将望远镜转向南方，终于找到他在找的东西。他的小舰队在黑暗的湖面上近乎隐形，敌军完全没有注意到，迅速驶出他们藏身的洞窟。

领头的船舰是"沙鲁姆之矛"号，由魁伦训练官担任船长，船员全部来自阿邦百人队，两侧各有二十支船桨，还有一面可以借助风势的方形船帆。但是他们没有拉起黑帆，船完全依赖划桨的力量，从黑暗的角落弓箭般冲向敌方舰队。前后舱楼上都没有投石器，只有特殊设计的巨蝎和很多人。

另外两艘船跟在他们后面，还有近二十艘小船——这些船上没有投石器和巨蝎，船上只有沙鲁姆。

阿邦拿出第二只魔印望远镜，和他自己的相比算是廉价仿制品，不过够用了。他想让他从前的训练官见证这一切。

"你说得对，达玛，不要指望戴尔沙鲁姆能够阻止强大的敌人。现在看看我的沙鲁姆露一手吧。"

凯维特神色怀疑，不过他还是接过望远镜，看向阿邦所指的位置。"我们掳获的船只。那又怎样？那几艘小船无法击沉这么多敌舰。"

"击沉？"阿邦哼了一声。"击沉还怎么获利？想要打赢这场仗，达玛，我们必须把敌舰夺过来。"

片刻过后，魁伦的船进入一艘雷克顿大船的射程范围，那艘船造型优雅，采用尖头帆，甲板宽敞，两侧都堆满武器。

克拉西亚人发射有倒勾的大飞刺，固定在敌舰的船壳上。飞刺的绳索连在沉重的曲柄机上，强壮的青恩奴役弯腰拉柄，慢慢拉近船舰间的距离。

在雷克顿人发现出了什么事前，身手矫健的卡沙鲁姆观察兵已经跑上拉紧的绳索，就像奈沙鲁姆在大迷宫墙顶上奔跑一般。他们不带盾牌，不过背上全都背了近十把投掷矛，而当他

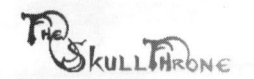

们放下船板让其他战士上船时，甲板上最大的威胁都已经清除了。

转眼之间，阿邦的战士荡平甲板。他看见魁伦混在里面，他的金属腿十分显眼。要不是因为能够看见灵气的话，他杀敌的效率足以令阿邦恐怖。阿邦不能像阿曼恩或达玛佳那样读心，但是训练官浑身绽放着胜利的荣耀。

看到没，训练官？阿邦心想。这才是我献给你的礼物。

当甲板上的敌人死光，那艘船完全落入百人队的掌握中时，梅寒丁战士上船，开始操作青恩的武器。魁伦在船上留下最少数量的船员，然后在他们割断绳索的时候跳回"艾弗伦之矛"号。

湖面上到处都有雷克顿船舰被安安静静划桨接近的沙鲁姆占领。绿地人或许在远程攻击上占有优势，但是短兵搏击上完全不是克拉西亚沙鲁姆的对手。贾阳派人给魁伦，而训练官则让这些人一直在船上奔跑，直到他们熟悉水战为止。

在雷克顿舰队开始警觉之前，魁伦已经夺下了四艘战船，而其他的船占领了十六艘。

直到此时，占领船舰上的梅寒丁战士突然开火，瞄准停靠在码头和海滩上的敌舰。当雷克顿人下船后，梅寒丁战士用绿地人自己的恶魔火去焚烧他们。青恩战士放声惨叫，起火燃烧，阿邦的海盗船则将注意力转移到下一艘船去。他们射出大锁链，撕裂船帆，击碎船桨，让那些船瘫死在湖面上。

数量依然多于海盗船的雷克顿船舰开始转而攻击新敌人，但是梅寒丁弓箭手趁青恩射击还在调整武器时发射火箭，焚烧他们的船帆，攻击他们的甲板。

"沙鲁姆的叹息"号出现了，灵巧地绕过其他船舰，调整船上的武器方位。奇袭的优势迅速消失，数量优势再度显现。

但是沙鲁姆战士与绿地人不同，他们全都做好战死的准备。当他们的船受损时，他们很乐意撞上敌舰，跳过去和敌人拼命。

然而海面上的战斗看起来还是会输，雷克顿人将会逃回他们的堡垒。魁伦还有最后一招可使，但是训练官一直反对这么做，就连阿邦也同意这种做法是铤而走险，搞不好会得不偿失。

❀

贾阳拉下面巾。"我是贾阳·阿苏·阿曼恩·安贾迪尔·安卡吉，沙达玛卡和达玛佳的长子，全克拉西的沙鲁姆卡。"他在马鞍上轻轻点头。"在送你去见恶魔前，我可以看看你的长相、得知你的姓名吗，青恩？"

"不要……"沙曼特开口，但汤姆士不理会他，把矛插到地上触手可及的距离内，脱下他的头盔。

举起头盔时，贾阳瞪大双眼。"你，和帕尔青恩在一起的王子……"

汤姆士点头。"我是汤姆士王子，林白克二世公爵的四子，林木军团指挥官，藤蔓王座第三顺位继承人，洼地郡伯爵。"

贾阳张牙舞爪。"胆敢亵渎解放者未婚妻的家伙。"

沙鲁姆中传出一阵愤怒的声浪。

"黎莎·佩伯在阿曼恩·贾迪尔坠崖身亡前就已经选择了我。"汤姆士用矛指向贾阳。"你也会面对你父亲一样的命运。我要和你来场多明沙鲁姆。"

贾阳哈哈大笑，片刻过后，其他战士也一起狂笑。

"多明沙鲁姆是在艾弗伦面前为荣誉而战，青恩。"贾阳用矛回指汤姆士。"你趁月亏之夜攻击我们屠杀恶魔的英雄。你无耻之极。"

"你弟弟和他手下的军官在我们手上，"汤姆士说，"伤害我们，就永远别想见到他们。"

"伊察？"贾阳问。

汤姆士点头。"还有三个凯沙鲁姆、不少训练官、超过五十名沙鲁姆。给我一场荣耀的决斗，他们就能获释。"

贾阳转向他的戴尔沙鲁姆。"看吧，这些青恩战士也像卡菲特一样为了活命讨价还价。"

克拉西亚战士高声嘲弄，不少人对汤姆士吐口水。

贾阳转向汤姆士。"留着我弟弟和他手下！如果他们又弱又蠢到会被青恩抓住，那就是他们活该。我们很快就会去解救他们的。"

他戴起面巾。"但是如果你想要我以沙鲁姆的名义亲手杀你，那我愿意赐给你这种死法。"

汤姆士立刻戴上头盔，拔起长矛，在贾阳准备作战时驾马和他绕圈对峙。

两个人都没有对峙多久，同时踢动他们高大的马斯谭马，以差不多的速度展开冲刺，压低长矛。

交锋前的最后一瞬间，贾阳提起长矛，瞄准汤姆士的胸口。不料汤姆士却熟练地抛起长矛，随即反手握住比较接近矛头的位置。

贾阳的矛正中伯爵心口，但是汤姆士的护甲绽放一道魔光，贾阳的武器当场被击得粉碎。

接着汤姆士杀到近处，将冲势和速度化为一连串刺杀，刺探贾阳的防御，试图找出破绽。

贾阳企图退出攻击范围，但是伯爵的骑术比他精湛，他的母马像牧羊犬般驱赶贾阳的种马，紧粘着对方，让伯爵继续攻击。

贾阳手忙脚乱地举起盾牌，盾牌加上玻璃盔甲提供了他足

够的防御。但是显得过于被动,没有矛可以还手。看来伯爵要不了多久就会找出盔甲上的缝隙,然后施展致命一击。

贾阳猛推盾牌,震退汤姆士,乘机抽打他的马。母马的后颈有护具,但颈部没有,贾阳把手中的断矛插了进去。

马斯谭巨马人立而起,喉咙汩汩作响,前脚猛踢,后脚不稳。汤姆士努力保持在马鞍上,直到他的马开始朝前栽倒,在倒地前跳向一旁。

布莱尔以为一切就此结束,但是贾阳骑回他手下旁边,跳下马来,拿起一支六英尺长的步兵短矛。

汤姆士爬起身时,贾阳已经大步朝他逼来。他把他的十英尺骑兵矛留在泥巴地里,从背上的矛套中拉出一支三英尺长的安吉尔斯格斗矛,静待对手进攻。

贾阳大吼一声,双脚踏出布莱尔的父亲许久之前教过他的进步伐。他向前掠步,迅速踏实,矛身搭在持盾的手臂上。他出手如风,就和伯爵在马背上一样快速,刺探木甲的弱点。

汤姆士用盾牌和护甲挡下大部分的攻击,手里的矛对准贾阳大腿上的护甲缝隙刺下。

但贾阳大腿一扭,闪开对方的矛。他用持盾的手抓住汤姆士背上矛套的皮带,用力一扯,然后在汤姆士背脊着地时顶中他的腹部,让他动弹不得。

但贾阳再度放弃优势,漫步绕圈,看着伯爵爬起身来,低声怒吼。他躬身伏低,像猫一样蓄势待发。

"我或许看不到明天的太阳,但是你也一样。"汤姆士承诺道。

贾阳哈哈大笑。"青恩。等我杀了你后,我会把你的尾巴割下来,塞在你的嘴里。"

汤姆士迅速进攻——动作比布莱尔想象中更快。他的格斗矛破风出击,护甲上的魔印开始绽放魔光。

贾阳满怀自信,随手格挡,脚下的步伐始终稳健。他闪过一矛,旋转一圈,以盾缘正面击中汤姆士的脸颊。伯爵向后跌开,贾阳继续进逼,重击他的护甲,狂撞猛刺,虽然一直无法刺穿。汤姆士像头猛兽般被人赶到圈子中央。

伯爵也用盾牌反击,但贾阳早有准备。他放下盾牌,欺上前去扣住汤姆士持盾手臂的二头肌。他顺时针方向转身,扯直手臂,然后一矛狠狠插入汤姆士头盔中的缝隙。

伯爵站着晃动片刻,瘫倒在地。

✼

魁伦终于下达指令,投石器队伍放出另一拨攻击,热油桶撞上驶向码头的敌舰船壳时,立即将其炸得粉碎。

撕碎了其魔印。

效果立刻显现。阿邦看见水恶魔冲向魔印不全的船舰时水面骤然闪亮,瞥见少有人见过的景象,看到水恶魔破水而出,以触角和大嘴破坏船壳。有些大胆的水恶魔离开水面,滑到船上,如同沙鲁姆的楔子般轻松横扫甲板。

湖面到处都是扰动不休的泡沫,青恩男女士兵在被拉下水时放声惨叫。

接着,他们满脸恐惧地看着一头巨大的恶魔接近湖面。湖面隆起,和沙利克霍拉的尖塔差不多大的触角掠出水面,缠住一艘最大的战舰,用力挤压。甲板碎裂,可怜的水手在被扯入湖底时奋力挣扎。转眼之间,整艘船都沉入湖水中。

凯维特目光阴沉地瞪向阿邦。"这是你策划的,卡菲特?"

阿邦踌躇满志地吞咽口水,不过在见证刚刚的景象后,祭司已经不再那么鄙视与厌恶了。

他抬头挺胸，鼓起勇气。"是的，尊敬的达玛。其实这一切都不是魁伦指挥官的主意。相反，他坚决反对这个计划，我也没有跟沙鲁姆卡汇报过。"

凯维特只是毫无表情地瞪他。这是阿邦惯用的协商伎俩，给敌人一条绳子让他自己吊死，但是凯维特是沙鲁沙克大师，也是艾弗伦仓库里的首席祭司。如果他决定把阿邦就地正法，阿邦完全无法阻止他。

最好还是说服他不要这么做。

"听着，"阿邦指向湖面上的惨状说道。魁伦依照指示，在恶魔开始大快朵颐时率领掳获的船舰迅速撤回。"我们掳获的船舰大部分都安然撤退，敌方船舰则彻底摧毁。剩下的船已经开始逃回漂在湖心的老巢。就连'沙鲁姆的叹息'号都匆匆逃去，而我敢说这次黛莉雅船长没有胆量对我们露奶子了。"

"你这是把我们的敌人送给阿拉盖。"阿莎薇说，声音低沉、充满威胁。"把他们送给奈。"

"没错。"阿邦说，"如果想要打赢这场战争，带着足以结束僵局的船舰撤退，我们也是迫于无奈。难道只能让他们在月亏之夜杀死我们的战士吗？"

"他们是沙鲁姆，"凯维特说，"他们的灵魂都已经准备好了，而他们很清楚战争的代价。"

"我也一样，"阿邦说，"我知道代价，而我为了胜利愿意付出代价。这些人在月亏之夜偷袭。他们不配做同类，不是奈的敌人。事实上，他们是奈的走狗，所以我把他们打发回老家。"

他伸手指向凯维特，根据《伊弗佳律法》，单单这个动作就足够让达玛处死卡菲特。"我为我们的战士付出代价，也为你付出代价。"

"为我?"凯维特问。

"还有沙鲁姆卡,甚至包括魁伦。如果不是发誓要听从我的命令,他肯定会拒绝执行任务。你们全部都可以问心无愧地去见造物主。所有责任都让没人性的卡菲特扛下来。当我终于一拐一拐地走到孤独之道尽头时,让艾弗伦来审判我。"

凯维特凝视着他很长一段时间,阿邦琢磨着自己会不会就此去见造物主。但接着达玛转向阿莎薇,以眼神提问。

达玛丁视线在阿邦身上打转,阿邦不住地给自己壮胆。

最后她点了点头。"卡菲特说的没错。他已经注定要待在天堂之门外,直到艾弗伦可怜他,再度赐给他来世为止。这是英内薇拉。"

凯维特嘟哝一声,走到窗前,伸手触摸玻璃,看着敌舰焚毁,沉没。

"这些人不配作我们的兄弟,"他终于同意道,"我们为他们趁夜攻击而可耻。英内薇拉。"

阿邦终于松了一口气,这才发现自己刚刚一直憋着气。

第二十七章　黑暗中的达玛

334 AR　冬

"他们说我被艾弗伦诅咒，才会在阿曼恩之后连生三个女儿。"卡吉娃对众人说，挥手比向英蜜珊卓及汉雅。神圣母亲身穿黑羊毛袍。她戴着凯丁的白面纱，但是和其他阿曼恩血脉的女人不同，卡吉娃的头巾也是白色的。

英内薇拉在皇室台阶上看着神圣母亲为月亏宴会祈福，一心只想身处其他地方。她亲耳听到过的，这段演说这个白痴女人说不下一千遍了。

"但我总是说，艾弗伦赐给我一个伟大到不需要兄弟的儿子！"宴会上欢声雷动，战士们奋力踩脚，矛盾交击，他们的妻子鼓掌，小孩高呼。

"我们感谢艾弗伦赐给我们美食，比大部分人在阿曼恩带领我们从沙漠之矛前往绿地前吃的还要丰盛。"卡吉娃继续。"不过我也想要感谢耗费心力准备这场宴会的女人。"

大家继续鼓掌。"我们向在夜晚作战的沙鲁姆丁致敬，不过我们还有其他方式可以为造物主带来荣耀。在男人肚子里塞满食物的妻子和女儿，让她们在家里清洁、小床上挤满婴儿。我们向在阿拉盖面前守护我们的男人致敬，也向生养育和教导他们荣誉、责任、家庭之爱的女人致敬。在艾弗伦面前谦逊的女人，为英勇作战的男人提供基础。"

欢呼声越来越热烈，还有女人发出爱与奉献的痛哭声。英内薇拉看到不止一个女人感动得涕泪横流，真是难以置信。

"有太多人已经忘记我们是谁、来自何处、放下我们的面纱、穿上北地女人不庄重的服饰。她们胆敢穿彩色服饰，好像她们都是达玛佳一样！"卡吉娃朝英内薇拉挥手，人群中传来一阵嘘声。英内薇拉知道他们是在嘘不庄重的女人，不过感觉还是像在嘘她。

"达玛佳把这个任务交给神圣母亲是很明智的决定。"阿山说。"人民爱她。"

英内薇拉可没有同感。原先请卡吉娃策划宴会似乎没有什么坏处。那是让她找点事干，不给自己添乱。但是那个蠢女人却借助从未受过教育的方式和传统价值观赢得民心。现在对她的族人而言是个改变的年代。想要打赢沙拉克桑，他们就不能固守在沙漠之矛几个世纪下来发展出来的陈旧传统。

卡吉娃仿佛一发不可收拾，像是抓到沙鲁姆在玩骰子和喝库西酒的达玛一样开始传道。对于脑袋空空的女人而言，如果没人阻止她，卡吉娃可以连讲好几个小时。

英内薇拉起身，群众立刻安静下来，女人着地跪倒，双手贴地，包括达玛基到沙鲁姆，所有男人都深深鞠躬。

从前这种景象能让她安心。代表了她的力量和神圣地位。但是让群众欢呼也是一种力量，而对像卡吉娃这种单纯的女人而言，这种力量或许太大了点。

"神圣母亲确实十分谦逊。"英内薇拉说，"其实，为这场宴会操心最多的就是卡吉娃本人。"群众再度欢呼，英内薇拉咬牙切齿。"向她致敬最好的方法就是享受这场宴会。以艾弗伦之名，让我们狂欢吧。"

"我担心我的做法释放了一个瓶中精灵。"英内薇拉说。

她母亲,曼娃,轻啜她的茶。这是她第一次造访皇宫中的起居区,不过如果她有对此地奢华的景象感到赞叹,她也一点都没有表现出来。

"我和那个女人打过交道,而我非常认同你的说法。"曼娃说。曼娃在新大市集里的商店提供了不少月亏宴会使用的器具,让她得以获邀与宴。她的卡菲特丈夫卡萨德不得参加。

让她溜进来私下接见是很危险的做法,但是英内薇拉从来没有如此需要她母亲过。带她穿越密道进来的阉人中了迷药。当他醒来后不会记得之前发生的事情,而只要戴上面纱,曼娃回到皇宫的时候就会看起来和任何女人一样。

"一开始我以为她不擅长讨价还价,不过在她发过几场脾气之后,我就知道我小看她了。"曼娃摇头。"恐怕我提供了一个很糟糕的建议,女儿。就从你欠我的债务里扣除吧。"

英内薇拉微笑。这是她们之间默契的玩笑,曼娃要求英内薇拉,达玛佳,在来找她咨询意见时帮忙编制棕榈篓。

"她发脾气不是装出来的。"英内薇拉说。曼娃很久以前教过她适时地发个脾气可以有助于讨价还价,但是一定要算准了才行。真正擅长讨价还价的人都只是假装发怒。

卡吉娃根本无法控制她的脾气。

"但是人民喜爱她。"曼娃说,"她的话就连达玛丁都赞同。"

"如果我了解原因的话,就让奈带走我吧。"英内薇拉说。

"其实原因很简单。"曼娃说,"对我们的族人来说,这个年代变得太快,很多人都感到无所适从。卡吉娃让他们有所依归，用大家能够理解的方式说话。她和人民走在一起，了解他们。你所有时间都待在皇宫里，脱离人民啊。"

"如果她不是解放者的母亲，我就毒死她，一了百了。"英内薇拉说道。

"阿曼恩回来之后一定会不高兴的。"曼娃说，"就连你也没办法在沙达玛卡的神圣目光前掩饰这种事情。"

"做不到。"英内薇拉垂下双眼，"但是阿曼恩可能不会回来了。"

曼娃惊讶地看着她。"什么？你的骨骸告诉你的吗？"

"没有明说。"英内薇拉解释道，"但是他们有提到沙达玛卡的尸体，而我在所有未来里都看不到他。除非艾弗伦施展神迹，不然我们的族人就必须在缺乏他的情况下继续走下去，直到我培植出另一个解放者为止。"

"培植？"曼娃问。

"在所有骨骸对我吐露的秘密之中，"英内薇拉说，"最令我震惊的就是得知解放者并非与生俱来，而是培植出来的。骨骸会引导我找出他的继承人，让我知道该如何引导他。"

英内薇拉以为曼娃会像刚刚那样惊呼，但是就和往常一样，曼娃嘟哝一声，接受了这件事情。"那会是谁呢？不是阿山，当然。贾阳？阿桑？"

英内薇拉叹气。"我帮阿曼恩掷骸时，当年他才九岁，我立刻看见他所蕴含的潜力。我本来以为那只是侥幸，不过在多年找寻之后，我只有在另一个人身上看到同样的潜力，帕尔青恩，他当时还不到阿桑这般年纪。这两个人之前及之后，我都没有在任何男孩或男人身上看见类似解放者的特质。或许我的某个儿子将会继承王座，但他们只是霸占王位，都只是下一个解放者出现前的过渡。"

"王座上的人谁愿意谦让?"曼娃说。

"所以我只能尽量拖延,不让他们坐上瘾。"英内薇拉说。"在艾弗伦的安排下,我还有时间。他们两个都还没有重大成就来证明自己。在缺乏成就的情况下,他们没办法夺走安德拉的权利。我现在担心的是该如何控制卡吉娃。"

"我不能给你什么建议,"曼娃说,"但是最好的还是尽可能多花时间陪陪她。"

英内薇拉茫然地看着她。

"其他的?就是你穿着打扮再庄重一点。"曼娃嘴角只微微上扬,不过肯定是在偷笑。

❀

阿希雅面无表情地看着阿桑划破手掌,将一滴血挤在梅兰的骨骰上。

打从码头镇即将开战的消息传来后,她丈夫就常常这么干。阿桑的手上绑满绷带。

阿桑和阿苏卡吉还是会赞叹地看着掷骰的过程。由于在达玛丁宫殿中长大成人的关系,阿希雅已经看过掷骰仪式无数次了,但她发现自己仍然感到迷惑。阿拉盖霍拉中蕴含一种美感、一种神秘。她在梅兰掷骰时跟随骰子的轨迹,屏息等待骨骰开始偏离自然定律,接受艾弗伦之手所引导的那一瞬间。

内心深处,她很清楚那股力量来自骨骰和魔印,但是阿希雅只相信,一切都是艾弗伦之妻召唤她的手来引导骨骰。对其他人而言,骨骰只是玩具而已。

但是尽管拥有强大的力量,还能接近艾弗伦,阿希雅并不觊觎白袍和达玛之血。她也一样感到了艾弗伦的感召。每当她杀死阿拉盖时,她就会感应到他的力量——不是指魔法,虽然魔法确实造成强大的影响——她在第一天晚上用没有魔印的矛杀死阿拉盖时就已经感受到了。那是一股正义的感觉,强烈的宁静、肯定自己是在依照他的旨意办事,那就是她此生的意义。沙鲁姆之血的礼物。

梅兰抬起头来,魔印光印红了她的面纱。"今晚,分歧点就是现在,不会再有其他机会。贾阳回来时,他会夺取骷髅王座。如果你今晚不采取行动,王座就成为他的了。"

一时之间,阿希雅失去心中的自我,脑中涌现一段记忆。

"让他击败你。"达玛佳告诉阿希雅。

"呃?"阿希雅问。当时她才刚刚被册封为沙鲁姆丁,她和她的长矛姐妹正要参见年轻的沙鲁姆卡。

英内薇拉任命这群年轻女子为她的贴身保镖,但她们依然是沙鲁姆,归贾阳所管。他今晚要"评估"她们,评估她们的价值,决定她们在阿拉盖沙拉克部署中的位置。

"贾阳很高傲,"英内薇拉说,"他会想办法在你的姐妹面前击败你,确保你不会威胁他。他会借助考量你的沙鲁沙克技巧为名,但是他绝不会手下留情的。"

"而你要我……输给他?"不可能。难以想象。她已经被迫假装弱者多少年了——普绪丁阿桑的柔弱新娘?达玛佳承诺等她获得长矛,情况就会改变。

"我命令你输给他。"英内薇拉说,语气调转为严厉。"展现勇气,赢得他的敬意,然后败给他。不这么做的话,他就会毫不容情地击杀你。"

阿希雅吞咽口水,知道自己唯有闭嘴点头。"如果我杀了他呢?"

"他是解放者的长子，"英内薇拉说，"如果你杀了他，全克拉西亚的沙鲁姆和达玛都会找你复仇，而沙达玛卡也没法时时阻止他们。"

她没有提到她自己会怎么做，但贾阳是她的长子。阿希雅知道，英内薇拉常常为她的长子生气，但她还是爱他。

"我知道这道命令会挫伤你的沙鲁姆之心。"英内薇拉说。"但是我处于爱你的心才如此下令的。我是达玛佳，你的骄傲、你的生命，都是我的。"她轻轻抚摸阿希雅的肩膀。"我的长子在我眼中不如次子。艾弗伦为你安排好了计划，他不要你死在一个男人的脆弱尊严下。"

阿希雅点头下跪，双手贴至地面，额头置于其中。"谨遵达玛佳旨意。"后来在场见证考核的只有她和山娃、贾阳、祖林和哈席克。山娃的父亲山杰特，第一凯沙鲁姆，照理说也应该出席才对。他的缺席就说明了一切。

沙鲁姆卡和两个解放者长矛队精英。就算她和山娃有办法在他们察觉前杀光他们——这她一点也没有把握——之前已经有几十个战士看到她们进入接见厅。她们逃不了的。

贾阳在两个女人贴地跪在他面前时笑道："我羞怯的表妹呀！听到任何声音都会害羞，从来不敢大声说话。除了艾弗伦外，有谁料得到你们竟然花了好几年的时间私下学习沙鲁沙克呢？"

"达玛丁的宫殿里有很多秘密。"阿希雅说。

贾阳轻笑。"关于这一点，我毫不怀疑。"他解开披风，打开护甲战袍，只穿马裤，袒胸露背地站在原地。"但是你们虽然经过女人调教，我却接受过沙达玛卡亲手指导。我必须考察你们的实力，然后才好安排你们参加沙拉克。"他伸出一只手，等候她进攻。

阿希雅起身时呼吸稳健。她也解开披风，取下肩膀上的盾牌，把它们交给山娃。她没有脱掉战袍，只是从战袍上的众多口袋里取出其中的陶瓷护板，整整齐齐地叠在地板上。

起身时，她动作比之前轻盈，灵巧地迎上前去，开始和贾阳绕圈对峙。

他的站桩稳健。贾阳说沙达玛卡亲自指导过他并没有说谎，而她舅舅乃是当今世上最高强的沙鲁沙克大师。或许他能够凭借实力打赢她。败在解放者之子手上不会令安奇度蒙羞，阿希雅希望能够真输，而不是假装败北，让他们两个的荣耀增添污点。

但接着他展开攻击，而阿希雅的动作较快。她本能地绊倒他，脚趾击中能量聚合点，让他的脚短暂麻痹。他冲过她时失去平衡，阿希雅借力使力，一手伸过他的腋窝下，顺势将他摔倒在地。

现场陷入一片死寂。男人们目瞪口呆，完全没料到这种战果。阿希雅不确定自己是否已经做得太过火了；说不定这些男人会为了挽救沙鲁姆卡的颜面而杀了她。

但是片刻之后，贾阳挤出一阵笑声，站起身来，用力踏脚，恢复麻痹的肢体。"摔得好！让我们看看你还有什么绝活？"

他这次防守得更严密，展开一连串拳打脚踢还带掌击的攻势。阿希雅大部分都闪避开来了，剩下的攻击则以最省力的手法格开。她随手攻击几下，测试他的防御。

以沙鲁姆的标准而言，他很强。但他很多防御的招式都会露出能量聚合点，让她有机会应对他。

她跳起来闪避他的回旋踢，一个筋斗拉开两者间的距离。

"退得聪明，表妹。"贾阳说，"不然你就已经输了。"

阿希雅咬紧下巴。她至今已经放过三次击杀他的机会了。

她的目光飘向山娃。

她的长矛姐妹神色宁静地跪着，不过却以手语提问。为什么不进攻？

为什么？阿希雅心想。因为达玛佳下令，当然，但是如果任由贾阳击败她，她会给山娃和未来的沙鲁姆丁树立什么榜样？

"你不能一直绕圈，"贾阳叫道，"我已经让你借太多力了。来吧，让我看看如果不借力打力的话，你自己的攻击有多大威力。"

阿希雅的快速攻击让贾阳眼花缭乱。她以眼镜蛇手法隔开他的双臂，然后扭腰向前，抓住他的腰部，右脚从后方窜出，踢中他的脸。

他向后跌开，她则着地一滚，以小腿勾住他的后膝，当场绊倒他。

贾阳对于着地扭打并不陌生，不断扭动转身，不让对方找到地方施力。但阿希雅如今是贴身攻击，这是安奇度传授的达玛丁沙鲁沙克最致命的攻击距离。她以精准的攻击击溃他的能量线，然后从上方施展锁喉法，前臂紧扣他的气道和输送血液到脑子的动脉。

贾阳抖个不停，满头大汗，她在他眼中看见恐惧。也终于看到了敬意。她幻想自己强迫他投降的景象，但是达玛佳的话再度涌入脑海。

展现勇气，赢得他的敬意，然后败给他。

贾阳虚弱地拉扯她锁喉的手臂，阿希雅稍微松手一点，仿佛他这一拉收到效果。

贾阳喘了口气，然后突然上前，狠狠击中她的脸部。阿希雅没有料到他能迅速反击，身体向后倒下，他则一拳接着一拳，不停殴打她的脸、她的身体，每一拳都重到能够造成重伤。

他把她翻身朝下，用自己的身体重压制伏她，从后方抓住她的衣领，使劲拉扯，防止空气和血液运送到她脑部，就和阿希雅之前对他所做的一样。

他动杀机了吗？她不晓得。如果她做得太过火，把贾阳羞辱到失去理性，他绝对做得出。他是解放者的长子，如果杀了她，他父亲只有皱皱眉头的份儿，其他人则不便劝解。

即使到了这个地步，眼角开始变黑，她还是可以攻击他手肘上的聚合点，趁他松手时吸一口气，然后进行反制。

让他击败你。

阿希雅一心只想让贾阳和这些男人知道自己比他们强，但是她所受的训练不是这样的。

战斗是假象，安奇度教过她。聪明的战士会等待时机。

她在视线缩小成一条黑暗通道，末端的光线随时都会消失时手掌颤抖地伸向贾阳的手臂。但她没有攻击聚合点，而是无力地拍了他两下。

代表投降。

贾阳嘟哝一声，终于松手。阿希雅深吸口气，感觉香甜无比，只比多年前安奇度让她吸到的那口气逊色一点而已。

但尽管他似乎接受了她的投降，贾阳却没有翻离她的身上，继续压着她，嘴巴贴到她的耳边。

"学得不错，表妹，但你毕竟只是个女人。"

阿希雅只是拥抱一切，没有说话。

"多久了？"贾阳低声问，在她身上扭动。"我那个普绪丁弟弟多久没碰你了？我想应该只碰过一次。"他屁股压在她背上，阿希雅感觉到他勃起了。"等你准备好面对真男人了，来找我。"

"贾阳不能得到王位。"阿希雅说,"想要得到王位,他必须杀了我父亲,而且他肯定会昏庸无道。"

阿桑点头。"帮我阻止他。"

"怎么阻止?"阿希雅问,"如果他今晚获胜,我们就算有心也无力回天。而我不会帮你趁他不在时窃取王位。达玛佳已经说过了,沙达玛卡随时都可能回归。"

"骨骸说他可能会回归,孩子。"梅兰说,"不是说他一定会。"

"我有信心。"阿希雅说。

"我也是。"阿桑同意,"我不是要你帮我夺取王位,吉娃。只要你帮我赢得能和我哥哥分庭抗礼的荣誉就好了,削弱他占据王座的权利,让安德拉保住王位,直到沙达玛卡回归为止。"

"怎么做?"阿希雅又问。

"现在是月亏。"阿桑说,"今晚我会和刚刚晋升达玛的弟弟一起出门对抗阿拉盖。"

"他们禁止达玛作战。"阿希雅说。

"非战不可。"阿桑说,"你也听到达玛丁的话了。达玛佳没办法阻止贾阳上位,安德拉也办不到。只有我可以,机会只有今晚,明天就太迟了。"

"我这么做是因为我非做不可,"阿桑补充道,"为了全克拉西亚好,为了全世界好,但是我害怕。"

他的手伸向她。"达玛佳第一次要你违反《伊弗佳律法》,争取沙鲁姆应有的权利时,你肯定也有过同样的感觉。我求你,如果你真的算是我的妻子,现在和我站在一起。"

阿希雅迟疑片刻,然后牵起他的手。"我会和你站在一起,丈夫，以与你并肩作战为荣。"

阿希雅藏身阴影，看着达玛佳走入她的寝宫。她随时留意着她的安危，但她一直无法专心。服从达玛佳的所有命令是她的职责，但阿桑是她丈夫，也是解放者之子。

她究竟该向谁效忠？艾弗伦，当然，但是像她这种微不足道的小人物有什么资格质疑他的计划？那不是达玛佳的工作吗？她应该告诉她阿桑的计划——现在就说——让英内薇拉考量艾弗伦的旨意。

但她迟疑了。或许她无从得知艾弗伦的旨意，但在她心中，艾弗伦的声音却很清楚——沙拉克卡即将到来，不作战的人在世界上没有容身之地。阿桑拥有战士的灵魂、受过战士的训练，但就和她从前一样，他不能使用这些技巧，就算奈的大军即将杀到也一样。

解放者甚至特许卡菲特与女人参战的权利，为什么不让祭司参战？难道只因为一群老头贪生怕死，就要剥夺年轻人作战的权利，哪怕让阿拉盖摧毁艾弗伦恩惠吗？

只要阿桑杀死一只阿拉盖，一切就将另当别论。他是沙达玛卡和达玛佳的达玛儿子，他的荣耀无止无尽。到时达玛佳也无法阻止他。

但是在那之前，他的计划还是有可能受阻，让艾弗伦损失战士，并且把一个不够格的男孩推上骷髅王座。

英内薇拉路过她时停下脚步，直视阿希雅，仿佛她就暴露在她眼下。阿希雅僵住了。她知道自己躲不过达玛佳的目光，但是每当达玛佳直视她的藏身处，她还是会觉得很不自在。

"你还好吗，孩子？"

"我没事，达玛佳，"阿希雅说，迅速找回的中心自我，清空她的恐惧和疑虑。

但英内薇拉眯起双眼，凝视她，神圣视觉像剥洋葱般一层一层剥开阿希雅心中的自我。"今晚令你显得有些焦躁。"

阿希雅吞下喉咙中逐渐变大的硬块，点头道："今晚是月亏，女士。"

"阿拉盖卡企图透过不现身来让我们放松防御。"达玛佳同意。"你和你的姐妹必须格外警惕，一旦发现任何异样立刻汇报。"

"我会的，达玛佳，"阿希雅说，"我以我对艾弗伦的爱和进入天堂的殷切希望发誓。"

英内薇拉继续凝望她，阿希雅只能尽其所能地维持心中的自我。最后达玛佳点头。"回你的房间，好好享受与儿子见面的这几个小时吧。"

阿希雅鞠躬。"我会的，女士。谢谢你，女士。"

◈

阿希雅紧紧抱着小卡吉，看着阿桑和阿苏卡吉忙着为当晚作战而准备。

多年训练的成果让她准备得既快又有效率。她的武器和护甲都有上油保养，放在特定的位置。尽管身穿丝袍悠闲地待在卧室里，她随时都可以全副武装出击。

至于她弟弟和丈夫则像枕边妻子一样细心打扮。他们的手紧紧包着白丝布，只露出第一节手指。

就像阿希雅和她姐妹一样，阿桑在阿苏卡吉的手指甲和脚指甲上绘制战斗魔印，在魔印上加涂透明亮光漆加以保护。

阿苏卡吉紧握拳头，以大师级的精准动作打了一套沙鲁金，

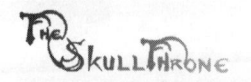

活动手指，熟悉不同的魔印组合。

"试试银拳套。"阿桑说，阿苏卡吉点头，走到梳妆台上一个亮面木盒前。里面有两个光亮的魔印银拳套，可以套在手指上。它们能够保护他的指节，让她弟弟拥有一双能像闪电般攻击阿拉盖的拳头。

阿苏卡吉又打了一套沙鲁金，搭配新武器加入一些动作。

"现在换鞭杖。"阿桑说着从架子上取下阿苏卡吉的鞭杖抛给他。

鞭杖是把荣耀的武器——六英尺柔韧的北地金木，刻满力量魔印，两端覆盖魔印银盖。阿苏卡吉接下鞭杖，融入沙鲁金，舞得风雨不透。在大师手里，柔软的木棍可以弯曲绕过对方的防御，挡下刚硬的武器。

阿希雅看着阿桑，只携带他的阿拉盖之尾，所有达玛最常带的武器。尖刺末端的倒钩显然有刻印，但是和她弟弟打算带入黑夜的武器相比似乎威力有限。

"你怎么样，丈夫？"阿希雅问，"你连指甲都没有绘印。你将带什么达玛武器参加阿拉盖沙拉克？"

阿桑拔出腰带上的鞭子，挂在墙上的钩子上。"不带。今晚我要像你在沙鲁姆丁崭露头角那天晚上一样作战。"

阿希雅掩饰惊讶的神情。"你要和你尊贵的父亲一样，用矛盾作战？"

阿桑摇头。"达玛禁止使矛，盾牌会拖慢我的速度，而我必须以速度取胜。"

阿希雅看着他，慢慢了解他的想法。"丈夫，你不会准备单靠沙鲁沙克应战吧？"

"我父亲在担任凯沙鲁姆的时候就曾这么做过。"阿桑说。

阿希雅知道那个故事——沙达玛卡成名早期的传说之一。

"当时你尊贵的父亲已经在大迷宫中作战多年,丈夫,而他自己说起那段经历时都宣称那是不得已的最后手段。月亏时赤手空拳作战乃是……"

"疯狂的行径。"阿苏卡吉同意,但是阿桑瞪了他一眼,他立刻垂下目光。

"谁都可以拿武器杀阿拉盖,"阿桑说,"我的沙鲁姆兄弟每天晚上都这么做。那样并不足以赢得能和我哥哥媲美的荣耀。"

他握紧一只绑丝带的拳头。"艾弗伦要么就是希望我成功,不然就不是。"

❀

他们穿黑斗篷进入黑夜,阿苏卡吉和解放者的达玛子嗣。只有阿桑特立独行地穿着白袍行走于黑夜之中。沙鲁姆神色忧虑地看着他,心想沙达玛卡禁止祭司在夜里出战是正确的。但他们认得阿桑,解放者本人的血脉,没人胆敢出来制止他。

因为城墙、魔印桩还有巡逻队的关系,城市附近没有阿拉盖。他们必须走出很远才能听见作战的声音。最后他们找到霍许卡敏,阿桑的弟弟,头戴沙鲁姆卡头巾,指示手下在宽敞平原上击杀田野恶魔。

霍许卡敏惊讶地看着他们。"你们违背解放者的禁令,在夜晚出战!"

阿桑站在他面前,和强壮的霍许卡敏相比十分瘦弱;他身上只穿丝袍,霍许卡敏则穿最顶级的护甲;他手无兵器,霍许卡敏则拿着魔印玻璃矛盾。

尽管如此,占上风的还是阿桑,阿希雅一眼就看出来了。他们只差两岁,但对不到二十岁的男人来说,差两岁就差很多了。阿桑上前，霍许卡敏后退一步。

"解放者不在这里阻止我，"阿桑轻声说道，"我们的哥哥也不在。"他的笑容透露威胁，如同猎食者般。"你要阻止我吗？"

他没有提高音量，或是采取威胁的举动，但霍许卡敏脸色发白。他看向手下，显然在想自己在头戴白头巾的情况下让哥哥痛扁一顿会有多么丢脸。

霍许卡敏退后两步，恭恭敬敬地朝阿桑鞠躬。"当然不敢，兄长。我的意思是说，夜晚出战很危险。我会帮你指派保镖……"

阿桑不屑地摇了摇手。"我的保镖够多了。"

此言一出，阿苏卡吉达玛基和阿桑的达玛弟弟当场脱下他们的斗篷，白袍在火焰和魔印光前闪闪发光。霍许卡敏和沙鲁姆目瞪口呆地看着他们迎向恶魔。

阿桑领头，大步朝被一群戴尔沙鲁姆驱赶的田野恶魔走去，他们用盾牌扣紧，呈V字形战队。

阿桑挥手赶走之前走在最前端的沙鲁姆，自己走在V字形的尖端。看到达玛，还是解放者的儿子，完全出乎他们的预料，沙鲁姆们本能地退开。阿希雅和她的长矛姐妹紧跟在阿苏卡吉等人身后。

其中一头恶魔比其他恶魔抢先利用队形溃散的优势，一声咆哮冲向阿桑。阿希雅高度紧张，如果她尊贵的丈夫应付不来，自己立刻上前助战。

她没有必要担心。阿桑轻易闪过恶魔的尖牙利爪，抓住它的魔角，顺势转了一整圈，将恶魔的冲势化为扭转的力量，如同甩鞭子般将恶魔的脖子拧断。那些身经百战的沙鲁姆们在恶魔的脖子碎断的声响中吓了一跳。在阿桑把恶魔的尸体扔在他

们跟前时，纷纷往后跳开。

又有两头恶魔扑上来，但阿桑成竹在胸，扣紧一只恶魔的腕关节，另一手按住其肩膀，转身掰直他的前肢。他再度借助恶魔的冲势，将其扭向地面，轻松折断其前肢，并恰好挡住另一头恶魔的进攻路线。

第二头恶魔出爪搭上第一头恶魔的躯体，趁势弹起时在对方身上划下一道深深的伤口。但是阿桑已经变换站姿，抓住它的手腕，在顺势往后倒下时破坏恶魔的平衡。他一脚勾住它的脖子。而由于距离过近，恶魔咬不到他。他们在地上滚动片刻，但阿希雅知道她丈夫的锁喉锁在收紧——阿拉盖也需要呼吸。

没多久，恶魔就停止挣扎，阿桑站起身来。另一个恶魔朝他嘶声吼叫，虚弱无力地以三条腿站立。阿桑嘶吼回去，展开进攻。

"艾弗伦的胡子呀。"霍许卡敏在恶魔开始后退时轻声叹道。其他沙鲁姆也一边诅咒一边凭空绘印。

其他恶魔迷惑了一会儿，瞬即恢复，立即展开能够扑倒阿桑的凶猛攻势。

阿桑看着它们，徒手朝它们比画劈砍的姿势。"啊嚓！"

就这样，阿苏卡吉和其他达玛叫声呼啸，举起他们的武器，冲过阿桑，展开混战，只剩下两夫妻站在一起。

阿希雅转向蜜佳和贾娃。"把你们所见的情况汇报达玛佳。立刻。在我们的女主人得知此事前，越快越好。"

两个女人对视一眼，然后深深鞠躬，全速奔向城里。

"今晚会有很多誓言激烈碰撞，丈夫。"阿希雅说，"可能的话，我要信守所有誓言。"

阿桑鞠躬。"当然，妻子，我绝不会要求你做你不想做的事情。但你该再等等。"他眨眼。"精彩的还在后面呢。"

他们同时转身,看着祭司展开阿拉盖沙拉克。阿苏卡吉闯入一群恶魔中,鞭杖同时击中所有恶魔。他转身时四面八方都爆出魔光。

其他兄弟同样斗志昂扬。尽管才十五岁上下,他们打从会走路开始就接受沙鲁沙克训练,每个人都展现各自部族不同的战斗技能。由宗师级的阿雷维拉克训练出来的马吉不使用武器,只用魔印指甲和银套杀敌。他利用恶魔本身的力量加持自己的打击力,而魔力反汇入自己身上。

《伊弗佳》禁止达玛使用兵器,就连梅寒丁沙鲁姆惯用的阔刃箭和飞刀也不例外。梅寒丁达玛用的是流星锤。沙瓦斯也一样——一条细长的魔印锁链两端连结沉重的魔印银球。沙瓦斯缠住一头田野恶魔的脚,令它动弹不得,然后用银拳套把恶魔的头打扁。

霍兰,沙拉奇部族的弟弟,使用他的族人专用的恶魔捕捉环,金属套锁上绘制魔印。他套住一头恶魔的脖子,扯紧套锁,直到魔力掐断恶魔的脑袋。塔青、马斯、克雷瓦克和南吉的弟弟,在他们的木杖上镶有小木桩,看起来像是梯子的横挡。阿希雅看着塔青跑上木杖的侧面,跃起足足十英尺高,翻身越过直扑而来的恶魔,落在对方身后。当恶魔一脸困惑地转身找寻猎物时,他以银拳套施展一顿暴击。

他们在黑夜中横行,霍许卡敏及其战士跟着哥哥,而阿桑则带领他的达玛兄弟展示自己应有的荣耀。

如同过去几个月,阿拉盖卡没有现身,不过当晚是月亏,阿拉盖比平时强壮,数量也更多,而且感觉也木讷。

"它们在攻击战略要点。"阿希雅说。这些恶魔不能像受到心灵恶魔控制时那样精准攻击,不过它们还是群聚在防御最薄弱的位置,攻击魔印桩,扩大它们的势力范围。

阿桑点头。"或许父亲正在深渊里,与奈的王子决战。"

"化身魔。"阿希雅说着握紧她的矛。

"梅兰预见我们会遇上一只。"阿桑应和道。他看向阿希雅。"这项考验,妻子,我们必须并肩作战。"

阿希雅立刻点头。安奇度死在化身魔手下,她会以为老师复仇之名,送这头化身魔去死。"今晚你的荣耀无止无尽,丈夫。我很骄傲能够与你并肩作战。"

一小时后,化身魔无预警地展开攻击,一头被达玛包围的大木恶魔突然发难,手臂变成一条有长角的大触角。一击逼退了半打人。他们袍子上绣着银魔印承受了大部分冲击,不过还是浑身僵硬,头昏眼花,双掌贴地,努力想要坐起来。

霍许卡敏冲上前去保护他兄弟。他手下战士的盾牌比较适合转移化身魔的攻击,但是恶魔转身回旋,甩动触角攻击盾牌和地面之间的缝隙。沙鲁姆痛得大叫,纷纷摔倒在地,不少人脚都断了。

看到霍许卡敏没被截肢,阿希雅松了口气。达玛丁的魔法可以加速治疗,但就连她们也无法让被砍断的肢体长回来。她大吼一声,冲向前去,希望能在黑夜兄弟们稳住阵脚前让怪物分心。

阿桑同时出击,不过她丈夫没有在当晚的战斗中吸收魔力,所以跟不上她的速度。这样也好,阿桑已经在各方面让她觉得自豪,不过在连指甲都没有绘印的情况下,他无法对付这个凶狠的敌人。

触角朝她甩出,但阿希雅有备而来。她闪过第一条,跳过第二条,用盾牌挡住第三条,冲势毫不受阻。她欺到近处时,化身魔又甩出两条触角,她抛下盾牌,矮身冲过两条触角之间。

她在地面就势一滚,顺势弹起身来,利用冲劲增强双手持矛的力道，插向恶魔的心脏。

这一击引发了强烈的魔爆，阿希雅手臂被震得剧痛，体内充斥她从未感受过的强大魔力。化身魔怒眼大睁，神色惊恐，阿希雅反瞪回去，想要看看它污秽的生命离体而去。"艾弗伦以安奇度之名把你烧成灰烬！"

恶魔冲着她尖叫，她试图拔矛再刺，但却发现拔不出来。她持续凝视怪物的黑眼，警觉到自己错了。

化身魔胸口冒出一条石恶魔的手臂，一把紧握她的身体，挤出她体内的空气，利爪摩擦缝在她战袍中的魔印玻璃板。爪子虽没有刺穿，但是意义不大，因为阿希雅的肋骨都快被压碎了。

她的矛穿透恶魔的身体，如同汤匙穿越热树脂般，脱落在她无法触及的地面上。她的战袍里还藏了其他武器，但阿希雅全身受制，一时间没了任何武器。

艾弗伦，我准备好了，她心想。她已经透过各种方式服侍他，又将死在阿拉盖爪下，一如她的沙鲁姆之血对死亡的誓言。这种死法不会玷污荣誉。这是杀死她老师的怪物，是和解放者打成平手的怪物。这是很棒的死法。

当化身魔准备施展致命一击时，阿桑冲来救她。她很想大叫，要他逃走，但就算体内有空气可叫，她也不愿羞辱他。

我们一起踏上孤独之道，阿希雅心想。夫妻还能要求什么呢？艾弗伦让他们活着的时候结婚，能够死在一起也算不枉此生。

但接着阿桑展开攻击，引发一阵耀眼到令阿希雅的魔印眼无法逼视的强光。仿佛她看见了太阳一般，强光持续了好一阵子，就算眨眼摇头都无法摆脱。钳制她的魔爪在遭受魔爆攻击时微微松开，然后完全放开她。

阿希雅紧闭双眼一段时间，然后睁开。

阿桑手握恶魔的手臂，掌心冒出浓烟，绽放出刺眼的魔光。她丈夫脱到只剩下一条白拜多布，连凉鞋和包覆手掌的丝布都脱掉。

她终于明白他最近几天为什么要把全身上下，连手指都包起来了。他的拳头——他全身上下——都布满了隆起的疤痕。和他父亲一样，阿桑在皮肤上刻画着密密麻麻的魔印，奈的子嗣只要碰到他就会受伤。

他原本为了在艾弗伦和沙鲁姆面前证明自己没有依赖魔印战斗，所以魔光暗淡。但如今全身的魔印闪闪发光，在身体四周形成光环，不管有没有魔印视觉都变得异常清晰。

他矮身扭动，以强大的攻击击退恶魔，挡下它的反击，但就连他似乎都无法造成永久性的伤害。他们交手了一段时间之后，恶魔已不再后退，反而越战越勇，在熟悉阿桑的战法之后逐渐扳回劣势。

阿桑也发现了。"各位弟弟！围起来！我们决不允许奈的仆人逃跑！"

话才刚说完，恶魔一条触角已经穿越阿桑的防线，重重击中他。魔法在触角触体的同时阻挡攻势，但是撞击的力道还是打得他腾空而起。

阿希雅立刻展开行动，着地站稳后，扑上去提矛刺出。她透过魔印研究恶魔，但它与从前遇过的恶魔大不相同。所有恶魔——所有生物——都有能量线。达玛丁沙鲁沙克的精髓就在于攻击能量聚合点来打断这些能量线。

但是这头恶魔的能量线就和它的身体一样变幻莫测，时伸时缩。她感应到其中包含了一定的规律，却一时抓不住要领，只能竭尽所能地边斗边寻找下去。

她一击得手,吸收大量魔力,让她拥有超乎常人的速度和力量。长了角的触角从四面八方攻来,但她挽起偌大的枪花,挡下所有攻击。

恶魔喉咙一鼓,像火恶魔般吐出火焰唾液,不过这时,恶魔紧闭双眼,而阿希雅把握机会绕到它身侧,从另一个角度攻击。这一次她不打算费力施展致命一击,而是迅速出矛,先击伤它。

每道伤口一开始都绽放强光,恶魔的浓汁释放纯粹的魔力,就像火焰释放浓烟一样。不过接着魔力不再流失,伤口魔光暗淡,开始愈合。

化身魔尖叫,这一次当它对她喷闪电时,她没能及时闪开。她全身承受前所未有的剧痛,手脚僵直,飞身而出。她以为自己会放开手里的矛,但是落地时矛依然紧扣在她僵硬的掌心中。她就算想放手也放不开。

接着痛楚如同来时般迅速消失,她的肌肉松弛。她全身烧伤,不过因为体内还有魔力的关系,痛楚已经开始消退。她抬头看到阿桑再度与恶魔缠斗在一起,徒手殴打化身魔,而他弟弟则从四面八方攻击。

沙瓦斯用流星锤缠住两根触角,魔印锁链紧锁住它们,无法融化瓦解。另一条触须被霍兰的阿拉盖捕捉环套住。

但这一切都只是暂时让恶魔不那么灵活而已。恶魔很快就能摆脱流星锤,霍兰则因为手持捕捉环的关系被它甩来甩去。其他人帮忙拉掉,不过被恶魔的强大力量挡在外面。

阿桑继续殴打恶魔,阿希雅捡回盾牌,慢慢自怪物的魔法流动中看出端倪。就连这头恶魔的魔力也不是永无止境,她发现它魔力消退,用以治疗伤口、强化攻击、重塑形体。

阿桑每打一拳,身体就变得更加明亮,恶魔则逐渐暗淡。

只要持续攻击，他迟早都会获胜。

阿希雅跳回战团，对准捕捉环钳制的位置奋力挥矛。她以矛刃砍穿一条触角的根部，把它撕扯了下来。恶魔再次修补伤口，但那条触角，还有其中蕴含的魔力，已经不再属于恶魔所有。

这时，化身魔背后突然长出眼睛，甩动尖角和利爪，试图逼退攻击者，但是阿希雅看见了它的能量线，知道它仍在全力应付阿桑。它把他打倒在地，然后张开大嘴，迅速变成血盆大口。

阿希雅不知道它是打算把他咬成两半，还是一口吞下，不过她没有给它机会动手，硬生生地承受一条触角抽击，冲到近处，狠狠刺出长矛。尖角撕裂她的战袍，扯下护板，刺穿其下柔软的皮肤。她摔倒在地，口吐鲜血，向艾弗伦祈祷阿桑能趁这个机会爬起身来。

恶魔确实放慢了动作，但阿桑却没有趁机逃跑。当恶魔张开血盆大口痛苦吼叫时，阿桑翻身而起，直接跳进它的嘴里。

这一跃之力让他跃过排排利齿，直捣阿拉盖的喉咙。阿希雅看见它的能量线在用尽全力治疗阿桑的魔印皮肤在自己体内造成的损伤时濒临崩溃，除了被达玛用魔印银器锁住的触角外，它的肢体融成一团。

失去形体的黏液流窜抖动。由于喉咙塞住的关系，恶魔叫不出声。阿希雅看得出来它逐渐失去聚合能力，知道它死期已至了，但它会和阿桑同归于尽吗？他还活着，还在战斗，但就连他也没办法在不能呼吸的情况下存活多久。

阿希雅强迫自己站起身来，跌跌撞撞地走回去。在她身边作战的达玛都不能使用利刃，但她的匕首有一尺长，也锋利到可以刮掉蜘蛛的腿毛。她一刀插入黏胶状的恶魔体内，画出一

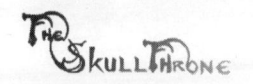

道深深的伤口。

伤口自内部向外爆开,浓汁喷得她满身都是,但她没有退缩,继续不断插落。最后,一颗魔印拳头破体而出,绽放魔光。阿桑另一只手也随之出现,双手抓住伤口,从内部扯开。

恶魔身体表面冒出很多嘴巴,发出最后一声哀号,然后瘫倒,动弹不得。

阿桑站在原地,浑身沾满浓汁,魔光如同太阳般强烈。就像她神圣的舅舅一样。

就像卡吉本人一样。

他的达玛弟弟和剩下的沙鲁姆,包括霍许卡敏和阿苏卡吉,全都在他面前跪倒在地。阿希雅也感觉到了。她知道刚刚发生了什么事情,但是跪倒的冲动十分强烈。她仰赖强大的意志力强迫自己不要跪下。

"奈的力量再度于月亏滋长,各位兄弟!"阿桑叫道,"这只是她手下的第一只。在我父亲追逐阿拉盖卡前往奈的深渊时,仅靠沙鲁姆并不足以抵挡她的大军。想要赢得沙拉克卡,所有男人都必须作战!我父亲让懦弱的卡菲特成为卡沙鲁姆!青恩成为青沙鲁姆!就连女人,就像我受到艾弗伦祝福的吉娃卡,都成为了沙鲁姆丁!"

他挥手比向在场的达玛。"全克拉西亚中就只剩我们祭司,还在等待召唤!但是等待已经结束,兄弟!就像我父亲召唤其他人起身作战一样,我也召唤身穿白袍之人参与阿拉盖沙拉克!这种事情理所当然要由解放者的子嗣领头步入黑夜。我赐名各位为'沙达玛',战斗祭司,我们将会领导克拉西亚度过最黑暗的时刻。"

所有人震惊得说不出话来,接着所有在场之人欢声雷动。就连霍许卡敏,暂代沙鲁姆卡兼贾阳的臂膀,都没办法克制自

己，朝天挥拳，加入欢呼。

"沙达玛！沙达玛！沙达玛！"

阿希雅和阿桑回到皇宫寝室时，卡吉娃还在婴儿房睡觉。阿苏卡吉和其他达玛去找达玛丁治疗伤势，但阿希雅和阿桑，浑身充满攫取而来的魔力，已经治疗好所有擦伤和瘀青。

当阿桑把阿希雅推入她的枕厅时，他的意图十分明显。她也感觉到那股冲动，一手拉着他，一手扯下面纱，开始亲吻他。

战斗的刺激、彼此的骄傲，以及战斗的冲动在他们体内流窜，形成两人都无法抗拒的冲动。

阿希雅绊倒丈夫，把阿桑甩到床上，然后爬到他身上。

"我听说这些绿地床的用途不光是睡觉。"她再度亲吻他。阿桑的阳具如同帐篷般挺立在袍子里。

"我依然是……普绪丁。"他在她捏它时呻吟道。

"明天吧，或许。"阿希雅说着脱掉自己的袍子。"今晚，你是我丈夫。"

第二十八章　沙达玛

334 AR　冬

"你违抗了我的命令，还有沙达玛卡的。"阿山在骷髅王座上说。他的语气显然十分愤怒，这可不是装出来的。英内薇拉在王座上方的位置看见他灵气中的怒意。"于月亏时深入黑夜，参与阿拉盖沙拉克。你有什么要说的？"

大厅一片死寂，所有人都屏息以待。王座厅里挤满了人，城内所有达玛、沙鲁姆军官和达玛丁都在场。昨晚之战的消息已经传遍全城，所有人都在传递沙达玛的英雄事迹。英内薇拉怀疑这个瓶中精灵跑出来后是否还有可能塞回瓶子里。

阿桑站在前面，面无悔意，身旁站着阿苏卡吉。他们身后是他的达玛弟弟和各自部落的达玛基。大部分老头都怒气冲天。他们被迫接纳阿曼恩的儿子成为继承人，但在解放者远行，且他们又罪证确凿的情况下，不少人都私下期待借此事收拾这帮小鬼，夺回部族控制权的机会。

英内薇拉想要私下处理此事，但阿山展现出少见的坚持，断然拒绝。他想要用王座拉开距离，生怕私下处置的话，没法保证有人会动手杀了那些孩子。

英内薇拉非常了解这种感觉。城内的权力天平已经倾斜，好像一切都建立在沙粒堆积而成的基础上一样。阿曼恩的达玛子嗣最近才刚刚晋升白袍，依然太年轻、缺乏经验，无法控制

部族。骨骸告诉她贾阳在湖中获得胜利,而他肯定会利用这场胜利来争夺王座。

但是对英内薇拉而言,伤她最深的人是阿希雅。她知道阿桑会争权夺利。但是长矛姐妹却应该忠心耿耿。蜜佳和贾娃并不知情——她们汇报时灵气显示得十分清楚——但阿希雅在明知丈夫计划的时候却只字不提。把阿桑的荣誉放在对女主人的忠诚之上。

"那个可以晚点再来处理。"阿桑开口说话,把她的思绪拉回到王座厅内。和其他的紧张和愤怒不同,阿桑的灵气异常坦然,深信自己的所作所为是艾弗伦所期盼。

"神圣的安德拉,"阿桑说,在阿山面前深深鞠躬。"据与你和我父亲前往洼地部族的沙鲁姆传言,你本人也曾和他们一起参与阿拉盖沙拉克。这件事情可是真的?"

此话激起一阵骚动,王座厅内的达玛纷纷惊呼,窃窃私语。

阿山眯起双眼。"沙达玛卡命令我随他出征,我是奉命行事,利用将阿拉盖丢到沙鲁姆的矛头前来保护自己。我没有像沙鲁姆一样拿起魔印武器杀阿拉盖。"

"但你的荣耀依然无穷无尽。"阿桑说,"我也没有拿任何武器。我单靠沙鲁沙克杀死第一头阿拉盖,没有绘制魔印。直到奈派她的将军对付我们,我才采取父亲的作战方式,用它们的力量去对付它们。"

人群再度掀起骚动。

"而你父亲曾明令禁止你这么做。"阿山提醒他,"就在这里,并在大家面前,他禁止你在月亏时出战。"

"我父亲下达那道命令是为了约束我的自大。"阿桑这话引来惊讶的目光。确实,阿曼恩所有儿子都很自大,不过就英内薇拉印象所及,从来没人公然承认过。"我妻子已经深入黑夜,在达玛佳的命令下击杀阿拉盖。"他抬头，面对英内薇拉的双眼。"完全没问过我一声。哪个丈夫不会因此大发雷霆？哪个男人不会觉得心痛？我在盛怒下发言，试图阻止她拿起长矛。"

阿桑转身，看着王座厅里的人。"但是我认为我错了！我不该阻止任何想要起身对抗奈、一起参与沙拉克卡的人。切莫忘记，我的兄弟姐妹们，沙拉克卡即将到来！我母亲预见了解放者前往奈的深渊，而当他回归时，所有奈的大军都会尾随而来！在那天临近时，解放者的大军必须准备好决战，成为他转身面对恶魔大军的后盾，一举把它们通通赶出阿拉！"

他转身面对阿山。"达玛钻研沙鲁沙克一生究竟是为了什么？为了虐待沙鲁姆和卡菲特吗？那并非艾弗伦的旨意。那并非沙达玛卡的旨意。我父亲每每都从意想不到的地方壮大部队的阵容。卡菲特、青恩、女人。沙达玛的出现顺应时势，神圣的安德拉。父亲为了教我这点而否定我争取荣耀的权利，但我已经学到教训了，我成长了。如今，当父亲在远征期间，所有达玛都有责任在他远行期间领导各自的族人。"

他再度以眼神扫视人群。"所以在月亏第二夜，我主张所有达玛通通起身作战，用恶魔浓汁玷污他们的白袍，让奈的将领知道我们克拉西亚人绝非黑夜里的弱者。我们不会只在解放者的领导下才能对抗它们，我们会在他最需要我们自立自强的时候挺身而出。每支沙鲁姆队伍分派一名达玛顾问。和他们一起深入黑夜，亲眼看看我们伟大的成就和他们的灾难。参与阿拉盖沙拉克，成为打从你第一次进入沙利克霍拉练习沙鲁金开始就该成为的那种人！"

这话激起一阵骚动，有些达玛和年老的达玛基高声抗议，但是更多人则表示赞成，迫切地想要像阿桑一样争取荣耀。

"你必须支持他。"英内薇拉透过阿山的耳环低语。她之前

就说过了,但此刻没有其他选择。当阿曼恩刚刚夺回战斗魔印之初,鼓励族人全力对抗奈,慵懒的安德拉和专横的达玛基极力抗拒,其实是固化手中的权力。结果成群结队的沙鲁姆变节,响应阿曼恩的召唤,包围大迷宫。如果他们抗拒,阿桑此举迟早都会引发同样的事情来。

阿山为他的儿子和女婿而生气,但他不是笨蛋,看得出当前形势。"你的话很有道理,看来,我的女婿,你体内流着我哥哥阿曼恩、沙达玛卡的血——你们体内都有。你的话为艾弗伦增添荣耀。"他自骷髅王座起身。"所以我今晚也将参战,以恶魔的血浆染我的白袍吧。"

"我也会。"年长、独臂的阿雷维拉克立即上前响应。"达玛趁沙鲁姆在黑夜中抛头颅洒热血时像女人一样窝在地下城里过日子已经太久了。"

其他人也纷纷上前,有些出于热血;有些人,根据灵气所示,则是深怕被人鄙视——大势所趋,没有人能够阻挡。

"沙达玛!我弟弟成了第一批沙达玛!人们上街时欢呼他们的名号,我只能坐在寒冬中干瞪眼!"

贾阳愤怒地把信抛进火炉里,然后又摔掉他的库西酒壶。烈酒引发的火球立刻烧尽信纸,所有人都退开一步。幸亏火势没有扩散。

帮沙达玛卡再倒一杯,阿邦以手势对无耳说,把酒壶留在盘子里。

不会说话的卡沙鲁姆遵命行事,目光仍然保持在地板上。即使弯着腰,他依然是屋里最高的人,但是不会说话的人就和穿了隐形斗篷一样,贾阳看都不看一眼就接过酒杯。

"你不会在库西酒杯底找到荣耀之道,沙鲁姆卡。"凯维特说。

贾阳刻意一饮而尽,用白面巾擦拭嘴角的酒渍。凯维特大怒,不过在贾阳大步走到他面前时一言不发。"那我要去哪里找,达玛?你来这里是要提供建议的,是不是?如果我弟弟的权力持续壮大,恐怕你儿子在骷髅王座上坐不了几天了。"

"我儿子一开始根本就不该坐上王座。"凯维特说,"全是达玛佳在幕后主使。"

"不然你会怎么做?"贾阳问。

"法律规定得很明确。"凯维特说,"王座应该要传给你才对,你是长子。你神圣的父亲让你负责阿拉盖沙拉克,跑来外国领土上为了艾弗伦的荣耀进行沙拉克桑的人也是你。你弟弟只不过是杀了几只阿拉盖而已。"

"还引发了一场将会颠覆神职体系的运动,效仿你父亲当年的行为。"阿邦说。

凯维特瞪他。"没人问你意见,卡菲特。"

阿邦在贾阳转头看他时鞠躬。"正如沙鲁姆卡所言,达玛,我们是来提供建议的。"

"是你拿库西酒给沙鲁姆卡喝的。"凯维特斥道,"你怎么有资格提供通往荣耀之道的任何建议?"

"什么建议?"贾阳问,不过不带丝毫情绪,以平常惯有的嘲弄语调。"我要听听卡菲特的看法。"

阿邦微笑。"沙鲁姆卡已经知道自己该怎么做了。"

贾阳双臂抱胸,不过面露微笑。"你倒是说出来听听。"

阿邦再度鞠躬。"沙鲁姆卡本来可以回师过冬的。湖中城市也已经唾手可得,寒冬能够提供比战士更好的围城效果。艾弗伦恩惠的青恩叛变已经平定。在湖面解冻前完全无事可做的

情况下，有什么理由要和部队一起待在这里止步不前呢？"

"我该干点什么呢？"贾阳问，"在湖面结冰，北方洼地部族人数又远超过我们眼下的？"

"往东走，去亲眼看看你手下的战士如何惩罚那座对我们发起攻击的修道院。"阿邦说，"你的围城武器一直放在湖边是会积雪的，但是通往北方的老山丘道依然通行无阻。"

"你不可能是在建议沙鲁姆卡进攻安吉尔斯吧？"凯维特说，但贾阳已经笑容满面。"我们人手不够，不可能守住那么大一座城市。"

"守住？"阿邦问，"守什么？我们要洗劫。北地城墙根本就是纸糊的。踢开他们的城门，派一万名战士横扫他们的商业区。抢空仓库过冬，劫掠所有值钱的东西，在冬天完全到来前回艾弗伦仓库过冬。"

贾阳看起来有点失望。"你要我带领一万名沙鲁姆北上，就只为了打劫，抢夺一些财物？"

"喜欢的话烧掉他们的宫殿，"阿邦耸肩，"抓人质，把公爵的脑袋插在城墙木桩上。随便你爱怎么搞，只要你动作够快，赶在他们邻居派兵支援前撤回来就行了。"

"之后你就会掌握世界上最庞大，也最有经验的部队，随时可以调动且补给充足，你的财富也会超越你父亲。到时候，谁坐在骷髅王座上又有什么差别？卡吉本人花在马鞍上的岁月也远比王座上的时间多。"

贾阳看向凯维特，发现他似乎也在冷静琢磨着。"计划太大胆，沙鲁姆卡。如果洼地部族的观察兵察觉你的行动——"

"他们不会察觉的，"贾阳打断他，"我的观察兵已经监视洼地好一阵子了。他们的巡逻队尚未离开大树林的范围。"

凯维特看向阿莎薇。"或许我们该咨询……"

"我已经依照沙鲁姆卡的要求掷骰过了，"达玛丁说，"解放者之子只需一天就能攻破城门，让沙鲁姆涌入安吉尔斯。"

贾阳走到墙上一面绘有提沙地图的挂毯前，举起长矛。"艾弗伦仓库里还有多少战士？"

他没有看向阿邦，但由于没几个人能数数字，卡菲特立刻回答："湿地里共有三万五千名沙鲁姆、一百二十名凯沙鲁姆、六千四百零六个戴尔沙鲁姆、九千二百三十四个卡沙鲁姆，还有一万九千八百七十六名青沙鲁姆。"

"我带两万名沙鲁姆东行。"贾阳转向凯维特，"达玛，你和我前往修道院，带一千名战士留在那里，重建防御，接收来自安吉尔斯的战利品，别让其他人发现。"

凯维特鞠躬。"是，沙鲁姆卡。"

"魁伦船长将在我弟弟沙鲁的指挥下负责围困雷克顿的警戒任务，其他地面部队也都交给沙鲁指挥。"

魁伦和沙鲁鞠躬。"如你所愿，沙鲁姆卡。"

"祖林。我父亲与洼地部族之间的合约并没有禁止我们去安吉尔斯抢夺一些财物。这里和这里。"贾阳指向洼地郡外围两座村落。技术上而言，算是雷克顿的领土，这些小村落距离码头镇太远，没有战略价值，而洼地部族又已经将形成的影响力扩张到那附近。"带三百名战士。抢钱放火之后，攻击另一个点，也不要用同样的方式攻击。让他们以为你们人数远远超过真实数目。"

祖林鞠躬，看起来很乐于此战。

"骚扰他们，他们才不敢派兵南下，不过会吸引他们注意，派人巡逻南部。"贾阳的手指从码头镇向东穿越湿地，抵达一条向北的线条。"我则带领人马沿着老山丘道北上。我们会完全绕过洼地，长途奔袭安吉尔斯。"

他微笑。"等葛佳达玛传达讯息之后,他们绝对不会有所提防。"

第二十九章　葛佳达玛

334 AR　冬

　　信上是妲西·卡特大大的字迹。她的信件就像本人一样，总是开门见山，直指重点。妲西不写长信，她的信向来都是提出一堆小问题。

黎莎女士，

　　魔印之子已经失控了，他们不会等你回来检查，开始用黑柄汁以外的东西在身上绘印。史黛夫妮·因恩发现史黛拉在身上永久刺青。杨·葛雷想要规劝他们，加伦·卡特把他的手给打断了。

　　他们现在住在树林里，就像解放者之前一样。有睡觉的人都只在白天睡，远离阳光。加尔德一直睁一只眼、闭一只眼，因为他们能重创地心魔物，但就连他也快要失去耐心了。

　　你说过有办法应付这种状况。如果衣兜里面还藏着秘密，现在该拿出来了。

　　——妲西

　　"可恶。"黎莎说。
　　正在擦弓的汪妲抬起头来。"什么？"
　　"洼地的情况越来越糟了。"黎莎说。她抚摸着她的大肚

子。"再待下去，我很快就走不回洼地了，至少要等孩子出世为止。"

"不带罗杰一起，我们怎么能离开？"汪妲问。

"不能。"黎莎说，"但是我对詹森持续拖延越来越不耐烦了。我一点也不在乎杰辛是不是他外甥。他不止一次想除掉罗杰，落到今天的下场也都是他自作自受。"

"我怀疑这话能让所有人改变立场。"汪妲说。

"如果加尔德带几千个伐木工来护送我们回去，他们就会改变立场。"黎莎说。

汪妲看着她一会儿，接着又回去擦弓。"你觉得事情会演变到那个地步？"

黎莎搓揉脑侧。"或许。我不知道。希望不要。"

"如果走到那个地步，情况会一发不可收拾。"汪妲说，"他们两个或许是有争执，不过加尔德把罗杰当做兄弟看待。"

"我们都是，"黎莎同意，"但公爵和他弟弟都很固执。如果加尔德带着部队前来，他们或许会放我们走，不过洼地就空虚了。"

汪妲耸肩。"我很喜欢伯爵，还有老伯爵夫人，但是洼地没有他们也一样好好的。他们需要我们超过我们需要他们。"

"或许。"黎莎又说，不过她没有那么肯定。

有人敲门。汪妲打开房门，门外是梅儿妮公爵夫人的一个侍女。

"这是好现象。"黎莎对梅儿妮说，"不过先别太过兴奋。"

"恶魔屎。"阿瑞安说，"她每个月第四周的第二天都会失血，就像太阳升起一样准确。今天已经是第五天了，一滴血都没有。不需要药草师的围裙也知道是怎么回事。"

"那么说,我身体里有小孩了。"梅儿妮兴奋地说。

"对,我不是要否认这个,"黎莎说,梅儿妮喜形于色。"不过我还是不会跑到阳台上去昭告天下。第一次怀孕早期,能不能稳住胎儿还不好说。"

"会稳的!"梅儿妮坚持,"我可以感觉到造物主的手在影响着这一切,在我们最需要的时候送孩子给我们。"

"即使如此,多等一会儿再告诉别人也不会有什么坏处。"黎莎说,"我们还有时间。"

"没你想象的那么多。"阿瑞安说。

※

黎莎必须加快脚步才能跟上阿瑞安领头穿越皇宫女人侧翼的速度。她太习惯老公爵夫人老态龙钟的演技,眼前这个老妇人皮囊之下仿佛是另一个人。

事情非常不对劲,黎莎发现,因为她竟然不在公共场合故作衰老。

她一进入寝室立刻闻到他的味道。阿瑞安打开窗户,在屋里放满鲜花,但是那股臭味绝不会错,就算在门外也闻得出来。她左眼传来一阵抽痛,知道自己今晚会头痛欲裂。

布莱尔等在接待室,看起来——闻起来——甚至比上次还邋遢。他衣服上沾满血迹,因为融雪的关系而湿淋淋的。她发现他身上布满瘀青和伤疤。

黎莎走向他,压抑恶心的感觉。她眼中传来剧痛,但只能抑制住痛楚,检查他的伤势。

男孩面容憔悴,简直就像一个星期没合过眼。他双脚染血,布满水泡,不过没有感染。剩下的伤势看起来很痛,不过伤口

都无大碍。

"出了什么事?"她问道。

布莱尔将目光飘向阿瑞安,她在黎莎继续照料男孩伤势时回答。

"汤姆士领兵进攻码头镇。"阿瑞安说,"与雷克顿和来森反抗势力联手出击。"

"我为什么没听说?"黎莎问。

"因为和克拉西亚人有关的事情我都不信任你。"阿瑞安坦言道,"你会反对进军。"

黎莎双臂抱胸。"那公爵夫人阁下杰出的军事策略有何斩获呢?"

"我们被打败了。"布莱尔轻声说道,然后眼泪流了出来。

黎莎本能地伸手安抚他,一边张嘴呼吸,一边拥抱哭泣的男孩,眼看泪水流过他脸颊上的泥巴和猪根汁。她脑中有上千个问题想问,但此时此刻只有一个最要紧。

"汤姆士呢?"她立刻警觉地问道。

布莱尔继续哭泣,摇了摇头。他伸手到烂袍子里,掏出一张折起来的信纸,上面沾满污垢。"他嘱咐我亲手把这个交给你。"

"呃?"阿瑞安问。显然之前汇报的时候,布莱尔漏掉了这事。

黎莎手心颤抖,接过那封信。匆忙写下的字迹都已经抹花了,不过肯定是汤姆士的亲笔信。

信的内容很短:

我亲爱的黎莎,
我原谅你,我爱你。

你可以怀疑一切，但不要怀疑这一点。

黎莎看了三遍，泪如泉涌，模糊了她的视线。尽管竭力压抑，她还是不住哽咽，接着她放开信纸，捂住脸颊。布莱尔走向她，像她刚刚抱他一样抱着她。

阿瑞安弯腰捡起地上的那封信，一边看信一边嘟哝着。

"他们是否会交还他的尸骨？"黎莎问。

阿瑞安裹紧披肩，走到窗前，凝望着灰色的冬季天空。"我想克拉西亚使者很快就会抵达。如果他们要钱，我们就付钱，多少都给。"

"他们不要钱，"黎莎说，"他们要战争。"

"如果他们要的是战争，我们就给他们战争。不惜任何代价。"

※

克拉西亚大使果然于两周后抵达，只有一个达玛，由两名沙鲁姆护送。公爵的守卫没收了他们的兵器，充满敌意地打量他们，但是克拉西亚人还是带着那副令人愤慨的自负神情，即使手无寸铁深入敌境也还是一副狂妄自大之相。

黎莎在公爵包厢里看着他们，那是王座高台后方的一排座位。日近西山，已经藏到王座厅的高窗下方。光线昏暗，她的魔印眼镜可以隐约看见他们得意洋洋的灵气。

她身边坐着老公爵夫人、汪妲，还有密尔恩的罗兰公主。梅儿妮的月经依然没来，阿瑞安让她修养。这是黎莎在得知克拉西亚战胜的消息后首度见到密尔恩公主。像阿瑞安一样，罗兰公主在攻击行动之前就已经知情。沙曼特领主和汤姆士一起率领骑兵队冲锋陷阵，之后就杳无音讯。

罗兰消失在守卫森严的使馆里，山矛士兵巡逻使馆围墙和领地，直到听说克拉西亚大使抵达。她似乎在短短数日之内衰老了许多。她眼旁有黑眼圈，就连浓妆都无法完全掩饰，但是黑眼圈中央，她的目光是斩钉截铁的坚定。

林白克和他弟弟自高台上蔑视而下，但克拉西亚人毫不畏缩。达玛大大咧咧地迈步向前，抬着一个大亮面箱子的两名沙鲁姆紧跟在后。

守卫在他们走到半路时挡下他，达玛微微鞠躬。"我是葛佳达玛。我负责代我主传话，以他的语言说话。"

他摊开一张大羊皮纸，开始读道：

"向林白克三世，安吉尔斯公爵问好，艾弗伦纪元三七八四年——"

"我在艾弗伦面前作证，你违背了造物主及其阿拉上的子民的信仰，趁神圣的月亏之夜，所有男人都是兄弟的时刻展开攻击。依照《伊弗佳》，你应当被判处死刑。"

这话在宫廷中激起一阵怒骂，但葛佳达玛不理他们，继续读道：

"但是艾弗伦慈悲为怀，而他的神圣判决不需要殃及你的无辜子民，我们只希望能和他们交朋友、当兄弟。因此，作出适当的妥协，为你下达的亵渎命令自行了断吧。在春季第一天，你的继承人将你的头颅献给我，我就会允许他在我脚边跪拜。照做，我就饶过你领地里的所有子民。不照做，我们就要全安吉尔斯付出代价，让你们全都领受艾弗伦的惩罚。"

"我期待你的回应——贾阳·阿苏·阿曼恩·安贾迪尔·安卡吉，克拉西亚沙鲁姆卡，艾弗伦仓库领主，阿曼恩·阿苏·阿曼恩·安卡吉，又名沙达玛卡，解放者的长子兼继承人。"

659

达玛念完，抬起头来时，林白克气得面似猪肝。"你期待我自行了断？"

葛佳达玛鞠躬。"如果你爱民如子，不希望他们为你的罪行付出代价的话。但即使在南方，我们也听说林白克公爵是个肥胖、腐败且不够资格登上王座的卡菲特。我的主人期待你会拒绝，让安吉尔斯承受艾弗伦之罚。"

"艾弗伦管不到这里，达玛。"比瑟牧者愤怒斥道。

葛佳达玛鞠躬。"请见谅，牧者阁下，但全世界都归艾弗伦管辖。"

林白克一副脖子被鸡骨头卡住了的样子，肥胖的脸颊涨成紫色。"我弟弟的尸骨在哪里？"他愤怒问道。

"啊，对了。"葛佳达玛说着弹弹手指。两个沙鲁姆搬着亮面木箱走向王座。

随着木箱逐渐接近，黎莎心中的恐惧越来越深。詹森和半打林木士兵在木箱抵达台阶前拦住对方，沙鲁姆面无表情地停步，让总管检视木箱。

"黑夜呀！"詹森叫道，神色惊恐地偏开头去。他从口袋里拿起一条手帕，当场呕吐起来。

"抬上来。"林白克怒喊道，两名守卫把木箱抬到王座前。比瑟和迈卡尔自座位上站起，在林白克打开木箱时迎上前去。

迈卡尔惊呼，比瑟呕吐。他动作没有詹森快，直接吐到洁白的圣袍上。林白克只是冷冷看着箱内，然后挥手叫人抬走。

"我要看，汪妲帮我一把。"阿瑞安喘息着，急切说道。

"是，老妈。"汪妲说着走到守卫面前，叫他们转向公爵包厢。

詹森连忙迎上阻止。"公爵夫人阁下，我不建议……"

但阿瑞安不理会他，打开箱子。黎莎立刻起身，她已经猜

到箱子里放了什么，不过还是必须亲眼看到。里面放的东西和她所想一样，但是更加恐怖。

箱内放着两个魔印玻璃瓶，瓶内灌满看起来像是骆驼尿的液体。汤姆士的脑袋漂在其中一瓶里，另一个瓶子则放了沙曼特的头。汤姆士的男根被割了下来塞在他嘴巴里。沙曼特的嘴里则塞满粪便。

这景象如同恶魔爪般刺穿她的心，但她已经作好准备，没有流露任何痛苦的表情。罗兰也一样，目光中的愤怒远甚于惊恐。

阿瑞安就没有那么镇静了。黎莎很少看到那个女人真实的情绪，但这已经超出她的灵气所能承受的范围。黎莎看着她坚强的意志崩溃，伸手捧起放着汤姆士头颅的玻璃瓶，紧紧握着，放声哭泣。

"守卫！"林白克大叫，"把这些沙漠老鼠押进地牢！"

葛佳达玛的灵气骤变，骄傲自大化为一股胜利的快感——这是他所期待的，他甚至刻意激怒对方这么做。

葛佳朝王座台深深鞠躬。"谢谢你，公爵阁下。我本来打算直接离开，如同《伊弗佳》中所记载，传信使者就像黑暗中对抗恶魔的男人般不可侵犯。即使在你们的异教文化里，信使也有这种权利。身为你的宾客，我不能光明正大地攻击你。"他微笑。"但既然你选择要错上加错，我就有权亲手宰你。"

在葛佳迅速发难，掌根击中身边守卫鼻子时，林白克的笑声也卡在喉咙里，僵在当场。守卫软骨瘫折，硬骨碎裂，碎骨插入他的脑中。黎莎看士兵的灵气顿失，他随即摔倒在地，当场死去。

两名沙鲁姆也展开攻击，打断士兵骨头、折断关节，向他们不该接近的方向前进。

葛佳达玛已经来到台阶底端,快如闪电。詹森从身上拔出一把匕首,但葛佳抓住他的手腕一拉,毫不停步地把总管摔在坚硬的石阶上,然后继续进攻。

他本来可以夺走匕首的,黎莎知道,但《伊弗佳》禁止祭司使用兵器。葛佳在任何情况下都不需要武器。他的灵气在他展开攻击时大放光明——他有魔法作为后盾。

一眨眼间,达玛已经跳到林白克面前,连出好几下重拳。当他撞歪公爵的王座时,公爵的灵气已经开始消退。葛佳不敢大意,骑在公爵身上压倒王座时也持续攻击。当他们倒在王座台上时,林白克的脑袋看起来像是从南塔扔下来的甜瓜。

迈卡尔跳起身来。这位王子比林白克健壮一点,也比葛佳高大,攻击范围较远。他抓住达玛的肩膀,试图把他从林白克身上拉下来。

葛佳头也不回,反手击中迈卡尔。这一下几乎没有怎么使到力,但是迈卡尔脸的下半部嘎啦一声爆炸,留下一堆血、牙、骨和肉垂在血肉模糊的上半部脸下。

达玛站稳脚步,借助起身的力道转身回击,踢中迈卡尔的胸口。锁骨折断的声音撕裂了大厅,王子当场被击得飞下王座台。他跌倒在二十英尺外,灵气如同烛光般熄灭。

比瑟牧者想逃,但达玛抓起他的圣袍,顺手把他扯回座位。"待着,异教徒,我们可以继续讨论一下艾弗伦的旨意。"

一切发生得太快,黎莎还没起身,公爵和王子就已经死了,但是当葛佳抓住牧者圣袍正面,举起拳头时,她扬起她的霍拉魔杖,释放一道魔爆,当场震飞达玛,飞越大厅撞上墙壁,撞碎石头,落地时在墙上留下一个蜘蛛网状的大坑。

黎莎感受魔爆的反馈窜上手臂,让她充满力量。她觉得一阵头昏眼花,直到胎儿用力踢她为止。她惊呼一声,扶住肚子。

这时沙鲁姆已经杀了守卫，不过其中一个在打斗中中了一矛，血流如注，但咬紧牙关继续作战。其他守卫连忙围上，但他们没有时间在刚拿到武器的沙鲁姆跑上台阶完成达玛的工作、斩断林白克血脉前拯救比瑟。

"可恶！"黎莎生怕这些魔力会对胎儿造成影响，但她又不能袖手旁观。她再度举起魔杖，释放两道魔爆，逐一杀死刺客。

胎儿仿佛在她体内打鼓一样，似乎想要抢先几个月跳出母体——而且有可能成功。黎莎压低魔杖时已经泪流满面，双手抱住隆起的肚子。

"女士，小心！"汪妲大叫。黎莎抬起头来，看见血肉模糊却依然魔力充沛的葛佳杀死两名守卫，朝她直奔而来。

一支箭掠过黎莎肩膀，直奔达玛的心脏，但是葛佳仿佛赶跑恼人的蚂蚁般把箭拍开。

"可恶！"汪妲大吼一声，抛下弓，冲到黎莎面前，正面迎战达玛。

葛佳满心以为可以像其他人一样随手灭了她，但汪妲的护甲内镶恶魔骨，能够提供力量和速度，就和达玛一样。她抓住他的手臂，扭成抛掷姿势。

但葛佳没有失控，转身应付她的攻击。他抢先跃起，避免被抛出去，顺势踢中汪妲的脸，落地时也摆开抛掷姿势。

"没那么好的事！"汪妲说着以身体的重量加以抗衡，站稳双脚。达玛也调整姿势，直到汪妲突然发难，以额头撞碎他的鼻梁骨。

达玛终于失去重心，于是她把他重重摔在地上，撞裂石板地。达玛趁弹起时屈膝，勾住汪妲的脚踝，把她也扭倒在地。

达玛也为这个动作付出了代价，汪妲倒在地上，立即连出数拳。她又抓住他的头使劲去撞地板。

但葛佳一边承受攻击，一边移动身体，然后突然踢出双脚，勾住她的喉咙。汪妲气息受阻，扯向后方，在撞上地板时奋力挣扎，葛佳则持续紧扣双脚。

汪妲打不到达玛，只能无助地拉扯锁住她喉咙的双脚。

由于胎儿依然在肚子里大闹，黎莎不敢继续使用魔杖，不过她不能眼睁睁看着汪妲死去。她急着找寻武器，但罗兰抢先她一步。高大的女人抢起身下的椅子，用力砸了下去。

达玛再度转身，伸出一手及时挡下攻击。椅子碎裂，葛佳抓住公主的礼服，把她也拉倒在地。他一手扣住她的喉咙，阻断氧气流通，双脚则继续用力，争取早些解决掉汪妲。

黎莎在自己察觉之前已经展开行动，魔法化为非人的强大力量窜入四肢。她把胎儿、汤姆士、药草师的誓言通通抛到脑后。她的整个世界缩成一个目标——葛佳达玛的头。

她一脚把他的头踩进他的胸腔里。黎莎感觉到对方的脊椎在这一脚的力道下应声折断，接着达玛终于死了。

※

王座厅一片死寂，只听到三个女人大口喘息声。汪妲和罗兰大口吸气，黎莎却短而急促，如同心跳。她站在原地，心知打斗已经结束，但还在努力克制由愤怒、肾上腺素和魔法混合而成，几乎难以承受的一股力量。她希望还有更多敌人可打，仿佛如果不加以释放的话，这股力量会把她撕裂。黑夜呀，这就是汪妲和其他人作战时沉浸在魔法里的魔力感觉？实在太恐怖了。

王座厅中所有人都目瞪口呆地看着打斗现场。就连阿瑞安都将含泪的目光自大腿上的玻璃瓶上移开，张口结舌地看着黎莎。她可以在她们的灵气中看见恐惧，而她不怪她们。

昏暗的大厅里充满魔力，在空气中猛烈冲撞，受到刚才的暴力所吸引。黎莎闭上双眼，无视外界的一切，强迫自己深呼吸。胎儿继续踢她，大力扭动。

受到魔力的影响，黎莎以前所未有的方式感应到体内的生命。它很强壮。魔法显然没有伤害到它，但那并不表示这是好的征兆。黎莎见过魔印加速小孩成长。或许这个孩子会提早降世、体形巨大到需要实施危险性极高的手术才能出生？还是说这股魔力会引发其他变化？亚伦拒绝和她做爱的时候就是担心这个，而现在黎莎还是面对同样的问题，只是少了他在身边。

她抛开这个担心，睁开双眼，扶起罗兰。汪妲已经单膝跪起，扬起一手拒绝帮助。

"别担心我，女士。"她又吸了一大口气，"过一会儿就没事了。"

黎莎看得出来魔法在她体内流窜，自然导向她的伤口，知道她说得没错。她让汪妲维护自尊，转身面对葛佳达玛的尸体。

即使到了现在，她还是毫无感觉。她烧焦了两个沙鲁姆，还踏碎了达玛的脊椎。他们不是恶魔，是人类。尽管如此，她还没有感觉到一丝应有的罪恶感。这些人很乐意杀光王座厅内所有人，就像黎莎收药草一样轻松。

达玛一个拳头仍然紧握，她掰开它，发现其中有块粉碎的恶魔骨，魔力已然耗尽。她轻吹口气，终于詹森抖抖身子，跌跌撞撞地走上台阶。他低头看着林白克的尸体，摇了一摇，然后伸手去捡公爵那顶亮面的木冠。

"公爵死了！"总管大叫。他走下台阶，伸手扶起比瑟牧者。"比瑟公爵万岁！"

比瑟牧者看向他，灵气中充满迷惑和恐惧。"呃？"

皇室三兄弟都没有留下适合进行体面葬礼的尸首，就连藤蔓王座也无法承受三场葬礼。攻击事件之后一周，安吉尔斯依然封城，汤姆士、林白克和迈卡尔在安吉尔斯大教堂里一起举行葬礼。

　　比瑟亲自主持仪式，他认为在头戴木冠的情况下兼任造物主牧师的牧者职务并无任何冲突。一开始的震惊过去后，他立刻指派工匠打造适合他双职身份的服饰和仪式护甲。

　　黎莎抬头挺胸、面无表情地站在家属答礼的行列里。她私下为汤姆士哭泣，但不打算分享她的哀悼。她接受不记得或根本不在乎他们姓名的安吉尔斯贵族致哀，露出苍白的微笑短暂僵硬地握手，然后转头看向下一个排队致哀的人。

　　尽管如此，这条队伍仿佛永无止境。她做好自己的职责，忍受这一切，但她的内心空了。

　　回到房间后她瘫在自己床上，没多久又被汪妲叫起。"抱歉打扰你，黎莎女士，老妈想见你。"

　　黎莎疲惫站起，梳洗整理，伸个懒腰，再度离开寝室，没有对走廊上的仆役和守卫透露任何情绪。他们也在哀悼，必须看到坚强的她。

　　黎莎进入接待厅时，罗兰坐在老公爵夫人面前。密尔恩公主看着黎莎点了点头，但她的眼神透露着更多情绪。如今她们产生了命运相关的羁绊，或许算不上友情，但她们彼此信任，而且有了共同的敌人。

　　罗兰转头面对阿瑞安，继续之前的交谈。"公爵阁下会同意吗？"

　　"皇冠让我儿子本来就很大的脑袋涨得和气球一样大，但

他还想要保住那颗脑袋。比瑟或许喜欢打扮成女孩的男孩,但如果这样能让你父亲派遣几千名山矛士兵过来……"

罗兰点头。"他不想碰我,我也不想碰他,但是如果这样做能让沙漠老鼠为对我丈夫所做的事情付出代价,比瑟就算把那些男孩一起带上床来也无所谓。"

阿瑞安嘟哝一声。"如果比瑟去世时,你的儿子尚未长大成人,你不能够取得王位,甚至不能幕后摄政。"

罗兰点头。"我父亲或许想要争夺你们的公爵宝座,我却没有兴趣。不过你绝不能禁止我接触我儿子。我还要把我其他孩子带来皇宫居住,享有完整的贵族身份。"

"当然,"阿瑞安同意,"但他们的爵位都是荣誉头衔,我不会分派安吉尔斯领土或职务给他们,除非他们靠实力获得。"

"我会请我的主母根据条件修改合约,"罗兰说,"明天上午就可以签约。"

"越快越好。"阿瑞安同意。罗兰起身,离开时轻捏黎莎的肩膀。

"你的身体康复了吗,亲爱的?"阿瑞安问,指示黎莎坐下。

黎莎弯腰坐到椅子上。"可以了,公爵夫人阁下。"

"没人的时候,叫我阿瑞安。"老公爵夫人说,"你现在赢得这么称呼我的权利,还不止这个。那天我本来会失去四个儿子的,不光是三个。"

"明天早上,比瑟会连这份文件一起签署。"阿瑞安说着给黎莎一份皇室命令。这份文件任命黎莎为洼地郡伯爵夫人及皇室家族成员,虽然她和汤姆士并未结婚。

"这是民意所归,"阿瑞安在黎莎抬头时说,"你已经扮演这个角色好几个月了,而我敢说你的子民也不会接受其他人统

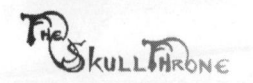

治。加尔德是个好孩子，但他比较适合当男爵，而非伯爵，特别是娶了那个不庄重的媳妇之后。"

"我认为这个消息会让他松一口气。"黎莎说。

"你立刻回洼地郡，"阿瑞安说，"带梅儿妮一起走。"

"呃？"黎莎问。

"暂时没人去管梅儿妮，而我希望这个情况能够保持下去。"阿瑞安说，"密尔恩和安吉尔斯必须联盟，越快越好。没人知道那个女孩身怀林白克的孩子，如果消息走漏，那孩子会造成不必要的麻烦——要用长矛来解决的麻烦。"

"罗兰决不会杀害未出世的孩子。"黎莎说。

"话不要说得太笃定。"阿瑞安说，"不过我怕的是她父亲，或伊斯特利和沃德古德会利用孩子来号召势力，对抗密尔恩。如果是他们之一绑架了可怜的希克娃，我也不会感到惊讶。"

"这又回到了罗杰的问题，"黎莎说，"我离开时要带他一起走，你们得撤销对他的控诉。"

这语气让阿瑞安扬起一边眉毛，不过她还是点头。"好吧。"

黎莎起身，回到寝室，开始准备。他们花了两天时间准备回家，但接着克拉西亚大军兵临城下，全城人民陷入恐慌。

第三十章　公主的守卫

334 AR　冬

罗杰透过塔牢的小窗户看向窗外，高塔正好俯瞰聚集在城门外的克拉西亚大军。

被囚禁在这间可恶的牢房里已经几个月了，今天也恰好是他获释的日子。结果，全城戒备，他也完全被人遗忘了。

"我就知道不会这么爽快地释放我们。"他自己念叨着。"我会死在这间牢房里。"

"绝对不会的。"躲在上方的阴影中的希克娃答道，"我会保护你的，丈夫。如果她们攻破城墙，我们会在他们抵达大教堂前离开这里。"

罗杰没有看她。他现在根本无须费心这么做了。因为希克娃想要让他看到的时候才会看到，只能听其声，不见其人。他目光恐惧地看着一队一队的沙鲁姆开始列阵，将一座座大型投石器架设起来。

"你一定知道他们会来吧？"罗杰问。

"不，丈夫。"希克娃说，"我以艾弗伦之名和我进入天堂的愿望发誓，我真的不知道。我们结婚前，我知道很多解放者宫殿里的秘密，但对短期内扩张艾弗伦恩惠领土的任何计划闻所未闻。艾弗伦恩惠土地非常肥沃，还要让很多人民习惯于接受艾弗伦的旨意。明智的做法是在那里静下心来经营至少五年。"

"然后继续北伐。"罗杰朝石塔窗外吐出一口痰。

"你应该明白,丈夫。"希克娃说,"我神圣的父亲从未对你掩饰过他的企图。想要赢得沙拉克卡,就必须透过沙拉克桑统一全人类。"

"恶魔屎,"罗杰说。"为什么?就因为有那么一本神话书这么说?"

"《伊弗佳》……"希克娃纠正道。

"只是一本荒诞的故事书!"罗杰愤怒地说道,"我也不知道世界上是否真有造物主,但我肯定他没有从天堂跳下来编写任何书。书都是某些人编写的,而这些人很软弱、愚蠢又腐败。"

希克娃没有搭话。他的话戳痛了她所信仰的一切,而他感觉到她情绪紧绷、渴望争辩、只是纠结于身为妻子的应顺从丈夫的誓言。

"不管怎么说,"片刻之后,希克娃宽慰道,"这肯定是贾阳想立功。我表哥是血缘上最有资格争取骷髅王座的人选,但他没有值得称道的功绩。他肯定是在想办法立功以表现自己,让他们在神圣的舅舅远行期间臣服于他的统治。"

"你神圣的舅舅几个月前掉下山崖,之后再也没有人听过他的消息。"罗杰说,"你还认为他会回来?"

"至少没有找到尸体,"希克娃说,"也没有他们落地后他还活着的迹象。我不相信解放者就这么不明不白地死了,他会在我们最需要他的时候回归。但是他儿子和达玛基会趁他不在的时候怎么治理呢?是在沙拉克卡开始时,让我们的部队会更壮大,还是像我那愚蠢的表哥千里跃进,让兵力过于分散呢?"

她轻轻巧巧地落在他身边,看向窗外,即使在这么高的地

方依然小心谨慎，不让外面的人看到她。"艾弗伦的血呀。城外集结了将近一万五千名沙鲁姆。"

"安吉尔斯堡确实有约莫六万人。"罗杰说，"但我怀疑汤姆士带队南下之后，城内仅剩下不到两千名林木士兵。"

"你也相信那个传闻吗？"希克娃说，"他会选在月亏之夜偷袭我表哥的部队？夜袭？"

罗杰耸肩。"不同的人有不同的信仰和观念，希克娃。杰辛已经两度试图趁夜暗杀我。公爵和他甚至企图在那天夜里打猎时置汤姆士于死地。"

"没错，但他们都算不上真正的男人。"希克娃说，"黄金嗓、林白克他们都是类似于卡菲特一样的行尸走肉。我见过汤姆士伯爵作战。大笨蛋，或许，但他拥有沙鲁姆之心，阿拉盖会在他面前颤抖。我无法接受他也会采取如此不光荣的战略。"

罗杰再度耸肩。"你我都不在场。但是他的头被装在玻璃瓶子里送给了他母亲，这一切又有什么不同？"

"没有任何母亲应该看到那种景象，"希克娃说，"我表哥这件事情实在做得很过分。"

这时，东方冒出阵阵黑烟，沙鲁姆洗劫了附近的小村落。城墙外一天行程之内有几十座小村落。

"如今他们兵临安吉尔斯城下，"罗杰问，喉咙有些哽咽。"是不是意味着洼地沦陷了？"

希克娃摇头。"洼地很强大，也受到艾弗伦眷顾。这么多战士或许能征服它，但至少需要数周的时间，或许好几个月。这些人军容整洁，没有一个伤兵，装备也完好无损。"

她看向浓烟滚滚的东方。"他们从东边绕过大森林，多半就是完全避开洼地。"

"至少这像是个好消息，"罗杰说，"或许加尔德已经带着一万名伐木工赶来安吉尔斯。"

拜托，加尔德，他无声哀求。我还这么年轻，还不想死。

比瑟公爵战战兢兢，脸上滑落的汗水将脂粉冲出一道道明显的痕迹。显然牧者还是习惯站在圣坛之前，而不是在圣坛后主持仪式。身为投身教会的第三子，比瑟八成从未想过自己会戴上藤木皇冠，更别说是在敌军兵临城下的时候结婚了。

罗兰公主和他相反，抬头挺胸地站在原地，坚定地看着迅速完成仪式的牧师，好让她可以名正言顺让部队投入战局。并不是说她那五百名山矛士兵能对两万名沙鲁姆造成什么影响。他们一发现敌踪，立刻派遣信使求援，但是没人知道他们是否能通过敌方的防线。

现在是早上，不过还要一个小时才到黎明。婚礼进行得很快，只有互道婚誓和一个尴尬的吻。黎莎并不羡慕她们的新婚夜，不过人民的需求远比个人的喜好重要。生孩子似乎是非常单纯的一件事，但黎莎和所有人都很清楚这件事情能对世界造成多大的冲击。

"丈夫与妻子！"牧师叫道，新任公爵夫人朝守卫队长布鲁斯点头。队长派遣信差去集合山矛士兵，然后在她和比瑟走下圣坛时跟了上去。观礼者稀稀落落地欢呼几声，大部分观礼座位都是空的，人们不是忙于守护城墙，就是躲在家里或庇护所中。

阿瑞安是第一个向新婚夫妇鞠躬示意的人，其他人跟着祝贺。黎莎以孕妇身体所能弯腰的极限鞠躬。就连阿曼娃也鞠躬了，意图明显的举动——她在渴盼着释放罗杰的手令。

"够了。"比瑟说，所有人站直身子。"如果我们能够活到

明天的话，会有很多时间鞠躬和争辩。"他刺耳的语调明白表示他对此事抱有多少期望。

罗兰面无表情地看着自己的新丈夫，但她的灵气充满恼怒及厌恶。"丈夫，或许这种事情私下讨论比较妥当。"

"当然，当然，"比瑟说着挥手指示所有贵族进入圣堂旁的小礼拜堂，然后沿着走廊前往他的私人办公室。如今林白克的宫殿都是他的了，但他一直没有时间搬家，而且牧者也不愿离开自己打理十年的奢华办公室。

回到他的地盘上，包围在他的信仰象征和提醒自己有多伟大的物品中后，公爵似乎找回了一点自信，再度抬头挺胸。"詹森，我们的防御情况如何？"

"和二十分钟前差不了多少，公爵阁下。"詹森说，"敌军大量集结，不过我们本周至少得知了他们不到天亮不会展开攻击。我们的城墙上有弓箭手，也有足够的人手击退一定程度的进攻，但真正有危险的是南城门。他们派遣士兵封闭其他城门，不过攻城器具都装置在南城门。"

"撑得住吗？"比瑟问。

詹森耸肩。"不确定，公爵阁下。敌军没有大老远带着巨石跑来，也不太可能在这么短的时间内采集足够砸毁城门的巨石。城门应该可以抵挡绝大多数攻击。"

"绝大多数？"比瑟问。

詹森再度耸肩。"没有测试过，公爵阁下。如果城门沦陷，城门广场就是在敌军攻入城内前阻止他们的最后防线。"

"如果城门广场沦陷，我们就全完了。"比瑟说，"经历码头镇的损失后，我们没有足够的林木士兵守护城墙，还能在近两万名克拉西亚人闯入时守住广场。自愿参战的人很多，但我们连武器都发不出来。他们不可能靠伐木工具抵挡训练精良的骑兵。"

"我们还没输,"罗兰说,声音坚定,"布鲁斯队长会带领山矛士兵镇守城门广场。进入城门的敌军只有三条道路可走。每一条都有可以驻守的防御要塞。"

比瑟看向黎莎。"洼地郡呢,女士?你认为南方会派兵来援吗?"

黎莎摇头。"我已经让布莱尔霍拉加快速度,回报洼地关于葛佳暗杀的消息,但就算加尔德立刻上马出发,也要好几天才可能集结足够的兵力抵达。"

她耸肩。"我个人觉得,洼地人有可能之前就遭到克拉西亚兴兵袭扰,但我不会把希望寄托在这点上。"

"你的魔印人呢?"比瑟问,"如果他真是解放者,现在就是证明自己身份的绝佳时机。"

罗兰嗤之以鼻,黎莎再度摇头。"还是期待洼地比较可靠些,公爵阁下。就算魔印人还活着,他只执着于追杀恶魔,不过问政治。"

"那你呢,女士?"比瑟问,"你对葛佳和他的战士释放闪电。"

"差点连孩子都没保住。"黎莎说,"除非到了被人用矛尖抵住肚子的最后关头,不然我不会再做那种事情。不管在任何情况下,白天我能做的都很有限。不过我有办法强化城门。"

所有人都抬头看她。"怎么做?"比瑟问。

"用魔印和霍拉。"黎莎说,"如果能把城门遮起来的话。"

比瑟看向詹森。总管目光飘向阿瑞安,阿瑞安则似乎只是微微移脚。

詹森立刻点头。"我们可以命令城内所有裁缝缝制大布块,公爵阁下。"

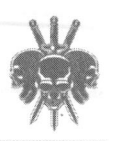

"去办。"比瑟环顾四周,"还有其他策略吗?谁心里还有任何疯狂的计划,现在就是提出来的时候了。"

室内陷入一片死寂,黎莎深吸口气。"是还有个办法……"

"让我和他谈。"阿曼娃说。

比瑟摇头。"太疯狂了。"

"是你想要疯狂的计划啊,公爵阁下。"黎莎说,"不管怎么说,总之我信任她。"她无法解释魔印视觉的原理,还有她在阿曼娃灵气中看见的真诚。皇室贵族可能认定她疯了,而不打算信任她。

"贾阳是我哥,"阿曼娃说,"我们是解放者和达马佳的长子及长女。趁他们等待黎明时派我出去,他会和我谈。或许我可以让他改变心意。《伊弗佳》禁止任何人,包括沙鲁姆卡在内,伤害或是直接阻碍达玛丁。他不能阻止我回来,或是趁我在城内时攻城。"

"我们怎么相信你一定会回来呢?"罗兰问,"你不会投诚你哥吧,把我们的防御策略和领导体系通通透露给他?"

"我丈夫在你们的牢房里,"阿曼娃提醒她,"骨骰显示,我的妹妻被困在城内某处。"

"还有什么更好的方法解救他们?"比瑟问,"比让你哥打烂囚禁他们的墙壁更好?"

"或许你根本不在乎他们。"罗兰说,"或许你本就鄙视你的青恩丈夫,打算逃回你的族人之间重新开始。"

阿曼娃目光闪烁,灵气充满怒火。"这种话你也说得出口?我自愿前来这座破城市担任人质,而你竟然羞辱我的荣誉和我丈夫。"

675

她走向公爵夫人,尽管阿曼娃比她矮小,体重不到她一半,罗兰一脸恐惧,显然葛佳达玛在王座厅大开杀戒时的景象让她心有余悸。

"守卫!"罗兰大叫道,布鲁斯立刻挡在她面前,举起他的长戟指向阿曼娃。这把戟的末端有道弯曲的刀刃,不管是砍还是刺都威力强大。黎莎发现钢刃上刻有魔印。

阿曼娃看着对方的神情仿佛他是只一脚就能踩死的小虫,但她停下脚步,扬起双手。"我没有恶意,公爵夫人。我只是担心丈夫的安危。如果你什么都不肯相信,至少相信这一点。我的骨骸告诉我,如果继续囚禁他将会面临重大危险。"

"你哥哥屯兵城外,让我们安吉尔斯所有人都面临重大危险。"罗兰在六名林木士兵冲入房内,包围阿曼娃时说道。"但如果你这么担心丈夫的安危,欢迎和他作伴。"她指示守卫带走阿曼娃。

"让女人搜完身,再送她去石塔。"阿瑞安吩咐道,"我们可不希望她夹带恶魔骨进去。"

一名守卫刚朝她伸手,但阿曼娃手臂一挥,在他身上拍了几下,他当场就跌倒。她立刻走到黎莎面前,解下霍拉袋。她脱掉她的首饰,包括魔印头环和项链,放入霍拉袋中,然后拉紧系绳。她在守卫再度包围上来时把霍拉袋交给黎莎,这一回守卫用矛尖抵着她。

"我会帮你保管好。"黎莎承诺,"我对造物主发誓。"

"艾弗伦会确保你信守承诺。"阿曼娃说着被人带往石塔。

❧

太阳出来时,黎莎还忙着处理南城门的魔印。詹森说到做到。城门警卫室一片漆黑,城门底部和闸门都用厚重的布匹遮

住。要不是克拉西亚投石器开始攻城的话,她根本不会知道天已经亮了。

冲击的力量震倒黎莎,不过汪妲及时扶住她。一堆碎屑落地,伴着一阵嘎啦声。敌军没有找到巨石可用。至少这还算点好事。

"这里不安全,女士。"汪妲说,"我们必须离开。"

"我完工前哪里都不去。"黎莎说。

"你的孩子……"汪妲开口。

"如果城门塌了,他们一样会抢走我的孩子。"黎莎打断她,"他同父异母的哥哥会直接把他从我的子宫里挖走。"

汪妲气得张牙舞爪,不过没有在黎莎回去帮大木门和横木绘印时继续争辩。汪妲击落了三头飞越安吉尔斯上空的风恶魔,在城门警卫室中把它们开膛破肚,灌满好几桶充斥魔力的恶臭浓汁。

黎莎戴着精致的软皮手套,将刷子在浓稠恶臭的体液中沾湿,然后绘制更多魔印,蜿蜒流畅的线条在魔印视觉下闪闪发光。每一个魔印都和隔壁魔印相连,形成一道令城门更加坚固的魔印网。即使此刻,魔印都在攻城石头的撞击下越来越亮,迅速修补木门承受的损伤。只要城门警卫室保持漆黑,防御魔印就会在对方的攻击下逐渐壮大。

造物主呀,希望这样能撑得住了。黎莎祈祷。

画好魔印网后,黎莎拔出她的霍拉魔杖。她以手指调整魔杖表面上的魔印,缓缓朝魔印网释放魔力。城门附近的魔印越来越亮,她的魔杖则逐渐暗淡。

手套在反馈魔力前提供一定程度的保护能力,不过并不够。她感觉手指刺痛,迅速传遍全身。片刻前还毫无动静的胎儿开始又踢又扭,不过在把魔力完全灌注到城门的过程中,她对这种情况完全束手无策。只要能够撑到日落,她就可以为魔杖重新灌注魔力。

再一次,城门传来一声巨响,不过这一次没有一丝摇晃。

"好了吗?"汪妲问。"我们可以走了?"

黎莎点头,朝向台阶前进。

"唉。"汪妲伸出大拇指比向身后。"出去的路在这里。"

"我知道。"黎莎继续上楼。"但是回宫殿前,我想上城墙看看。"

"黑夜呀!"

汪妲啐道,不过她跑上台阶,越过黎莎,走在前面。

城门两旁都有布块从比城墙高上一整层楼的城门顶端垂下来。城门警卫室以厚重的石头建造,共有二十四面窗户——南北各八面,东西各四面。狭窄的缝隙掩护着驻守在那里的五十名弓箭手。

北面的窗户可以看见一座大喷泉广场,石板地上还有不少被人抛弃的摊位和推车。有些是临时收摊的,不过大部分摊主都已经逃命去了。

广场上有三条街道,东面一条、西面一条,还有北方那条直通城中心。罗兰在那里派驻了两百名山矛士兵,另外各分派一百五十名镇守东边和西边。士兵们战战兢兢,准备在克拉西亚人突破城门时展开行动。

城门守卫室其他方向都有弓箭手站在箭垛口。面南的弓箭手持续射击,箭童四下奔走,补充射光的箭筒。从城墙顶端向下看的人每隔一段时间才会放箭,不过光从他们放箭这个事实来看就够令人担心了。

黎莎走向东墙,看着林木士兵和自愿兵割断抓钩绳索、推开攻城梯。不时会有几名克拉西亚人爬上城墙,杀死一堆守军,

直到弓箭手射杀他们为止。林木士兵英勇作战，但戴尔沙鲁姆一生为战而生。

黎莎深吸一口气，鼓起勇气，走到南墙。汪妲再度走在前面，和指挥弓箭手的曼森队长交谈。男人神色不定地看着黎莎，不过没有反对。

"皮尔斯，下去休息。"士兵对着负责东窗口的弓箭手叫道。

黎莎才刚起步，汪妲已经来到那扇窗口，朝外观察，确保安全。她突然后退，其他人也都同样反应，另一声巨响震动城门守卫室，大量尘土和碎砖塌向窗内。

汪妲等待片刻，然后再度看向窗外，边看边咳。"好了，女士。动作快，趁他们重新装填石头的机会，看完就走。"

"我保证。"黎莎点头。但是当她探头看到克拉西亚大军时，心情当场沉了下去。两万大军就逻辑而言，她知道这个概念，但是当真看到两万大军又是另外一回事了。对方人数实在太多了。就算他们无法攻破城门，爬墙上来的沙鲁姆仍然有可能击溃城墙守卫。

加尔德，她无声祈求，如果你这辈子有机会出人头地的话，就是此刻了。我们需要奇迹。

对方的主力部队按兵不动，数量庞大的骑兵队和数千名步兵，只待城门攻破立刻展开冲锋。梅寒丁投石队把从小村落废墟中搬来的巨石块放入投石篮里。大部分都漫无目标地投入城内，不过其中一座距离较近，专门轰击城门。曼森的弓箭手火力集中在那些战士身上，但是其他人用层层盾牌守护那些男人。

克拉西亚人以弓箭反击。就听见一声呼啸，巨蝎刺穿了一名安吉尔斯弓箭手。阔刃箭头破背而出，他被那股力道带出警卫室，当场死亡。

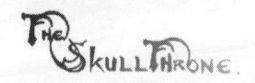

所有人都凝视着一路飞到北墙上的残躯。黎莎本能地想要冲过去,但是心中明白对方已经死了。没人能在那种攻击下存活。

"还能出气的人,不要发呆,继续反击!"曼森大吼道,所有人立刻回过神来。

汪姐紧张地改变站姿,但黎莎不理会她,又朝窗外偷看了一眼,打量着梅寒丁投石队正装填的弹药。

但正当这个想法浮现心头时,她就看到一辆装满坚硬石头的推车被推了出来。林白克二世的雕像连带基座,而那整座雕像足足有二十英尺高。那会是目前为止最强大的挑战,不过魔印挡得住这种攻击。

希望,她想。

但是正当他们装填雕像时,凯沙鲁姆却又扬起手来叫停手下。双方弓箭手持续射击,随时有人从城墙上摔落,但是重型攻城武器却停止攻击。

"他们在商议什么?"黎莎自问。她没过多久就知道答案了,所有窗口同时变暗,克拉西亚观察兵从上方垂下,缩身闪入窄缝。

这些人一身黑衣,没有携带矛或盾。他们也没携带专用的梯子,不过黎莎之前见过观察兵,能从他们的寂静、技巧和罕见武器中认出他们。

数名弓箭手倒地,观察兵在闯入警卫室的同时用鞋尖的匕首插入他们的头和颈部。汪姐及时拉开黎莎。双方短暂交手,观察兵如同砍瓜切菜般轻松砍倒剩下的弓箭手。即使当他们近身肉搏的时候,现场还是到处都有尖锐的飞刀飞来飞去。

一名观察兵冲向黎莎,不过被汪姐抓住,不管如何拳打脚踢都无法阻止她把他丢出窗外。尽管以无声无息闻名于世,该

名观察兵坠落时还是放声惨叫。

汪妲转身面对下一名对手,不过其他人都没来攻击她们。半数沙鲁姆已经消失在通往楼梯的门外,其他人则往那个方向移动,杀死任何胆敢挡路之人。

黎莎以为他们是来铲除弓箭手的,但在听见下方传来的惨叫声后,她知道弓箭手只是次要目标。

"他们是在夺取城门!"黎莎大叫道,咒骂自己竟然如此愚蠢。只要克拉西亚人拉动开门的曲柄,就算把全世界的魔印画在城门上都毫无意义。

汪妲举起她的弓,即使在封闭混乱的空间里,还是一箭射死正要夺门而出的沙鲁姆。她立刻搭起另一支箭,不过另一名克拉西亚人趁机跑下楼梯。她射杀第三名,接着一群林木士兵挡住了她的视线,上前拖倒两名观察兵。

黎莎跑向北墙窗户。"克拉西亚人闯入城门警卫室!快来!"

山矛士兵没有离开岗位,但林木士兵和志愿者冲向城门警卫室。

他们赶不上了,黎莎知道。她已经感觉到观察兵转起闸门时引发的震动。就算安吉尔斯人夺回城门警卫室,再度关门,损失已经无法弥补了。若是让阳光吸走了魔印的魔力,将使得魔印作废。

"黑夜呀。"黎莎说着冲回去看投石队的情况。他们已经装好雕像,不过继续等待,仿佛也正看着黎莎。

墙顶还有更多观察兵,黎莎发现。他们施放了信号,因此投石队展开了行动。黎莎看着汤姆士父亲的雕像带着雷霆石钧之势破空飞来,想到阿瑞恩的丈夫将会结束他的统治,真可说是讽刺之极。

681

整座城门警卫室都在撞击之下剧烈颤抖,碎木头和扭曲金属的声音震耳欲聋。黎莎身形一晃,汪妲又上前扶稳她。最后一名观察兵消失了,关门把他们困在里面。弓箭手多半体重不重,只能徒劳无功地撞击坚硬的门。这扇门设计上是要阻挡入侵者的,用来对付守军也很实用。

她听见楼下传来激烈的打门声响,林木士兵迫切地想在城门粉碎前关上。

城外有群青沙鲁姆带着攻城锤朝城门涌来。黎莎无法相信这些从小在提沙长大的男人会抬起那巨大的金木树干,而其他人则将破城队团团围起,高举盾牌,形成龟壳般的护盾。尽管队形复杂,他们还是以越来越快的速度冲过辽阔的战场。城墙上的弓箭手徒劳无功地放箭,撞在护盾上的箭折成两截。城门警卫室屋顶上本来有支油锅队,不过既然观察兵已经占领屋顶,他们也必然已经被清理了。

攻城锤撞击城门的声响伴随着木头碎裂的声音,黎莎知道城门倒下只是时间问题了。

攻击队拉回攻击锤,准备再度撞门。黎莎哀伤地低头看着那群人。"造物主原谅你们。"

他们再度往前冲,不过黎莎已经伸手到篮子里拿出一根雷霆棒。她点燃引信,丢下城墙,炸开护盾,粉碎攻城锤。

惨叫声此起彼落,尘埃落定后,黎莎看到底下血肉模糊,如同屠宰场般肉块四溅。

他们没有死光。最惨的或许就是这一点。有些人叫声凄惨到令黎莎全身抽筋。

这些就是布鲁娜守护许久的火焰秘密,她心想,她要我以药草师之名发誓不会用来伤人的秘密。

而我今天却违背誓言,用它们来杀人。

这其实无力扭转整个战局，因为还没压下呕吐的冲动之前，她发现已经有另一队人马带着新的攻城锤冲上前来。城门警卫室又是一阵剧震，克拉西亚部队在贾阳挥旗指示重装骑兵向城门展开冲锋时齐声欢呼。

罗杰在看到观察兵攀墙而上时叫到喉咙都要哑了，但是没有人听得见他在这么高的地方吼叫。他身旁的希克娃身体一僵，他立刻闭嘴，听见有人上楼的脚步声。

他们终于要重获自由了吗？或许是阿曼娃去和她哥协商投降事宜的条件。

希克娃缩身跃起，利用他看都看不见的施力点爬上墙壁。片刻之后，她又回到房梁上的阴影中。

牢房门开启，尽管阿曼娃位于门外，她显然不是来这里接她的。她的手脚都上了镣铐，而从守卫脸上的瘀青来看，她显然不是自愿上铐的。

阿曼娃被人用力推入牢房，让脚镣上的锁链绊倒，重重摔在地上。罗杰连忙跑过去扶住。

他以为守卫会离开，但是他们挤入牢房中，两个，四个，六个。最后总共有十来人挤到他的小牢房里，他不管朝任何方向伸手都会碰到人。

全都是公爵的守卫，就像单身汉宴会后埋伏他们的那些，个个携带沉重的木棍。罗杰认得他们的长相，不过叫不出姓名。

"抱歉这么挤，"领头的士官说，"上一次总管派的人不够多，但是詹森不会再犯同样的错误。"

"早该知道不可能是杰辛一个人安排的。"罗杰说。

"杰辛，那家伙就连脱鞋都要人帮。"士官说，"我们都不怀念那个小废物，但是你真的得罪总管了。"

"难道你们以为，在大教堂里杀我还能全身而退。"罗杰说。

士官大笑。"全城的人都忙着守护城门，好家伙，可惜城门外的敌人不是你用小提琴魅惑的恶魔。现在没有人在乎你和你的克拉西亚婊子。你的守卫全都躲在底下，只等克拉西亚人攻破城门让你为城墙殉葬。"

他侧头打量丝袍紧绷、曲线玲珑的阿曼娃。"其实我还真不怪你。或许大家可以先找点乐子，然后把你们两个从那张小窗户扔下去。"

"不！"罗杰大叫。

士官再度放肆淫笑。"不必担心你会遭受冷落，小子。我有几个手下对你的小身板更感兴趣。毕竟，这里是座圣堂。"

接着，那名士兵喉咙上突然涌现一线血迹，仿佛有道阴影落在上面，然后他在一片鲜血中倒地。希克娃如同苍蝇般掠过牢房，又刺中另一个男人的喉咙，然后借力，再度遁入上方的阴影。

"黑夜呀，那是什么玩意儿？"其中一名守卫惊呼道。这时所有人都盯着上面看，把罗杰和阿曼娃抛到脑后。

"没事吧？"罗杰问。

"没事。"阿曼娃说，"我的耐性已经耗尽了。"这话隐隐散发出一种比她曾经说过的任何话更加恐怖的感觉。

又是一道残影，希克娃如同木恶魔般自屋梁落下，一刀插入一名男子胸口。她在接下来的混乱中又刺倒杀两人，然后再度消失在屋梁上。

"够了！我要走了！"其中一名男子说。他和其他两个人冲向门口，不过门突然关上，外面传来锁门的声音。

"詹森吩咐了，除掉他们！"外面的人叫道，"想要出来，得先把事情办妥了。"

三人怒气冲冲地回过身来，接着希克娃如同蜘蛛般落在中间那个人身上，砸断了他的脊椎。她落地后立刻挺身，利用弹起的力道将手上的匕首分别插入左右两人体内。

"是另外那个女的！"一个守卫大叫，剩下的四人中有三人立刻挥动木棍扑向她。

第四个人拔出匕首，冲向罗杰和阿曼娃。罗杰试图把她拉往安全的位置，但是锁住她双脚的锁链很短，她又跌了一跤。罗杰回过头去，施展沙鲁沙克，一脚狠狠踢向对方的胯下。

但他的脚踢中护具，在剧痛来袭时感觉骨头折断。他才叫到一半，对方已经一棍把他打翻，举起匕首打算杀死阿曼娃。

"不！"罗杰想都没想就跳到匕首前面，用自己的身体保护阿曼娃。他感觉背上一下撞击，接着胸口突然冒出一根锐利的金属，刺穿衣服，鲜血染红一片。他不痛，但却实实在在感觉到冰冷的金属刺穿了自己的身体，并且隐约明白这意味着什么。

阿曼娃也了解。他从她的眼神中看出来，她美丽的棕眼，始终保持平静，如今却充满恐惧。

一阵摇晃过后，攻击者的手离开了刀柄。他倒在罗杰身边，落地便即死去。

希克娃开始恸哭，但就像痛楚一样，感觉遥不可及。他的第二妻室将他如同婴儿般轻轻自阿曼娃身上抬起。"治好他！"她哀求。"你必须……"

"青恩夺走了我的霍拉袋！"阿曼娃大声说，"我没有工具可以治疗。"

希克娃拔下脖子上的项链。"这个！这里有霍拉！"

阿曼娃点头，立刻开始遮蔽窗户。希克娃轻轻把罗杰放在床上，然后脱下身上所有魔印首饰，用刀柄打烂这些无价之宝。它们赐予她神魔的力量，但她却想也不想就为他摧毁它们。

真爱的表现，罗杰含泪微笑。他想止住她，这样做救不了他，而接下来的白天和黑夜里她都需要它们的力量。

这时阿曼娃来到他身边，割开他的衣服，好像没有匕首刺穿他一样。好像她还有机会救活他一样。死亡，在还有这么多事情要做的时候。

罗杰的写字桌上有支薄刷，阿曼娃沾他的血来绘印，在更多鲜血涌出伤口时迅速动作。

片刻过后，她举起霍拉，而他胸口浮现一道暖光，带来一阵抑制痛楚的狂喜之情。阿曼娃望向希克娃。"妹妻，慢慢拔出匕首。魔法要随着匕首离体修复他的器官。"

希克娃点头，然后开始轻轻拔。罗杰感到匕首移动，一丝接着一丝，慢慢离开他的身体，再度划伤他。他感觉到，身体也随之抽动，但是不痛。那感觉就像他的身体是个道具，在体验临死的感觉一样。

阿曼娃掌心的魔骨粉碎，希克娃连忙拔出最后几寸匕首，然后用布按压住伤口。

阿曼娃开始检查他的背部。"脊椎完好。只要缝合伤口……"

但罗杰感到体内一阵灼烧，还有心脏毫无规律地跳动。他转身面对她们。

"继……"这个字涨破了一个血泡，溅到希克娃的脸，但她没有退缩，他的血和她的泪交融在一起。

他暂停片刻，凝聚力气。"继续唱歌。"他气喘吁吁，接着倒回地上，在有好多话想说的此刻努力呼吸。他的妻子一人牵起他一只手，他使尽全身的力量握紧她们。

"继续学习。教——教导。"

他看向一旁。"坎黛尔……"

"丈夫？"希克娃问，他摇了摇头，发现自己意识模糊。黑暗逐渐逼近，把他的视线缩成一个针孔，剩下一点供其追随的光芒。

"把我的小提琴给坎黛尔吧。"

※

黎莎冲向警卫室北面的窗户，祈祷闸门及时关闭，结果却发现城门中涌现出难以计数的克拉西亚人。人潮在喷泉前分开，数百名——数千名——大呼小叫的战士压低长矛，策马冲向防守街道的聊聊几个山矛士兵。

公主的守卫确实英勇，临阵不乱，长戟指向前方，好像可以抵挡两吨重的狂奔战马一样。

布鲁斯队长在两军交战的同时举起他的武器。最后关头，他大吼一声，挥下山矛。

广场上传来数百下爆炸，仿佛把一盒鞭炮丢到营火里。空气中烟雾弥漫，克拉西亚冲锋队如同恶魔撞上魔印般冲势受阻。

马匹惨叫，有些人立而起，向后跌倒，其他则在奔跑中摔倒，骑士重重摔落石板地面。克拉西亚骑兵没有时间停止冲锋。后方的骑兵撞上前方的骑兵，骨头折断、长矛插入族人背心。黎莎从高处看着人仰马翻的情况如同涟漪般向外延伸，一直到涟漪消散为止。

那一刻里，沙鲁姆头昏眼花。有些马跃起身来，背上却没有了骑士，更多的马都躺在地上。所有人搞不清楚状况。

咔嚓！

山矛士兵拉动他们武器上的把手，然后再度持平，朝一片混乱的克拉西亚骑兵发射另一轮致命的弹幕。

火焰的秘密，黎莎终于了解。她知道欧克保有这些秘密——甚至见过山矛士兵此刻击发的这种武器的制造图。

但她从未想过他竟然会疯狂到使用这些武器，也没想到它们可以在短期之内生产如此之多。

他一直拥有这些武器。这个想法令人恐怖，但是却很合理。欧克向来渴望成为北地之王。毕竟密尔恩曾经是全国的首都。

咔嚓！

敌军此刻已经全面溃败了，还能逃跑的人调转马头，冲向城门。半数山矛士兵再度射击，然后在其他人射击时重新装填弹药。

当所有人重新装填完毕后，山矛士兵开始推进，数千名征兵而来的民兵跟随其后，有些手持武器，更多人则拿沉重的劳动家伙。领袖认为这些人在战场上发挥不了作用，但是他们倒是非常适合在路过敌军伤兵时击头与割喉。黎莎看着他们动手，恶心到朝窗外呕吐，溅湿了一名忙着逃命的沙鲁姆的头巾。

山矛士兵没多久就夺回了城门警卫室，涌上城墙顶，随即散开，熟练地重新装填弹药。

敌军惊慌失措，逃亡的骑兵直接闯入跟在他们身后行军的步兵阵中。梅寒丁部队一脸困惑，不确定该朝何处射击，或许也在考虑是不是该跟着逃跑。

山矛士兵就只需要这片刻的迷惑。他们先对投石器和巨蝎队开火，就连木头和钢铁盾牌都保护不了他们。他们死无全尸、支离破碎、血肉模糊地躺在他们的战争机器上。

山矛士兵再次重新装填弹药。五百个人，火器一次可以击发三发，而他们已经重新装填几次了？四次？黎莎必须紧紧抓住窗沿，才能在再次呕吐时不至于摔倒。

"我们该回宫殿了，女士。"汪姐在一打山矛士兵终于打开房门、走过狼狈不堪的弓箭手、占领窗口射击位置时说道。

黎莎点头，匆匆奔向门口，不过还是不够快，只能在每一下火器巨响时面露畏缩的神情。

抵达卧室时，黎莎面无血色、疲惫不堪。她知道自己该去找阿瑞安汇报，但是似乎毫无意义。克拉西亚人士气溃散，要不了多久就会传遍全城。

之前恐怖的场景不停涌入脑海。山矛士兵朝向逃跑的克拉西亚人背部开枪，临时征召的民兵残暴不仁地了结伤兵、被自己的雷霆棒炸烂的尸体。

她又比欧克好到哪里去吗？多年来她一直鼓吹药草师要保守火焰的秘密，但是当状况紧急时，她毫不迟疑就用它们实施屠杀——她是个杂草师，擅长杀人更甚于救人。

即使在走过女性侧翼的走廊时，汪姐依然手持长弓。没人阻挡她们——这两个女人脏兮兮地，浑身都是鲜血和浓烟的味道，不过所有人都立刻认出她们。

汪姐打开房门，黎莎眼中唯一看到的就是她的卧房，她直接走了过去。

但是汪姐一关上房门立刻惊呼一声。黎莎转过头去，发现她被希克娃制伏在地。四周的房间一片凌乱。

阿曼娃来到她面前。"在哪里？！"

"什么在哪里？"黎莎问。

坎黛尔从汪姐房间走出来。"没有藏在这里。"

"抱歉，汪姐。"坎黛尔耸肩。

"你把我的霍拉袋藏在哪里？"阿曼娃大声说道，将黎莎的目光引回她身上。她没有等待回应，伸手去搜黎莎的围裙。

"把你的手拿开！"黎莎想要推开女人，但阿曼娃轻易架开她的手，目光上移片刻，出指直戳黎莎的肩膀。她的手臂麻痹片刻，然后是一阵刺痛。手很快就会复原，但暂时只能像废物一样垂在那里。

"啊！"阿曼娃举起她的霍拉袋，丢下黎莎，仿佛她已经没有用处。"坎黛尔！希克娃！"

希克娃放开汪姐，两个女人立刻跟着阿曼娃冲出黎莎的卧房。直到此时，黎莎才发现年轻达玛丁一尘不染的白袍上满是鲜血。

汪姐立刻起身，手里多了把长匕首。黎莎举手阻止她。"阿曼娃，出什么事了？"

阿曼娃回头看。"过来看看，厄尼之女。此事与你有关。"

黎莎和汪姐交换忧虑的眼神，但还是小心翼翼地跟进去。

希克娃推倒了床铺，清空地板，用床单遮蔽厚重的窗帘。黎莎在门关上时戴回魔印眼镜，屋内陷入一片漆黑。

阿曼娃在房间中央跪倒，沉浸在骨骰的红光中。她浑身是血，不过似乎都不是她的。她抓起白袍血淋淋的一角，用力一拧，掌心染满鲜血。她把阿拉盖霍拉放入掌心，然后开始滚动，把骨骰染红。

"谁的血？"黎莎问，腹中掀起一阵恐慌。她的胎儿又是一阵剧烈扭动，仿佛想要踢破她的肚皮蹦出来。

"艾弗伦，天堂与阿拉的造物主。光明与生命的赐予者，受你眷顾的孩子，罗杰，杰桑之子，来自河桥镇旅店，沙达玛卡的女婿，我荣誉的丈夫，遭人谋杀。"

听到这话，黎莎喉咙紧缩，几欲瘫倒，罗杰？死了？不可能。她的思绪被阿曼娃接下来的话打断。"希克娃必须去哪里找到幕后主使人，让我们迅速复仇，把犯人送去面对你最后的审判？"

她掷骰，骨骰在魔光中滚动出命运的图案。黎莎不相信这些讯息来自天堂，但她无法否认阿拉盖霍拉蕴藏着非常神秘的力量。

阿曼娃研究图案一段时间，然后望向希克娃。"东南走廊四楼的厕所。"

希克娃点头，随即消失。即使在魔印视觉下，她的灵气也当场转变，成为一面能量的面纱，如同隐形斗篷般融入周围环境。一道残影闪过，她已经开门离开，而且还没有泄入任何门外的光线。

"她要去杀人？"黎莎问，在阿曼娃捡起骨骰、准备再掷之前抓住她的手腕。

阿曼娃手握骨骰，手腕一翻，反过来钳制黎莎，把她的手折到几乎要断掉的地步。她剧痛难当，无法思考。

"不要再碰我。"阿曼娃说着把她推开。汪妲迎上前去，但是被阿曼娃一眼瞪得愣在当场。

"没错，"阿曼娃继续。"希克娃是要去做我早在几个月前就该命令她去做的事情——铲除杰桑之子的敌人。那是我的错，而如今荣耀的克里弗和受神眷顾的罗杰都已经踏上孤独之道。"

"阿曼娃，"黎莎说，"如果有人杀了罗杰，我们可以告诉——"

阿曼娃嘶吼一声，打断她的话。"我不会继续等待青恩腐败的司法程序，任由敌人继续在暗处下手。我为夫报仇不需要协助，也不需要谁授权。"

"而你打算面对同样的命运？"黎莎问，"如果你杀了这个人，我就没办法帮你。"

阿曼娃冷冷看她。"你能帮我，也会帮我。"她指向黎莎的肚子。"你的孩子有表亲在我和希克娃的子宫中滋长。杰桑之子的子嗣，和你血缘相紧。你打算把他们托付给你的青恩司法吗？"

黎莎瞪着她，心知自己找不出理由辩驳了，不过还是不愿意承认。"可恶！不——"

当罗杰的尸骨被人抬下高塔时，黎莎并不需要假装哭泣。她以为自己在经历过广场大屠杀后已经流干了眼泪，但是看着她朋友肤色惨白、浑身染血的模样时，她眼中再度浸溢泪水。她等待太久了，自以为罗杰在南塔中会很安全。阿曼娃说得对，她应该施加更多压力的。

"罗杰死在塔里。"阿瑞安稍晚喝茶时说，"詹森则在马桶上被人开膛破肚。"

"两件惨案相隔不过数小时，"罗兰说，"就发生在我们眼皮底下。"

"别忘了还有一打皇宫守卫。"黎莎说，"其中之一在你同意释放我朋友后，将他在牢中杀害。他们都受詹森指示，接受命令和报酬。为什么会有一打詹森的手下挤入罗杰牢房里，你怎么看？"

"我很肯定，我不知道这件事。"阿瑞安说，"我只知道他们死了。宫廷守卫，黎莎。我的守卫死了，而阿曼娃失踪了。"

"或许她哥哥趁着攻城时派人来救走她。"黎莎说，"而他们趁机除掉一个危险的总管。"

"又或许那个女巫想到办法夹带恶魔骨进去。"罗兰说。

黎莎点头。"或许。又或许还有其他解释。总而言之，这件事情看来到此为止了，我也不想再追查下去。"

"你怎么能这么说？"阿瑞安说，"你不希望为你的同伴魔

印小提琴手讨公道吗？你难道都不在乎吗？"

"这个小提琴手救过的人比山矛士兵杀的人还多。"黎莎大声说。"他是我在这个世界上最好的朋友之一，他的死让我心都碎了。"

她凑上前去，目光坚定。"但我已经看够这场恩怨了。两年前杰辛·黄金嗓杀了罗杰的老师，让罗杰像个废人被抬到我的诊所。接着杰辛想要完成当年的恶行，致使罗杰为了自卫遭囚。如今罗杰死了，八成是詹森下令，而詹森也已经死了。还要死多少人才能结束这场恩怨？"她摇头。"罗杰回不来了，我只想要把他带回洼地安葬，让他得以安息。"

"或许你可以放任不管，"罗兰说，"跑到南方一周外的地方去。但是凶案发生在宫殿里。我一定要找到凶手，罗杰的尸体是证物。"

黎莎彻底失去耐心，将茶杯重重放在桌上，溅出不少热茶。这只是做戏，不过她认为罗杰一定会以她的演技为傲。"不可接受。我的人和我已经被囚禁在安吉尔斯里太久了。卡特男爵很快就会带领数千伐木工抵达安吉尔斯，当他抵达时，他将会质疑他最好的朋友怎么会在你的看顾下遭人谋杀，到时候不管是什么情况，我们都会离开。"

"你是在威胁我？"罗兰问。

"我是在陈述事实。"黎莎说。

罗兰摇头。"安吉尔斯已经不再衰弱……"

"不要以为你那点小把戏能把我吓唬到，公主。"黎莎说，"我知道的火焰秘密比你更多。你拯救了安吉尔斯，但是你释放出的力量很可能更可怕。人类应该要携手合作，而我们的所作所为却是在帮助恶魔。"

罗兰嗤之以鼻。"你不可能真的相信解放者那些鬼话吧！"

"我不相信解放者，"黎莎说，"但我们不能否认恶魔正屠杀我们。我感应过一头心灵恶魔的想法，很清楚它们有多少能耐。你的新武器在恶魔面前毫无用武之地。"

"走着瞧。"罗兰说，"但是我们已经对抗恶魔超过三百年了。主动进攻的可不是我们。"

黎莎点头。"我们所有人都……饱受这场战役影响。所有人手里都染上了鲜血。"她一一看向她们。"我救了你儿子一命，阿瑞安。还有你的命，罗兰，两次都冒了性命危险，还有我体内的生命。拜托，让我们和平离开，成为盟友。"

两个公爵夫人对看一眼，已经可以单凭表情交流。阿瑞安向黎莎点头。"赶紧带着罗杰和你的新学徒，静静离开吧。"

新学徒。吉赛儿将会关闭诊所，出任老公爵夫人的宫廷药草师，而她的学徒就会和黎莎一起回到洼地学习。在这些"学徒"里有怀孕的梅儿妮公爵夫人，以及连阿瑞安都不知道的阿曼娃和希克娃。

而两个公爵夫人会对这两个女人于洼地再度现身质疑，不过那些问题最好透过信使回复，而无须面对面。黎莎一点也不想要在缺乏伐木工部队护卫的情况下再度离开洼地。

第三十一章　漏风者

334 AR　冬

阿邦从未见过沙鲁姆临阵败逃。艾弗伦作证，他甚至从未有过临阵脱逃的印象。逃跑时很狼狈、很涣散的事情，是恐慌的产物。

数千名戴尔沙鲁姆，贾阳部队中的精英，涌入安吉尔斯。只有少数人全身染血地尖叫着逃出来。逃出来的人完全放弃了阵地，骑着战马毫无头绪地朝部队来时的路径逃跑。他们丢下剩下的部队——围城队、凯沙鲁姆和青沙鲁姆，还有贾阳的私人保镖——迷茫地站在泥泞堆里看着他们逃跑。其他人都见风即倒，抛下岗位跟着逃。

"艾弗伦的胡子呀。"阿邦在这场战役失败所代表的意义浮现心头时低声说道。

他转向无耳。"去拿我的箱子。"哑巴卡沙鲁姆冲出营帐，阿邦转向另一名保镖，他的儿子法奇。"地图和文件，孩子，快点。我们必须赶在——"

此时，帐篷被人用力掀开，贾阳气冲冲闯入，身后跟着哈席克和两名解放者长矛队的凯沙鲁姆。

"你那个胆大妄为的计划不过如此，卡菲特！"贾阳咆哮道。

"我的计划？"阿邦问，"我只是认同沙鲁姆卡的智慧。保证会赢的人是达玛丁。"

"青沙鲁姆那些懦夫都在投降。"哈席克说着看向营帐外面。他走了出去，营帐中随即充斥着吼叫和混乱的声响。直到厚重的门帘恢复原位为止。

"总比起身临阵反戈要强，"阿邦说，"在没有战利品或戴尔沙鲁姆的鞭子驱策的情况下，分享我们的失败对他们完全无利可图。"

"等我们回艾弗伦仓库后，我要杀了那个撒谎的女巫。"贾阳说。

"严格说来，她没有撒谎。"阿邦说，依然在翻找文件，塞入法奇拿着的袋子里。"她保证你会攻破城门，部队杀入安吉尔斯，而你确实都办到了。"

"但是她没说我的手下会在片刻之后惨遭屠杀。"贾阳大吼。

"我一向不喜欢达玛丁的预言，"阿邦说，"她们从来都是说一半留一半。"

"不会吗？"再度进入营帐的哈席克问。

贾阳转向他。"什么意思？"

"达玛丁的预言本来就不是说我们想听的事情，"哈席克说，"它们是要告诉我们艾弗伦的旨意。在今天之前，我都不曾真的相信过。"

"艾弗伦的睾丸呀！漏风者！"贾阳大叫，"你到底在胡说些什么？"

"我问阿莎薇达玛丁，我究竟有没有机会向肥胖的卡菲特阿邦报仇，"哈席克说，"她告诉我有一天当沙鲁姆卡在浓烟与废墟中失去艾弗伦的眷顾时，"他衣袖中滑下一把弯刀匕首。"那天，没有人可以抵挡我的愤怒。"

"你想干吗?"贾阳吹了声响亮的口哨。"漏风者!住手!"

两名凯沙鲁姆动作飞快,立刻抢上前去,并肩站在贾阳身前,举起武器。

哈席克毫无所惧,面无表情地拍开一支长矛,用力踢中凯沙鲁姆的盾牌,打得他飞身而起,撞上阿邦的桌子,砸得文件四下飘散。

哈席克在另一名凯沙鲁姆调整位置前抢上,匕首插入战士持盾手臂的腋窝,所有解放者长矛队的玻璃护甲在那个位置都有一条小缝隙。

贾阳在哈席克有机会拔出匕首前展开攻击,一矛刺向他没有护甲保护的喉咙。哈席克看见他的动作,矮身避开矛头。尖矛掠过他头巾下方的头盔,割下一小块耳朵。

哈席克大笑,抓起他脑袋下方的矛柄,扯向一旁,同时握紧沉重匕首的刀柄狠狠出拳。贾阳鼻头一皱,向后倒下,昏了过去。

"快逃,父亲!"法奇大叫,将袋子塞到他手里,把阿邦推往门口。他的用意很好,不过依然是个白痴,在阿邦的瘸脚绊倒时继续推他。他被推倒在地,法奇也摔在他身上。

还活着的解放者长矛队员自翻飞的文件中起身。他失去了长矛,不过拔出和哈席克差不多的匕首,用盾牌挡在身前。

有盾牌防卫,在匕首格斗中占有很大的优势,但是哈席克虚晃一招,然后丢掉自己的匕首,摊开双手,绕过盾牌手掌交扣。他奋力转身,以强大的蛮力扭动盾牌。凯沙鲁姆整个人被举过到哈席克头顶,紧接着,阿邦听见他被举在空中时手臂断裂的声响。

那名凯沙鲁姆被摔在地上,背部着地。哈席克跳上去轻易扭断他的另一条手臂,将凯沙鲁姆的匕首据为己有。他抓起倒地之人的胸甲，用力一拉，扯断系绳，露出可供匕首插入的胸膛。

阿邦的脚剧痛难忍，但他忽视痛楚，用力撑着法奇和他的拐杖起身。

贾阳呻吟一声，单臂撑起自己。"漏风者，你到底……"

哈席克跳到他身上，一刀插入贾阳嘴里。他神色狰狞地将匕首向上插入解放者长子的脑中。

"我的名字！"哈席克拔出匕首，又插回去。这一次轻松没至刀柄。"不是——"他又拔出匕首，刺第三刀。"漏风者！"

无耳在这个节骨眼上赶了回来。哑巴抱着阿邦的宝箱站在营帐门口。

阿邦一言不发，举起手来，比了个"杀"的手势，拇指指向哈席克。

无耳宛如俯冲而下的风恶魔般，无声无息地上前三步。由于装满黄金，那个宝箱重量超过两百磅，但无耳还是轻松高举过头，用力抛出。宝箱击中哈席克的背部，将他打离贾阳的尸体。

哈席克身穿玻璃护甲，没有受到重伤，不过他跌跌撞撞起身，重心不稳，无耳则趁机拉近距离，抓住哈席克，把他撞倒在地。

"动作快些，孩子！"阿邦大叫，一拐一拐地走向门口。"来！"

缠斗的人在营帐地板上滚来滚去。无耳体重较轻，又占先机，最后滚到上面，用膝盖压制哈席克持匕首的手。他压住哈席克另一手的手腕，出拳殴打哈席克的脸。他每一拳都很沉重、很凶猛，但阿邦打从小时候在沙拉吉训练营里排队打饭时就看着哈席克打架，心知这场打斗的最终结果不会出现大的奇迹。

其中一拳把哈席克的脑袋打向一侧,而他狠狠咬中无耳压他那手的手腕。巨人不会说话,不过剧痛引发的嘶哑吼叫声听起来更加恐怖,仿佛血性的野兽之吼。

他手掌一松,哈席克立刻抽回手臂,一拳击中哑巴的喉咙,止住了他的叫声。他奋力挣扎,反过来钳制对手,接着看见卡菲特已经快要走到门帘。

"这次你逃不掉了,卡菲特!"哈席克大吼一声,顺势掷出匕首。

阿邦举手挡在身前,但匕首并非瞄准他的头或胸口。它插入他完好的那条腿中,阿邦惨叫一声倒在地上。

"父亲!"法奇叫道,冲到他面前。

"现在快逃,"阿邦告诉他,"去找战士,告诉他们哈席克犯上,杀死了沙鲁姆卡。"

"我不会丢下你。"法奇说,蹲下去想扶起阿邦。鲜血沿着他的脚流下,不过阿邦咬紧牙关踏稳,重心放在他的骆驼拐杖上。他大声呼救,但外面一片混乱,没人听得见他在厚帆布营帐内的叫声。

这时哈席克和无耳又站起来了,各出杀招。无耳暂无败象——但是撑得很勉强。两人都面红耳赤,大汗淋漓。无耳一只眼睛里充满血丝,哈席克的鼻子塌陷,整个埋在他的脸里。

但是他在微笑。他们的部队溃不成军,贾阳惨死,哈席克为自己的性命作战,但这个残暴的阉人脸上还是带着阿邦从未见过的兴奋。

阿邦试着踏出一步,但即使有法奇扶持,他还是痛得难以忍受。

哈席克突破无耳的防守范围,一把抓住他的耳朵。他用力一拉,以盔冠撞上无耳的脸。他头盔上的尖角在哑巴额头上撞出锯齿状大洞。

巨人用力推开哈席克,然后抱头大叫。

"找这个吗?"哈席克哈哈大笑,举起他刚刚扯下的耳朵。"你现在是名副其实的无耳了!"

巨人再度愤怒反击,首次于盛怒下作战。他出拳重到足以击杀骆驼,但哈席克轻易架开,欺到近处,以脚跟踢中他的腹部。无耳向后跌出,把营帐的中央支柱撞成两段,帆布帐顶当场坍塌。

阿邦咬紧牙关,使劲全力走向门口,一步,两步。哈席克仍然早一步走出纠缠成一团的帆布帐顶。

"躲到我后面。"阿邦说着抓起法奇的手臂,把他拉离哈席克面前。"他要找的人是我。"

"我不会让他——"法奇开口,再度站回他父亲面前。

"少白痴了。"阿邦打断他的话。"你不是他对手。"

"你该听你父亲的。"哈席克还在笑。"逃。把你父亲交给英内薇拉。"他的目光瞄向法奇的矛。"不然我就用你的矛宰了你。"

"就像沙达玛卡当年对付你那样?"阿邦问。

哈席克的笑容消失,阿邦刺出他的骆驼杖,按下按钮,弹出六英寸长的琥珀金刃。这把利刃上淬有地道蛇毒——当今世上最毒的毒药。

但哈席克的动作比他想象中更快,抓住拐杖底端的骆驼脚,将利刃引向一旁。他夺走骆驼杖,把卡菲特推倒在地,然后用膝盖顶断拐杖。

法奇一声大喊,冲上前去,挺矛直刺。他的矛技不差,但他只是个孩子,而哈席克是当今世上最高强的杀手之一。他用有利刃的半截拐杖架开矛头,从侧面用力踏中法奇的膝盖。男

孩惨叫一声，屈膝跪地，以矛撑地。

哈席克跟上一脚，踢掉他的矛，然后用脚和杖柄把男孩打到躺在地上。

接着哈席克把拐杖的琥珀金刃插入法奇的下身。毒素迅速生效。法奇开始剧烈抽动，口吐白沫。

"你夺走我的阳具，但我还是有办法干人。"哈席克在走向阿邦时得意地说道。他又开始兴奋地狂笑起来。

帆布堆中传来动静，紧跟着一阵嘶吼，无耳摆脱帆布，抱住哈席克双脚。

优势只维持一瞬间。哈席克两手都空着，还没摔倒就已经开始捶打无耳的眼睛和脖子。落地之后，他的攻击更加猛烈，最后无耳终于不再动弹了。

"你已经没有退路了。"阿邦在哈席克最后一次起身时警告道，"达玛佳会找到你，你的生命已经结束了。"

哈席克大笑。"生命？什么生命？我一无所有，卡菲特，都拜你所赐，只剩每天遭人羞辱。"

他微笑。"羞辱，还有复仇。"

"那就杀了我，一了百了。"阿邦说。

哈席克大笑道，举起拳头。"杀你？喔，卡菲特，我可舍不得这么快就杀了你。"

第三十二章　霍拉之夜

334 AR　冬

"攻击结束了。"梅兰告诉祭司，"一场大屠杀。"

阿希雅看着男人拧着手掌，改变站姿。一天前他们收到贾阳率领大军北上进攻安吉尔斯的消息，这显然大大超越了沙鲁姆卡北伐的权限。之后祭司就开始哀求达玛丁掷骰预卜战果。如果贾阳成功——而他很可能成功——他肯定会挑起争夺骷髅王座的内战。

达玛佳被这种戏剧性的反应弄得不耐烦了，于是回到她的寝宫去私下掷骰，让梅兰代替自己帮男人掷骰。

黑面纱的达玛丁也增加了一点她自己的戏剧效果，用她扭曲残废的右手掷出发光的骨骰。根据达玛丁宫殿传言，她被迫握着她第一副不完美的骨骰面对阳光，掌心被骨骰烧到深可见骨。她刻意留长指甲，搭配烧融的粗疤，那双手看起来更像阿拉盖之爪。

达玛丁的骨骰在一个上午回答祭司各式各样的问题后魔力耗尽，但却没有多少有用的答案。他们被迫等到太阳下山之后继续尝试。

阿希雅是在场的另一女性，但没人胆敢抗议她出席。最近她丈夫越来越希望她出席议会。阿桑承受巨大的压力，开始仰赖她的支持。他依然是普绪丁，但既然他们曾以丈夫和妻子的

身份做爱，阿希雅暗自期望他们可以在击杀恶魔上找到共处之道，而不必把生活弄得像地狱。

"他成功了？"阿山语调有点忐忑。"贾阳攻下了安吉尔斯堡？"这是不开放的会议，只有最高阶的祭司出席。阿山坐在骷髅王座上，达玛基和解放者的达玛子嗣站在王座台下，于跪在掷骰布上的梅兰身旁站成两排。

"毫无悬念。"伊察奇达玛基语气不屑，"青恩很弱。"

梅兰凑上前去，侧头研究图案。"不，戴尔沙鲁姆溃逃而回。他们全面撤退。解放者长子再也回不来了。"

现场陷入一片死寂。所有老达玛基都不希望年轻气盛的贾阳这么快就拿下安吉尔斯。但是其他结局又可怕到难以想象。戴尔沙鲁姆溃不成军？解放者之子死亡？被青恩所杀？

在达玛丁卡的率领下赢得一场又一场的胜利，让他们的族人在数百年来首度产生超越部族的整体荣耀。让他们觉得自己全都是艾弗伦所挑选出来的子民、《伊弗佳》教徒，青恩接受支配，臣服在《伊弗佳》之下乃是英内薇拉。

能够统一全人类参与沙拉克卡的是沙拉克桑，白昼战争。

战败，根本无法想象。

"你确定吗？"阿桑问。梅兰点头。

"你可以下去了。"阿桑说，女人点头，收起骨骰，放入霍拉袋，开始折叠她的掷骰布。

"等下。"阿山下令，"我还有其他问题。"

梅兰折好布，站起身。"请见谅，安德拉，但是达玛佳命令我一有消息立刻汇报。"她转身就走。

阿山张口想要斥责这种无礼的举动，但是阿桑在他出声前插嘴，直接走到王座台阶前。"让梅兰去见我母亲，姑丈。我们有很多与达玛丁无关的事情要讨论。"

阿山好奇地看着他。阿桑鞠躬。"请见谅，尊贵的安德拉，但我们会走到这个地步都是因为你领导无方。如果我父亲坐在王座上，贾阳绝不敢如此愚蠢地大胆冒进。这显然是艾弗伦不满意你的领导所赐的凶兆。"

他转身环顾四周，直视所有人的双眼。"该接受我父亲永远不会回归的事实了。既然我哥哥死了，由我代替他坐上骷髅王座乃是英内薇拉。"他看向阿山。"你有权拒绝我。要知道如果你这么做，死亡不会折损你的荣耀。"

阿山皱眉。"前提是你有办法杀了我，孩子。但首先，你必须通过达玛基的考验。"

"没错。"阿桑点头，转身背对阿山，大步走下王座台，路过其他男人。"达玛基！上前！"

他的达玛弟弟同时走向王座台，在转身面对各自的达玛基时一起鞠躬。"请见谅，尊贵的达玛基。"他们同声说道，"但我必须向你挑战部族的领导权。你有权拒绝我。要知道如果你这么做，死亡不会折损你的荣耀。"

"太过分了！"伊察奇大叫，"守卫！"

阿桑微笑。"守卫听不见，达玛基。梅兰已经用寂静魔印封锁了王座厅，还拴上了厅门。"

阿希雅和阿苏卡吉在这群男人一触即发的紧张行为中宛如两座平静之岛。她僵住了，不知道该如何应付。这显然是阿桑预先的计划，但她却毫不知情。

忽然间，"让梅兰去见我母亲"听起来就是预谋。她转头朝阿苏卡吉露出询问的眼神，却刚好看到她弟弟对她甩出一条锁喉链。她动作很快，但还是不够快。他已闪到她身后，双拳交叉，扯紧锁链。

阿希雅无法呼吸，脑袋转向一侧，不过顺着阿苏卡吉拉扯

的力道向后弯腰，一脚踏稳脚步，一脚以蝎尾式从另一角度踢向他头部。

她弟弟没有放手，不过阿希雅塞进一根手指到脖子上的锁链中，奋力吸了口气。

窒息，人死之前总是会窒息。

她继续脚踢肘击阿苏卡吉，但他抓得很紧，一面承受攻击，一面拉紧锁链，两人四脚在地上不断改变位置，试图在对方的攻击下站稳脚步。

阿希雅脚踏实地片刻，不过当她举脚欲踢时，阿苏卡吉已经准备好了，勾住她另一只脚，把她拐倒在大理石地板上。

"你真以为你是他的吉娃？"阿苏卡吉问，"你在他心里占有一席之地？你让他压了一晚，就以为能取代我了吗？阿桑是我的，姐姐，永远都是。"

确实，阿桑看了他们一眼，他的灵气平静冷淡，阿苏卡吉就像在踏死一只小虫。

阿希雅拉扯锁链的手指开始流血，但还是没办法塞入第二根。她感到脸部因窒息而失血肿大，心知死亡只是迟早的事情。

她看着沙达玛处死他们的老达玛基。那景象只能用处死来形容。达玛基全都是沙鲁沙克大师，但他们全都年过六十，其中好几个还更老。而且不少人都变得脑满肠肥了。而阿桑同父异母的弟弟全都年轻力壮，接近生命中的巅峰期。

但还不止于此。如今他们手上全都有魔印伤疤，每个人都紧握拳头，绽放霍拉魔法的光芒。疤痕吸收魔力，让他们拥有非常人的力量与速度，在残暴屠杀达玛基时夺走所有应有的荣耀。

转眼之间，除了年迈的阿雷维拉克外，所有达玛基被通通处死，而独臂老达玛基则奋力和马吉游斗。老达玛基也曾无数次在夜里击杀阿拉盖。他依然看来衰老瘦弱，不过比过去数十年更加强壮。截至目前，两人都没有重击、锁扣或抛掷对方。

但即使当她的视线开始模糊，阿希雅还是看得出来阿雷维拉克只是在试探马吉，他的灵气始终平静，测试马吉的防御，找寻他的弱点。

她从他的架势看出他已锁定目标。达玛基看不见艾弗伦之光，但他也注意到马吉的能力已经过强化，而且作战时一直紧握拳头。

阿雷维拉克找不到让马吉的拳头紧握的能量线，但他还是能和安奇度一样轻易打断它们，一脚踢中年轻沙达玛的手腕。他的手反射性地摊开，尽管他立刻恢复，再度握紧拳头，但伤害已经造成。

由于专心观战，就连阿桑也没有发现马吉手里的恶魔骨已经脱手而出，落在地板上滚动。

但所有人都看得出来战况逆转。阿雷维拉克依然面无表情，但马吉在达玛基步步逼近时开始面露惧色，他退后一步。

沙瓦斯要上前协助马吉，但阿桑伸手阻止他。"这种挑战是他一个人的，弟弟。"沙瓦斯看起来不太高兴，但还是鞠躬退下。

片刻过后，马吉被压在地上，阿雷维拉克的手扣住他的喉咙。

阿希雅选择这一刻重新开始反抗，这是她失去意识前的最后挣扎。被打斗分心的阿苏卡吉再度将心思放回她身上，进一步扯紧锁链，但是用处不大。她的手指抓到那颗恶魔骨，感觉到魔法涌入指甲上的魔印，在体内灌注全新的力量。

"你父亲，沙达玛卡，向我发过誓言，孩子。"阿雷维拉克说，"他说他永远不会挑战我对马甲部族的统治，马吉可以在

我寿终正寝后挑战我儿子。"

阿桑鞠躬。"我知道，尊贵的达玛基。但我父亲是我父亲，他的誓言与我无关。"

"《伊弗佳》里说，父亲发下的誓言同样能够羁绊他们的儿子。"阿雷维拉克说，"而骷髅王座发下的誓言，所有人都必须遵守。如果你遵守誓言，今晚我就不会与你作对。"

他语气不屑。"结果你却违背誓言，趁夜攻击，就和毫无荣誉可言的青恩一样。所以你不会获胜。"他低头看向马吉。"你没有其他马甲弟弟可以取代我。"话一说完，他扭断了马吉的脖子。

新任达玛基全部后退，为阿桑和阿雷维拉克清出一块空地。年迈的达玛基站在骷髅王座台阶之前，阻挡阿桑的道路。

阿山站在台阶顶端，蓄势待发，根据祖法，他必须等到挑战者清空道路之后才能出手，但他拥有战士之心——他想要出战。

"你为我们族人增添荣耀，达玛基。"阿山说，"艾弗伦会亲手为你开启天堂之门。"

"我们还没死。"阿雷维拉克在阿桑逼近时说。

阿希雅没有在她丈夫身上看到霍拉的魔光。阿雷维拉克或许会让弟弟用卑劣的手段取胜，但自己还是依照传统挑战。

他的攻击猛烈迅速。阿雷维拉克闪向一旁，但阿桑早就料到，转身提肘撞向阿雷维拉克的腋窝。他在对方力道减弱时扣住老人的手臂，拉到老人失去平衡。他抓起达玛基的腰带，把他提离地面，然后挺起膝盖，折断阿雷维拉克的脊椎。

阿桑任由达玛基瘫倒在地，不再理会他，站起身来，凝视着阿山。

阿希雅已经慢慢又塞了一根手指到锁链底下。这样还不足以挣脱束缚，但她吸了一口气，这让她力量倍增。

阿苏卡吉越扯越紧。"艾弗伦的胡子啊，帮我个忙，在我头发变灰之前死吧，姐姐。"

这时阿希雅第三根手指已经就位，但她趁着凝聚力气时故意发出窒息的声音，停止挣扎。

阿山自王座台上走下台阶，阿桑退后几步，让他们在地板上以对等的身份对立。他弟弟清光了两人间的尸体。

"你母亲知道你篡位了吗，孩子？"阿山问，"你，我视如己出的孩子？"

"我母亲毫不知情。"阿桑说。

"'她在儿子面前永远盲目。'骨骰如此告诉梅兰，这点已经证实过好几次了。"

"她不会让你长期霸占王座。"阿桑说。

"我祖母更适合出任达玛佳。我成为沙达玛卡后第一件事就是册封她。"

"首先你必须能活着走上台阶。"阿山说。

✦

阿桑和阿山在面无表情的达玛面前争夺骷髅王座。

阿桑挡下姑丈前三下攻击，在阿山的防御范围内出脚攻击。阿山架开这一脚，但却没料到阿桑会跳起身来勾住自己的脖子，剩下的就交给体重处理。

阿希雅的父亲是个不到四十岁的沙鲁沙克大宗师，但在阿桑面前就像奈沙鲁姆般不堪一击。他脖子折断的声音在大厅中回荡。

阿桑看向他弟弟。他们立刻以正确的顺序跪倒在通往骷髅王座的路上，在阿桑踏上台阶的同时额头贴紧地板。

就在此时,趁所有人都专注在她丈夫身上时,阿希雅展开攻击,脑袋使劲后仰,奋力扯动锁链。她感觉到阿苏卡吉鼻梁断裂,双手松动,她随即挣脱锁链。

所有人都惊讶地转向他们,但阿希雅毫不迟疑,精准地击中她弟弟的后脑,打碎了骨头,切断他的脊椎神经。

"阿苏卡吉!"阿桑伤心地大吼道,冷酷的灵气终于转为愤怒。

但他没有停止上阶,连跨两大步登上王座台。阿希雅拔腿就跑,冲向通往皇室起居区的后门。

阿桑跳上王座,转头看她,两眼喷火,吼道:"立刻杀了她!"

※

阿希雅撞上通往达玛佳所住的出口,但就如阿桑所说,梅兰以霍拉魔法封锁了所有出口。这就与用肩膀去撞城墙没什么两样。

她弹向另一个方向,在解放者之子朝她狂奔而来时冲往一根石柱。

当他们的视线被遮蔽时,她立刻滚向第二根石柱,高高跃起,迅速攀爬。等到他们绕过柱子,发现她不见时,她已经溜入守护达玛佳专用的壁龛中。

艾弗伦的长矛姐妹有他们专用的通道进出王座厅,而达玛丁不知情,因此没有封锁那些通道。

王座厅四周的寂静魔印让厅外的守卫毫无所觉。他们冷静地站在岗位上,让她可以轻易避开,顺利抵达走廊。阿桑随时都会解除封印,让全皇宫的人展开搜索,但暂时而言,走廊畅通无阻。她的职责是保护此刻很可能也面临谋杀的达玛佳。

"艾弗伦原谅我。"阿希雅喃喃自语,朝反方向奔去。

"不,我绝对不会把他交给你!"卡吉娃在阿希雅伸手时紧紧抱着她的曾孙。

"这里对你们两个都不安全,"阿希雅说,"阿桑在王座厅里屠杀了所有达玛基。我会带你去接受达玛佳的保护,直到骚乱平息为止。"

卡吉娃又退后一步,但阿希雅抓住她祖母的拇指,微微一扭,在她放下卡吉时顺势接住。

"你竟然敢对我动手,你……"

阿希雅把儿子抱在胸口,用丝布带缠好。男孩有点醒了,开始吸她的袍子,寻找乳头。"他是我儿子,提卡,不是你的。如果你希望他安全,我们现在就必须离开。立刻。"

"你儿子?"卡吉娃大声道,"他肚子饿的时候,你的乳头在哪里?他哭的时候,你人又在哪?当他在拜多布上拉屎拉尿时呢?去打阿拉盖。然后我又发现你浑身恶魔血,想要杀死他……"

阿希雅面红耳赤。"不是那样的,那是意外。"

卡吉娃掀起面纱,一口啐在阿希雅脚边。"那是令我们家族蒙羞的不正常孙女造成的意外。"

这话荒谬到阿希雅忍不住笑了出来。"你当真这么蠢,提卡?你真的看不出来我今天会这么'不正常'都是你一手造成的?你把我和我妹妹逼去达玛丁宫殿,完全不了解那代表什么。今天的我都是你一手打造出来的,没有其他原因。"

"而如今你还要我去接受达玛佳保护?"卡吉娃问,"我要依赖把你扭曲成这样的女人在我自己孙子面前保护我?"

阿希雅拉开面纱,露出脖子上的勒痕。"今晚我同胞兄弟动手要杀我,提卡,没有人绝对安全。"

"阿苏卡吉？"卡吉娃惊问道，"你把他怎么了？"她突然扑上来出拳打她。"女巫，你把阿苏卡吉怎么了？"

阿希雅转身保护卡吉，轻易架开她的攻击。她抓住女人的手臂，拇指插入一个疼痛聚合点，拉着她走向门口。每当卡吉娃想向不是阿希雅要走的方向移动时，她就让老女人感到一阵剧痛，迅速化解抵抗。

她们才走到廊道，突然一声大喊，数名沙鲁姆从两边涌上来，挡住她们的去路。

"感谢艾弗伦，你安然无恙，神圣母亲。"领头的凯沙鲁姆说。"你孙子急着想知道你没事。"他转身，举矛指向阿希雅。"把孩子交给神圣母亲，然后后退，立刻。"

阿希雅伸手到背后，抓住指在背上的矛柄。"我儿子必须跟我走。"

凯沙鲁姆微笑。"那就这样吧。沙达玛卡也很希望他的吉娃卡一起回去。"

"好让他亲手杀我？"阿希雅反道问。

"你没有多少选择，公主。"凯沙鲁姆说，"难道你准备动手抵抗，用你儿子当盾牌吗？"

轮到阿希雅微笑了。"不要担心我儿子，沙鲁姆。还是担心任何蠢到把矛头指向他的人吧。"

"够了。"卡吉娃上前去抱卡吉。"结束了，阿希雅。"

阿希雅叹了口气，垂头丧气地放开矛柄。她转向她祖母，伸手去解开把她儿子绑在胸口的丝布。

但当卡吉娃走到近处，两人的身体短暂挡住四周沙鲁姆的视线的时候阿希雅迅速精确地击中老女人，假意在她瘫倒时上前扶她。

"提卡！"阿希雅惊慌地看向战士。"快帮忙！神圣母亲需要帮忙!"

男人当场吓呆了,忘记了手里的武器,纷纷凑上前去,一时之间乱成一团。显然伸手触摸圣母比面对一整群阿拉盖更让他们害怕。

阿希雅趁着对方不知所措时展开攻击,对距离最近的战士抛出魔印玻璃镖。

这些人都身穿护甲,但阿希雅能用玻璃镖射掉苍蝇翅膀。一名战士微微侧头,刚好露出足够让她插支玻璃镖到颈动脉里的空隙。沙鲁姆的头盔没有护鼻,所以另一个眉心中了一镖。就听见嘎啦一声,玻璃镖穿透骨头,插入他的脑中。

濒死的战士向后倒去,撞到了身后伙伴,令其他人更加莫名其妙。一名沙鲁姆反应比其他人快,但是当他跨步上前时,胯下的护甲露出一丝缝隙,让她切断了连接大腿和臀部之间的肌肉。战士瘫倒在地,露出让她可以直取凯沙鲁姆的空当。

卡吉在她一矛插入凯沙鲁姆喉咙时突然哭闹起来。她从矛鞘中拔出另一柄矛,把凯沙鲁姆踢向另一名战士。她朝手忙脚乱的战士迅速出矛,使得他持矛的手臂在她疾奔而过时当场瘫痪。

她已经突破防守,面前空无一人。只要迅速跃起,她就可以爬到一条密道里……

"布拉!卡曼!带着神圣母亲去沙达玛卡那儿!"一个洪亮的声音吩咐道。"剩下的,继续追她!"

阿希雅回头。一个戴红面巾的训练官已经接手指挥,领头朝她冲来,另外两名战士则放下矛,脱下斗篷充当担架。

她已经杀死三个人,打残另外两个。荣耀的战士追随领袖的命令。沙鲁姆迷失在沙拉克卡中。

但她不能让战士带卡吉娃去阿桑那里,因为他可能会利用

她去取代达玛佳。她不能让他们把儿子在英内薇拉手中的消息告诉阿桑。

她低头，卡吉和她目光交触。她立刻知道卡吉娃说得对。她长期拼命于履行所谓的职责，疏远了自己与自己孩子的天然情感，甚至差点失去了他。

"要勇敢，卡吉。"她低声道，"尽管我们一起走在深渊边缘，我永远不会再离开你。"

她的矛都是两尺长的矛柄搭配一尺长的魔印玻璃尖。阿希雅打开两把矛柄末端，将两把矛扭转结合，卡吉则打个呵欠，闭上双眼继续睡觉。

当她开始冲刺时，就连训练官也停下脚步，不知道要怎么避免伤及孩子。她转眼间已进入他的防御范围，在他发现自己死之前，阿希雅已经离开。

她顺着呼吸的节奏，透过艾弗伦之光看着剩下四个战士身上的能量线，挑选她的目标。她一脚踏碎第一名战士的脚踝，让她有时间挡开第二名战士的矛。阿希雅双手甩动自己的矛，第二柄矛尖掠过下一个人盾牌缝隙，砍断他持矛的手。他惊恐倒地，让她可以冲向下一名战士。这家伙蓄势待发，但阿希雅退后一步，在准备击杀第一名战士时挡下第二名战士的攻击。第一个人还没把重心转移到完好的那条腿上时，她轻轻一推，让他门户大开。

她以为断手的战士需要更多时间恢复，但是那家伙大吼一声，提起盾牌再次冲上来。

由于无处闪避的关系，阿希雅身形一转，用背上的护板挡下这一击。她双矛交叉，举在身前，一边守护卡吉，一边攻向另一名战士。

但尽管战士们需要时间恢复平衡，阿希雅却没有踏歪过一步。她一推一拐，两名战士倒地，断手战士在大量失血时迅速暗淡。她转向另一人，一招制服了他，然后转身面对最后一个挡在她前面的战士。

这时布拉和卡曼已经抬起承载卡吉娃的担架，绕过走廊另一端的转角，身后跟着刚刚被她打残了手臂的那名战士。阿希雅捡起地上一支矛掷出，插入正力图逃跑的男人后背。

最后一名战士举起盾牌，屈膝弯曲，准备进攻。他压低矛头，瞄准她胸口，指向卡吉。

但是矛尖颤抖。

"鼓起勇气，冲我来吧，战士。"阿希雅说，"在使命中英勇战死，艾弗伦会在孤独之道尽头迎接你。"

戴尔沙鲁姆深吸口气，然后狂吼一声，朝她扑上，矛尖刺得又稳又准。

阿希雅干净利落，让他英勇战死。

"女巫！"阿希雅在男人倒地时看见她早已遗忘的瘸脚战士已经靠着完好的那只脚站起身来。

他的矛已经脱手而出，对准她的心口而来。她战袍里的护板可以轻易隔开这一击，但绑在胸口的卡吉不能。

阿希雅没有时间闪躲，只能丢下武器，抱紧卡吉，转身以侧面承受这一击。那里的护板较小，为了行动方便留有空隙。矛尖击中一块护板，然后插入旁边的缝隙。

阿希雅被冲击力震退一步。一时之间她以为自己伤得不重，但当她移动时，矛的重量开始拖慢她，显然插得很深。

她不知道自己的伤势有多严重，不过那就和剧痛一样无关紧要。她拔出那把矛，转身射向掷矛者，然后捡起自己的矛，开始追赶布拉和卡曼。

要追上他们很容易。皇宫里有很多只有沙鲁姆丁知道的密

道，让她可以穿墙而过，而那些男人只能绕远路，还被神圣母亲拖慢脚步。

阿希雅躲在一道拱道上，埋伏在他们的必经路上。卡吉不安分，她匆忙包扎的伤口疼痛，浸湿了她的战袍。

只听见一阵紊乱的喘息声，两个战士接近了。她让布拉跑过拱道，无声无息地落在卡曼身上。卡吉在他们下坠时笑了一声，不幸的战士抬起头来，刚好迎接自己的死亡降临。当卡曼放开担架时，拉扯的力道让布拉失去重心，她立刻了结他。

"提卡！"卡吉看到卡吉娃喊道。阿希雅咬紧牙关，提起女人软瘫的身躯，打横扛在肩膀上。

走廊另一端传来更多战士的叫声，正掀翻皇宫搜查她。

※

你的长子惨遭横死。

英内薇拉凝视着骨骰，整理突如其来的烦乱。

产下女性子嗣是所有达玛丁的职责，但她为了族人把自己的需求摆在一边，利用骨骰先帮阿曼恩生下两名儿子，一个属于沙拉吉、一个属于沙利克霍拉。这两个男孩都是出于职责所生，但随着他们在她体内滋长，艾弗伦慢慢施展他最微妙的魔法，这个奇迹让她在他们吸她母奶时爱上这两个婴儿。

成长过程中，这两个男孩同样让她头大。她以为儿子会像阿曼恩，但他们各自拥有不同的性格。解放者的儿子怎么可能比得上父亲？

贾阳是个彻头彻尾的沙鲁姆——凶残、暴虐、鲁莽。从摇篮走出就去大迷宫，他从来没有浪费任何时间在小心谨慎与个人安全上，完全不往下看就跳下去。身为领头人，他却倾向于用矛解决问题，而非智慧。就某方面而言他算聪明，本来可以

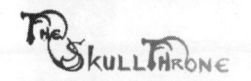

成就自己的名声，但别人唯一听得见的只有他父亲的名字。他还没有成年就已经承担了太多责任。

骨骰在她的亲生孩子方面向来派不上多大用场，但她内心深处早就预知他会早夭。

听说他要挥师北上时，这层不祥的恐惧之感立刻增强三倍。

如果他们尚未征服身后的敌人就挥军北上——解放者大军将会面临末日。

确认贾阳的死讯仍然让她痛苦万分，接着又因为长久以来所担心的事情终于发生而感到解脱时觉得很自责。

晚点会有时间来为之伤心落泪。她像风中弯曲的棕榈树一样拥抱自己的痛楚，然后专心调整呼吸，直到她有办法继续掷骰为止。

今晚你的权力会三度面临挑战。

她停了一下，一时之间感到莫名的恐惧。她目光瞄向掷骰室唯一的出口。蜜佳、贾娃和魁娃达玛基丁一起在外等候，随时可以用自己的性命守护她。其他沙鲁姆丁等在她的寝宫外，还有安奇度亲手调教出来的阉人守卫。

如果贾阳死亡的消息传到达玛基耳朵里，天知道他们会做出什么事情来。他们全都是一帮野心勃勃的老家伙，一个都不忠诚。只要对自己有利，决不心慈手软。

她第三次举起骨骰。"全能的艾弗伦，生命与光明的赐予者，你谦虚的仆人需要指引。今晚谁会挑战我？"

骨骰一如往常散发魔光，转动出复杂的图案，不过讯息很简单。

等待。

掷骰室外传来叫声。

梅兰在英内薇拉走进屋内时抬头。她已经解下了白头巾,手里拿着母亲的黑头巾。魁娃躺在她脚边,灵气消散,已然死去。蜜佳和贾娃躺在门旁。他们的灵气平静暗淡,身体一动也不动。

英内薇拉没有料到梅兰竟然会哈哈大笑———一切来得太快了,她一时不知所措。

"来吧,达玛佳!"梅兰叫道,"很讽刺吧?这正好与当年你杀害我祖母时,被我们所见证的情景一模一样吧?"

这话说得没错。英内薇拉本来并不打算过早取得卡吉部族达玛丁的领导地位,但是当坎内娃威胁到她把阿曼恩推向骷髅王座的计划时,她毫不犹豫地杀了那个老女人。

"或许。"她承认,"但我没有忘恩弑母。"

"你当然没有。"梅兰语气不屑,"织篓匠的女儿绝对不会伤害她神圣的母亲。曼娃最近好吗?还在大市集里吗?或许你是该抽空去看她了。"

英内薇拉听够了。她举起霍拉魔杖,朝梅兰发射一记魔爆。

她一举魔杖,梅兰的手立刻伸入白袍,拿出一块魔印石恶魔硬壳,其外包以黄金。魔爆在魔印前扭曲,炸烂整个房间,但是没有伤到梅兰。

她有备而来,英内薇拉发现。"你蓄谋背叛很久了吧,梅兰?"

梅兰扬起那只被烧得焦黑变形的恶魔爪。"这还用问吗?"她嗤之以鼻。"比这还久,打从你第一次缠拜多布开始,我就一直计划着这一天。"

"但是艾弗伦曾眷顾你。骨骰宣称阿曼恩·贾迪尔就是沙达玛卡,而你是他的达玛佳。我除了服从外,又能怎么办呢?"

梅兰伸出一根爪子指向英内薇拉。"但你没有料到阿曼恩·贾迪尔会战败吧?且你也没能力在他缺席期间维持族人统一。艾弗伦已经抛弃了你。打从北地妓女在枕厅取代你后,骨骸就一直在和你作对。该是换新沙达玛卡和新达玛佳的时候了。"

英内薇拉大笑。"你好像不是我那普绪丁儿子喜欢的人吧。"

"没有女人可以。"梅兰同意,"而且我也没有获得族人的认同。"

"卡吉娃。"英内薇拉啐道。

梅兰拍拍畸形的手。"感谢你亲手把武器交到我手里。现在阿桑肯定已经任命她了,她将会占领你在王座旁的枕头……不过位于王座下方几步台阶。她只充当个摆设,是整肃异己的道具,不过我们对于这个道具的摆布方式已经驾轻就熟。"

英内薇拉扬起霍拉魔杖。"你没办法摆布任何目标,梅兰。你的孤独之道就在今晚。"

某样东西击中英内薇拉,打得她飞身而起。如果她没有经过魔力强化的话,这一下就足以让她动弹不得。而在魔力强化的情况下,她像木娃娃般远远飞出,重重摔落地面,震得她四肢剧痛,魔杖脱手。她看向遇袭的方向,一时之间天旋地转。

接着旋转的景象凝聚成阿莎薇达玛丁的形体,她理应身处数百英里之外,辅佐贾阳。

"原来是你害死了我儿子。"英内薇拉咬牙切齿地说道。

"是你自己的预言道出了他的末日。"阿莎薇伸手摸她胸口。"既然睿智的达玛佳选择向她的儿子隐瞒,我有什么资格泄露天机呢?"

贾阳确实在任何情况下，都不会接受建议的，英内薇拉心想。但是这个想法并没有减轻那句话所带来的刺痛，或是如同龙卷风般在她体内狂卷的愤怒。

梅兰和阿莎薇分别站在房间两端，把英内薇拉夹在中间，让她难以同时看见两人。她们灵气闪亮，两人都启动了霍拉强化能力。她们的首饰和手中的法器全都闪闪发光。

力量强到令英内薇拉更加焦躁。她目光飘向她的霍拉魔杖，但梅兰把魔杖踢走了。

那把武器是用恶魔王子的臂骨制成，远比梅兰和阿莎薇身上所有霍拉加在一起还要强大。强大到英内薇拉过度依赖它，以至于没有随身携带其他攻击用的法器。至少她清楚，她俩得花好几个小时研究魔杖上的魔印启动方式才能用来对付她。

但就算没有武器，英内薇拉也不是毫无防备能力，阿莎薇在举起火恶魔骨头，朝她喷出一团烈焰时明白了这一点。英内薇拉一枚戒指叮了一声，烈焰随即化为清风飘过。

英内薇拉毫不浪费时间，直接冲入火焰中，一脚踢落阿莎薇手中的骨头。她转身回旋，打算以手肘撞击女人的喉咙，但阿莎薇的沙鲁沙克也很熟练。她一手窜到英内薇拉手肘下，顺势下扯，随即矮身闪避，试图施展沙鲁金套路打残她的脚。

英内薇拉迅速变招，转动大腿，避开攻击。阿莎薇的指头错过一寸，不过一寸就够了。英内薇拉站稳双脚，利用阿莎薇自身的力量把她重重地摔在地上。

但在她继续进攻前，梅兰已经对她抛出一把风恶魔利牙。牙齿上的魔印启动，让它们以足以划破空气的速度急窜而出。

她扬起一手，挡在脸和胸前。她一只手镯刻有对付风恶魔的魔印，魔印闪耀，保护她的要害。

她身上其他部位就没有那么幸运了。风恶魔牙锐利如针，

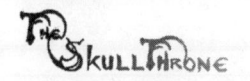

但又粗得和麦秆一样。其中一颗在她腹部洞穿而出,另一颗击中她的臀部。

英内薇拉再度吸收首饰中的魔力治疗穿刺伤,不过还有两颗牙镶入她的大腿,她没有时间去拔。

她用力踏步,但阿莎薇已经滚向一旁,出脚猛踢。梅兰举起一根用风恶魔皮翼卷成的管子,英内薇拉很清楚接下来会面对什么样的攻击。

在无路可逃的情况下,英内薇拉趴倒在地,一阵强风如同艾弗伦之手般击中她,把她压在地上,力道重到把地板撕裂。

阿莎薇在英内薇拉出脚跃起时抛出一颗魔印石。石头掠过地板,沿路留下一条冰痕。威力强到足以把敌人冻僵。

英内薇拉借助红宝石戒指中吸收的魔力,以黄金包覆的环状火恶魔骨让她的身体立刻充满暖意,在她把石头踢向梅兰时击退寒冷。

寒石来袭时,梅兰正准备下一道狂风攻击。她情急之下转动魔印管,朝石头释放魔力。她成功吹走石头,但由于她蠢得瞄准地板,反弹的力道把她震得飞离地面。

英内薇拉拉近她和阿莎薇间的距离,一指插入她的肩膀。阿莎薇没能及时格挡,不过还是拍到英内薇拉的手臂,避免对方击中聚合点,让原本足以打残她的攻击只造成痛楚。

英内薇拉近在眼前,阿莎薇抓住她的肩膀,将她按定在原位,然后以膝盖顶中她的腰部,接着又是一下。英内薇拉承受攻击,趁机用手勾住阿莎薇的膝盖,再度摔倒了她。她以另一手钳制阿莎薇的脚,打算把它扭到脱臼。

她没有机会做完这个动作,不过还是达到应有的效果。由于不想见到爱人残废,或在她挡在中间时以魔法攻击,梅兰也立即加入缠斗。

英内薇拉不得不放开阿莎薇的脚去抵挡梅兰的鞭击，然后对她胸口施展足以打烂普通女人胸腔的反击。但梅兰同样透过魔力强化，承受攻击，向后倒下，然后踢中英内薇拉胯下。

和其他偏差一英寸就没效果的聚合点不同，一个女人大部分的力量都集中在双脚之间，而这个目标很难错过。神经丛传来剧痛，英内薇拉的双脚短暂失去力量。阿莎薇早有准备，立刻踢中她双脚，终于将她击倒在地。

英内薇拉并不抗拒，反而用体重加速落地，抓住阿莎薇的后颈，翻身让她挡在身上，及时接下梅兰的膝盖攻击。英内薇拉把两个女人提成一团，翻身而起，朝她的霍拉魔杖直奔而去。

尽管她跑得很快，梅兰丢东西却更快，霍拉石如同火红的煤炭般掠过半空，落在她和武器中间，冲击魔印在地板上炸出一个大洞，碎片冲撞她的身体。她没有抵挡木头的魔印，全身血肉模糊，插满碎木。烟雾弥漫之间，她失去了魔杖的踪迹。

这时，门外传来了叫声，人们被这阵激烈的打斗吸引而来，但阿莎薇立即朝门口丢出另一颗冲击魔印石，将门框打得倒塌下来，将任何前来援助英内薇拉的人挡在门外。

英内薇拉再度提取魔力疗伤，不过她发现首饰里储存的魔力积存不多了——看来不能继续这样消耗霍拉。

情急之下，她伸手到霍拉袋里一把抓起熟悉的骨骸。她连看都不看一眼，举起骨骸，召唤魔光。

光魔印是奈达玛丁在骨骸上刻的最初几道魔印之一，让她们可以透过艾弗伦之光工作，就连新手都会。看到她到了山穷水尽时的反应，梅兰和阿莎薇得意地哈哈大笑起来。

但英内薇拉的骨骸是用心灵恶魔的骨骸刻成，并以纯琥珀金凝聚魔力。当发现她召唤的光芒闪亮如同太阳，强到让人无法逼视时，两个女人吓得尖叫起来。

721

等她们回过神来时，英内薇拉已经扣住阿莎薇的手臂，向后扭转到软骨爆裂，阿莎薇惨叫不止。

这一记攻击得手的代价就是，梅兰一爪抓在她脸上。她在鲜血流入眼中时继续攻击，击中聚合点，令梅兰向后跌开。

她必须停止攻击，伸手拭去流向眼睛的鲜血。她再度吸收魔力治疗，不过这次她在流血逐渐止住时感到魔力耗尽。阿莎薇对她施展骆驼踢，然后停止动作，也开始吸收魔力疗伤。

接下来的情况宛如梦境。英内薇拉被迫在两个女人左右夹攻之下采取守势。她们有备而来，灵气始终明亮，而英内薇拉的灵气则逐渐暗淡，动作也越来越缓慢。

更有甚者，阿莎薇和梅兰一辈子都是联手作战，设计出天衣无缝的联手沙鲁金。格挡任何一人的招式，英内薇拉就会被另一人攻击，而这两个女人决不会放过任何优势。

英内薇拉发现自己力量减弱，破绽越来越多，而她趁隙施展的反击也都被对方轻易挡下。她开始发现对方在玩弄她，在享受胜利的时刻。

"认命吧。"梅兰说着一脚踢中英内薇拉脑侧，让她凭空反转。

"艾弗伦已经抛弃你了。"阿莎薇说着从另一侧踢她背部。

"一切都是你自己的错，"梅兰说，一拳击中她的下巴，打得她双脚离地。

阿莎薇站好方位，准备挺膝攻击，在英内薇拉落下时狠狠击中。英内薇拉吐气时咳出一口鲜血，阿莎薇把她压在地上。"权力让你骄横自满，只带着骨骰就上场战斗，而你的骨骰充满缺陷，因为你用金属包裹他们，那是《伊弗佳律法》禁止的方法。"

真的吗？是骨骰背叛了她吗？她真的已经在艾弗伦面前失

宠了吗？如果是这样的话，失宠的关键在哪里？没有确认帕尔青恩的死讯？以金属包覆骨骸？让阿曼恩参与多明沙鲁姆？可以重来的话，她会作任何不同的决定吗？

但接着她想起一件事情，伸手到霍拉袋里。

"它们曾警告我。"她嘶声道。

"呃？"梅兰问。

"骨骸。"英内薇拉一边喘气一边在袋子里摸索。"它们警告我有人会挑战我的权力。艾弗伦没有遗弃我。这只是一次考验。"

除了召唤魔光和占卜外，《伊弗佳》禁止达玛丁吸收骨骸的魔力，以免骨骸的魔力耗尽，影响预知的准确性。更重要的是，骨骸是达玛丁最宝贵的东西。它们是达玛丁取得白袍的关键、生命的向导、力量的核心。没有达玛丁会冒险伤害骨骸。

但英内薇拉已经失去过骨骸一次，让她在刻出新骨骸前盲目无依。代价很高，但她承受得起。

现在，她拥有用心灵恶魔骨刻成的骨骸，还以琥珀金包覆。她伸手握住七枚骨骸，吸收它们的力量，再度强化力量和速度。

梅兰和阿莎薇没有料到她会发难，不过两人都没有降低警觉。当英内薇拉反击时，她们同时行动，阿莎薇阻挡，梅兰反制。

这两个人片刻前的动作还比地道蛇更快，如今却慢得好比笨重的骆驼。英内薇拉在阿莎薇双手还没抵达防守位置前踢中她的胸口，让她向后跌开，然后还有时间接下梅兰的攻击，顺势将她抛出，一路飞到房间另一边。

在安全距离下，两个女人再度伸手到霍拉袋里，但英内薇拉动作更快，扬起握紧骨骸的拳头，伸出一根手指，以尖指甲凭空绘制冰寒魔印。

阿莎薇当场冻僵，皮肤上包覆一层严霜。英内薇拉并不打算杀她——还不想——但没有料到骨骰的威力如此强大。女人的灵气如同烛光般消失。

梅兰尖叫，释放一道闪电，但英内薇拉转身，迅速在空中绘印。她在骨骰吸收闪电魔力时感到一阵刺痛。

梅兰目瞪口呆，翻找霍拉袋，取出另一把风恶魔牙。推进魔力在她抛出魔牙时启动，但英内薇拉反向绘制推进魔印，魔牙调头射穿了抛掷者。

梅兰尖声惨叫，向后倒下，一边呻吟，一边奋力呼吸，浑身是洞。英内薇拉继续握着骨骰，随时准备绘印，但是女人的灵气没有显示任何她能继续战斗的迹象。

"你杀了……阿莎薇……"梅兰咬牙说道。

"她想置我于死地，"英内薇拉说，"但你不怕冷，是不是，梅兰？"她凭空绘印，一道明亮的火焰飘浮在她手上。"火焰向来都是你的最爱。"

梅兰神色畏缩，痛苦大叫，反射性地蜷成一团，紧紧抱着畸形的手。"我什么都可以向你坦白！"

英内薇拉大笑。"我有我的骨骰，小姐妹。我不需要你告诉我任何事。你仅存的价值都在提起我母亲的那一刻里消失殆尽。"

❦

"原谅我们失职，达玛佳。"蜜佳在英内薇拉救醒她时哀求道。贾娃才刚对治疗魔法产生反应，英内薇拉的一只耳环就开始震动，显示有人进入长矛姐妹专用的密道。

安静，英内薇拉比手语。她晃晃手指，蜜佳扶走贾娃，英内薇拉则举起找回的霍拉魔杖。

密门无声开启，不过来的不是敌人。她看到阿希雅扛着卡吉娃，胸前还抱着一团东西。长矛姐妹的战袍破烂，浸满鲜血，白面纱上也都是血斑。她在身后留下血淋淋的脚印。

"庇佑，我祈求庇佑，达玛佳。"阿希雅放下卡吉娃，解开胸前的丝布，露出她儿子。

"出了什么事？"英内薇拉说着走去检视对方伤势。有些淤青和浅浅的伤口，不过一根矛刺穿了她的腹部。她面无血色，灵气暗淡。想要活下来就必须仰赖霍拉魔法。

"贾阳死了。"阿希雅说，"部队溃败。"

英内薇拉点头。"我知道。"

"沙达玛的反应是杀了他们的达玛基，接管各部族。"阿希雅说，"除了马吉，他被打败了。"

这是新的情报，很危急的情报。英内薇拉一直希望阿曼恩的达玛子嗣接管各部族，不过是要在她所挑选的时机。那些白痴可能会搞乱一切，而她终于发现他们已经完全脱离了自己的掌控。

"阿山呢？"她问，不过已经猜到答案。

"我父亲死了。"阿希雅说，"现在阿桑坐上了骷髅王座。"

情况持续恶化。她已经失去贾阳了。如果得被迫杀死阿桑，她将会彻底崩溃。

"屠杀开始时，我转头看阿苏卡吉，"阿希雅说，"刚好看到他用锁链套上我的喉咙，意图杀我。"

"所以你弟弟也死了。"英内薇拉猜测。

阿希雅点头，咳血，已经站立不稳。英内薇拉下达指令，蜜佳和贾娃立刻上前。"接过孩子。"

贾娃伸手，但阿希雅反射性地抓得更紧，卡吉开始啼哭。阿希雅眯起双眼，仿佛不认得她的长矛姐妹，灵气中充满迷惑与恐惧。

这让英内薇拉异常害怕。她什么时候在阿希雅的灵气里看过如此深深的恐惧了？就连阿拉盖在城外建造大魔印时也没有。

"我以艾弗伦之名和我进入天堂的荣誉发誓，我决不会伤害他的，姐姐，"贾娃说，"拜托，达玛佳要帮你疗伤。"

阿希雅摇头，灵气中少了些迷惑。"我今晚为了保护儿子走过深渊，妹妹。我决不和他分开。"

"你们不会分开。"英内薇拉说，"我保证。但是当魔力入体时，你可能会抱得太紧。把卡吉交给你的长矛姐妹，她们不会离开你的。"

阿希雅点头，松开双手。贾娃接过卡吉，手臂直挺挺地把哭闹的婴儿抱在身前。她一副宁愿去和石恶魔作战的模样，失去童年的沙鲁姆丁体内没有任何母性本能。

英内薇拉从她手上接过婴儿，用毯子紧紧包覆他四肢。她把包好的孩子放到贾娃的臂弯中。"蜜佳，把神圣母亲带往地窖。我们很快就会赶去会合。立刻过去，不要告诉任何人。"

"是，达玛佳。"蜜佳鞠躬，匆匆离去。

☙

英内薇拉在黎明时进入王座厅，身后跟着她的达玛基丁妹妻。王座厅里已经挤满达玛和沙鲁姆，在她们抵达时议论纷纷。他们前方通往王座的通道两旁站着她们的次子，除了目光怨毒地看着阿里维伦达玛基的贝丽娜。阿里维伦是阿雷维拉克的长子，取代他的父亲统领马甲部族——至少暂时如此。

没有达玛基丁认同儿子发起的政变，但是血缘紧密地将她们联结在一起。英内薇拉自己也感应到这份牵绊，抬头看向台阶上的阿桑。他脸色铁青，为了阿苏卡吉之死而哭到双眼红肿。

权力向来需要付出代价,我儿,她心想。即使到了这个时候,同情阿桑的感觉还是和失去贾阳的痛苦一起在她心里纠缠。有些人会说是次子杀了长子,但是骨骸提供的真相更加残酷。阿桑曾煽动他哥,但结果还是贾阳害死了自己。

"很高兴你没事,母亲。我昨晚非常担心你的安危。"阿桑十分聪明地拉开了王座厅的窗户,让阳光洒入厅内,在数十名新战士身上反射,不过英内薇拉不需要解读他的灵气就知道他的口是心非。

"我担心所有人。"英内薇拉说着在她的妹妻站到王座左侧、新任达玛基对面的定位时继续前进。"担心到我把卡吉娃和孙子带去我那里。当然是为了他们的安全着想。"

"当然。"阿桑在她开始上台阶时咬牙说道。她知道他想阻止她——王座厅中所有男人都想——但是在夜里下令暗杀母亲是一回事,光天化日在整个议会面前攻击达玛佳又是另外一回事了。

"那阿希雅呢?"阿桑突然问道,"我那个叛变的妻子要为杀害她弟弟和我的皇宫守卫接受惩罚。"

英内薇拉压抑嘲笑这句指责的冲动。"你的吉娃卡在打斗中受到了致命伤,我儿。"

阿桑噘起嘴唇,显然不信。"危险已过,你必须交还他们。我要亲眼看到我妻子的尸体,卡吉要统领他的部族,而我神圣的祖母……"

英内薇拉踏上台阶顶端,直视他双眼,他没有胆量说完那句话。身为沙达玛卡,阿桑的地位高于她,但他还没有测试过这一点,而他们都很清楚,英内薇拉可以在他找到两个人质前杀了他们。

"危险尚未度过!"英内薇拉大声说道,在王座厅里阵阵回荡。"我已经咨询过阿拉盖霍拉,骨骰预言他们一旦离开我的保护就会惨遭横死。"

她没有鞠躬,以身份对等的姿态大步走向她位于王座旁的枕床。

第三十三章　黑暗中的声音

334 AR　春

六个循环过去了，寒冷的月份来了又走，恶魔持续行动，一次一个原子地消磨他的镣铐。第一道锁已经快要粉碎了，其他锁则渐行脆弱。他很快就能准备好逃跑，但囚禁他的人并没有放松警觉。

囚室开始变热，阳光自窗帘的织孔中泄入。太阳很快就会完全升起。

他正要缩回去时，下方传来声响。他的狱卒又跑来对他大吼大叫了。

对方共有五人，就是在大敌墓穴中攻击他的人。基于不明原因，他们愚蠢地和他们的躯壳断绝联系。他们的心灵有魔印守护，但他们还没学会掩饰灵气，而恶魔亲王可以透过他们身旁的光芒读到许多情报。

最先进来的是躯壳。男性躯壳的魔力和心灵都很脆弱，不过像石躯壳一样忠心耿耿。他绕过地板上的魔印图案，来到恶魔亲王身后。

女性躯壳的灵气比她父亲明亮，不过这并不意外。女性恶魔总是支配她们的父亲——这点恶魔亲王非常清楚。毕竟，魔巢女王也是他的后裔。

低等躯壳站到他身后，统一者走了进来。第一个是大敌后裔，手持大敌的武器，透过恶魔亲王祖先的骨头和魔角提供魔力，包括他自己的祖父。

恶魔亲王压下一声嘶吼。大敌后裔大费周章保护自己的祖先，却如此大摇大摆地展示敌人的骸骨。等身获自由后，一定要让他为此付出千倍代价。

但是大敌后裔的灵气显示他正强迫自己忍耐。他的本能强烈地建议他直接杀了恶魔亲王，就此了结此事。他不会在没有遭受挑衅的情况下行动，但他会把握任何攻击的理由。

恶魔亲王十分小心。不提供任何理由。他举手投足间没有流露任何威胁的意味，不过他直视大敌后裔的双眼，冷冷凝视。

接下来进来的是探索者，找到大敌墓穴、带回恶魔亲王和其兄弟花费许多心力藏匿的战斗魔印。紧跟在身后的是他的配偶狩猎者，只要闻到猎物的气味就疯狂的家伙。这两个人都用强大的魔印覆盖皮肤，借助窃取的地心魔法从体内提供魔力。

大敌子嗣、探索者、狩猎者，每一个都绽放强烈的魔光，但即使在此刻，他们三个加起来还是没办法和恶魔亲王体内保留的魔力抗衡，如果他能使用那些魔力的话。

"早安，"探索者说，"希望你还习惯这里的居住环境。抱歉我们招呼不周。"

恶魔亲王困惑地打量着他。探索者总是以不真诚的场面话来开场。他们反复进行同样的游戏，却从未学会规则。

大敌后裔的灵气显示他对探索者主导审问不满。他年纪较大，经验丰富，习惯支配一切，但是探索者的魔力较强，而到最后，能够主导的总是魔法高深者。

这是这个同盟的小嫌隙，但就像他锁链上的链节一样，只要有时间，恶魔亲王就能加以利用。

"我们怎么知道它听得懂我们在说什么？"狩猎者问。这个

女人有些焦躁，很容易生气——另一个可供利用的缝隙。

"或许他的嘴不适合说我们的语言。"探索者说，"但他听得懂每一个字。"

他沿着墙壁行走，目光保持在恶魔亲王身上。他的灵气中闪现新的特质。不耐烦。"只不过，我认为他可以说话。我认为或许他只是不想说话。"

"想不出来为什么。"狩猎者说。

"因为他是奈的产物。"大敌子嗣说。

"问题在于，恶魔，如果不能说话，你对我们就没多少用处。"探索者抓起一面窗帘拉开。

恶魔亲王疼得大叫起来，在刺眼的阳光洒入囚室时举起双手遮眼。阳光如同熔石般烫伤他的皮肤。

探索者放下窗帘，恶魔亲王立即吸收体内的魔力疗伤。人类的瞳孔完全没有放大，但是恶魔亲王却没办法承受那种光线太久。会在画星升起，把它烧光之前就耗尽魔力。

"有话想说吗？"探索者问，仍然抓着窗帘。

这只是刑讯策略。这些统一者已经囚禁他很久，不可能现在救他。但恶魔亲王的眼睛仍然灼痛，没办法解析身边的灵气。他不能冒险。恶魔亲王吸收大量魔力，翻向侧面，魔爪暴长，割断被他腐蚀的锁头。锁链扭动之下，他一条腿立刻重获自由，接着伸出魔爪抓起锁头碎片。

金属碎片在魔力驱使下腾空飞出。恶魔亲王和它的魔力都无法离开地板魔印圈的范围，不过离开魔爪后，金属碎片毫无窒碍地激射而出。

大敌子嗣挥动武器挡开一块碎片。探索者瓦解形体，让碎片透体而过。狩猎者被击中了，但她的灵气闪烁，立刻治好伤势。女性躯壳调整盾牌，毫发无伤地挡开暗器。

731

男性躯壳灵气暗淡，但是动作快又警觉。他如同恶魔亲王所料般向旁踏出一步，扭曲的金属掠过他身旁，以精准的角度击中后方墙壁，反弹回来，打中他的后脑，撞掉了魔印头巾。

躯壳头昏眼花，跌入魔印地板中，瘫倒在地上，一手前伸，指尖越过魔印圈。

但这点小小的缝隙就足够让恶魔亲王进入他的内心，如同压碎昆虫般粉碎他的意志。

其他人冲向他，但随即在躯壳站起身来，高举矛盾挡在恶魔亲王前面时停步。

"山杰特，让开。"大敌子嗣说。

"你的躯壳已经不再控制他的身躯。"恶魔亲王回应，使用战士的嘴巴组成难听又缺乏效率的人类语言。

大敌子嗣用那把可恶的武器指向他。"山杰特已经准备好上天堂了，恶魔。我们不会为了他释放你。"

"当然不会。"亲王说，"他只是具躯壳。他不期待你们救他。他为了自己的错误求你原谅。"

"被高强的敌人击败并不耻辱。"大敌子嗣说，情绪涌上灵气，影响他的判断。玩弄这些家伙实在太简单了！

"没错，"亲王同意，"你说得对，我说不出你们的语言，不过这具躯壳能代我传话。"

女性躯壳发出低沉的声音，她的灵气充满了美味可口的痛苦与愤怒。探索者再度去拉窗帘。"只是暂时的，山娃。你父亲会回来的。"

他当然不会。恶魔亲王已经切断了躯壳的意志，用自己的意志主宰了他。它可以读取躯壳的想法、感觉与记忆，但是少了亲王的意志引导，他的身体将会萎缩死亡。"释放我的代价？"

"前往地心魔域的道路。"探索者说。

"对你这种人来说，到处都是，探索者。"恶魔亲王说。

探索者摇头。"实质的通道。你们用来引导囚犯进入恶魔镇的那种。"

"那条路十分危险，而且绕得很远。"恶魔亲王说，"崎岖难行。这个原始的躯壳说不清楚，不过我可以带路。"

"我们不能信任奈的仆人。"大敌子嗣说。

"没人信任任何人。"探索者说，"我们只是讨论。"

探索者主导的语气再度造成大敌子嗣不满，恶魔亲王转向他。两颗脑袋同时转动。"你的奈和艾弗伦都是假的。只是为了在黑暗的恐惧前安抚你们。"

"更多谎言。"大敌子嗣说。

恶魔亲王摇了摇躯壳的头。"你想知道我们为什么拥有东西，而不是一无所有。或许这是你们那种原始的脑袋可以提出最有价值的问题。心灵议会已经研究这个问题数千年了。我们提出很多似是而非的答案，不过没有一个类似心灵杀手用来激励他的战士的无稽之谈。"

"心灵杀手？"大敌子嗣问。

"你们称为卡吉的那个家伙。"恶魔亲王说，"不过其实他的名字应该念作卡夫莉。"

"你怎么会知道这种事？"大敌子嗣问。

"我认识他，就某种角度而言，"恶魔亲王说，"那个年代，我的所有同类都认识他。"

"你曾经历过卡吉的年代？"大敌子嗣问，"三千年前？不可能！"

躯壳微笑。"五千一百一十二年前。这段期间内，你们误算了很多次。"

女性躯壳大胆地对他的上司开口:"他说谎。"

"他是谎言王子。"大敌子嗣说。

"黑夜呀,你们究竟有什么问题?"狩猎者说,"我们不是来这里讨论经文的。"她的语气让大敌子嗣的灵气充满愤怒,她迎上前去,在猎物面前无所畏惧。

"够了。"探索者轻声说道,以和缓的语调掩饰支配之意,其他两人灵气羞愧,向后退开。

"你为什么愿意带我们去?"

"因为路途遥远,而你们只是凡人,迟早都会松懈警觉,到时候我就能身获自由。"恶魔亲王释放虚伪的灵气,在他的言语中灌注诚意。

"有道理。"探索者说。

"也因为地表很快就会被清除干净。"恶魔亲王补充道。

"呃?"探索者问。

"你们一点也不了解在沙漠里的所作所为会让你们的人民面临什么后果。"恶魔亲王说。

大军将至?

附录 APPENDIX 克拉西亚名词解释 Krasian Dictionary

阿拉，Ala，世界或地球。

阿拉盖，Alagai，恶魔或地心魔物。

阿拉盖丁卡，Alagai'ting Ka，恶魔之母，奈的仆人。

阿拉盖卡，Alagai Ka，恶魔之父。

阿拉盖沙拉克，Alagai'sharak，圣战。

阿拉盖霍拉，Alagai hora，恶魔头骨做的骰子。

阿拉盖尾，Alagai tail，由三条皮绳组成的鞭子，有锋利的刺，达玛以此来处罚他人的刑具。

阿雷维拉克，Aleverak，克拉西亚马甲部族年迈独臂达玛基，伟大的沙鲁沙克大师之一。

阿曼娃，Amanvah，贾迪尔与英内薇拉的达玛丁长女。罗杰的妻子。

阿山，Ashan，凯维特达玛基之子，贾迪尔在就受沙利克霍拉训练时的搭档，卡吉部族达玛基，贾迪尔的妹夫，有儿子阿苏卡吉与女儿阿希雅。

阿希雅，Ashia，阿山与英蜜珊卓的女儿，贾迪尔外甥女，沙鲁姆丁。

阿桑，Asome，贾迪尔与英内薇拉的次子，达玛。

阿金帕尔，Ajin'pal，同生共死的兄弟，八拜之交。

安德拉，Andrah，克拉西亚的王，艾弗伦最宠爱的达玛。

贝丽娜，Belina，贾迪尔马甲部族的妻子。

青恩，Chin，来自北方绿地的信使。

库西酒，Couzi，克拉西亚地区的一种烈酒。

希尔娃，Cielvah，阿邦之女。

克里弗，Coliv，克雷瓦克侦察兵，阿曼娃的保镖。

达玛，Dama，祭司，克拉西亚领导人。

达玛丁，Dama'ting，精通占卜与医疗的巫师。

达玛佳，Dama'jah，对英内薇拉的敬称。

达玛基，Dama'ji，克拉西亚十二支部族首领组成的议会。

达玛基丁，Damaj'ting，各部族达玛丁首领。

戴尔沙鲁姆，Dai'Sharum，克拉西亚精英战士。

多明沙鲁姆，Domin Sharum，两名战士依照《伊弗佳》决斗。

埃弗伦之光，Everam's light，魔印光，可以看穿魔法流动的能力。

《伊弗佳》，Evejan Law，克拉西亚圣典。

艾弗伦，Everam，造物主。

艾弗伦恩惠，Everam's Bounty，来森堡被克拉西亚殖民时期的称号。

汉奴帕许，Hannupash，少年进入训练营接受培训或磨炼期。

汉雅，Hanya，贾迪尔的小妹，哈席克之妻，希克娃之母。

沙拉克号角，Horn of Sharak，阿拉盖沙拉克开始与结束时的仪式号角。

霍许卡敏，Hoshkamin，贾迪尔之父，也是贾迪尔第三子的名。

霍许娃，Hoshvah，贾迪尔的二妹，山杰特之妻，山娃之母。

英内薇拉，Inevera，艾弗伦的旨意，贾迪尔的妻子。

英蜜珊卓，Imisandre，贾迪尔的大妹，阿山之妻，阿希雅与阿苏卡吉之母。

吉娃卡，Jiwah Ka，解放者的第一任妻室。

吉娃森，Jiwah Sen，吉娃卡之后入门的妻妾。

吉娃沙鲁姆，Jiwah'Sharum，后宫中的慰安女子。

贾阳，Jayan，贾迪尔与英内维拉的长子，沙鲁姆卡。

吉娃，Jiwah，妻子。

祖林，Jurim，贾迪尔的战友，解放者长矛队中的一员悍将。

凯沙鲁姆，Kai'Sharum，阿拉盖沙拉克指挥官。

卡吉，Kaji，艾弗伦的使者，第一任解放者。

卡沙鲁姆，Kha'Sharum，原为卡菲特的战士。

卡菲特，Khaffit，非祭司或战士，最低贱的阶层。

凯丁，Kaiting，贾迪尔的母亲、姊妹、外甥女以及沙鲁姆女儿。

卡维尔，Kaval，贾迪尔在汉奴帕许接受训练时的戴尔沙鲁姆训练官之一，死在洼地。

卡丁，Khating，不孕女性，克拉西亚最低贱的阶层。

马吉，Maji，贾迪尔在马甲部族的次子，在与阿雷维拉克决斗中战死。

梅兰，Melan，魁娃的卡吉达玛丁女儿，英内维拉的对手，阿莎薇的伙伴。

奈，Nie，与艾弗伦敌对的神，带来黑暗与混乱的恶魔。

奈卡，NieKa sharum，即"第一位"，奈沙鲁姆队长或领头人。

奈沙鲁姆，Nie'Sharum，未成年的预备役战士，或娃娃兵。

奈达玛，Nie'dama，处于见习期的达玛。

奈达玛丁，Nie'Dama'ting，处于见习期的达玛丁。

奈卡，Nieka，奈沙鲁姆课堂上带队男孩。

帕尔青恩，Par'chin，勇敢的外来者，亚伦的别称。

普绪丁，Push'ting，同性恋男子。

魁伦，Qeran，贾迪尔在接受汉奴帕许时的卡吉戴尔沙鲁

姆，后担任阿邦的百人队训练官。

魁森，Qezan，马甲部族的达玛基。

沙利克霍拉，Sharik Hora，艾弗伦的神庙，英勇的骸骨神庙。

沙拉克，Sharak，战争。

沙拉克卡，Sharak Ka，大圣战，最终决战。

沙拉克桑，Sharak Sun，白昼战争，征服绿地人类的战争。

沙拉吉，Sharaji，培训学校。

沙鲁姆，Sharum，战士。

沙鲁姆丁，Sharum'ting，斩杀恶魔的女战士。

沙鲁姆卡，Sharum Ka，统率所有凯沙鲁姆的第一勇士。

沙达玛卡，Shar'Dama Ka，解放者。

沙鲁沙克，Sharusahk，徒手搏击术。

沙鲁金，Sharukin，徒手搏击套路。

沙瓦斯，Savas，贾迪尔的梅寒丁部族儿子。

巨蝎，Scornpion，远程武器，装有弹簧的十字弓。

沙玛娃，Shamavah，阿邦的吉娃卡。

山杰特，Shanjat，贾迪尔接受汉奴帕许时的沙鲁姆战友，二妹夫，解放者长矛队指挥官，山娃之父。

山娃，Shanvah，沙鲁姆丁，贾迪尔是沙鲁姆丁外甥女，山杰特与霍许娃的女儿。

沙拉奇，Sharach，克拉西亚一个小部族。

沙拉吉，Sharaj，汉奴帕许训练营或学校。

希瓦里，Shevali，阿山达玛基的顾问。

苏斯顿，Shusten，阿邦的戴尔沙鲁姆儿子。

希克娃，Sikvah，哈席克与贾迪尔之妹汉雅的女儿，阿曼娃的妹妻。

苏利，Soli，英内薇拉的普绪丁哥哥。

长矛王座，Spear Throne，沙鲁姆卡的王座。

巨蝎刺，Stinger，巨蝎发射的巨型矛。

塔拉佳，Thalaja，贾迪尔的妻子之一，伊察与蜜佳之母。

※本书中涉及的英制单位换算公式如下：

1 英寸 = 2.54 厘米

1 英尺 = 0.304 8 米

1 英里 = 1.690 千米

1 码 = 0.914 4 米

1 磅 = 0.453 6 千克

1 盎司 = 28.35 克